KB026195

COACH

NY
CELEBRATE
WOMEN'S
HISTORY
MONTH
www.nyc.gov/women
macy's
MACY'S
FLOWER SHOW
MACY'S
NO
TURNS

I ♥ NY
liz claiborne
ORLANDO
LG

Bergen

The
Bronx

New
Jersey

Manhattan

East Rive

Hudson River

Central Park

Hudson

Queens

New York

Brooklyn

taten
Island

HARLEM

SPANISH HARLEM

MANHATTAN

Hudson River

UPPER WEST SIDE

UPPER EAST SIDE

EAST SIDE

HELL'S KITCHEN

MIDTOWN

THEATER DISTRICT

MURRY HILL

East River

KOREATOWN

CHELSEA

GRAMERCY PARK

MEAT PACKING DISTRICT

FLATIRON

UNION SQUARE

EAST VILLAGE

WEST VILLAGE

GREENWICH VILLAGE

NEW JERSEY

NOLITA

LITTLE ITALY

SOHO

LOWER EAST SIDE

CHINATOWN

TRIBECA

CIVIC CENTER

FINANCIAL DISTRICT

뉴요커, 뉴욕을 읽다

뉴요커, 뉴욕을 읽다

1판 1쇄 인쇄 2009년 12월 10일
1판 1쇄 발행 2009년 12월 15일

지은이_애덤 고프닉
옮긴이_강주헌
사진_권지현
펴낸이_정원정, 김자영
편집_홍현숙
디자인_김민정

펴낸곳_즐거운상상
주소_서울시 용산구 문배동 11-14 이안1차 101동 오피스텔 202호
전화_02-706-9452 | 팩스_02-706-9458 | 전자우편_happywitches@naver.com
출판등록_2001년 5월 7일
인쇄_갑우문화사

ISBN 978-89-92109-51-2

* 책값은 뒤표지에 있습니다.

뉴요커, 뉴욕을 읽다

까칠한 뉴요커 글쟁이의 속깊은 뉴욕이야기

즐거운상상

contents

뉴욕에서 산다는 것

파리에서 뉴욕으로

2000년 가을, 나는 파리에서 돌아왔다. 그러나 귀에서는 파리의 길거리 소리가 여전히 윙윙댔고 주머니에는 건물에 출입하는 암호를 적어 둔 종이가 아직 들어 있었다. 나는 시내로 들어가, 뉴욕시 지도를 제작하는 사람을 만났다. 그는 공중사진과 지하 약도를 바탕으로 모든 블록과 간선도로 및 지붕, 요컨대 다섯 자치구에 있는 모든 것을 촘촘한 모눈종이에 깔끔하게 표시하고 밝은 색의 기하학적 기호로 바꿔갔다. 건물은 붉은 색, 길은 푸른색, 공터는 흰색, 지하 터널은 점선으로…뉴욕의 모든 것을 담아냈다. 메이저 디건 고속도로의 진·출입로와 브롱크스에 버려진 주택까지 하나도 빠진 것이 없었다.

문제는 그처럼 세밀한 지도도 미완성이고, 결코 완성될 수 없다는 데 있었다. 지도로 표현하려는 도시가 너무나 '역동'적이어서 매일 바뀌기 때문이었다. 전날 저녁에 끝낸 그림을 다음날 아침에 지워버려야 할 지경이었다. 도로를 따라 건설된 지하철로, 지하철로 위로

연결된 전력선, 또 지상의 건물 등 모든 것이 제자리에 놓일 때마다, 뭔가 변했다는 암담한 소식을 들고 누군가 찾아왔다. 변해도 언제나 많이 변했다. 따라서 그는 지도제작을 거의 끝낼 때마다 다시 시작해야만 했다.

내 사무실에는 뉴욕의 실체를 떠올려주는 증거물로 그 지도의 일부가 걸려 있다. 뉴욕의 실체 중 첫째는 뉴욕의 실제 지도를 보고 내면에 지닌 뉴욕의 지도를 떠올린다는 점이다. 누구도 머릿속에 나름대로 뉴욕의 지도를 그려놓지 않고는 뉴욕에서 살아갈 수 없다. 로저 앤젤유명한 야구 기자로 1962년부터 뉴요커지에 야구 칼럼을 썼다. 이 말했듯이, 그 내면의 지도는 언제나 세밀하고, 언제나 구역으로 나뉘어지며, 언제나 미완성이다. 개개인의 지도마저 공식적인 지도만큼 잠정적이라는 뜻이다. 달리 말하면, 우리 발걸음과 경험으로 해가 갈수록 흔적이 깊어지고 뚜렷해지는 지도가 아니라, 어떤 발걸음, 어떤 사물의 흔적도 남지 않는 지도이다.

5년 전에 구입한 뉴욕 지도는 지금의 뉴욕과 거의 일치하지 않는다. 또 5년 이전에 알았던 뉴욕은 완전히 묻혀버려 흔적조차 찾기 힘들다. 내가 처음 만난 뉴욕, 즉 20년 전 소호의 예술 세계는 이제 카르타고처럼 사라지고 없다. 내가 아내와 처음 살림을 꾸렸던 뉴욕, 요컨대 독일 식당들이 늘어서 있고 병든 사람처럼 혈색이 좋지 않은 동유럽 사람들이 모여 살았던 옛 요크빌은 아틀란티스보다 더 깊이 가라앉아 버렸다. 먼 옛날 친구들과 함께 거닐었던 뉴욕, 강 건너에서 불빛이 반짝거렸고, 사람들이 중절모를 쓰고 다녔으며, 더운날 밤에는 센트럴 파크에서 잠을 자기도 했던 시절의 뉴욕은 이제 사라졌다. 뿐만 아니라, 나르니아처럼 공상의 세계로 남아 있을 뿐이다. 뉴욕은 끝없이 적응해야 하는 도시, 지도가 거듭해서 그려지는 도시이다. 우리는 의식적으로든 무의식적으로든 지도를 끊임없이 다시 그리며, 지난 측량 조사에서 확인된 섬 하나가 아직 물 위에 있다는 것만으로도 감사해야 할 지경이다.

나는 뉴욕을 처음 본 순간, 그런 실체를 조금은 눈치챘다. 1959년, 예술을 사랑하는 펜실베이니아 대학교 학생이던 아버지와 어머니는 나와 누이를 데리고 필라델피아에서 뉴욕까지 한걸음에 달려갔다. 새로 문을 연 구겐하임 미술관을 개장일에 보려고! 우리 가족은 필라델피아로 돌아가는 길에 반 세기 전의 뉴욕을 지나갔다. 모든 이민자가 그랬듯이, 내 할아버지도 엘리스 섬을 통해 뉴욕에 첫 발을 내딛었다. 할아버지 이름은 '루치에' 였다. 내 생각에 '루치에' 란 이름은 할아버지의 아버지의 이디시어 이름 루이스를 러시아 식으로 바꾼 것에 불과했다. 내 상상이긴 하지만, 이민국 관리는 단호하면서도 무뚝뚝하게, 그러나 이민자를 염려하는 마음에서 "이 나라에서는 남자 아이를 루시라고 부르지 않습니다."라고 말했을 것이다. 피곤에 지친 데다 당황한 할아버지의 부모는 "그럼 우리 아들을 뭐라고 부를까요?"라고 물었을 테고, 이민국 관리는 주변을 둘러보고는 잽싸게 "엘리스라고 합시다."라고 대답했던 모양이다. 따라서 할아버지는 뉴욕 입구의 섬에 경의를 표하며 엘리스 고프닉이란 이름으로 살다가 세상을 떠났다. 그러나 엘리스는 필라델피아 사람들에게는 뉴욕 냄새가 너무 짙게 풍겼던지 할아버지는 모두에게 '알'이란 이름으로 불리며 살다가 세상을 떠났다.

구겐하임 나들이를 할 때, 어머니는 내게 겨자색 양복을 만들어 주셨고 누이에게도 예쁜 원피스를 직접 지어주셨다. 우리는 나선형 건물 밖에서 나란히 서서, 콜더Alexander Calder, 1898~1976, 미국의 추상 조각가에 대해 배운 것을 기억에 담아두려 했다. 그 날 밤, 우리는 리버사이드 드라이브와 115번가에 있는 한나 대고모의 아파트에서 묵었다.

우리가 차지한 가정부의 방에 달린 창문으로 밖을 내다보았다. 건너편에서 반짝이는 팰러세이즈 협곡 부근의 불빛을 바라보면서, "저기야! 멋진 도시, 뉴욕! 언젠가 저기에서 꼭 살 거야!"라고 생각했던 기억이 아직도 생생하다. 뉴욕에 있으면서도 뉴욕이 너무나 환상적이어서 다른 곳에 있는 것이라 상상하고, 내게 잠을 허락하는 세상의 어떤 도시보다 멋진 곳이라 생각했던 것이다. 한마디로 내게 아직은 방문을 허락하지 않는 머나먼 빛의 세계라 생각했던 셈이다. 오즈의 나라에 도착해서도 "설마 내가 오즈의 나라에 온 건 아닐 거야!"라고 의심하는 것과 다를 바가 없었다.

무한한 에너지를 가진 미완성의 도시

그 이후로 뉴욕은 내가 열망하는 도시인 동시에 끝없이 배워야 할 지도로 존재했다. 뉴욕은 실물과 상징의 도시였다. 내가 바로 뉴욕의 일부이며, 내가 뉴욕에 있을 때도 뉴욕의 일부가 되고 싶은 도시이다. 나는 어린 나이에도 뉴욕의 스카이라인이 뉴저지까지 이어지는 상징물이라 생각했다. 도무지 뜻을 헤아릴 수 없는 추상적이고 점점 흐릿해지는 환영幻影이지, "여기가 바로 뉴욕이야!"라고 말해주는 구체적인 곳이 아니다. 따라서 뉴욕에 정착해 살아가는 사람에게도 뉴욕은 여전히 꿈 속에 존재하는 공간처럼 여겨진다. 도로와 핫도그와 무뚝뚝한 말투로 이어지는 이곳의 삶과, 뉴욕의 상징물과 길 건너편의 조명과 유혹적인 스카이라인은 별개의 것이다. 따라서 뉴욕은 우리를 극도로 짜증나게 하면서도 활력을 주는 곳이다.

뉴욕의 에너지가 열망의 에너지라면, 뉴욕의 혼은 타협정신이라 할 수 있다. 따라서 뉴욕에 살고자 한다면 불만스럽더라도 받아들여야 한다. 열망과 타협이 뉴욕의 지도를 만들어간다. 열망과 타협의 공통분모는 본래 있어야 할 자리에 고정된 것이 아니라, 모든 면에서 미완성이라는 데 있다. 열망은 언젠가 성취될 것이고, 타협은 언제나 이루어질 것이란 낭만적인 생각, 즉 우리가 언젠가는 강 건너편의 도시에 이를 수 있을 거라는 낭만적인 생각이 가혹한 현실과 결국 조화를 이룬다. 그래서 우리는 머지않아 이 꽉 막힌 곳을 깨끗이 정리하게 될 거라고.

뉴욕에서는 일상의 스트레스 때문에 기념물조차 머릿속의 지도에서 사라질 수 있다. 나는 이제 원하면 언제라도 구겐하임까지 걸어갈 수 있지만 머릿속에 구겐하임은 부근의 커피숍이 만원일 때 찾아가는 곳이 돼 버렸다. 쓰리 가이가 만원이어서 대안으로 카푸치노를 마시고 콩수프를 먹으러 가는 곳이 돼 버렸다. 그래도 어느 날 길모퉁이를 갑자기 돌 때, 그 유서 깊은 기념물은 내가 그곳을 처음 보았을 때처럼 보인다. 뉴욕의 한 블록을 차지한 경이로운 하얀 지구라트메소포타미아의 각지에서 발견되는 고대의 건조물처럼. 그래서 꼭 찾아가 봐야하는 곳으로.

이런 이중성은 낭만적이기도 하지만 실망을 안겨주기도 한다. 뉴욕에서 원하는 것과 실제로 손에 쥐는 것 사이에는 언제나 괴리가 있어 우리를 감질나게 만든다. 나는 여태껏 만족하며 살아가는 뉴욕 사람을 본 적이 없다. 파리의 결점이라 할 수 있는 자기만족과 자기위안은 뉴욕에서 찾아볼 수 없다. 불행을 경쟁적으로 과장해서 떠벌리는 공허한 목소리에서나 존재할 뿐이다. 부자까지 도심에 별도의 집을 두고 싶어하며, 아파트로 이주하고 소수의 배타적인 '창조적 계급' creative class, 후기 산업화된 도시에서 경제발전을 끌어가는 중추집단. 도 아무런 욕심도 없는 존재로 남겨질까 두려워하며 손꼽히는 부자들이나 원하는 것을 간절하게 꿈꾼다.

어렸을 때 나는 토요일이면 뻔질나게 뉴욕을 들락대며 예술품을 구경했고 간이식당에서 배를 채웠다. 내게 뉴욕은 거대한 낭만적 공간인 동시에, 실물세계를 끌어가는 원동력이었다. 그 후, 한참의 시간이 지난 뒤인 1978년에야 나는 사랑하는 여인과 함께 뉴욕에 되돌아왔다. 우리는 경이로운 하루를 보냈다. 블루밍데일 백화점과 현대미술관을 둘러보았고, 세계무역센터에 자리잡은 윈도우즈 온 더 월드 식당에서 저녁 식사를 했다. 식사를 끝내고는 카네기 태번에서 음유시인 엘리스 라킨스의 피아노 연주를 들었다. 썰렁하고 거의 텅 빈 방에는 우리 둘과 라킨스만이 있었다. (사반세기가 지난 지금까지 그날처럼 황홀한 날을 다시 만나지 못했다.) 우리는 뉴욕의 가로수길에 취했고, 크라이슬러 빌딩의 첨탑에 놀랐다. 그래서 무슨 일이 있어도 뉴욕에 살겠다고 다짐했다.

젊은 작가 지망생의 맨해튼 순례가 약간 충동적이긴 했지만 우리는 반드시 꿈을 이루겠다고 굳게 결심했다. 우리가 훗날 파리에 이끌렸던 것처럼 낭만적인 감상에 사로잡혀 뉴욕에 마음을 빼앗긴 것은 아니었다. 거의 열광적으로, 심하게 말하면 정신을 차릴 수 없을 정도로 뉴욕에 끌렸다. 뉴욕은 조금이라도 권리를 주장하기 위해서는 반드시 그곳에 있어야만 하는 도시였다. 나는 이런 느낌을 떨칠 수 없었다. 다른 곳에서도 살아봤지만, 어떤 곳도 뉴욕처럼 나를 완전히 사로잡지 못했고, 뉴욕만큼 현혹시키지 못했다. 뉴욕이 주는 편안함보다, 뉴욕에 깃든 무한한 감정적 에너지 때문이 아닐까 싶다. 집처럼.

뉴욕의 집! 하지만 뉴욕에 어떻게 집을 장만할까? 희망의 구호에 뒤이어 곧바로 절망적이고 불가능에 가까운 의문이 뒤따른다. 맨해튼에 집을 갖겠다는 생각은 당연한 듯하면서도 불합리하고, 아무리 좋게 생각해도 모순에 가까운 듯하다. 따라서 아주 나지막하게라도 그런 꿈을 입에 올린다면 현실적이지는 않지만 문학에서는 가능한 원칙에 대한 도전일 수 있다. 요컨대 문학에서 뉴욕은 성공하려고 거래하고 타협하는 곳, 과감히 뛰어들어 행운을 거머쥐거나 실패하는 곳이다. 그러나 현실 세계에서 우리 모두가 뉴욕에서 만들어가는 것은 집이다. 뉴욕에서도 삶 자체가 가장 중요한 단위이기는 하다. 그러나 집, 주방이 딸린 아파트, 조리하는 냄새가 새어나가는 현관은 현실적인 기준이다. 우리가 알고 있는 기준이며, 우리가 알고 있는 모든 것이기도 하다.

다른 곳과 마찬가지로 뉴욕에도 많은 집이 있다. 뉴욕에서 집을 갖는 것은 힘들고 어려운 일이지만 당연한 일이기도 하다. 수많은 사람이 지금도 집을 구하려고 발버둥친다. 내 말을 확인하고 싶으면 창밖을 내다보라. 헨리 제임스Henry James, 1843~1916는 이디스 훠턴Edith Wharton, 1862~1937에게 보낸 유명한 편지에서, "뉴욕을 감싸안으라!"고 간곡히 말했다. 그러나 우리가 뉴욕을 감싸안으려 할 때 뉴욕은 우리를 감싸안으며 우리를 집에 되돌려보낸다.(위대한 제임스는 뉴욕을 감싸안으려고 고향에 돌아왔을 때 자신이 태어났던 14번가의 집과, 6번가 모퉁이의 집들을 전전했다.)

처음 집을 구하려 진땀을 흘리던 때가 지금도 기억에 생생하다. 캐나다에서 버스를 타고 뉴욕에 도착한 아내와 나는 이스트 87번가에서 한 칸짜리 반지하방을 구했다. 그때 우리가 벽마다 어떻게 그처럼 많은 토글볼트를 사용할 수 있었을까 놀랐던 기억이 사반세기가 지난 지금도 잊혀지지 않는다. 지금 그 시절로 돌아가면 그때만큼 여유있고 편한 마음으로 해낼 수 있을 것 같지 않다. 지금은 맨해튼의 가정용품 상점을 들어갈 때마다 복잡한 사기극의 피해자가 된 기분이고, 어떤 교활한 바람잡이에게 당하는 기분이기 때문이다. 우리가 정말로 매일 아침 토스터와 커피메이커를 사용하게 될까? 물론 뉴욕 사람도 앨투너 사람들처럼 토스터로 빵을 굽고 커피메이커로 커피를 내린다. 옛날 우리가 집에서 그랬던 것처럼.

뉴욕에서 집을 구하려면 먼저 뉴욕 지도를 펴놓고 적절한 곳을 찾아내야 한다. 지도만이 우리가 구할 수 있는 집의 종류에 대해 알려 주기 때문이다. 따라서 우리 부부가 뉴욕에서 구한 첫 집은 1번가를 따라 늘어선 작은 지하 아파트들 중 하나였다. 그 후, 딘 앤 델루카의 치즈 판매대와 메리 분Mary Boone의 갤러리가 손잡고 문화행사를 진행하던, 제2의 황금시대를 맞은 소호 지역으로 이주했다. 그러나 그 시대도 지나갔다. 세계 경제가 침체에 빠져들었다. 그때 우리는 집을 옮기면서, 지도에서 좀 더 아늑한 네모칸, 요컨대 아이가 살아갈 만한 네모칸에 정착하기를 바랐다.

아이들의 도시가 된 뉴욕

우리는 몇 년간 뉴욕을 떠났다가 2000년에 돌아왔다. 아이들의 문Children's Gate을 통과하고 영원히 이곳에 집을 마련하기 위해서 돌아왔다. 아이들의 문은 진짜로 존재한다. 누구나 그 문을 지날 수 있다. 76번가와 5번가에서 센트럴 파크로 들어가는 입구의 이름이 '아이들의 문'이다. 공원을 경계짓는 나지막한 돌담에 뚫린 구멍에 불과한 문들의 이름은 무척 시적이지만 별로 알려지지 않았다. 프레더릭 로 옴스테드Frederick Law Olmsted, 1822~1903, 미국의 조경 건축가와 칼버트 보Calvert Vaux, 1824~1895, 미국의 조경 건축가가 러스킨처럼 기발한 발상으로 센트럴 파크의 모든 입구에 이름을 붙였다. 이름 하나하나가 그 문을 통과하는 사람들의 계급을 뜻한다. 따라서 센트럴 파크는 어떤 계급의 사람이나 자기에게 알맞는 입구를 지닌 공원이다.

예나 지금이나 광부의 문, 학자의 문이 있고, 서쪽 끝에는 내가 오랫동안 즐겨 드나들었던 이방인의 문이 있다. '아이들의 문' 은 가장 덜 알려진 입구이지만, 가장 매력적인 문이다. 대부분의 경우에 그 문의 이름조차 읽기 힘들다. 핫도그와 프레첼을 파는 장사꾼이 울적한 얼굴로, 문 이름이 조각된 곳 바로 앞에 하루에 열두 시간씩 포장마차를 세워두고 있기 때문이다. 괘씸한 일이다. 광부들은 오래 전에 그들의 문을 드나들었겠지만 아이들은 지금도 하루종일 그들의 문을 들락거리고 있기 때문이다. 또 어린아이들도 자기들의 문이 있다는 걸 알고 싶어하지 않겠는가! 그래서 우리 가족도 아이들처럼 그 문을 지나보기로 결정했다.

정말 그랬다. 우리는 널찍한 놀이터를 좋아해서, 시차의 피로에도 아랑곳하지 않고 첫날 아침에 그 문으로 달려갔다. 상징적인 의미에서도 우리 결심은 분명했다. 어린시절의 낭만을 찾아서, 아이들을 위해서 파리를 떠나 뉴욕으로 되돌아가기로 결정했으니까. 우리는 아이들을 불가사의한 파리의 학교에 보내고 싶지 않았다. 우리 아이들이 끔찍한 교육을 받고 열일곱 살까지 겁에 질려 살 것 같았다. 게다가 그 나이를 지나면 폭동에 가담할 것 같았다. 우리는 아이들이 뉴욕의 진취적인 학교에서 훌륭한 교육을 받으며 재밌게 공부할 수 있기를 바랐다. 예습하는 데에 시간을 보내기엔 어린시절은 너무 짧았다. 우리는 아이들이 뉴욕에서 성장하며 뉴욕의 토박이가 되고, 우리와 달리 이방인의 문이 아닌 아이들의 문으로 드나들기를 바랐다.

많은 사람이 우리와 함께 그 문을 지났다. 25년 전이었다면 캘빈 트릴린뉴요커 기자이 아버지와 어머니와 두 아이로 이루어진 핵가족마저 뉴욕에서는 낯선 풍경이라 묘사하며 볼거리라고 말했겠지만, 뉴욕에 돌아오니 뉴욕에는 아이들이 곧잘 눈에 띄었다. 심지어 아이들로 넘쳐 흐른다고 말하는 사람도 있었다. 쪼그맣고 시끄러운 놈들이 동네를 접수했다고 투덜대는 사람은 마약 중독자와 복장 도착자와 예술가뿐이었다. 뉴욕은 우스꽝스러울 정도로 다시 아이들의 도시로 변했다. 옛날에 섹스숍이었던 곳이 어린이를 위한 미용실로 변했고, 독신 남녀들이 드나들던 술집은 놀이방으로 바뀌었다. 유모차가 넘쳐 흘러, 몇몇 세대 전의 식당 주인들이 손님들에게 말을 갓돌에 너무 가까이 매두지 말라고 부탁했듯이, 이제는 유모차의 출입을 금지하는 게시문을 입구에 붙여놓은 식당이 적지 않았다.

이런 현상에 '교외화', '고급화' 등 어떤 멋진 이름을 붙이든 간에 뉴욕이 변한 것만은 사실이었다. 길거리와 공원과 학교를 꽉 채운 아이들이 명백한 증거였다.

그동안 뉴욕에 무슨 일이 있었나

뉴욕의 변화, 특히 폭력적인 범죄가 눈에 띄게 감소한 것은 놀라웠다. 변화가 완벽하지는 않았고, 새로운 도시에 모두가 만족한 것은 아니었지만 모든 예상을 뛰어넘은 변화였다. 이상하게 지금은 잊혀졌지만 랠프 박시Ralph Bakshi 감독의 만화영화로 뉴욕을 살기 힘든 곳이라 묘사한 〈헤비 트래픽〉에 대한 평가에서 스탠리 카우프만Stanley Kauffmann이 단호히 말했듯이, 20여 년 전만 하더라도 뉴욕은 지옥이라는 말이 당연하게 여겨졌다. 지옥계가 1단계부터 30단계까지 바로 밑에 있는 것처럼 맨홀에서 피어오르는 연기가 정신병자들의 콧구멍을 채워주는 식으로, 모든 영화가 뉴욕을 지옥으로 묘사했다. 미국의 수필가 E. B. 화이트는 뉴욕을 주제로 발표해 유명해진 수필을 다시 써달라는 요청을 받았다. 그 강퍅한 사내는 그의 글에서 쓰디쓴 눈물을 빼놓을 방법을 찾을 수 없고 자신이 알지 못하는 도시에 대해 쓸 수는 없다며 그 요청을 정중히 거절했다. 또 1970년대에는 로버트 카로가 뉴욕의 도시계획가 로버트 모제스Robert Moses의 삶을 기록한 전기에 '뉴욕의 몰락' 이란 부제를 단호히 덧붙이면서, '무슨 일이 있었나' 라는 기록의 전형을 제시했다.

누구나 엄청난 변화를 목격하고 깜짝 놀란 경험이 있기 마련이다. 내 기억이 맞다면, 23년 전에 9번가의 필름센터 빌딩에는 희한하게 차려입은 사람들이 들락거렸고, 성도착자들이 필름센터 카페에서 진을 치고 살았다. 그러나 지금 필름센터 빌딩은 산뜻하게 변했고, 길 건너편의 카페에서는 홍합과 크루아상 샌드위치를 맛볼 수 있다. 그래도 아르 데코의 흔적은 건물의 전면에 남아 있다. 1970년대 초 뉴욕의 분위기를 기억한다는 자체가 기적에 가깝겠지만, 그 시대를 기억하는 사람들에게 이런 기적같은 변화는 거의 불평으로 이어진다. 이런 건 눈꼽만큼도 놀라운 게 아니야! 어떻게 이런 걸 기적이라 할 수 있지? 옛날에 핵가족들이 복장도착자들을 피해 달아나며 비웃었듯이, 이제는 복장도착자들이 그리니치 빌리지에 몰려드는 핵가족들을 비웃는다. 그러나 도시인답게 지적이면서 이해관계를 초월한 듯한 불평까지 끼어든다. 큰 도시가 꾸준히 발전하기에는 관공서 및 금융과 미디어 산업의 기반이 너무 취약하다고. 그러나 역사적으로 보면, 이런 산업들이 잊혀진 시대의 종이상자나 여성 속옷을 만들던 산업보다 위태로운 이유를 제대로 설명할 수 있는 사람은 하나도 없는 듯하다.

대부분의 불만이 심미적이고, 향수가 섞인 불만이다. 추한 모습들, 절망적이었지만 나름대로 재밌었던 것들, 폭력적이고 지저분한 모습들, 셔츠만 입고 운전하던 택시기사들, 하이힐을 신고 손님을 유혹하던 매춘부들은 전부 어디로 갔을까? 인간의 비뚤어진 면을 고스란히 보여주던 현상들이었는데. 저주받은 사람들이 지옥을 고급스럽게 바꿔놓은 후에, “이제 악마가 어디에 있는 거야? 악마였어도 인간미가 없지는 않았어. 우리가 크루아상 때문에 지옥에 간 건 아니라고!”라며 모두가 지옥같은 세상을 다람쥐처럼 맴돌 때가 훨씬 재밌었다고 불평하는 셈이다. 그러나 불평은 훨씬 통절하고 신랄한 면을 띠기도 한다. 좌익과 우익을 막론하고 모두가 새로 단장한 타임스 스퀘어를 비난의 표적으로 삼는다. 저속한 인간의 낭비를 완벽하게 보여주는 현장을 어쩔 수 없이 봐야 하고, ‘라이언 킹’의 공연이 끝나고 관객들이 극장에서 밀려나올 때까지 남들에게 욕정을 자극하며 입술을 빨게 만드는 차림새로 활보하는 사람들의 천박한 모습을 어쩔 수 없이 봐야하기 때문에 넌더리가 난다고! 이런 비난은 현실에 안주하려는 우리 자신에 대한 당혹감, 심지어 실망감을 폭로하는 것이기 때문에 충격적이고 견디기 힘들다. 안전과 시민 질서는 좋기만 한 것이 아니다. 달리 말하면, 미니애폴리스에서 살기 위해서 지불해야 하는 턱없이 높은 임대료이다.

그러나 크루아상과 범죄는 생활방식에 따라 선택할 수 있는 것이 아니다. 취향에 따라 선택되는 것도 아니다. 할렘에서 살아본 사람이라면 누구라도 똑같이 말하겠지만, 공포 분위기 감소는 지극히 감사해야 할 일이다. 체스터턴Gilbert Keith Chesterton 영국의 소설가, 언론인의 말을 약간 바꿔 표현하면, 정상적인 것에서 감동받지 못하는 사람은 어떤 것에도 감동받지 못한다. 대신 아무것에나 감동받아 닭똥 같은 눈물을 뚝뚝 떨어뜨린다. 예컨대 낡은 머그잔, 시궁창에 떨어진 다이아몬드처럼 반짝거리는 작은 유리병 조각에도 마음이 흔들리며 "아, 모두 다 지난 일이 됐구나!"라며 안타까워한다. 그 옛날이 코카인으로 범벅이었다는 사실에는 신경조차 쓰지 않는다.

변화가 나쁜 식으로 파리를 닮아간다는 지적은 그나마 들을 만하다. 도시에서 유서깊은 지역은 부자들이나(어쩐 일인지 부자들보다 더 고약한) 여피들의 차지가 됐고, 가난한 사람들과 하층민은 맨해튼에서 쫓겨났다. 어쨌든 '도시' 는 단순히 도회지에 자리잡은 놀이공원이 아니다. 도시는 다양한 계급과 거래, 목적과 역할이 결합돼 완전체를 이루는 곳이다. 부자들만 공동주택이나 고급 아파트에서 모여 살며 서로 쳐다보는 곳이 아니다. 이런 주장을 하는 사람들은 뉴욕에서 변화가 아니라 인종청소, 요컨대 바람직하지 않은 방향의 추방을 지적한다. 그러나 정전으로 인한 1977년의 '매드 맥스' 적 상황과 2003년의 롬퍼룸(어린이들의 놀이방) 같은 상황을 비교해보면, 뉴욕이 나쁜 방향으로 변했다고 주장하기는 어렵다. 타임스 스퀘어의 디즈니화를 빈정대는 말에 고개를 끄덕이며 옛날의 낭만을 되살리고 싶을 만큼, 뉴욕이 옛날에 비해 나빠졌다고 설득력 있게 주장하는 사람을 나는 아직 만나지 못했다.

자기 안의 적이랄까? 이상하게도 발전에는 그림자가 있는 법이다. 뉴욕의 교외화는 사실이며, 우려스럽기도 하다. 따라서 모두가 툭하면 실망감을 드러내며 심란해 한다. 우리가 성년이 되어 다시 찾았던 소호 지역은 예술과 요리, 상업과 유행의 첨단이 유기적으로 얽힌 곳이었지만, 지금은 그런 모습을 찾을 수 없다. 그러나 우리가 알던 소호도 그곳을 먼저 떠나 트라이베카로 이주한 사람들에게는 이미 낯선 곳이었다. 요컨대 뉴욕 전체의 입장에서 보면 얻은 것이 있고 잃은 것이 있어, 결국 제로섬에 불과하다는 뜻이다. 시민의식과 평화라는 큰 성과를 거두었지만, 활력과 다양성이란 창조적인 면을 상실해 그 성과가 상쇄되고 말았다. 예컨대 브루클린과 그 주변에서는 보헤미아의 신세계가 열리고 있지만, 브루클린에는 예부터 길거리에서 노래하고 마리화나를 피는 음유시인들이 있었다. 그러나 내 마음속의 브루클린은 작은 집들과 큰 건물들이 밀집돼 있던 섬, 벽에 귀를 대면 옆집 소리가 들리던 곳이었다.

아이들과 함께하는 뉴욕의 삶

그러나 이런 상실은 피할 수 없는 것이다. 새로운 뉴욕이 모습을 드러내면 옛 뉴욕은 사라진다. 뉴욕이란 도시 —혹은 하나의 지도에 여러 모습의 뉴욕이 있기 때문에 뉴욕들— 에도 여느 도시와 마찬가지로 고유한 멋과 부조리가 있기 마련이다. 지적인 관심 때문에, 더 크게는 매일 아침 7시에 울린 자명종 때문에 내 마음에 아로새겨진 뉴욕은 뉴욕 초창기, 즉 뉴욕의 어린시절 문명이었다. 내가 언젠가 인터뷰했던 어린이 놀이와 동요를 전공한 뛰어난 학자 아이오나 오피Iona Opie는 "어린시절은 자체의 규칙과 의식을 지닌 문명이며 어린이들은 결코 서로를 어린이라 부르지 않는다. 서로를 당연히 사람이라 부르며, 그들과 같은 사람들, 즉 어른들이 무엇을 믿고 무엇을 해야 하는지 말해준다."라고 단호히 말했다. 아이들의 문은 분명히 존재한다. 따라서 우리도 그 문을 기꺼이 지날 수 있어야 한다.

'하지만 뉴욕이든 어디든 아이들 문제로 이렇게 법석을 피울 필요가 뭐 있어? 어린시절을 아이들의 뜻대로 받아들여주고, 어른으로 성장해가는 한 단계로 생각하면 되잖아?' 라고 한탄하는 목소리가 내 귀까지 들리는 듯하다. 아이들을 사랑하는 마음이 자연스런 감정이더라도 다른 아이들은 배제한 채 자기 자식만을 사랑한다거나, 자기 자식을 차별적으로 사랑하는 마음은 전혀 다른 것이다. 루마니아 페르디난드 1세의 왕비, 에든버러의 메리가 말했듯이, 자기 자식만을 향한 집착적 사랑은 다른 것에서는 즐거움을 얻지 못하다는 증거이다. 메리 왕비의 이런 지적에 감히 반박할 사람이 있을까?

아이들이 잠에서 깨면 나는 괜스레 기분이 좋아진다. 하지만 아이들이 학교에 가버리면 괜히 기분이 울적해지며, 옛날에 어머니들의 독점적 영역이었던 일종의 강박관념에 하루종일 사로잡힌다. 좀처럼 떨쳐내지 못하는 그런 기분에 대해 생각과 연구를 거듭한 끝에 나는 그런 기분이 특정한 시기에 나타나는 현상이란 결론을 내렸다. 달리 말하면, 우리보다 자식을 더 사랑하거나 덜 사랑하는 것은 아니지만 육아를 유모에게 맡겼던 옛날의 아버지들에게서도 찾아지는 부성애의 전형이다. 케네스 클라크Kenneth Clark 영국의 미술사학자이자 평론가는 아이들을 별채에서 키웠다. 어른들이 저녁식사를 하기 직전에 아이들은 식당에 들어와 저녁 인사를 했고, 곧바로 나가야 했다. 그러나 클라크는 자서전에서, 아이들만큼 그에게 큰 기쁨을 주었던 존재는 없었다고 말했다. 나는 클라크가 자기 방식대로 진실을 말했다는 걸 조금도 의심하지 않는다.

어머니에게 자유를 위해 독점적 자식 사랑을 포기하라고 요구하는 페미니즘의 영향으로, 또 나이가 들어 자식을 두는 부모가 증가하면서, 부성애의 형태도 달라졌다. 아버지는 완성돼 가는 어린아이가 아니라, 이미 어느 정도 완성된 어른이다. 따라서 전 세대의 아버지보다, 식사를 준비하고 자식들의 코를 닦아주는데 더 많은 시간을 할애해야 한다. 결국 육아의 일부가 되는 자의식은 육아에서부터 시작된다. 여섯 아이의 아버지이고, 열두 아이의 할아버지인 내 아버지는 언젠가, 스무 살에 자식을 두는 것과 마흔 살에 자식을 두는 것만큼 우리 삶에서 크게 다른 것은 없다고 말씀하셨다.

스무 살에 자식을 둔 아버지에게 자식은 체구가 작지만 산을 함께 등반하는 동반자이다. 그러나 마흔 살에 자식을 두면 아버지는 이미 산을 한참 올라가 있는 어른이다. 따라서 자식의 장비를 짊어지고 산소 공급을 점검하며 길을 안내해 자식을 정상까지 끌고 올라가는 셰르파 노릇을 하게 된다. 또한 수 세대의 셰르파가 수 세대의 영국 산악인들에게 그랬듯이, 자식들에게 스스로 그런 일을 해낸 것이라며 격려한다. 이런 새로운 형태의 육아법과 사랑도 '성인' 으로 성장해가는 과정에서 나타난 결과라 할 수 있다. 소년의 단계에서 꾸물대던 사람들에게 육아와 자식 사랑은 회귀적인 성향을 부추기기는커녕 어른이 되라고 재촉하는 촉매제이다. "넌 뭔가를 해야 해! 네가 할 일이 바로 코앞에 있잖아!" 라고.

양육의 기원을 추적하는 과제는 고매한 문화 역사학자들에게 맡겨두자. 양육의 기원이 무엇이든 간에 자식을 옆에 두고 키우는 재미는 쏠쏠하다. 양육에서 정말로 재미를 느낄 수 있어야 한다. 말하자면, 의무적으로 부과된 책임이 아니라 우리에게 배달된 굉장한 선물로 여겨야 한다. 음유시인들이 모두를 위해 낭만적 사랑을 노래했기 때문에 로렌츠 하트Lorenz Hartm나 폴 매카트니에게까지 영향을 미칠 수 있었던 것이라 생각하면 된다.

아이들은 우리에게 낭만적 생각을 되살려준다. 이 책에서 자주 등장하는 발달 심리학자이며 내 누이인 앨리스의 주장에 따르면, 아이들에게는 매일 아침이 파리에서 맞는 첫 날이며, 하루하루가 첫사랑을 하는 날이다. 어른에게는 예외적인 상황에서만 나타났다가 사라지는 열정, 또 파도가 한결같은 모습으로 부서지는 단조로운 해변에 갑작스레 불어닥치는 돌풍이 아이들에게는 매일 반복된다. 충격과 미움이 겹치면서 "아빠 미워!" 라 소리치고 문을 쾅 닫고 나간다. 그때는 정말 아빠가 미운 거다. 하지만 15분쯤 지나면 문을 열며 먹을 것을 달라고 한다. 아이들은 우리에게 이 세상을 특별한 곳으로 보라고 요구한다. 아이들과 함께하는 삶은 사랑하는 사람, 탐험가, 과학자, 해적, 시인 등과 함께하는 삶이다. 따라서 하루하루가 새롭게 재밌다.

아이들은 더 착한 사람이 되고, 더 똑똑해지고, 미래를 준비하려고 우리 곁에 있는 것이 아니다. 아이들은 그냥 여기에 있을 뿐이고, 아이들도 자신들이 그렇다는 걸 잘 안다. 우리가 아이들과 함께 지낼 때 즐거운 이유는 아이들이 부처가 말한 칠각지七覺支를 지키기 때문이다. 아이들이 칠각지를 지킨다고? 그렇다, 아이들은 칠각지를 노래하고 다니고, 칠각지 자체이기도 하다. 에너지, 즐거움, 전념, 신중함, 깨어있는 마음, 호기심, 차분함. 물론 차분하다고 말할 수는 없겠지만, 아이들이 우리보다 칠각지를 훨씬 잘 지키는 것은 사실이다. 예컨대 아이들은 괴로워해도 우리처럼 공황 상태로 빠지지는 않는다. 또 아이들은 초연하기도 하다. 아이들은 어떤 식으로든 우리에게서 벗어나 있으며, 우리는 나중에야 그 사실을 깨닫는다. 요컨대 아이들은 부모의 울타리에서 벗어나 자유로워지기 위해서, 수도자들이 세상을 묵상하듯이 우리를 면밀히 관찰한다. 아이들의 궁극적인 깨달음은 그런 해방에서 시작된다.

우리는 아이들에게 버림받았다는 것을 나중에야 처절하게 느낀다. 부모로서 우리는 짧은 기간이나마 지적인 욕망의 대상이다. 우리는 아이들에게 한순간이나마 세상이다. 우리는 한때 세상만큼 넓었다는 데 자부심을 가져야 한다. 그러나 안타깝지만 우리는 버려지고 만다. 아이들의 가장 매력적인 부분이 결국 우리를 떠난다는 사실을 깨닫지 못할 때 위험한 감상주의가 끼어든다. 달인이 세상에 대한 애착을 버리는 것처럼 아이들은 우리에 대한 애착을 끊어야 한다. 우리는 한때 누군가를 묶어둘 만큼 매혹적인 존재였다는 사실로 만족해야 한다. 아이들이 우리에게 애착을 가졌던 시기를 기억해주기를 기대할 뿐이다. 아이들이 우리를 동정하고 너그러운 마음을 베풀어, 우리가 플로리다로 은퇴해 하얀 반바지에 양말을 신고 지낼 때 봄이면 찾아와주기를 바랄 뿐이다.

아이들이 자라는 모습을 지켜보기에 부적절한 곳은 없지만 맨해튼은 그렇게 하기에 좋은 곳이다. 아주 작은 점 둘과 무척 큰 면 하나, 요컨대 존재가 의식되기 시작한 작은 공간과 널찍하고 무관심한 공간을 매일 왕복하는 것도 교육적인 효과가 크다. 그렇게 할 때 우리는 뉴욕의 삐걱대는 면과 원활한 면을 더 확실히 알 수 있다. 또 뉴욕이 기념물들에 부여하는 의미 —뉴욕 자연사박물관에서 얻는 영감이 프랑스 루르드에 있는 기적의 샘에서 얻은 영감보다 이제는 더 크다— 만이 아니라 뉴욕이 인정하지 않는 풍습, 또한 뉴욕만의 특징까지 더 분명히 알아갈 수 있다. 오후 5시에 아이들을 데리고 지하철을 탈 때는 급류에서 래프팅을 할 때처럼 아이들을 꽉 붙잡아야 한다. 그렇지 않으면 아차 하는 순간에 아이들이 승객들 사이로 떠밀려갈 수 있다.

아이들은 때때로 조용한 곳을 우리에게 알려준다. 내 아들 루크는 언젠가 아버지의 날에 센트럴 파크에서 내 등을 떠밀며 조용한 빈터로 데려간 적이 있었다. 어른들은 완전히 잊고 있던 곳이었다. 반대로 아이들은 영원히 멀리하겠다고 맹세까지 했던 시끌벅적한 곳으로 데려가 달라고 보채기도 한다. 매년 크리스마스가 되면 나는 올리비아의 등쌀에 티파니에 가서 윈도 쇼핑을 하며, 입을 쩍 벌리고 진열장에 전시된 커다란 다이아몬드를 바라본다. 그때만은 관광객들의 물결도 저주가 아니라 축복처럼 느껴진다.

아이들이 자기만의 지도를 만들며, 우리 지도까지 확대시키고 세밀하게 다듬어준다. 아이들은 우리 지도에 쉽게 지워지지 않는 멋진 삽화, 중세 지도에서 불을 토하는 야수와 비슷한 삽화를 그려넣는다. 유니버시티 플레이스 어딘가에서, 올리비아는 너무 작아 근처에 있는 볼머 레인스 볼링장에 갈 수 없다는 걸 알고는 화를 버럭 내면서 내게 "전에는 아빠를 사랑했지만 이제부턴 좋아하지도 않을 거야!"라고 소리쳤다. 지금도 그곳을 지날 때면 올리비아는 그때의 기억을 잊지 못하고 화내면서 소리를 지른다.

아이들의 지도가 쉽게 변하는 건 분명하지만, 모든 아이가 나름대로 고유한 지도를 머릿속에 갖고 있으며, 그 지도는 어른이 돼서야 하나의 지도로 고정된다. 루크와 올리비아가 내 지도를 어떻게 받아들였을까 생각하면 등골이 오싹하다. 그러나 우리 아이들의 뉴욕 지도는 밝고 순수하기를 바랄 뿐이다. 우리가 자랐던 곳의 지도는 그랬다. 쓸데없는 말이 되겠지만, 두 아이가 내 눈에는 무척 특별하게 보이지만 백만 명까지는 아니어도 많은 다른 아이들을 대신할 뿐이다.

루크와 올리비아는 제이콥과 사샤, 벤과 소피, 엠마와 가브리엘일 수 있다. 아이들을 볼 때마다 놀라운 것은 아이들 모두가 똑같으면서도 완전히 다르다는 점이다. 아이들은 철저히 개인적이면서 또래 집단의 일원이다. 이런 점에서, 우리와 조금도 다르지 않다. 도시가 이런 면을 바꾸지는 않는다. 오히려 그런 면을 부각시켜 보여준다. 따라서 루크와 올리비아는 800만 영혼 중에서 유일한 둘이다.

911, 그리고 뉴욕

적어도 우리에게 지난 5년 동안, 아이들의 낙천적 기질 덕분에 가장 암울했던 시기에도 우리는 아이들의 문을 지나 센트럴 파크를 찾았다. 나는 파리에서의 5년 이야기를 올리비아의 탄생으로 끝맺었다. 공교롭게도 그 아이는 1999년 9월 11일에 태어났다. 한 세기 전 1890년대의 대영제국만큼이나 광범위하고 자애로웠던 팍스 아메리카나 하에서 보낸 풍요로운 10년이 기분좋게 마무리되고 있던 때였다. 또한 부드러운 기호의 제국이 도래할 것이라 막연히 기대할 만큼 절대적인 전성기를 맞아 풍요로운 물질 문명을 낙관하던 때였다.

그로부터 2년 후, 우리가 올리비아의 두 번째 생일 잔치를 준비하고 있을 때 전화벨이 요란하게 울렸다. 그 이후의 얘기는 이미 알려진 대로이다. 우리는 그 잊을 수 없는 사건의 의미조차 제대로 규정하지 못한 실정이다. 재앙적인 사건들에 부여되는 의미는 계속 변하기 때문에 아직 규정되지 못한 것이다. 그 이후에 전개되는 현상을 보면, 어떤 사건의 의미를 곧바로 해석하지 않고 오랜 시간이 지난 뒤에야 이해하려는 것은 어리석은 짓이라고 생각될 만큼, 극단적으로 다른 해석들이 난무했다. 911테러는 고트족에 의한 로마의 약탈이나 1914년 사라예보 사건이었을까? 아니면 맨슨 패밀리의 살인극 정도였을까? 아니면 1915년 북대서양에서 독일 잠수함에게 격침당한 영국 여객선 '루시타니아' 호의 비극에 비교할 수 있을까? 아직은 알 수 없다. 오랜 시간이 지난 후에도 못할 수 있다. 한 도시를 대표하는 커다란 두 건물이 하루아침에 무너진 사건과 유사한 사건을 시공간적으로 멀리 떨어진 역사에서 찾으려 한다면, 예루살렘 성전의 약탈이나 로마의 파괴 등과 같은 문명의 종말로 연결된 재앙적 사건에서만 찾아야 할 것이기 때문이다.

역사를 조금이라도 아는 사람이라면 911사태로 모든 것이 변했다고 생각할 것이다. 그러나 조금이라도 현실감각을 지닌 사람이라면 911사태로 변한 것은 없다고 말할 것이다. 지금 이 순간까지 드러내고 말하지는 않지만, 911사태로 인해 뉴욕의 관례와 실태, 심지어 안락한 삶까지 실질적으로 변한 것이 없다. 공격은 있었지만 약탈은 없었다. 우리는 그날 밤 아무 일도 없었던 것처럼 현장에서 1.5킬로미터밖에 떨어지지 않은 집에 돌아갔고, 전화도 정상적이었고 냉장고도 한 구석에서 웅웅거렸다. 과거의 재앙들처럼 사태의 진원지에서부터 다른 파괴 행위로 발전하지 않았기 때문에 우리는 재앙의 의미를 되새겨보려 애썼을 정도였다. 그 재앙은 특정한 장소에 국한됐고 그곳을 벗어나지 않았다. 당시 내가 어딘가에 썼듯이, 그 재앙은 눈앞의 길에서 타이타닉호가 침몰한 것이나 다를 바가 없었다. 우리는 웅장한 건물이 무너져내리는 것을 지켜보았고, 걸어서 집으로 돌아갔다.

놀랍게도 우리는 복구되는 과정을 지켜보며 그 과정에서 뭔가를 배웠다. 아이들의 문을 통해 세상에 들어간 우리는 달아나거나 머물거나, 둘 중 하나를 선택해야 했다. 머무는 쪽을 선택했기 때문에 우리는 살아야 했고, 따라서 희망을 가져야 했다. 우리가 누렸던 만큼의 행복을 우리 아이들에게 보장해주고, 그런 행복을 만들어가야 했다. 그때부터 우리는 911사태를 추념하는 동시에 올리비아의 생일을 축하해야 했다. 커다란 불행이 우리 가족에게도 작게나마 영향을 미친 셈이었다. 우리는 그날부터 그랬고, 둘 모두를 최선을 다해 기억하려 했다. 둘을 동시에 하지만, 그 정도야 삶을 살아가는데 필요한 최소한의 수에 불과하다. 여기에 어떤 영웅주의가 끼어든 것은 아니다. 선택의 여지가 없을 뿐이다. 그러나 진정한 영웅들이 행동 방향을 선택하지 않으면서도 여하튼 뭔가를 할 때, 우리도 어떤 선택도 하지 않아야 그들이 무엇을 하는지 가까이에서 볼 수 있는 법이다.

뉴욕이 변하고, 뉴욕이 설립된 이후 처음으로 세상의 눈에 허약하고 취약한 도시로 비춰진 것은 부인할 수 없는 사실이며, 애처롭기도 하다. 가상 세계의 로마인 뉴욕이 하루아침에 새 천년시대의 베네치아가 됐다. 아름답지만 소멸의 위기에 빠진 도시, 따라서 산산이 부서지고 물에 잠겨버릴 수도 있는 도시가 돼 버렸다. 1970년대 뉴욕에 드리운 그림자와는 완연히 달랐다. 이번 파멸의 범위는 그때보다 훨씬 작았지만, 두려움은 한동안이나마 훨씬 컸다. 뉴욕에 존재하던 모든 세속적 관례는 계속됐지만, 과거처럼 무사안일하게 행해질 수 없다는 사실을 깨닫고 새롭게 다듬어졌다. 가족 사진에, 센트럴 파크 큰 잔디밭에서 소풍을 즐기는 사람들의 모습에 약한 모습이 스며들었다. 또 신세대의 생일 잔치에서는 모든 아이에게 요가 매트가 선물로 주어졌다. 이런 약한 모습은 낮게 나는 비행기라도 얼마나 낮게 날아야 하는지 아이들에게 경각심을 일깨워주는 우스꽝스런 형태로도 발전했다.

탈출이 합리적인 선택이었다. 지금 생각해도 탈출이 합리적인 대처법이었던 것으로 여겨질 수 있다. 그러나 지독한 불감증과 피로감 때문이었는지 뉴욕을 탈출한 사람은 별로 없었다. 우리 모두가 계속 살아가야 했고, 사는 길을 택했기 때문에 희망의 끈을 놓을 수는 없었다. 공포 분위기가 시시때때로 닥치는 와중에도 즐거움을 찾아야 하는 공간에서 우리가 살아가야 하는 방식과 마음가짐이 미묘하게 변한 것은 사실이다. 어떻게 변했는지 찾아내야 하겠지만, 내 생각에 911 이후의 뉴욕에 대해 왈가왈부하는 것은 무의미한 일이다. 역사와 개인의 경험은 천박한 언론과 무가치한 소설에서나 겹칠 뿐이다. 역사와 개인은 다른 궤도를 달린다.

역사가 개인과 충돌하며 개인을 본래의 궤도에서 밀어낼 때, 우리는 개개인의 머리와 가슴에 남은 상처를 통해 그 충돌의 힘을 계산해낸다. 두려움이 마음가짐을 변화시키고, 마음가짐이 관례의 형태를 바꿔간다. 그러나 연기가 방의 공기를 바꾸는 식으로 그 변화는 거의 눈에 띄지 않는다. 따라서 변화가 느껴지고 감지될 때만 기록될 뿐이다.

진보적인 뉴요커, 보수적인 부모가 되다

생활방식이 눈에 띄게 변한 것은 사실이다. 상투적인 비유를 들면, 우리 시대에는 구두의 나머지 한 짝이 떨어지길 기다리며 시간을 보냈다. 달리 말하면, 확실한 결과를 마음 졸이며 기다렸다. 그 한 짝이 떨어지지 않으면, 정상적인 시대에서 머릿속으로 껑충껑충 뛰면서 한 발로 사는 법을 배웠다. 따라서 우리가 한 발로도 행복하게 살 수 있다고 생각하기에 이르렀다. 두 발로 걷던 기억이 이상하게 여겨질 정도였다. 어느 시대, 어느 도시에나 두려워하는 뭔가가 있기 마련이다. 우리 부모를 괴롭혔던 문제는 "두려움으로 팽배한 시대에 우리가 어떻게 해야 아이들이 즐겁게 살아갈 수 있을까?", "어디를 봐도 어두운 그림자가 드리운 시대에 어떻게 해야 아이들이 살아가는데 넉넉한 빛을 만들어갈 수 있을까?"라는 것이었다.

그와 같은 시대에 뉴욕은 자식을 낳고 키우기에 부적절한 곳일 수 있었다. 그러나 자식을 키우기에 적합한 때는 없었다. 자식을 평안하고 행복하게 키울 수 있는 때는 없었다. 폴란드 시인, 심보르스카 Wislwa Szymborska도 말했듯이, 인류의 역사에서 자식을 키우기에 좋은 때는 한 번도 없었다. 엄청나게 험악한 사태가 항상 닥치며 자식을 갖는 행복을 어리석은 사치로 만들어버렸다. 반달족이 침략했고, 생고타르 고갯길이 막혔다…지금 우리는 화창한 아카풀코에 안전하게 갈 수 있어야 한다. 얼마든지 가능한 일이기 때문이다. 그런데 우리는 아카풀코에 갈 엄두를 내지 못한다.

그런데도 우리는 아기를 낳고, 그때 자리잡은 도시에서 아기를 키운다. 이제 자식을 키우려면 옛날에 비해 대단한 결심이 필요하다. 생고타르 고갯길에서 눈보라에 갇혀 죽도록 고생했던 사람이라면 아이를 낳아야 하느냐는 문제를 토론거리로 생각지 않을 것이다. 그러나 그들에게도 자식은 있었다. 섹스를 하면 그 결과물이 따르기 마련이었고, 이 진리는 지금도 변하지 않았다. 뉴욕에서 자식을 갖는다는 것은 여느 도시에서 자식을 갖는 것과 다를 바가 없다. 차이가 있다면 도시의 속도와 흐름이다. 바깥 세상에서 일어나는 일과 아이들의 머릿속에서 일어나는 변화 간의 상호작용은 상대적으로 빠르다. 모든 것이 한 박자 빠르게 앞질러서, 기기묘묘하게 일어난다. 따라서 신경을 더 곤두세워야 하고 호흡의 간격도 짧아진다. 아이들이 머릿속에 그리는 상상의 놀이 친구도 그들의 부모만큼 분주하다. 시드 시저 Sid Caesar, 미국의 희극 배우가 지적했듯이, 비둘기가 뉴욕에서는 폭력적인 아이의 역할을 하며 잡아먹히지 않으려고 저항하지만, 고작 1분에 불과하다. 비둘기가 사라지면 다른 새가 그 역할을 하며 서로 잡아먹고 잡아먹힌다. 누구도 사라진 비둘기 때문에 슬퍼하지 않는다.

이상하게도 뉴욕의 부모들에게는 애매하게라도 정상이라 규정된 삶을 살고 싶어하는 보상 본능이 있다. 다른 도시의 부모에 비해 그런 경향이 뚜렷하다. 보상 본능이 아니라 죄의식에 불과한 것은 아닐까? 여하튼 어떤 환경에서나 우리에게 이 시대의 흐름에 역행하도록 자극하는 뭔가가 있기는 하다. 내 개인적인 경험에 따르면, 진보적인 부모들이 사회적으로 가장 보수적인 경향을 띤다. 요컨대 자유주의를 표방하는 부모들이 미국 오락물의 대명사로 여겨지는 폭력적이고 천박한 행동에 가장 불안해하며, 자식들을 그런 오락물에서 보호하려고 노심초사한다.

어퍼 웨스트 사이드에 사는 무신론자와 랭커스터 카운티의 아미시 교도가, 농장에서 직접 키운 식품으로 준비한 저녁 식탁에 아이들을 정각 6시에 불러 모으는데 누가 더 집착하는가를 두고 입씨름을 벌이는 장면을 머릿속에 그려보면 된다. 윤리의식과 생활방식은 똑같은 내용물로 채워진 깔끔한 샌드위치식으로 변하는 게 아니다. 모순되는 것들이 배배 꼬이고 겹치면서 변해간다. 따라서 종교적인 것과 비종교적인 것이 결국에는 서로 닮은꼴이 된다. 우리는 매일 밤 감사 기도를 해보려고도 하지만 우리만의 방식대로 한다. 예컨대 우리 부부는 손을 맞잡고 잔을 부딪친다.

이런 상황에서 기본적인 것들, 예컨대 크리스마스 쇼핑과 스케이팅, 중산층의 식료품 쇼핑과 피아노 교습, 그리고 그때까지 형식적으로 장난스레 끝내던 야구 연습 등이 영웅적인 모습까지는 아니어도 새로운 의미, 즉 거의 절박한 의미를 띠게 됐다. 적어도 자식을 가진 부모들에게는 그랬다.

결국, 이 우주가 허락하는 한 우리 모두가 바라는 것은 혹독한 역사의 바람에 영향을 받지 않는 평범한 삶이다. 잡지 〈뉴요커〉에서 일하는 까닭에 나는 기자reporter로서 열심히 성실하게 일한다. 때로는 라이커스 섬에서 며칠을 지내며 밤이면 인터넷 시설이 갖춰진 호텔에서 지낸다. 또 시민의식을 발휘해 맨해튼 서쪽에 화물전용 고가철로이던 하이라인을 녹색길로 새롭게 탈바꿈시키는 운동에 적극 참여했다. 그러나 이 책을 쓰기 위해서 그런 일에서 한동안 손을 떼기도 했다.

우리는 '하나'의 세계에 대해 쓸 때만 '전' 세계에 대해 쓸 수 있다. 그 하나의 세계는 우리가 정말 잘 알고 있다고 생각하는 세계이다. 언론이 밖에서 안으로 만들어지는 것이라면, 글쓰기는 안에서 밖으로 만들어지는 것이다. 작가와 독자는 완전한 생각까지는 아니어도 서로 공유할 수 있는 세계를 주고 받는다. 작가가 자신의 뒷마당이나 환기구 혹은 공원에서 경험하는 세계들은 필연적으로 다른 색을 띠기 마련이다. 어떤 것은 황금색, 어떤 것은 초록색, 어떤 것은 칙칙한 회색을 띠지만, 우리가 알고 있는 형태들은 똑같다.

기대와 실망이 공존하는 초승달이나, 희망으로 가득한 상현달이 있고, 곧 사라질 운명을 뜻하는 그믐달도 있다. 공원을 뜻하는 타원과 도시의 낙서, 그리고 삶이라는 점점 쇠락해가는 긴 터널도 있다. 어떤 이유로든 그런 모양 중 하나를 가진다면 운좋은 삶을 누리는 사람이다.

뉴욕은 끊임없이 희망을 보여준다

따라서 뉴욕이란 도시의 지도에서 일부 네모칸, 일부 도로와 그에 얽힌 비밀, 또 그 안에서 아이들과 어른들이 즐기는 놀이가 이 책의 주제이다. 삶에 대한 얘기도 중요하다. 아이들이 몸집에 비해 큰 부분을 차지한다. 작은 것에서 받은 시적인 충동이 확신에 넘치는 논쟁적인 주장보다 합리적이기도 하다. 재밌게 글을 쓰는 작가에게 특별한 신조가 있어야 할 이유는 없다. 그러나 내게 그런 신조 하나가 있다면, 지금쯤 충실하게 지키고 있을 신조일 것이다. 이 책은 삶에 대한 얘기, 어린아이들에 대한 얘기이다.

또 예부터 세계의 진정한 수도였고 지금도 그 위치를 고수하는 도시에서 전문직에 종사하는 사람들, 특히 두려움이 일반화되고 특별한 즐거움을 찾는 시대에 뉴욕에서 일하는 사람들의 얘기이다. 세속적인 물질 숭배에서 벗어나 세상사에 무관심하지 않은 사람들의 얘기이며, 책의 중간중간에 그들이 살아가는 얘기가 눈에 띄지 않게 압축돼 있다. 또한 이 책은 많은 부분에서 특혜를 누리지만, 그 특혜라는 것이 농부가 매년 수확하는 콩처럼 그해의 상징적 거래에서 얻은 실적에 기댈 수밖에 없어 잠정적인 것에 불과하고, 금권사회에서 전문직 종사자들의 운명은 위태롭기 짝이 없어 항상 노심초사하는 사람들의 얘기이다.

우리는 애매한 세계에서 살아가고 동시에 두 가지를 보아야 한다고 투덜대지만 어린아이들은 언제나 그런 식으로 살아간다. 올리비아는 세 살 때, 뉴욕의 택시를 탈 때마다 "뉴욕을 보고 싶어요! 뉴욕을 보고 싶어요!"라고 소리쳤다. 앞좌석의 등받이에 붙여진 맨해튼의 약도를 보고 싶다는 뜻이었다. 올리비아는 창 밖에는 눈을 돌리지 않고 지도만을 쳐다보았다. 그림 같은 지도와 실제 도시가 올리비아에게는 똑같이 재밌었던 것이다. 이 책은 그 순간, 그 지도와도 같다. 창 밖 어딘가에 틀림없이 있을 어떤 장소를 가리키는 그림이다. 뉴욕은 항상 어딘가 다른 곳에 있다. 멀리 떨어진 도시의 바람이 창문을 통해 택시 안으로 몰아치는 동안에도 뉴욕은 강 건너편이든 앞좌석의 등받이든 다른 어딘가에 있다. 그래서 우리는 끊임없이 뉴욕에 되돌아와 뉴욕을 다시 둘러보며 다시 경험한다.

거의 40년 전 어느 날 밤에 택시 차창을 통해 느꼈던 첫 느낌이 지금도 내 가슴에 뚜렷이 남아 있다. 내가 뉴욕에 있다는 사실만으로도 너무 기뻐 뉴욕에 있다는 사실이 믿기지 않을 지경이다. 문학에서나 일상의 삶에서 뉴욕이 끊임없이 보여주는 모습은 희망이다. 새로운 삶을 향한 희망, 원대한 일이 실현될 거라는 희망, 더 윤택한 삶을 살고 더 큰 아파트로 이사할 거라는 희망이다.

나는 파리를 떠날 때마다 "지금까지 파리에서 지냈어."라고 생각한다. 그러나 뉴욕을 떠날 때는 "내가 지금까지 어딨었지?"라고 생각한다. 물론 나는 뉴욕에 있었다. 하지만 뉴욕에 있었다는 걸 실감할 수 없었다. 나는 파리를 사랑한다. 그러나 뉴욕은 믿고 신뢰한다. 뉴욕의 삼위일체적 가치, 다원성과 수직성과 가능성을 믿는다. 이 책은 그림자, 더 정확히 말하면 암울한 시대의 그림자, 죽음에 드리운 그림자 뒤에 감춰진 행복을 다룬 얘기이다. 나도 다른 사람들과 마찬가지로 그런 그림자들을 느끼며, 누구보다 심하게 움츠리고 겁먹는다. 그러나 어둠도 하나의 얘깃거리이며, 항상 슬픈 얘기여야 하는 것은 아니라고 기억하려 애쓴다. 그림자는 빛이 만들어내는 형체로, 우리가 우리 자신에게 보여줄 수 있는 것이어야 한다.

ERCY PARK SOUTH

뉴욕에서 아파트 구하기

중개인과 **손님**은 삼각관계

다시 집에 왔다. 처음부터 다시 시작해야 했다. 아파트 구하기는 뉴욕에서 영원한 얘깃거리이며, 부동산 중개인과 손님 부부는 영원한 삼각관계이다. 남녀가 함께 살 집을 찾을 때면 먼저 중개인에게 전화를 하고, 중개인은 그들에게 팔거나 임대할 아파트를 보여준다. 그러나 세 사람의 관계는 적절한 아파트가 어딨는지 아는 사람과 적절한 아파트를 찾고 싶어하는 한 쌍 간의 관계보다 훨씬 복잡하다. 첫째로는 팔려는 아파트가 실제로 중개인의 것이 아니고, 아파트를 구하는 한 쌍도 완전히 자기 돈만으로 아파트를 사는 게 아니기 때문이다. 고객과 은행, 경매와 담보, 공동주택위원회 등이 실타래처럼 얽혀 복잡한 관계를 이룬다. 프랑스어에서 저당을 뜻하는 'hypotheque' 는 어원적으로 '가정' 이란 뜻이다. 따라서 집을 구하는 매 단계에서 가정이 끼어든다. 당신이…할 수 있다면, 그들이…를 한다면, 은행이…라고 말하면, 공동주택위원회에서 허락한다면….

그러나 삼각관계의 정점에 있는 중개인은 행복한 사람이다. 먼저, 그는 부인 쪽을 공략한다. 여자 쪽과 손잡고 남편의 의혹과 부족한 돈 및 쩨쩨한 생각을 무산시킬 음모를 꾸민다. 중개인은 부인에게 눈짓을 해가며 최고가의 매물들을 비교하고 시학적 공간, 여하튼 쓸 만한 공간을 찾아간다. 그러나 오전이 다 지나갈 무렵에는 남편 쪽과 무언의 관계, 거의 동성애적인 관계를 맺는다. 상식을 공유한 사람들인 양 음흉한 냄새를 풍기는 눈빛을 교환한다. '부인이 너무 까다로워 비위를 맞추기 힘듭니다! 차라리 우리 같은 사람 둘이서 함께 살면 행복할 것 같습니다. 적당한 집을 골라 결정하면 그만일 텐데 말입니다.' 노련한 중개인은 이런 식으로 부부 모두에게 그들의 입맛에 딱 들어맞는 집을 구하지는 못할 거라는 의혹을 심어준다.

점심 식사를 함께 하면서 중개인은 은근히 자신의 과거를 늘어놓기 시작한다. 옛날에는 딴 일을 했다고. 언론계에서, 은행에서, 혹은 광고업계에서 여하튼 딴 일을 했던 사람이다. 그런데 삶의 자유를 만끽하고 싶어 중개인의 길을 선택했다. 덕분에 1990년대에 돈을 꽤 벌었다고, 자기가 생각하던 것 이상으로 벌었다고 인정한다. 그 때문인지 이탈리아제 정장으로 말쑥하게 차려입어, 손님 부부는 순간적으로 시골뜨기가 된 기분에 빠진다. 코트를 입고 고무장화를 신은 촌뜨기! 커피가 나올 때쯤 중개인의 심장 부근 어디에선가 핸드폰이 부웅거리는 소리가 들린다. 중개인은 핸드폰을 찾아 나지막이 말한다. 하지만 곧 목소리를 높이며 "이봐, 지금 점심 식사 중이야!"라고 말한다. 그 순간, 손님 부부는 서로 얼굴을 쳐다보며 똑같은 생각을 떠올린

다. ‘이크, 다른 손님이 온 모양이군. 우리보다 그 손님에게 더 관심을 가지면 큰일인데.’

중개인도 평정심을 잃을 때가 있다. 라이벌 중개인이 ‘독점권’을 주장하는 건물의 로비에서 그를 기다리고 있을 때이다. 중개업계에는 두 중개인이 아파트를 함께 보여줘야 하는 윤리와 전통이 있다. 따라서 그렇게 부드럽고 섹시하던 중개인이 갑자기 옛 남편으로 돌변한다. 두 중개인은 평소에는 불미스런 일로 이혼한 부부처럼 서로를 대하지만 아이 문제, 즉 아파트 문제를 다룰 때는 다정하게 변한다.

중개인과 손님 부부가 주고받는 연애편지는 아파트 배치도이다. 아파트의 구조를 개략적으로 그린 흑백 지도이며, 결점 옆에 핵심적인 부분들이 나열돼 있다. ‘트리플 민트 구조’(부엌, 욕실, 아파트 전반으로 나뉘어진 구조를 뜻하지만 실제로 세 부분으로 구획지어진 것은 아니다), ‘어슬렁대는 방’(널찍하고 어두운 뒷방), ‘파리식 지붕’(소방용 급수탑이 침실 창문으로 보인다). 뉴욕 아파트의 배치도는 구매자에게 공개된 유일한 설계도이며, 실제 아파트보다 훨씬 인간적인 매력을 물씬 풍긴다.

아파트들이 꼬리를 물고 이어진다. 1.2미터 간격으로 우뚝 솟은 건물들의 한 귀퉁이를 차지하고 있어, 햇살이 들지 않는 창문이 역시 햇살이 들지 않는 창문을 마주보고 있는 꼴이다. 그래서 아침에 일어나 핏기 없는 팔을 쭉 뻗으면 이웃의 핏기 없는 얼굴을 만지작댈 수 있을 지경이다. 반쯤 오그라든 아파트도 있다. 거실은 그런 대로 괜찮지만 뒤로 꾸겨 넣은 듯한 방이 둘이나 더 있어, 그 방에 들어가려면 게 걸음을 쳐야 한다. 물론 뉴욕에서만 볼 수 있는 독특한 아파트도 있다. 예컨대 웨스트 70번대 가에 위치한 복층 아파트는 무진장 비싸지만, 엄격하게 따지면 지하와 반 지하이다. 시골 촌구석에서 올라와서는 레인저스 스웨터를 한 번도 벗지 않은 너저분한 조카를 옛날에 재웠던 지하이고, 관리인이 언젠가 어린아이들을 성폭행하다가 발각된 창문 하나 없는 반 지하이다. 그런 아파트의 확실한 매력은 배치도에 써있는 '식당들이 가깝다' 는 광고문이다.

뉴욕 중상층의 삶을 그린 **최고의 책**

코딱지 만한 호텔 방에서 지낼 때는 밤마다 아파트가 눈앞에 어른거리며 온갖 상상력을 자극한다. 아파트는 눈을 번쩍이는 괴물로 변해, 꿈속까지 파고들어 꿈틀거린다. 작년 크리스마스에 나는 5년 간의 파리 생활을 끝내고 고향으로 돌아가기로 결정했다. 뉴욕에 돌아와 적당한 아파트를 찾아 돌아다녔고, 머릿속에 온갖 아파트를 그려보았다.

그러던 어느 날, 여행하는 동안 읽으려고 짐에 넣어두었던 책 한 권을 재미 삼아 집어들었다. 윌리엄 딘 하우얼스William Dean Howells의 《새로운 행운의 위험》A Hazard of New Fortunes이었다. 100년을 훌쩍 넘긴 책이지만 지금도 뉴욕 중산층의 삶을 그린 최고의 책으로 손꼽히는 소설이다. —정확히 말하면 중상층이 아닐까 싶다. 전문직 봉급쟁이들의 삶을 그렸으니까. 여하튼 이 소설은 고래 사냥이나 뗏목타기, 전쟁 등 시시한 주제에서 벗어나 정말로 서사적이라 할 만한 문제, 즉 맨해튼에서 아파트를 구하는 잡지 사업가의 얘기를 다루었다.

하우얼스는 요즘 거의 언급되지 않는다. 문학적 명성 자체가 불공정하지만, 하우얼스는 미국 문학사에서 가장 부당한 평가를 받은 피해자인 듯하다. 역사학자 헨리 애덤스Henry Adams는 1880년부터 1900년까지를 '하우얼스와 제임스의 시대' 였다며, 수염을 덥수룩하게 기른 두 거장을 문학계에서 기침약 상자에 그려진 스미스 형제두 형제는 19세기 말에 드롭스 모양의 기침약을 개발해 그들의 얼굴을 브랜드로 삼았다.에 버금가는 인물로 평가했다. 그러나 당시 문학계에서는 하우얼스를 겉으로만 그럴 듯하게 포장되고 권태롭기 짝이 없는 보스턴의 전통을 계승한 작가라고 부당하게 평가했다. 지금 헨리 제임스의 소설은 말년에 쓴 정체불명의 소설들까지 니콜 키드먼과 헬레나 본햄 카터가 주연한 영화로 제작되고, 출판사마다 전집을 만들려고 혈안이며, 게다가 많은 전기 작가가 앞다투어 제임스의 전기를 발표해댄다.

그러나 하우얼스의 경우에는 30년 간격으로 용감무쌍한 평론가가 나타나 그의 문학성을 옹호하지만 저주의 폭탄을 받고 사라진다. 하우얼스가 제임스에 비해 독창적 감수성에서는 현격하게 떨어질지 모르지만, 거의 모든 주제에서 하우얼스는 독자에게 상황에 따라 적합하게 변신한다는 느낌을 주는 반면에 제임스는 거의 모든 주제에서 언제나 제임스라는 느낌을 준다는 점에서 소설가로는 하우얼스가 더 뛰어나다고 말할 수 있다. 20세기 초 뉴욕이 당면한 위험, 즉 아파트를 구하는 과정에 대한 하우얼스의 묘사는 자본주의가 중산층에 미치는 영향에 대한 깊은 지식과 이해를 바탕으로 하고 있어, 오늘날의 모습을 섬뜩할 정도로 그려내고 있는 듯하다. 또한 우리는 컴퓨터가 2000

년을 1900년으로 읽을지도 모른다는 오류를 방지하기 위해서 수십 억 달러를 탕진했다. 이 소설은 그런 오류의 가능성까지 예견했다.

이 소설에서, 소심하고 빈정대기를 좋아하는 문학가 배질 마치는 보스턴의 집을 세놓고 뉴욕으로 이주한다. 새로운 형태의 잡지, 즉 기고가들이 이익을 공유하는 최초의 '조합식' 잡지 〈격주〉Every Other Week를 격주로 발간해볼 생각이었다. 요즘의 인터넷 기업과 비슷한 형태였던 셈이다. 그런데 잡지에 후원하는 돈줄이 천연가스로 떼돈을 번 펜실베이니아의 네덜란드계 사람 드라이푸스임이 조금씩 밝혀진다. 드라이푸스는 뉴욕에 갓 이주한 백만장자로, 신부가 되기를 꿈꾸는 순진한 아들 콘래드가 세상일에 관심을 갖게 하려고 그 잡지에 돈을 투자한 것이었다.(하우얼스는 10여 년 동안 〈애틀랜틱 먼슬리〉The Atlantic Monthly의 편집을 맡은 후 케임브리지에서 뉴욕으로 이주한 때, 즉 1880년대 말에야《새로운 행운의 위험》을 쓰기 시작했다.)

이 소설에서는 파업과 폭동 등이 심도있게 그려지지만 하우얼스의 천부적 재능은 마치 부부가 아파트를 구하러 다니는 장면을 묘사한 처음 100여 쪽에서 발견할 수 있다. 보스턴에서 거의 평생을 살았던 배질의 아내 이사벨 마치는 아이들을 빈타운보스턴의 별칭.에 남겨두고 남편과 함께 뉴욕에서 아파트를 구하러 다닌다. 그들은 처음에 이틀이면 충분할 거라고 생각한다.

뉴욕에서 맞은 첫날 밤, 이사벨은 남편에게 "〈헤럴드〉에서 광고란을 잔뜩 잘라 왔어요."라고 말하며, 가방에서 길쭉한 종이띠를 꺼낸다. 종이띠에는 광고들이 가로로 줄줄이 붙어있어, 지금까지 알려지지 않은 반짝거리는 척추를 보는 듯 했다. 이사벨은 "어떤 아파트를 구해야 하는지 절대 잊어버리면 안돼요!"라고 덧붙이며 계속 말한다.

"엘리베이터와 증기난방은 필수예요. 또 3층 위로는 안돼요. 모두가 방을 하나씩 써야 하고, 당신 서재도 있어야 해요. 나도 나만의 응접실이 있어야 하고요. 두 딸도 방을 따로 쓰게 할 거예요. 부엌과 식당도 있어야 하고. 그럼 방이 몇 개나 있어야 할까요?"

"열 개."

"내 생각엔 여덟 개면 될 것 같아요. 그런 건 중요한 게 아니고…. 아 참, 방에는 햇살이 잘 들어야 해요. 집세는 겨울에도 800달러가 넘지 않아야 하고요. 우리 집을 통째로 빌려줘도 1000달러밖에 받지 못하거든요. 남은 돈은 저축해두었다가 이사 비용으로 써야죠. 그런데 이런 걸 전부 기억할 수 있겠어요?"

그리고 요즘 독자에게는 충격적인 일이 벌어진다. 마치 부부는 아파트 건물을 전전하며 다닌다. 부동산 개발업자들의 허풍은 요즘이나 똑같았던지 아파트들의 이름이 유명한 작가들의 이름을 따서 지어졌다. ("헤로도투스에 빈 아파트가 있기는 한데 집세가 연간 1800달러이고, 투키디데스는 1500달러는 줘야 합니다."라 말하고는 마치 부부의 눈치를 보며 "좀 비싸지요!"라고 덧붙인다.) 마치 부부는 오후에만 여섯 군데 아파트를 둘러보았고, 저녁에도 네 군데나 더 보았다. 아파트들은 죄다 너무 작았지만 집세는 터무니없이 비쌌고, 구조도 괴상망측했다. 하지만 그게 뉴욕이었다.

방이 한두 개만 앞쪽에 있고 나머지 방들은 뒤쪽으로 숨어 들어가 어두컴컴했으며, 뒤쪽 끝에 부엌이나 그런 대로 환한 방 하나가 있었다…. 아파트가 '모든 방이 환함' 이라 광고해도 관리인의 설명에 따르면 창문을 통해 바깥 공기나 한 줄기의 빛만 들어오는 방도 환한 방이었다.

배질은 "집을 사거나 팔고, 집을 임대하거나 임차하는 거래를 해야 하는 사람들의 성품을 타락시키는 뭔가가 집에는 있는 듯하다. 부동산 중개인에게 가서 당신이 원하는 집의 형태를 말해보라. 중개인의 목록에는 그런 집이 없다. 따라서 당신이 원하는 집을 구하지 못하면 아무 집에서나 살아야 한다는 확고부동한 원칙을 강요하며 완전히 다른 집을 보여준다."라고 중개인들을 나무랐다. 그러나 마치 부부는 마음에 드는 아파트를 구하겠다는 꿈을 포기하지 않았다.

그들은 마음에 드는 아파트를 찾아 하루종일, 밤늦게까지 돌아다녔다. 너무 늦어 극장에도 갈 수 없었고, 너무 늦어 침대에 쓰러지자마자 곧바로 잠드는 수밖에 없었다. 그들은 거듭되는 실망에 투덜거렸지만 마음에 드는 아파트를 틀림없이 찾아낼 수 있을 거라고 확신했다. 마치 부부는 아파트의 배치도와 광고문에 완전히 홀렸다. '우아하고 널찍한 거실, 밖으로 향한 아파트' 에 '욕실, 냉장고 등 모든 시설이 개보수됨.' 곧바로 그 아파트를 찾아갔지만 헛품을 팔았을 뿐이었다. 광고문의 내용은 새빨간 거짓말이었다. 배질은 "우리는 현 상태에서 옴짝달싹 할 수 없었다."라며 "뉴욕을 최악의 도시라 생각할 수밖에 없었다."라고 말했다.

현 상태에서 옴짝달싹 할 수 없었다! 뉴욕에서는 언제, 어느 정도의 예산으로 아파트를 구해야 하느냐는 별로 중요하지 않다. 나는 뉴욕에서 아파트를 세 번째 구하는 셈이었다. 처음에는 대학원생으로 연간 집세 3500달러를 넘지 않는 범위 내에서 두 사람이 살 만한 원룸 아파트를 구해야 했다. 다음에는 '여피' (세상이 우리 세상이 되기 전에 우리는 조롱거리로 그렇게 불렸다)의 입장에서 침실 하나가 딸린 아파트나 꼭대기 층에 아파트를 구해야 했다. 이번에는 두 아이를 데리고 살 수 있는 아파트를 구해야 했다. 식구의 수도 달라졌고 예산도 달랐다. 그러나 아파트를 두 번이나 구했던 경험이 있었고, 희망과 기대치가 한층 높아져 예전과는 느낌이 사뭇 달랐다.

뉴욕이 예전에 비해 밝아진 것은 사실이었다. 정말 번쩍번쩍 빛났다. 우리 시대의 철학자의 돌이라 할 수 있는 '초고속 통신망' 이 고압호스 역할을 하면서 묵은 때를 완전히 씻어내버린 것 같았다. 또 옛날에는 주로 포르노 잡지 〈스크루〉가 독차지하던 가판대도 이제는 여성 패션잡지 〈인 스타일〉과 〈비즈니스 2.0〉으로 채워져 있었다. 냄새도 달라졌다. 20년 전 뉴욕의 기본적인 냄새는 이탈리아인과 와스프의 냄새였다. 토마토와 올리브유, 실내의 퀴퀴한 냄새와 뒤섞인 시큼한 오레가노, 블루밍데일 백화점에 감돌던 달콤한 냄새. 그러나 이제는 남아메리카와 쇼핑몰(갭과 스테이플스, 그리고 바나나리퍼블릭)에서 날라온 커다란 상자 안에서 깔끔한 약품 냄새가 난다. 당혹스러울 정도로 미국의 냄새는 사라지고 없다.

1970년대 뉴욕에 들어온 사람, 예컨대 우디 앨런의 〈애니 홀〉Annie Hall이 발표된 이후에 밀물처럼 들어온 이민자들에게는 새롭게 탈바꿈한 뉴욕의 모습이 당혹스럽기만 할 뿐이다. 그들은 처음 뉴욕에 발을 디뎠을 때 황폐한 모습을 보았고 두려움을 느꼈다. 그러나 뉴욕에 살려면 용기가 있어야 한다는 사실을 뜻했기 때문에 그런 황폐한 모습에 개의치 않았다. 뉴욕에서의 삶은 거친 들판을 달리는 삶처럼 까다로웠다. '친절한' 이웃이 옆에 있어도 마찬가지였다. 길에서는 다른 사람들을 옆눈으로 훔쳐보며 어떤 위험을 지닌 인물일까 짐작해봐야 했다. 까만 구두를 신은 하얀 얼굴들이 하얀 구두를 신은 까만 얼굴을 두려워하며 조심스레 살피는 세계였다.

그러나 이제는 부자들이 길거리가 자기들만의 것인 양 느긋하게 돌아다닌다. (물론 옛날에도 길거리는 그들의 것이었지만, 이제는 그런 소유관계를 숨김없이 드러낸다.) 뉴욕의 많은 모습이 1970년대에 간절하게 상상했던 공상세계와 무척 유사하다. 친절한 택시 기사, 아이들의 손을 잡고 한가하게 가로수길을 산책하는 시민들, 짙은 밀크커피에 중독된 사람들…….

전반적인 풍경이 무척 안전하게 보여, 요즘 우리가 살아가는 뉴욕은 미래의 막연한 모습처럼 여겨지기도 한다. 예컨대 일부 아파트는 프라이스라인Priceline.com에서 주장하는 이익처럼 실체는 없고 순전히 개념적으로만 존재한다. 5년 전 만해도 시청 부근의 꾀죄죄한 도로들에 불과했던 블록 전체가 트라이베카에 병합될 예정이어서 이웃이 실질적으로 아직 존재하지 않을 뿐 아니라 아파트 자체도 존재하지 않는다. 시끄러운 소음과 먼지로 뒤범벅된 건설 현장에 있는 '환영의 집' 에 들어서면 20cm×20cm 크기의 모형이 눈에 들어온다. 알루미늄으로 앙증맞게 만든 부엌 기구들, 단풍나무 바닥, 하얀 소나무로 만든 부엌 붙박이 찬장, 완성된 욕실을 뜻하는 푸른 타일 한 장 등으로 꾸며진 20cm×20cm 크기의 모형은 과학 박람회를 하루 앞두고 밤새 졸속으로 만들어진 과학 프로젝트처럼, 건재판 위에 올려져 있다.

존재하지도 않는 아파트를 공사하는 모습이라도 살펴보려면, 그 과정에서 죽더라도 소송을 제기하지 않겠다고 약속하는 서류에 서명해야 한다. 당연한 조치이다. 뉴욕에서 아파트를 살펴보는 일은 에베레스트를 올라가는 것처럼 목숨에 치명적인 영향을 미칠 수도 있다는 걸 인정한다는 뜻이기 때문이다.("그들은 한참 후에야 3C에 올라갔다. 그러나 부엌에서 하는 일도 없이 빈둥거렸고, 어둠이 깔리고 돌풍에 공사용 엘리베이터가 흔들거릴 지경이 돼서야 내려오기 시작했다.") 썰렁한 공간에 들어선다. 세상이 비워지는 요란한 소리와 먼지로 가득하다. 한 세기 전에 바른 벽토가 후드득 떨어져 내린다.

중개인은 60cm×120cm 크기로 뚫린 구멍에 가파르게 얹어놓은 널빤지로 우리를 안내한다. 우리는 허리를 바싹 굽히고 힘겹게 구멍을 빠져나간다. 올리버 트위스트가 교활한 도저와 함께 페이긴의 소굴에 들어가던 때의 입구를 떠올려준다. 구멍을 통과하면, 완전히 헐린 창고가 눈앞에 펼쳐진다. 한쪽 끝에는 창문 세 개가 아래쪽에 붙어 있고, 바닥에는 은색 테이프로 어떤 형태가 그려져 있다. 우리 집이다. 두 번째 중개인이 우리를 구석에 있는 창문으로 데려간다. 그는 부러운 듯한 한숨을 내쉬며 "전망이 마음에 들어요." 그때 누군가 소리친다. "방해하지 말고 빨리 나가요!"

돈과 예술, 그리고 신분상승으로 이어지는 시대의 몰락

그러나 마치 부부도 아파트를 구하려고 힘들게 돌아다녔다. 금박시대 Gilded Age, 미국 역사에서 엄청난 물질주의와 정치부패가 일어난 1870년대.를 맞아 뉴욕으로 이주하려던 그들의 모습이 어땠을지, 노스무어 스트리트를 떠도는 유령들처럼 눈에 선하다. 여하튼 그들도 요즘 뉴욕 사람들처럼 당혹감에 빠졌다. "마치 부인은 골조에서 빠져나왔다. 기둥 하나를 살펴보고 위쪽을 쳐다보며 혼잣말로 '그래, 숫자놀음이긴 해. 하지만 이 공사가 어떻게 10월 1일에 끝날 거라고 장담하는 걸까?' 라고 중얼거렸다."

이사벨은 텅 빈 공간으로 대담하게 걸어 들어간다. 그리고 '집을 구하는 데서는 한 번도 그녀를 배신한 적이 없던 여성적 본능' 을 발휘해, '집주인이 그녀의 모든 의혹을 깔끔하게 해결해준다면' 아직 완성되지 않은 집이지만 식구들에게 어떻게 방을 나눠줄까 생각하기 시작한다. 그리고 여전히 의심을 떨쳐내지 못하는 남편에게 "우리 마음에 들 방법이 하나 있기는 해요. 모든 걸 내 마음대로 확 바꾸면 돼요." 라고 말했다.

모든 것을 확 바꿔버려라! 지금도 뉴욕 어디에서나 마치 부부 같은 사람들을 만날 수 있다. 그들의 시대에도 뉴욕 사람들은 1860년대의 망령, 즉 남북전쟁의 망령에 사로잡혀 있었다. 그들은 1860년대를 회상하며 잘못된 세상을 바로잡은 진정한 이상주의 시대로 생각했다.

또한 우리 시대와 마찬가지로 그 시대의 호황도 두 형태로 미묘하게 나타났고, 그들도 그런 사실을 깨닫기 시작했다. 하나는 돈을 벌어야 기존의 상류사회에 들어갈 수 있다는 것이었고, 다른 하나는 돈 자체로 고유한 사회를 만들어가는 점이었다. 하우얼스의 초기 소설《실러스 레이펌의 성공》The Rise of Silas Lapham은 피눈물나게 돈을 번 한 백만장자가 1870년대 보스턴 상류사회에 들어가려던 노력과 좌절을 극명하게 보여주며, "어떤 기준을 적용하느냐에 따라 한 다리를 걸칠 수도 있고 쫓겨나기도 했다. 그런 기준들은 그에 대한 평가에서 안전한 인물이 되겠다는 희망을 앗아갔다."라고 말했다. 그러나《새로운 행운의 위험》을 발표했을 쯤에는 돈이 남아있는 유일한 기준이었다.

지금의 호황이 1984년 안팎에 시작된 돈과 관습의 연장 곡선에 있기는 하지만, 역시 두 가지 형태를 띠는 것은 똑같다. 1980년대에는 새롭게 번 돈을 자선단체나 문화에 기부하는 전통적인 관습이 되살아났다. 때로는 뜨거워서 데일 정도였다. 금박시대의 악덕 자본가들이 사치를 부리고 싶은 욕심에 죄의식이 더해져 사전트John Singer Sargent 같은 초상화가들을 초빙해 그들의 초상화를 그리게 하거나 르네상스 시대와 인상주의 시대의 그림들을 대거 사들였듯이, 1980년대에 새롭게 등장한 신흥부자들은 모순된 감정에 휩싸여 똑같은 반응을 보이며 에릭 피슬, 데이비드 살르, 대럴 쿤스 등과 같이 검증되지 않은 미술가들의 작품을 구입함으로써 사업의 모험에 미학적 모험이란 멋진 포장을 덧씌웠다. 한 세기 전의 악덕 기업가들이 돌리기 시작한 사교계라는 정교한 기계장치는 1980년대에도 똑같은 식으로 돌아갔다. 탐욕이란 바퀴의 톱니가 돈 바퀴를 돌렸고, 돈 바퀴가 문화 바퀴를, 문화 바퀴는 사교계라는 바퀴를 돌렸다. 대망을 품은 사람은 라이츠맨 여사, 애스터 여사 등 '여사'라 불리는 안주인이 차지한 중앙 테이블에 한 자리를 차지할 때까지 그런 바퀴들을 하나씩 정복해 올라가야 했다.

1990년대에 새로운 규칙이 자리를 잡기 시작했다. 하우얼스의 1890년대에도 똑같았다. 《새로운 행운의 위험》의 등장인물은 부자나 가난한 사람이나 모두 이민자였다. 뉴욕 토박이는 없었다. 따라서 확고한 역사를 지닌 사교계도 없었다. 막 떼돈을 번 사람들, 돈에 의지하며 디너 파티를 개최해 상대를 초대하는 정도였다. 드라이푸스 부부는 뉴욕에 부자들의 모임인 사교계가 있는지도 몰라 사교활동을 전혀 하지 않았다. 이사벨은 그런 사실을 알고 깜짝 놀랐다. 드라이푸스 가문의 딸들은 피아노 교습조차 받지 않았다. 따라서 밴조를 연주하는 걸로 만족했다. 드라이푸스가 잡지사를 사들인 이유도 사회적 지위를 얻기 위한 게 아니라 아들을 취직시키기 위한 것이었다. 그가 잡지사의 출범을 자축하기 위해 개최한 파티는 오피스 파티의 수준을 넘지 않았다. 오늘의 뉴욕에서도 사람들이 흔히 말하는 파티는 오피스 파티를 뜻하는 듯하다. 요컨대 고상한 여사님이 사교적 모임을 위해 주최하는 파티가 아니라 실적과 창업, 더 나아가 주식공모를 자축하는 파티를 뜻한다.

지금도 돈이 절대적인 힘을 지닌 사회이지만 예술과 예술로 상징되는 신분 상승은 이제 옛날만큼 크게 중요하지 않다. 조지 벨로스 George Bellows, 1882~1925, 뉴욕에서 주로 활동한 미국 화가.가 1910년에 그린 '폴로 구경꾼들'이 수개월 전에 익명의 백만장자에게 팔렸다는 소식은 "상류계급의 소비는 사회적 지위를 과시하기 위하여 자각 없이 행해진다."라는 베블런 효과를 무색하게 만들었다. 그 그림은 뉴욕 현대미술관에서 "우리 미술관의 원칙에 맞지 않는다."라는 이유, 쉽게 말해서 수준이 떨어진다는 이유로 매물로 내놓은 것이었고, 예상가의 세 배로 팔렸다. 그 그림을 2750만 달러에 구입한 백만장자는 그 그림으로 사회적 지위를 얻으려고 구입한 것이 아니었다. 더구나 사회적 지위를 부여하는 제도적 기관인 뉴욕 현대미술관이 그 그림의 지위를 공식적으로 인정하지 않은 터였다. 결국 그는 그 그림을 좋아했기 때문에 사들였다는 결론이 내려진다. 우리 사회가 방향을 잃고 비틀거린다.

부르주아의 **전성시대**가 저물다

이사벨도 아파트를 꿈꾸었다! 이사벨은 배질에게 "처음에 아파트는 우리 아이들을 위한 거였어요."라고 말하지만, 나중에는 아파트가 "두 개의 네모난 눈을 가진 소름끼치는 곳이고, 점점 어두워졌다가 다시 환해지면서 꼬리가 괴물처럼 번쩍이는 곳이에요."라고 투덜댄다. 마치는 껄껄 웃으면서 "일곱 개의 방과 욕실 하나를 갖추려면 뉴욕에는 그런 아파트밖에 없는 것 같소."라고 말한다.

이사벨은 그 꿈을 좇아 보스턴으로 되돌아가고, 배질은 체념 상태에서 이사벨이 살펴보고 퇴짜를 놓았던 끔찍한 아파트를 빌린다. 그는 어리석은 짓을 저질렀다는 생각에 여느 때보다 처절했고, 아내가 죽을 때까지 그 아파트를 좋아하지 않을 거라는 것도 알았다. 그러나 그런 아파트에 몸을 내맡기며, 차일피일 결정을 미루던 부담감을 책임감과 맞바꿨다는 생각에 편안해한다.

잡지는 날개 돋친 듯 팔려나간다. 마치는 드라이푸스의 돈으로 좋은 일을 하고 싶어, 독일계 미국인이며 사회주의자 번역가 린다우에게 함께 일하자고 제안한다. 배질은 린다우가 모트 스트리트의 차이나타운에 사는 것을 알게 되자, "뉴욕에서 하필이면 차이나타운에서 사는 이유가 뭡니까?" 라고 묻는다. 린다우는 가난한 사람들의 삶을 직접 보기 위해서라면서 "나쁜 짓을 하지 않고, 다른 사람을 억압하지 않고 정직하게 일하는 사람이 얼마나 벌 수 있을까요?" 라고 묻고는 "집주인과 거상, 철도 사업자와 석탄 사업자…. 그들은 수백만 달러를 벌지만, 그밖에는 누구도 그만한 돈을 벌지 못합니다. 예술가와 의사, 과학자와 시인 중에서 백만장자가 있었던가요?" 라고 말한다.

부동산 중개업자는 센트럴 파크 웨스트에 자리잡은 웅장한 아파트 건물들의 높은 첨탑들과 멋진 탑을 가리키며 "저긴 톰 크루즈와 니콜 키드먼의 아파트, 저긴 바브라 스트라이샌드의 아파트, 저건 브루스 윌리스의 아파트, 저건 브루스가 데미 무어와 이혼하면서 데미에게 준 아파트, 저건 마돈나의 아파트." 라고 말한다. 중세의 성처럼 모든 아파트가 하우얼스처럼, 또 마치처럼 뉴욕에 이주해온 유명 스타들의 소유인 듯하다. 그들도 창문을 열면 옆집 창문이 코앞인데 아침이면 서로 손을 흔들며 이웃의 정을 나눌까?

금권사회에서는 중상층도 초라한 계급이지만 그런 사실을 모르고 살아간다는 사실을 하우얼스는 간파했다. 이런 점에서 이사벨과 배질은 그런 미국적 환상의 첫 희생자였다. 뉴욕에서는 예부터 중상층도 대수롭지 않은 계급이다. 뉴욕을 벗어나면 부르주아 계급은 부자와 크게 다르지 않게 살아간다. 마치 부부의 보스턴 집은 대단한 저택까지는 아니었지만 웬만한 가구를 다 갖춘 괜찮은 집이었고, 남부러울 게 없었다. 요즘 케임브리지나 필라델피아의 경우와 다를 바가 없었다. 뉴욕에서는 중산층과 부자가 나란히 살아가지만 두 계급간의 격차가 뚜렷이 눈에 띄며, 밖에서 보아도 뚜렷한 경계선이 그어진다. 부르주아적 문명을 대표하는 다른 두 대도시, 런던이나 파리와 달리, 맨해튼은 중산층의 집으로 상징화된 적이 지금까지 한 번도 없었다. 런던의 나이츠브리지나 켄싱턴에서 담을 맞대고 있는 집들이나, 파리의 8구와 16구에서 긴 도로들의 양편에 늘어선 부르주아의 집들은 두 도시를 상징하는 곳으로 여겨진다.

그러나 뉴욕은 윌리엄 랜돌프 허스트William Randolph Hearst, 1863~1951, 신문발행인으로 '옐로 저널리즘' 이란 신조어를 탄생시킨 주역이기도 하다. 영화 '시민 케인' 의 모델로 알려져 있다.의 펜트하우스, 영화 〈내 누이동생 아일린〉My Sister Eileen의 지하 아파트로 유명했고, 최근 들어서는 트럼프 타워와 트라이베카의 꼭대기 층으로 유명하다. 맨해튼에서 아담한 집에 사는 핵가족은 웃음거리에 불과하다. 진정한 부르주아가 예부터 모여 살던 곳, 리버사이드 드라이브와 요크 애비뉴는 맨해튼의 가장자리를 차지했지만 그들의 전성시대는 짧게 끝나고 말았다.(내 대고모도 1940년대에 리버사이드 드라이브에 있는 방 열다섯 개짜리 아파트로 이주했다. 그 아파트는 1960년대에 쪽방 정도의 크기로 여러 채로 분리됐다. 지금은 그 한 채의 가격이 대고모부가 평생 번 돈으로도 구경조차 못할 정도로 비싸다.)

백만장자 아파트 구경하기

《새로운 행운의 위험》의 한 장면에서 이사벨과 배질은 대체 부자들은 어떻게 사는지 보고 싶어 백만장자인 척한다. "그들은 3~4000달러짜리 아파트를 살펴보고는 집세와는 관련 없는 이런저런 이유를 들먹이며 퇴짜를 놓았다. 집세가 높을수록 그들은 더 심하게 트집을 잡았다." 그들에게 힌트를 얻어 우리 부부도 그렇게 해보기로 했다.

그래서 찾아간 아파트도 구불대는 계단과 널찍한 통유리로 꾸며진 호화 아파트는 아니었다. 평범하고 포근한 분위기를 풍기는 미국의 전통적이고 전형적인 아파트였다. 구경할 바에 첨탑층에 있는 아파트를 구경하지 그랬냐고? 농담도 지나치면 해가 된다. 우리는 첨탑층을 떠받치는 아래층을 들락거렸을 뿐이다. 영화 〈키다리 아저씨〉에서 프레드 아스테어가 살던 아파트는 구경조차 못했다. 노라 에프론 감독의 영화에서 멕 라이언의 아파트, 우디 앨런의 영화에서 한나가 살았던 아파트, 영화 〈미스터 블랜딩스〉Mr. Blandings Builds His Dream House에서 블랜딩스 씨가 꿈의 집을 짓기 위해서 필사적으로 탈출하려는 아파트를 구경했을 뿐이다. 그런 아파트들에도 부엌처럼 보이는 부엌, 거실처럼 보이는 거실, 침실처럼 보이는 침실이 있었다. 결국 뉴욕 백만장자들도 아직 대부분의 경우에는 시리얼 상자처럼 보이는 곳에서 살아간다는 뜻이다. 첨탑층에 사는 사람들을 첨탑층까지 끌어올린 이유가 정확히 거기에서 찾아진다. 첨탑층으로 이주한 유명 배우들은 뉴욕에서는 정상적인 사람처럼 살 수 있기 때문에, 그의 자식들이 정상적인 삶을 누릴 수 있기 때문에 뉴욕을 좋아한다고 말하지만, 그들이 말하는 정상이란 게 뭔지 헷갈린다.

하우얼스는 금권사회의 모습을 아파트의 광기와 린다우의 절망으로 보여주며, 금권사회는 민중혁명과 그에 대한 억압을 피할 수 없다고 말한다. 열차 승무원들의 파업이 뉴욕을 마비상태에 빠뜨리고, 배질은 기자라는 사명감에 불타 파업 현장을 취재하러 달려간다. 거기에서 배질은 린다우가 경찰들에게 두들겨 맞는 걸 보았고, 얼마 후에는 드라이푸스가 애지중지하는 아들이 그 늙은 사회주의자, 린다우를 구하려다 목숨을 잃는 현장을 목격한다. 하우얼스는 톨스토이식 사회주의자, 즉 감상적인 사회주의가 되어, 배질 마치의 입을 빌어 장문의 결론을 썼다. 여기에서 배질은 새로운 행운의 위험이 자신에게 닥친 위험이기도 하다는 사실을 깨닫고, 이사벨에게 "경제적으로 성공할 수 있는 기회의 땅을 우리가 창조해왔고, 지금 우리가 살고 있지만, 나는 그런 세상을 반대해요."라고 말한다. 땀흘려 일하는 사람이 생계와 휴식을 보장받아야 마땅하지만, 그렇지 못한 현실을 견딜 수 없었던 것이다.

내 나이 때, 아니 어느 연령 대에서라도, 자신에게 주어진 의무를 충실히 해내는 사람이라면 자신의 문제나, 그에게 소중한 사람들의 문제로 괴로워해서는 안 된다. 천재지변이 아니라면. 그러나 요즘 세상을 둘러보면 누구도 그렇게 살아가지 못하는 듯하다. 따라서 우리는 계속 힘들게 살아간다. 밀고 당기며, 달리고 바닥을 기면서, 옆으로 밀어내고 발로 짓밟으면서, 거짓말하고 속이며 훔치면서…. 우리는 피와 흙먼지, 죄와 수치로 뒤범벅된 채 끝에 이르러서야, 우리만의 궁

전, 즉 구빈원생활 능력이 없거나 가난한 사람들을 수용하여 구호하는 시설.에 이르게 된 과정을 되돌아본다. 구빈원은 우리가 형제들과 공동으로 소유권을 주장할 수 있는 유일한 공간이다. 내 눈에는 이런 과정과 결과가 조금도 달갑게 보이지 않는다…. 사람들은 탐욕스럽고 어리석어, 뭔가를 소유하고 남들보다 빛나고 싶어한다. 그래야 문명 세계가 훌륭한 삶을 살았다고 떠받들어주기 때문이다…. 이런 숙명의 수레바퀴를 피해갈 수는 없다. 그러나 우리가 욕심과 어리석은 생각을 조금이라도 떨쳐낸다면 다른 사람들이 수고한 만큼 소유하고 빛날 수 있지 않을까.

경제적으로 성공할 수 있는 기회의 땅에서 우리는 살고 있다! 100년 전, 하우얼스를 비롯해 헨리 애덤스와 많은 사람이 소수의 부자와 불안정한 중산계급 및 이민자가 다수인 프롤레타리아로 이루어진 사회는 오래 지속되지 못할 거라고 확신했다. 그러나 21세기에 들어선 지금까지 100년 전의 모습을 그대로 답습하는 유일한 현상이 바로 그런 사회 구조이다. 유대인 사업가 어거스트 벨몬트August Belmont는 황금빛 갑옷 차림으로 19세기를 넘기는 연회에 참석했고, 조지 소로스가 20세기를 넘기고 21세를 맞으려 주최한 파티에 참석한 사람들은 주최자의 옆얼굴이 새겨진 청동 메달을 선물로 받았다는 소문이 자자하다. 미슐랭 가이드에서 별 셋을 받은 식당의 주방장들이 하룻밤의 연회를 위해 파리에서부터 날아왔다. 유령도시로 변해버렸던 콜로라도의 광산 마을들이 매년 여름이면 보름 동안 활기를 띠며 사람들로 북적인다. 부자들이 그들의 졸개들을 거느리고 즐겁게 노는 '캠프장'으로 변하기 때문이다. 얼마 전에는 누군가 5번가의 유서 깊은 건물,

뉴욕 국제사진센터 건물을 사들였다는 소식이 들렸다. 이 건물을 개인 주택으로 개조한다고 하니, 지난 세기 말부터 개인 주택을 기관 건물로 탈바꿈시켜오던 한 세기의 과정을 완전히 되돌리는 셈이다. 아무리 금권사회라지만 지금처럼 돈이 최고인 시기는 없었다.

경제적으로 성공할 수 있는 기회의 세계가 여전히 계속되고, 하우얼스가 당연한 것이라 여겼던 반대 조짐은 전혀 보이지 않는 이유가 무엇일까? '위험'의 가능성이 '희망'으로 대체됐기 때문이다. 그는 위험과 행운이 교만과 사자처럼 한통속일 거라고 생각했다. 또 위험을 감수해야 돈을 벌 수 있다고 생각했다. 21세기에 도래한 새로운 금박시대의 특이한 점은 희망을 파는 사람만 있지 않고, 모두가 희망을 앞다퉈 사고 있다는 점이다. 과거의 불황과 불경기에 대한 기억이 민중의 머릿속에서 깡그리 지워진 듯하다. 희망의 찬가 앞에 탐욕을 감춘 음흉한 껍데기에 불과한 위험감수라는 낭만까지 물러서고 말았다.

새로운 대군大君들은 하우얼스의 소설에 등장하는 산업 자본가도 아니고, 톰 울프Tom Wolfe, 언론인으로 뉴 저널리즘의 창시자 중 하나이며 베스트셀러 작가. 우리나라에는 《현대미술의 상실》이 번역됐다. 책에서처럼 회사 자산을 빼돌리는 자본가도 아니다. 그들은 탐욕스럽고 천박한 늙은 드라이푸스와는 완전히 딴판이다. 오히려 감성이 풍부해 정이 많고, 미래를 위해 고민하는 고상한 그의 아들, 콘래드처럼 보인다. 새로운 행운은 노동자를 착취하는 공장이나 광산에 있지 않고, 마치 부부가 알았던 경공업 중심의 옛 뉴욕에서 탈피한 예술가의 아틀리에 같은 작업장에 있다. 여섯 대의 컴퓨터와 하나의 서버, 유리 블록으로 된 벽, 틀로 찍어낸 주석판 천장, 철기시대 이후의 밝은 분위기 등은 새로운 행운을 창출해내는 닷컴기업의 전형적인 모습이다. 희망과 그 쌍둥이인 빛이 노스무어 스트리트의 건물들을 텅 비게 만들면서도 우리에게 견본만으로 미래를 추측해보라고 요구한다. 그래도 우리는 희망을 품고 미래를 내다보며 언젠가 모든 것을 바꿔놓을 수 있으리라 기대한다. 상식적으로 판단해 보면 우리에게 닷컴기업이 거품에 불과하다고 말하지만, 설령 거품이어도 밝고 찬란히 빛나는 거품일 것이며, 그 거품이 96번가에서 항구까지 맨해튼을 덮어 씌울 것이라 생각한다. 희망이 우리 시대를 낯설고 괴상망측한 빛으로 포장한다. 돈을 가진 사람들까지 그 시대는 금박을 입힌 것에 불과하다고 냉정하게 판단하던 한 세기 전, 마치 시대의 빛과는 사뭇 다른 빛이다. 이상할 정도로 천진한 생각에서 헤어나지 못하는 희망의 빛이다. '가진 다음에 빛나는 법' 일 텐데 지금은 먼저 빛나고, 빛이 충분히 밝아진 다음에야 우리 모두가 갖게 된다는 이상한 믿음에 빠져있다.

뉴욕에서는 **뭐든지** 가능하다

배질처럼 하우얼스도 1890년대의 뉴욕을 경험하고 급진주의자가 됐다. 하우얼스는 헨리 제임스에게 보낸 편지에서 미국 자본주의를 비판하며 "나는 자본주의를 혐오하네. 자본주의가 진정한 평등에 기반을 두지 않는다면 결국에는 모든 게 엉망이 될 거라는 불길한 예감을 떨칠 수 없네." 라고 말했다. 그러나 이사벨처럼 하우얼스는 뉴욕이 적응의 도시라는 사실을 처절하게 깨달았다. 《새로운 행운의 위험》에는 이런 두 가지 생각이 면면히 흘러 비장함과 뉴욕에 대한 교훈이 읽혀진다.

훗날 하우얼스는 자신과 자신의 아내에 대해 이렇게 썼다. "우리는 머릿속으로만 사회주의자였고 현실에서는 귀족처럼 살았다. 그러나 머리로는 올바른 생각을 하지만 실제로는 그렇게 살지 못하는 걸 부끄러워하며 작은 위안으로 삼았다." 실질적인 귀족! 경제적으로 성공한 사람이라면 자신을 멋지게 포장하기에 적합한 단어가 아닐까 싶다.

《새로운 행운의 위험》의 끝 부분에서 마치 부부는 마침내 영원히 살 집을 찾아내어, 뉴욕에서 아파트를 구하는 사람에게 작은 위안을 준다. 이 소설의 명시적인 교훈이 급진적 냄새를 풍긴다면, 소설의 흐름은 이념에 구애받지 않는다. 이사벨은 결국에는 뉴욕식 삶을 인정하고, 받아들이기 위해 필요한 얄궂은 교육을 받는다. 한편 드라이푸스는 아들이 죽은 후에 파리로 떠나며, 잡지사를 배질과 그의 발행인에게 헐값에 넘긴다. 그리고 편집실 바로 위층, 즉 건물의 2층에 널찍한 빈 공간이 생기자, 배질과 이사벨은 아이들과 함께 그곳에서 살기로 결정한다. 보스턴에서는 아일랜드계 세탁부들에게나 적합할 공간이라 생각했겠지만, 이사벨이 그런 결정을 받아들였다는 건 그녀가 변했다는 증거이다. 이사벨은 남편만큼이나 냉소적이고 소극적으로 변해간다. 그녀는 뉴요커가 됐고, 이제 죽어서도 우리 곁에서 맴돈다. 그녀의 말대로 "뉴욕에서는 뭐라도 할 수 있을 것 같으니까."

뉴욕의 정신분석가와 '창조적인' 신경증 환자들

정신분석의 몰락

이유가 뭔지 확실히 모르겠지만 많은 사람이 정신분석의 쇠퇴와 몰락에 대한 기사를 오려낸 조각들을 내게 보내주었다. 정신분석의 몰락 원인이라며 지적한 내용들은 대부분 타당성있게 들렸다. 사람들이 더 행복해지고 바빠졌기 때문에, 반 프로이트적 회의주의자들의 집요한 노력이 마침내 대중의 마음을 사로잡았기 때문에, 또 사람들이 지루한 분석에 투자할 만한 시간적 여유가 없는 데다 아리송한 분석을 받아들일 만한 인내심도 없기 때문이라는 것이다.

정신분석학의 쇠락과 몰락을 다룬 이런 기사들 이외에, 나는 정신질환과 새로운 치료법을 다룬 무시무시한 기사들도 적잖게 받았다. 사람들이 이런 기사들을 일부러 내게 보내는 이유를 도무지 알 수가 없고, 알고 싶지도 않다. 우울증, 대참사에 따른 트라우마, 오랫동안 감췄지만 갑작스레 혹은 뻔뻔스레 털어놓는 본능적 충동 등과 같은 정신질환을 약물로 치료하는 방법을 다룬 기사들이었다. 온갖 말들로 정신을 차리기 힘들 지경이다. 몇몇 친구는 푸스카페밀도와 색이 다른 재료를 층층이 쌓아 만든 칵테일 음료.처럼 시간에 맞춰 다른 색의 알약을 복용하기도 한다. 처음에는 탈모제 로게인, 다음엔 우울증 치료제 프로작, 다음엔 신경안정제 재낵스, 다음엔 발기부전 치료제 비아그라…. 이런 현상과 비교하면 내가 정신질환을 상담하려고 의사를 찾아간 경험 정도는 명함도 내밀기 힘들지만 나름대로 기록해둘 만하기는 하다.

노의사 막스 그로스쿠르트를 만나다

나는 전혀 정신분석요법 같지 않은 정신분석요법, 쉽게 말하면 지금까지 시도된 정신분석요법 중에서 가장 처절하게 실패한 요법을 받아들여야 했다. 정확히 말하면, 파크 애비뉴에 있는 로버트 마더웰Robert Motherwell, 1915~1991, 미국의 표현주의 화가의 그림들로 장식된 작은 방에서, 프로이트에게 직접 안수례를 받았다는 독일 태생의 정신과 의사와 뉴욕의 '창조적인' 신경증 환자들의 문제에 대해 5년 동안 일주일에 두 번씩 45분 동안 얘기를 나누었다. 따라서 최면이란 걸 믿지도 않고, 거머리에게 피를 빨릴 리도 없는 사람의 경험을 듣는 것도 흥미로울 거라는 점에서 그때의 기억을 되살려보는 것도 무의미하지는 않을 듯싶다. 16세기가 까마득한 옛날에 저물고 현대가 시작된 지도 한참 지난 때 그런 사람이 있었을까 싶겠지만, 여하튼 나는 납덩어리를 황금으로 바꿀 수 있으리라 굳게 믿고 납덩어리를 연금술사에게 가져간 마지막 사람이었다.

1990년 10월의 어느 날 저녁, 나는 의자에 앉자 뉴욕에서 가장 늙고 가부장적이며 위엄있게 보이는 정신과 의사의 진료실에 놓인 긴 소파를 물끄러미 쳐다보고 있었다. 그의 긴 소파에서 20년을 보낸 환자에게 소개받은 터였다. 그의 실명을 밝혀야 하는지 가명으로 처리해야 하는지 선택의 갈림길에 있지만, 내 생각에는 그가 이미 세상을 떠났기 때문에 선택은 법적인 문제보다 예의의 문제인 듯하다. 어떤 의미에서 실명을 밝히면 그의 사삿일을 침범하는 짓이다. 반면에 실명을 밝히지 않으면, 환자들이 자신들과 그의 이름을 항상 익명으로 처리했기 때문에 그를 영원히 미지의 숲에 가둬버릴 가능성이 크다.

그러나 그는 말년에 그런 미지의 숲에서 빠져나오려고 애썼다. 예컨대 그는 이름이 널리 알려진 환자를 주제로 삼아 논문을 썼다. 원래 극작가인 환자의 직업을 화가로 바꾸었을 뿐이었다. 얼마 후, 극작가가 그 논문을 읽고 거기에서 다루어진 증세를 희곡에서 얘깃거리로 삼았고, 여기에서 환자의 직업은 극작가에서 화가로 다시 소설가로 바뀌었다. 그 후, 한 정신과 의사가 그 논문을 정신분석학적 측면에서 연구하면서 직업이 다시 바뀌었고, 이번에는 시인이 됐다. 따라서 그의 진료실에서 있었던 얘깃거리 하나가 네 겹의 가면을 쓴 셈이다(이 글까지 포함하면 다섯 겹). 이런 점을 지적하자, 노의사는 "그렇지, 하지만 진료비는 한 번밖에 받지 않았네."라고 무뚝뚝하게 대답했다.

일단 노의사의 이름은 막스 그로스쿠르트였다고 해두자. 그는 거의 50년을 정신과 의사로 일하고 있었다. 독일계 유대인으로 희귀종이었다. 내 주변의 유대인들, 요컨대 자그맣고 똑똑한 척하면서 항상 겁먹은 얼굴인 중부유럽계 유대인들과는 완전히 달랐다. 그는 훤

칠하게 키가 컸고 위압적이었으며 유머감각이라곤 없었다. 언제나 헐렁한 꽃무늬 셔츠에 검은 양복 차림이었고, 묵직해 보이는 수제화를 신었으며, 클럽 넥타이를 맸다.

또 내가 그를 만났을 쯤에는 절름거렸고 나중에는 거의 움직이지 못했다. 그래서 마지막 해에는 진료실에서 얼마 떨어지지 않은 그의 아파트에서 분석이 이루어졌다. 그가 창조적인 사람들이라 즐겨 불렀던 환자들만 거의 전적으로 다루어졌다. 주로 작가와 화가와 작곡가였다. 그는 그들에 대해 거리낌없이 얘기해서, 때때로 나는 그가 스테이지 델리7번가에 있는 유명한 식당.의 벽처럼 진료실의 벽을 유명인들의 자필 서명으로 장식해주길 기대하기도 했었다. 여하튼 내가 그를 처음 만났을 때 그는 여든 살이었고, 나는 서른을 조금 넘긴 때였다.

정신과 의사의 진료실에 어떻게 그런 속물적인 것이 있겠느냐고 말할 사람도 있겠지만, 나는 첫날 저녁에 그런 것들을 똑똑히 보았다. 환자용 긴 의자부터 달랐다. 유명한 가구 디자이너, 찰스 임스Charles Eames의 작품이었다. 한쪽 벽은 까만 선을 내리 그은 듯한 마더웰의 그림 판화로 장식되어있고, 맞은편 벽에는 마사초가 피렌체의 산타 마리아 델 카르미네 성당에 그린 벽화 사진 액자가 걸려 있었다. 따라서 진료실에 들어서자마자 압도되는 기분이었다. 두 그림이 그를(나까지) 이탈리아의 완고하고 사실적인 휴머니즘과 전후戰後 뉴욕의 불안감을 씻어내려고 안달복달하는 휴머니즘 사이에 가둬두는 듯했으니까. 그의 옆에 세워진 책꽂이에는 한 종류의 정신분석학 학술 잡지밖에 없었고, 모두 장정돼 천장까지 빼곡이 쌓여 있었다. (그는 한동안 그 잡지의 편집을 맡았지만, 나를 만나고 한참 후에야 "충고 하나를 해줄까. 편집은 아무짝에도 쓸모가 없네."라고 말했다.)

진료실의 조명은 갓이 씌워진 전구 하나가 전부였다. 청동 스탠드에서 굽은 형태로 길쭉하게 뻗어 나온 팔 끝에 달린 전구가 그의 왼쪽에서 은은한 빛을 던졌다. 그 때문에 그의 얼굴이 반쯤은 어둠에 숨어 약간 음산하게 보였다. 그러나 그의 억센 말투와 파크 애비뉴의 교통 소음, 때때로 진료실을 휩쓸듯 지나가는 전조등 불빛 때문에 진료실은 아늑하면서도 음울한 유럽적 분위기를 풍겼다.

그런데 내가 거기에 왜 갔을까? 특별한 이유는 없었다. 서른 살을 넘겨 글쟁이로 사회생활을 갓 시작한 남자에게 흔히 닥치는 상심과 혼란과 몰이해 등이 뒤죽박죽된 마음 때문이었다. 존 업다이크John Updike, 1932~2009, 미국의 소설가. 우리나라에는 《테러리스트》 등이 번역돼 소개됐다.가 언젠가 말했듯이, 뉴욕의 문학계는 문학 지망생에게 천사의 합창단처럼 보이겠지만 실제로는 '메두사의 뗏목'과 같은 곳이다. 그러나 메두사의 뗏목에 의지한 사람들은 희망을 버리지 않았다는 점에서 업다이크의 이런 지적은 틀렸다. 뉴욕에서 뗏목은 오래 전부터, 어쩌면 수세기 전부터 지금까지 표류하고 있을 뿐아니라 구명선마저 보이지 않는다. 모두가 다른 사람들을 매섭게 평가하며, 누군가 쉽게 잡아먹을 수 있을 만큼 약해지길 호시탐탐 기다리고 있을 뿐이다.

나는 고민거리를 털어놓았다. 공황 상태에 빠진 두려움과 불안감을 털어놓았다. 눈물까지 뚝뚝 흘렸던 것으로 기억한다. 그는 한동안 말이 없었다. 작가들이 흔히 쓰는 '한동안'이 아니었다. 정말 지루하고 긴 시간이었다. 마침내 그가 입을 열고 "프란츠 마르크Franz Marc는 대단한 능력을 지닌 데생 화가였지."라고 말했다. 나를 분석한 첫 마디가 그것이었다. 굵고 힘있는 목소리였고, 헨리 키신저의 목소리처럼 묘하게도 들렸다. 꽥꽥 짜내고 변명하는 투의 빈 사람이 아니라, 굵직하고 거만한 독일인의 목소리였다.

아무런 이유도 없이 프란츠 마르크를 언급한 건 아니었다. 내가 예술평론가라는 걸 알고 있었기 때문에 그를 언급한 게 분명했다. (거의 알려지지 않은 사실이지만 프란츠 마르크는 칸딘스키와 함께 '청기사' Der blaue Reiter라는 독일 표현주의 유파를 창립했다.) 그는 내 눈에서 놀라움을 보았던지 한결 부드러운 목소리로 "지금까지 별로 다루어지지 않았지만 현대 미술에는 눈여겨볼 만한 사람들이 많네."라고 덧붙였다. 그리고는 의자에 똑바로 앉아 침을 힘겹게 삼키고는 한동안 움직이지 않았다. 그때서야 나는 그가 무척 늙었다는 걸 실감할 수 있었다.

잠시 후에 그가 불쑥 내뱉었다. 갑자기 그의 목소리에서 모든 권위가 사라져버린 것 같았다. "자네를 보니 생각나는 사람이 있군. 노먼 메일러Norman Mailer, 1923~2007, 미국의 소설가. 대표작인 《나자와 사자》는 우리말로도 번역됐다.가 자네 나이였을 때가 생각나는군." 순전히 입에 바른 소리였다. 나는 어디로 봐도 누군가에게 노먼 메일러를 떠올려줄 만한 인물이 아니다. 여하튼 그는 계속 말을 이어갔다.

"메일러는 《바바리 해변》Barbary Shore이 자신의 마지막 소설이 될 거라고 생각했지. 정말 뛰어난 굉장한 소설이었으니까. 그의 나르시시즘에 큰 충격을 준 소설이기도 했고. 그즈음 나는 집사람과 디너 파티에 자주 참석했네. 집사람은 재치가 아주 뛰어난 사람이었지. 한 디너 파티에서 모두가 노먼을 조롱하고 있더군. 그걸 보고 우리 집사람, 재치가 아주 뛰어난 사람이…."

그는 말을 멈추고는 그렇게 되풀이해서 말해도 내가 믿지 않을 거라고 생각했던지 의심스런 눈빛으로 나를 쳐다보았다. 나는 그로스쿠르트 부인의 지혜에 대한 소문을 익히 들었다는 표정을 지으며 그의 얘기를 아주 재밌게 듣고 있는 척했다.

"우리 집사람까지 그 사람들과 맞장구치면서 노먼을 희롱하더군. 하지만 입을 다물고 침묵을 지켰네."

그가 자세를 고쳐 앉았다. 그때서야 나는 그가 허리를 펴고 앉은 이유를 짐작할 수 있었다. 그는 갑자기 살아있는 뻣뻣한 기둥처럼 변해서는 손바닥을 위로 한 채 두 손을 앞으로 쑥 내밀었다. 식탁 위를 오가는 인신공격성 희롱에 끼어들지 않고, 바위처럼 흔들리지 않은 평정심을 지켰다는 듯이! 그는 조심스레 의자에 기대앉으며 덧붙여 말했다.

"물론 노먼은 그 후로도 뛰어난 재능을 과시했고, 미국의 다양한 범죄자들을 유형별로 연구해서 요즘엔 엄청난 액수의 선인세를 받고 있네."

뉴욕 문학계의 **유명인사**들에게서 **위로**를 받다

내가 5년 간 치료를 받았는지 분석을 받았는지, 여하튼 무엇을 받았는지 몰라도 옛날 5센트짜리 동전에 새겨진 '여럿으로 이루어진 하

나' E Pluribus Unum처럼 내 뇌리에 새겨진 단어들이 있다. '희롱' 과 '유형 연구' 라는 두 단어가 가장 먼저 내 뇌리에 새겨졌다. 그로스쿠르트 부인이 희롱에 끼어들었고, 노먼 메일러가 유형 연구로 방향을 전환해 탁월한 능력을 발휘했다는 표현에서 나는 적절한 단어의 힘을 절감할 수 있었다. 흠잡기는 뉴욕에서 활동하는 작가들의 경쟁적 관계를 뜻할 뿐이다. 디너 파티에 참석한 정신분석학자들의 재기 넘치는 부인들이 내뱉는 말들은 희롱에 불과했다. 따라서 제정신이 박힌 사람이라면… 그런 희롱에 끼어들지 말아야 했다. 입을 꾹 다물고 참견하지 말아야 했다. 그처럼! 바위처럼 굳건히 앉아 그 따위 소리들을 한 귀로 흘려버려야 했다.

후기의 노먼 메일러에 대한 그의 표현도 섬뜩할 정도로 완벽했다. 처음에는 확신하지 못했지만 내가 조사한 바에 따르면 메일러는 그의 환자인 적이 없었다. 그러나 그는 내막까지 훤히 알고 있는 것처럼 말했다. 메일러가 미국의 범죄자들 중에서 적절한 유형의 인물을 찾아내려 무척 스트레스를 받았다고! 그래도 그의 말에는 한결같이 깊은 의미가 담겨있다는 생각에, 대학원 전용도서관에 소장된 책의 한 귀퉁이가 접힌 면에 기록된 글처럼 중요하게 받아들였고 그런 방향으로 해석했다. 구체적으로 말하면, 예술가는 나르시시즘으로 고통받고 그런 이유에서 남들의 희롱거리가 되지만, 그들은 타고난 재능으로 희롱을 극복하고, 재능을 발휘해 유형 연구에 매진하게 된다는 식으로 해석했다. 나중에야 알았지만 '유형 연구' 는 그로스쿠르트에게 '저널리즘' 과 같은 뜻이었다. 이상하게도 그에게는 새무얼 존슨처럼 에둘러 말하는 습관이 있었다. 한번은 우디 앨런에 대해 말하면서 "내 집사람은 무척 재치가 뛰어난 여자여서 그랬던지 그 유명한 재주꾼을 만나보고 싶어했네. 우리는 카바레에서 그를 보았지. 내 기억이 맞다면, 그는 무대에서 잔뜩 불안감에 사로잡혀 그의 글 중 한 부분을 암송하고 있었을 거야."라고 덧붙였다. 그 때문에 그로스쿠르트 박사 부부가 나이트클럽에 가서 그 코미디언의 일인극을 봤을 뿐이라는 걸 깨닫기 전까지 우디 앨런이 어떤 부분을 낭송했을까? 바이마르를 추모하는 저녁이었을까? 등을 상상하면서 몇 날 며칠을 보내기도 했다.

처음 상담을 받은 후 나는 혼란스런 감정이 일시적으로나마 사라진 듯해서 무척 기뻤다. 그로스쿠르트 박사의 치료법은 일반적으로 알려진 정신분석요법과 사뭇 달랐다. 하지만 내가 이미 알고 있는 얘기, 즉 내 가족에게 문제가 있다는 소리를 듣는 것보다, 노먼 메일러가 유형 연구로 글을 써서 좌절을 딛고 다시 일어섰다는 말을 듣는 편이 훨씬 유익하고 재밌기도 했다. 특히 "자네 문제를 보니 생각나는 사람이 있군."이라며 뉴욕 문학계에서 유명한 인물을 거론하고, "다행히 자네는 발기부전이나 알코올중독은 아니야. 그것만으로도 다행이지 않은가?"라고 덧붙일 때는 은근히 안도감까지 느꼈다.

그 후 5년 동안 매주 두 번, 때로는 세 번의 만남에서도 똑같은 느낌을 받았다. 그는 까다롭고 편견이 심했으며 독선적이었다. 성급해서 지루한 표정을 감추지 않았고, 위압적이고 지독히 편협하기도 했다. 그래서 진료를 성의껏 하지 않는다고 고소를 해야 할지, 아니면 그런 독창적인 치료법에 무릎까지 꿇으면서 감사해야 할지 결정하기 힘들었다.

우리 만남은 어느덧 틀에 박힌 일과가 돼 버렸다. 나는 6시 30분에 주택지구로 가는 지하철을 탔고, 77번가에서 내려 두 블록을 걸어 파크 애비뉴의 모퉁이에 있는 그의 아담한 진료실에 들어갔다. 그때마다 긴 의자에 앉아 대기하는 서너 사람을 만났다. 얼마 후, 진료실 문이 열리고 어떤 신경증 환자 —간혹 유명인사가 있었고, 그런 환자는 현상수배당한 증권중개인처럼 코트로 얼굴을 감추고 싶어했다— 가 나오고 내가 들어갔다. 에어컨 냄새가 풍겼다.

"그래, 어떻게 지냈나?"

나는 때로는 진지하게, 때로는 건성으로 대답했다.

"끔찍합니다."

"금방 나아질 순 없겠지."

이렇게 기계적인 얘기가 오간 후에 나는 지난 사나흘간 있었던 문제와 걱정거리를 주섬주섬 늘어놓았다. 그러면 그는 헛기침을 하고 혼잣말을 시작했다. 20세기의 주요 인물(지그문트 프로이트, 알베르트 아인슈타인, 특히 토마스 만은 그에게 표석과 같은 사람들이었다)들을 우회적으로 언급했고, 자신이 겪은 얘기를 고백하듯 신뢰의 상실을 한탄했지만, 결국에는 은근슬쩍 내 문제에 접근해 "결국 자네 문제는…." 이라 운을 떼고는 누가 봐도 명약관화한 격언을 덧붙였다. 당연히 내 문제에 적용할 수 있는 격언이었지만, 그가 적잖은 환자에게 들었을 실질적인 문제에 비교해보면 꼭 내 문제에만 적용된다고 말할 수도 없었다. 내 말이 믿기지 않겠지만 당신도 그 자리에 있었더라면 똑같은 기분이었을 것이다.

예컨대 내가 마감기한이 없는 글을 쓰는데 어려움을 겪는다고 푸념했다고 해보자. 내가 그런 개인적인 문제를 에둘러서 장황하게, 감정에 북받쳐서 토해내면 그는 헛기침을 하고 나서 "극단적인 자극이 필요한 작가들에게는 흔히 있는 현상이네. 마르틴 부버도 그랬지."라며 본격적으로 얘기할 태세를 갖추었다. 나는 머릿속으로 색인 카드를 훌훌 넘겨보며 '부버는 신학자가 아니었나?' 라고 생각했지만, 그는 내 반응에는 아랑곳하지 않고 얘기를 계속했다. "부버는 강연할 때마다 강연대에 포르노 사진을 놓아두었지. 흥분해서 강연을 실감나게 하려고 말이야. 부버는 '너와 나' 를 주제로 강연하면서도 준비해간 책을 들척이며 그 안에 감춰둔 발가벗은 여자 사진을 봤을 거네." 그리고 그는 고개를 설레설레 저으며, "좀 지나친 방법이긴 했지. 하지만 부버는 위대한 학자였네. 이런 방법이 부버에게는 적합했지만 자네에게는 적합하지 않을 거네. 자칫하면 자네 능력을 지나치게 과대평가할 수도 있으니까."라고 덧붙였다.

그는 뉴욕의 전쟁에서 살아남기 위해 취해야 한다고 생각하는 방법에 대해서도 자주 말했다. 뉴욕 문학계의 주요 인물들 ―그의 환자만은 아니었고, 그가 동경하며 따르고 싶어했던 이력을 지닌 작가들과 미술가들에 대해 말할 때는 그들을 뉴욕 주의 북쪽에 위치하고 프렌치―인디언 전쟁French and Indian War, 1754~1763년 아메리카 대륙에서 영국과 프랑스가 싸운 전쟁.에도 굳건히 버틴 조지 호수 부근의 요새들, 예컨대 어렸을 때 놀러 가서 얻은 자동차 범퍼에 붙이는 스티커처럼 다루었다. 수잔 손탁 요새, 헬렌 프랭컨탤러 요새, 노먼 메일러 요새 등이 있었다. "손탁은 자신을 무척 잘 방어했지." "그래, 나도 손탁의 방어술이 부러울 정도야." "대단한 방어력이었어." 내가 당시 법적 문제에 휘말린 유명한 여성 지식인을 언급하며 그녀도 자신을 잘 방어하지 않았느냐고 물었다. 그는 "그랬지. 하지만 싱가포르에 상륙한 영국군처럼 총구를 엉뚱한 방향에 겨눈 게 문제였지."라고 지적했다. 그런 지적에는 누구라도 고마워하면서도 얼굴을 찡그리지 않을 수 없었을 것이다. 나도 그랬으니까.

누구에게나 **고민**은 있다

결국 그의 이론에 따르면, '창조적인' 사람은 태생적으로 분노에 쉽게 휩싸이고, 그 분노의 원인은 좌절된 나르시시즘이었다. 나르시시즘은 부정적으로는 편집증적인 형태를 띠고, 반항적이고 교만한 형태를 띠면 그나마 긍정적인 현상이었다. 그의 역할은 나르시시즘을 치유하는 게 아니었다. 오히려 나르시시즘은 창조적 능력과 떼어놓고 생각할 수 없기 때문에 나르시시즘을 올바른 방향으로 강화시켜주는 것이었다. 달리 말하면, 도개교를 들어올리고 성문을 내려서 인디언들이 밖에서 빙빙 돌며 불화살을 요새 너머로 쏘더라도 아무런 피해를 입지 않도록 하는 것이었다.

그는 40대와 50대에 정신분석학자로서 전성기를 누리며, 뉴욕 지식인의 황금시대를 수놓은 위대한 입담꾼들을 치료했다. 황금시대가 아니었다면 황금처럼 보이지 않았을 사람들이 원한과 시기와 욕망을 부글거리며 찾아와 긴 소파에 누운 시대였다. 그는 언제나 "내 기억이 맞다면"이라 운을 떼고 그 시대의 유명한 예술평론가 두 명의 이름을 거론하며 "그들을 치료할 때"라고 시작했다. "그들이 치열하게 다투던 때였지. 한 사람은 10시에 왔고 "쓴맛을 보여줄 겁니다!"라고 말했지. 다른 한 사람은 4시 30분에 와서 "복수를 할 겁니다!"라고 말했고. 그럼 나는 두 사람 모두에게 "글쎄요. 6개월만 참아보시지요. 그 때도 지금 싸움의 원인을 기억하는지 두고 보지요."라고 말했네. 그들은 내 충고대로 기다리기로 했네. 6개월 후, 재치가 넘치는 내 집사람이 디너 파티를 열고 그들의 다툼을 농담처럼 말했네. 모두가 어리둥절한 표정이더군. 누구도 그 다툼을 기억조차 못했어. 잡지 〈아트뉴스〉가 꽤나 권위를 인정받던 때였지. 내 기억에 토마스 만이 뭐라고 했냐면…." 이때 벽에 걸린 시계가 7시 30분쯤을 가리키면 그는 갑자기 말을 돌리며, "자네도 눈치챘겠지만… 이번 사례도 내가 지식인들 간의 다툼에 대해 자네에게 말해주려는 걸 증명해주지 않나?"라고 말했다. 나는 몸을 일으켜 세우며 정말 알고 싶은 마음에 물었다.

"박사님이 말씀하시고 싶은 게 뭔데요?"

"누구도 신경쓰지 않는다는 거네. 누구에게나 고민거리는 있는 법이야. 오늘은 여기에서 끝내야겠군."

그리고 내 상담은 끝났다. 나는 찜찜하고 당혹스런 기분, 심지어 실망감에 휩싸여 진료실을 나왔다. 누구도 신경쓰지 않는다고? 절대 물러설 수 없는 논쟁에서 적절한 말을 찾아 치열하게 전개되며 서로 상대에게 치명타를 가하려는 싸움을 어떻게 신경쓰지 않을 수 있단 말인가? 또 누구나 고민거리는 있는 법이라고? 한나 대고모라도 그 정도의 충고는 할 수 있을 것 같았다. 겨우 그까짓 충고가 인류의 문화사에서 반세기나 심리 세계를 지배해온 학문의 결과란 말인가? 그러나 15분쯤 지나 택시를 타고 시내로 돌아가는 길에 이상하게도 마음이 가벼워지고 날아갈 것만 같았다. 그의 말이 맞았다. '그래, 누구도 신경쓰지 않아! 누구에게나 고민거리는 있는 법이야!' 거의 언제나 이런 식이었다. 그렇다고 모두가 나처럼 생각해서는 안 된다는 뜻은 아니다. 오히려 당신 자신을 위해서 나처럼 생각해야 한다는 뜻이다. 글을 써서 먹고 산다면 왈가왈부하는 소리에 지나치게 신경을 곤두세울 필요가 없다. 누구도 우리에게 그처럼 신경쓰지 않는다. 잠시 안줏감으로 삼아 씹어댈 뿐이다.

때때로 그는 우회적인 방법으로 내게 깨달음을 주기도 했다. 이상할 것까지는 없었지만 그가 내게 정말로 어떤 깨달음을 주려고 그런 방법을 썼는지는 확실하지 않다. 볼스타인 사례가 대표적인 예이다. 모시즈 볼스타인(가명)이란 작가에 대한 얘기였다. 어느 날 그로스쿠르트 박사는 볼스타인의 책을 읽었고 그의 성姓에 질겁을 했다면서 "정말 끔찍한 성이야. '볼' 이라니! 혹쥐라는 뜻이잖나. 어떻게 그런 끔찍한 성을 계속 쓰는 걸까?"라고 혼잣말처럼 말했다.

나는 그의 성이 별로 색다르게 여겨지지 않아서 내 생각대로 말했다. 그러자 그는 엄숙한 목소리로 말했다.

"그 성이 그 사람의 정신 건강에 미친 피해를 자네가 과소평가하기 때문이네. 견디기 힘들었을 거야."

"그가 자기 성 때문에 그렇게 고민하지 않았을 것 같은데요."

"자네 생각이 잘못된 거네."

다음 상담 시간에 그로스쿠르트 박사는 내게 말했다.

"지난번에 만났을 때 볼스타인 성에 대한 내 이론에 자네가 반박했지. 자네가 극단적인 자기애적 과대평가에 빠졌다는 전형적인 증거라 할 수 있네. 자네는 그런 성이 인간의 심리에 미치는 부정적 영향을 줄곧 과소평가하고 있으니까 말이야."

"오히려 박사님이 그런 성이 인간의 심리에 미치는 영향을 과대평가하는 게 아닐까요?"

"틀렸네. 그의 가족이 성을 바꾸지 않았다는 게 무슨 뜻이겠나? 현실을 철저하게 부정했다는 뜻일 거네."

그는 그 날만이 아니라 다음 상담 시간에도 볼스타인이란 성을 끈질기게 물고 늘어졌고, 결국 나는 폭발하고 말았다.

"우리가 모시즈 볼스타인이란 웃기는 이름을 갖고 소중한 시간을 보내야 할 필요는 없을 것 같은데요! 그런 식이라면 내 성을 웃긴다고 생각하는 사람도 많을 겁니다."

"물론 그렇지. 하지만 자네 성은 발음하기도 힘든 데다 희귀한 편이지. 하지만 사람들에게 불쾌한 감정을 떠올려주는 쥐새끼를 뜻하는 단어가 포함돼 있지는 않아. 그냥 발음하기 지독히 힘들 뿐이야."

그래서 나는 고민에 빠졌다. 내 성이 내게는 숨쉬는 소리만큼 자연스럽게 들렸는데…. 물론 내 성이 특이하다고 생각한 적은 있었지만 나는 그로스쿠르트 박사의 말에 큰 상처를 받았다. 나와 결혼한 후에도 페미니스트적 원칙 때문인지 본래의 성을 그대로 사용하던 집사람마저 "맞아요, 당신 이름을 처음 들었을 때 내 귀를 의심했다니까요. 그래서 일주일 동안 당신이랑 외출하고 싶지도 않았다니까요."라고 말했다. 그 때처럼 큰 충격을 받은 적이 없었다. 어떤 의미에서는 유익한 충격이기도 했다. 내게 고프닉이란 성의 특이성을 인정하고 거기에서 비롯되는 온갖 문제에 대담하게 맞섬으로써 어떤 지혜를 얻게 하려고 그가 볼스타인이란 이름에 집착했던 것일까? 내 성이 특이한 것은 사실이었다.

특이하고 재밌는 이름을 가진 사람들도 자신의 일을 꾸준히 해갈 수 있다는 걸 가르쳐주려던 것이었을까? 하지만 그들은 자신들의 이름이 웃음거리가 된다는 사실조차 의식하지 못하고 있을 수 있었다. 그로부터 수 년 후, 나는 인터넷에서 무척 재밌는 이름을 가진 작가들의 명단을 보았고 —그들은 이름 때문에 정신분석을 받지 않아 작가라는 일을 꾸역꾸역 해내는 것이란 생각마저 들었다—, 내 이름도 그 명단에 끼어있는 걸 알고는 은근히 기뻤다.

그런 것조차 좋아하는 나 자신이 놀랍게 여겨질 지경이었다. 당신의 성도 남에게는 괴상하게 들리지만 당신은 그 사실을 전혀 모르고 있을 수 있다. 여기에서 중요한 교훈 하나가 얻어진다. 남의 눈은 중요하지 않다. 무관심하고 벽을 높이면 우리는 어떤 난관이라도 이겨낼 수 있다!

그로스쿠르트 박사는 때때로 자신의 얘기를 했다. 그는 1차대전 전에 베를린에서 태어났다. 달리 말하면, 독일계 유대인도 어엿한 독일인으로 여겨지던 때였다. 어머니는 그가 외교관이 되기를 바랐지만 그는 의학, 특히 정신분석학을 공부하는 길을 택했다. 하기야 당시 물리학자들이 아인슈타인의 이론에서 발견한 것을 프로이트의 이론에서 발견해가던 독일계 유대인 세대에 속하긴 했다. 그는 1933년 나치스를 공개적으로 비난했고, 그 때문에 부랴부랴 독일을 떠나야 했다. 그는 스승의 도움을 받아 독일을 탈출했다.(이 사건에서 그는 조금도 영웅인 척하지 않았다. "그래서 하고 싶은 말을 다 하고 살 수는 없다는 교훈을 얻었지."라고 말했을 뿐이었다.) 이탈리아로 넘어가 파도바대학교 의학대학에 들어가 의학을 마저 공부했다.

그 때문인지 그는 이탈리아를 사랑했고, 거의 매일 3번가에 있는 이탈리아 식당 파르마에서 저녁 식사를 했다. 또 8월이면 베네치아의 치프리아니 호텔에서 휴가를 보냈다. 어느 해 봄, 나는 집사람과 함께 베네치아에 가기로 했다고 그에게 말했다. 내 말이 떨어지기 무섭게 그가 물었다.

"어디에 묵을 건가?"

"아카데미아 미술관 내에 있는 숙소에서요."

"그럴 순 없지. 모나코 호텔에서 묵게. 아주 쾌적한 호텔이니까. 아침 식사를 테라스에서 할 수 있지. 자네에게 딱 맞는 호텔이네."

나는 주머니에서 몽당연필을 꺼냈다. 몽당연필이야 항상 주머니에 준비해 가지고 다녔으니까. 또 그의 소중한 조언을 적어놓을 만한 종이를 찾아 주머니를 뒤적거렸다. 아메리칸 익스프레스 카드 영수증과 원고에서 조금 떼어낸 종이조각밖에 나오지 않았다. 그가 얼굴을 찌푸리며 말했다. 독일인의 반듯한 영혼이 내 무질서한 모습에 질려버린 듯한 표정이었다.

"그만두게! 내가 써줄 테니. 자네는 정말 무질서하기 짝이 없구먼. 전화기를 좀 주겠나."

나는 그의 의자 옆 자그마한 테이블에 놓인 전화기를 집어 그에게 건네주었다. 그는 상의 안주머니에서 까만 수첩을 꺼내 들척이며 뭔가를 찾았다. 그리고 전화번호를 한참동안 눌렀다. 잠시 후, 평소보다 훨씬 굵직하고 큰 목소리를 내며 이탈리아어로 말하기 시작했다.

"시, 소노 도토레 그로스쿠르트(예, 그로스쿠르트 박사라고 합니다)."

그리고 그는 기다렸다. 그를 알고 나서 처음으로 그가 정말로 불안해하는 모습을 보는 듯했다. 잠시 후 그가 함박웃음을 지었다. 얼굴이 활짝 펴지고 입이 귀에 걸릴 지경이었다. 그들이 그의 이름을 기억해낸 모양이었다.

"그렇소, 그래." 그러나 그는 곧 목소리를 낮추며 "아니요."라 말하고는 내가 전혀 알아들을 수 없는 말로 뭔가를 말했다. 그로스쿠르트 부인이 이미 세상을 떠났다고 설명하는 게 분명했다. 그리고 내 이름을 시작으로 길게 말한 후에 6월에서 어떤 날들을 짚어 나아갔다. 잠시 후에는 수화기를 손으로 가리고 "욕조가 나은가, 샤워기가 나은가?"라고 내게 물었다.

"욕조가 낫지요."

"잘 선택했네."

처음 들은 칭찬이었다. 마침내 그가 전화를 끊었다. 그는 종이를 손에 쥐고 잠시 살펴본 후에 내게 건네주면서 말했다.

"닷새를 자네 이름으로 예약했네. 방에서 운하가 보이지 않지만 그 편이 더 나을 거네. 곤돌라 선착장은 시끄럽기만 할 테니까. 테라스에서 아침 식사를 하면서 살루테 성당 주변의 경치를 즐길 수도 있을 거야. 하지만 저녁 식사는 테라스에서 하지 말게. 대신 저녁 식사할 만한 곳들을 내가 적어주지."

이렇게 말하고 그는 '프로작을 복용하기 전에 의사에게 반드시 처방을 받으십시오.' 라고 쓰인 종이에 베네치아에서 내가 들러볼 만한 식당들을 써내려갔다.(나중에야 눈치챘지만 해리스 바, 다 피오레, 마돈나 등 대부분의 식당이 뉴욕의 정신분석가나 좋아할 만한 1950년대 풍의 식당이었다.)

"그런 식당에 가서 대합조개 스파게티를 주문하게. 그럼…."

"그럼요?"

그가 단호한 목소리로 말했다.

"그럼 틀림없이 만족할 거네."

프로이트에 대해 **이야기**하다

그는 결코 정통 프로이트주의자가 아니었다. 정통 정신분석학자 같지도 않았다. 따라서 그가 정신분석학에 깊고 뜨거운 애정을 보여줄 때마다 나는 깜짝깜짝 놀랐다. 3년째 되는 어느 날, 내가 진료실에 들어가자 그는 격주로 발행되는 잡지 〈뉴욕 리뷰 오브 북스〉를 펼쳐놓고 있었다. 그는 "슬픈 일이야. 한때 많은 사람에게 존경받던 잡지가 양식있는 사람들의 좋은 의견이라곤 찾아볼 수 없는 지경까지 전락한 걸 보니 정말 안타깝군."이라 말했다. 문학평론가 프레더릭 크루스 Frederick Crews가 프로이트와 프로이트 학설을 공격하며 쓴 글 중 하나를 언급했다는 걸 알아내는데 많은 시간이 걸리지는 않았다.

나는 나중에 크루스의 글들을 직접 읽어보았고, 그 글들이 논박할 여지가 없다는 생각마저 들었다. 그래서 나는 처음으로 프로이트를 마음먹고 읽어보기로 결심하고 《문화에서의 불안》, 《토템과 타부》, 《꿈의 해석》을 차례로 읽었다. 프로이트가 뭔가를 주장하고, 인상적인 인간의 심성을 제시하며 자신의 주장을 뒷받침하긴 하지만, 그런 주장들이 애매하기 짝이 없다는 느낌을 지울 수 없었다. 기막힌 말재주를 지닌 연예인의 공연을 보고, 뛰어난 수필가의 글을 읽는 기분이었다. 단편적인 증거로 터무니없는 결론을 내리며, 토끼와 다람쥐를 자신있게 그려내는 디즈니 만화가들처럼 이드와 리비도와 에고라는 심리적 세계의 신화를 한꺼번에 뭉뚱그리고 있다는 생각마저 들었다. 따라서 나는 일주일에 두 번씩 마음의 평화를 찾던 심리치료법에 대한 의심마저 깊어졌다. 결국 나는 용기를 내어 그로스쿠르트 박사에게 솔직히 털어놓았다.

"그래서 자네의 강렬한 지적인 확신과 내면에 깊이 감춰진 욕구간에 갈등이 있다는 말인가?"

"그렇습니다."

그는 어깨를 으쓱해보이며 말했다.

"그렇다면 자네는 프로이트 학설을 믿는다는 뜻이군."

그의 대답에 나는 아무런 반박도 할 수 없었다. 그의 완승이었다. 그러나 나는 그대로 물러설 수 없었다. 버클리 대학교에서 발달심리학 교수로 재직 중인 내 누이는 프로이트를 우스꽝스런 유물쯤으로 보았다(그러나 누이에게 정신분석치료를 받고 있다는 걸 감추지 않았다). 〈뉴욕 리뷰 오브 북스〉에서 논쟁이 벌어졌을 때 누이는 편집자에게 프로이트를 가장 통렬하게 비판하는 편지를 보냈고, '개인적인 카리스마를 지닌 인물' 들의 매력은 묵살하고 무시해도 된다는 식으로 말하며 마법이나 점성술을 옹호할 수 없듯이 정신분석요법을 옹호할 만한 근거는 없다는 결론을 내렸다. 내가 누이의 결론을 언급하자 그로스쿠르트는 "자네 누이의 방어력은 대단하군." 하고 말할 뿐이었다.

그로스쿠르트는 프로이트가 세세한 부분에서는 실수를 범했을지 모르지만 핵심적인 주장은 옳았다고 말하는 식으로 정신분석학에 대한 믿음을 과시할 수도 있었지만, 시간이 흘러도 정확히 그렇게 말한 적은 없었다. 여하튼 프로이트의 핵심적인 주장에 따르면, 인간의 삶은 자기중심적이고 근절할 수 없는 일련의 욕망, 특히 성적인 욕망에 의해 구체화되며, 그밖에는 그런 욕망들을 달래서 사회에 용인가능한 형태로 드러내는 방법을 배워가는 것이다. 현실 세계는 극적이지 않지만 위험한 요인들이 분명히 존재하고, 그 요인들의 본질적 특징은 인간의 감정과 관계가 없다. 예컨대 고통과 죽음과 질병만이 아니라 인간의 행복을 위협하지 않는 것들도 현실 세계에 존재한다. 프로이트의 계획, 더 정확히 말하면 프로이트주의자들의 계획은 인간의 심리세계를 얘기하는 것이 아니었다. 이드와 에고와 리비도가 주인공인 희한한 응접실 얘깃거리를 만들어내는 것이 아니라 정반대로 우리 삶의 얘기에서 극적인 부분을 끌어내는 것이었다. 프로이트는 우리 가슴속에 감춰진 극단적인 분노를 알아내더라도 그 분노를 신화화시킬 수는 없으며, 그 분노에 넥타이를 매주고 묵직한 구두를 신겨주며 짙푸른 양복을 입혀줄 수 있을 뿐이라고 믿었다. 따라서 프로이트의 논리에 따르면, 기회가 주어지면 어머니를 강간하고 아버지를 살해할 수 있는 사람만이 대합조개 스파게티를 느긋하게 주문할 수 있었다.

그러나 이런 주장에는 함정이 있었다. 그래서 나는 3년째 되는 해부터 여러 차례에 걸쳐 내 생각을 장황하게 늘어놓기 시작했다. 방어력이 뛰어나다며 그가 높게 평가하는 사람들이 결국에는 현실 세계에서 최대한 멀리 떨어진 사람이 아니었을까?

수잔 손탁Susan Sontag, 1933~2004, 문화평론가이 정말로 누구보다 세상을 본연의 모습대로 파악했을까? 세상의 잣대와, 세상에서 자아가 차지하는 적절한 위치를 차분하게 평가한 표본으로 해럴드 브로드키Harold Brodkey, 1930~1996, 미국의 소설가로 30년 동안 집필한 자전적 소설 《달아난 영혼》으로 유명하다.를 언급하는 사람도 있지 않을까? 그가 나를 나무라는 이유로 삼았던 '거대한 자기애적 과대평가'는 결국 그가 내게 키워가기를 바랐던 '잘 방어된 내재화된 자존심'과 불가분의 관계에 있는 것은 아니었을까? 자신을 잘 방어한 사람들, 그들에게서 공통적으로 찾을 수 있는 뚜렷한 특징은 세상을 완전히 등지고 살아간다는 점이었다. 요컨대 그들은 다른 사람의 감정, 그들의 일에 대한 세상의 의견에 거의 신경 쓰지 않았다. 우리라고 나르시시즘으로 무장하고 실질적으로 나르시시즘에 매몰

돼 지내지 못할 이유가 없었다. 투탕카멘의 무덤을 발견한 영국의 고고학자, 하워드 카터Howard Carter처럼 누군가 우리를 건드려도 모른 척하면 그만이었다. 그렇다면 그의 치유법이 극복해야 할 문제는 그런 무관심이 아니었을까?

심리치료 받는 뉴요커들

내 친구들도 모두 이런저런 이유로 심리치료를 받았다. 그게 뉴욕이었다. 밤늦게 적포도주 한 병을 앞에 두고 친구들이 내뱉는 치유 과정에 나는 귀가 솔깃해졌다. 한 친구는 "내 삶에서 걸핏하면 반복되던 과보호 본능이 남들에게 감추고 싶었던 어머니의 알코올 중독에서 비롯된다는 걸 정신과 의사 덕분에 알게 됐어."라고 말했고, 한 친구는 "아버지의 우울증 때문에 내게 어린 시절부터 두려움이 심어졌다는 걸 확실히 알게 됐어."라고 말했다. "내가 작품을 발표하기를 꺼리는 이유가 아이를 갖고 싶어하지 않는 마음과 관계가 있다는 걸 정신과 치료를 받으면서 알게 됐어."라고 말하는 친구도 있었다. 나는 뭐라고 말해야 했을까? "내 정신과 의사는 한나 아렌트Hannah Arendt, 1906~1975, 독일 태생인 미국의 정치이론가. 우리나라에는 《전체주의의 기원》 등이 번역돼 소개됐다.의 성생활에 대해 얘기를 나눌 때, 여하튼 그가 잘 아는 걸 얘기할 때가 아니면 만날 잠만 자는 것 같아."라고 말할 수밖에 없었다.

그로스쿠르트는 꾸벅꾸벅 졸았다. 우리가 처음 만났을 때 그는 여전히 적잖은 환자를 진료해서 나는 거의 언제나 저녁 늦게야 진료를 받았다. 과로가 그의 몸에 영향을 미치기 시작했다. 나는 분석받을 바에는 확실하게 분석받아야겠다고 결심한 까닭에 부당하게 대우받은 사례와 불만, 불안과 걱정, 어린 시절의 기억 등을 끈질기게 지루할 정도로 늘어놓았다. 하지만 그때마다 반쯤 벗겨진 길쭉한 머리가 넥타이 매듭을 향해 꾸벅대는 걸 보아야 했다. 그의 눈은 꺼벅거리다 닫혔고, 그는 깊게 숨을 몰아쉬기 시작했다. 그래도 나는 청승맞게 얘기를 계속했다.

"그래서 나한테 과대망상증을 처음 심어준 사람은 어머니라는 생각이 듭니다. 아마 여섯 번째 생일이었을 겁니다. 그때 처음으로 느꼈지요…."

그의 얼굴이 점점 아래로 떨어지면서 턱이 거의 가슴에 붙어버렸다. 그래서 훤히 벗겨진 머리가 내 눈에 똑바로 들어왔다. 잠자는 정신과 의사에게 내 문제를 털어놓아야 하는 황당한 경우를 서너 번쯤 겪은 후에 그의 의식을 되살려내는 방법은 하나밖에 없다는 걸 알아냈다. 세상 돌아가는 얘기였다. 그래서 그때까지 하던 얘기를 그만두고 느닷없이 목소리를 높여 "그래서 내 어머니와 아버지의 관계를 생각해보면… 필립 로스가 클레어 블룸이랑 이혼한 이유에 대해 사람들이 쑥덕대던 얘기가 생각납니다."라고 말했다. 필립 로스는 미국의 소설가로 영국 여배우인 클레어 블룸과 오랜 친구로 지냈다. 그들은 1990년에 결혼해 1994년에 이혼했다. 그러면 그는 얼굴을 용수철처럼 튕겨 올리며 두 눈을 크게 떴다. 그리고 물에서 뛰쳐나온 래브라도 리트리버처럼 온몸을 부르르 떨고는 "그래, 사람들이 그 이혼에 대해 뭐라고 말하던가?"라고 물었다.

"별 얘기는 없습니다."

이렇게 대답하고는 그의 관심을 끌었다는 것만으로도 즐거운 마음에 얘기를 즉석에서 적당히 꾸며 말했다. 안타깝게도 나는 문학계의 뜨거운 얘깃거리에 대해 아는 게 별로 없었다. 따라서 최악의 고백이 되겠지만, 만약의 경우에 대비해 정신을 들게 하는 약병을 준비해 소풍을 떠나는 빅토리아 시대의 의사처럼 그가 잠이 들면 분위기를 바꿔놓기 위해서라도 문학계에 떠도는 소문이라며 재밌는 얘기를 만들어내야 했다. 그가 꾸벅꾸벅 졸면 나는 당혹스러우면서도 그를 지켜주고 싶었다. 그가 졸고만 있어도 돈을 지불해야 했기 때문에 당혹스러웠고, 그가 나름 대단한 인물이었기 때문에 그를 지켜주고 싶었다. 나는 그가 점점 노쇠해 가는 모습을 보고 싶지 않았다. 한편으로는 그가 늙었다는 걸 알게 된 후에도 진료를 계속할지 궁금했다.

얼마 전에 나는 정신치유법을 다룬 책에서 환자를 앞에 두고 일부러 잠을 자려고 애썼던 저명한 정신과 의사에 대한 얘기를 읽었다. 그로스쿠르트가 분명했다. 그 책의 얘기가 맞다면 그로스쿠르트는 잠을 자는 치유법으로 유명했다. 달리 말하면, 환자를 앞에 두고 잠을 자는 것도 치유를 위한 전술이고 전략이었다.

그게 아니면 그는 더 나은 일을 찾지 못해 외로움을 떨쳐내기 위해서 진료를 계속하며 여느 노인들처럼 잠을 자고 호텔을 예약해주며 세상의 뜬소문을 즐기는 노인에 불과했을까? 지독히 영악하고 약삭빠른 사람이었을까, 환자를 지극히 불쌍하게 여긴 사람이었을까? 어느 쪽이었을까? 이런 의문에 대답을 구하기 위해서라도 나는 주택지구로 계속 진료를 받으러 갔다.

5년간의 치료를 끝내다

우리 만남이 4년째, 5년째로 이어지면서, 내가 그에게 처음에 가져갔던 모든 문제는 하나의 문제, 뉴욕의 문제로 귀결됐다. 결국 우리도 아이를 낳아야 하는가? 우리는 그 문제를 두고 이른바 현대식으로 고심했다. 그로스쿠르트는 서너 달 동안 내 고민을 조용히 듣기만 했고, 마침내 이렇게 말해주었다.

"그래, 용기를 내서 아기를 낳도록 하게. 아이와 함께하는 삶을 즐기게 될 테니까. 또 아이가 자네 인내심을 반복해서 시험하겠지만 아이를 키우는 일도 무척 즐거운 일이란 걸 깨닫게 될 거네." 그리고 헛기침을 한 후에 "예컨대 아이가 말을 배우면서 저지르는 많은 실수에서 재미를 찾을 수 있을 거네."라고 덧붙였다.

나는 어리둥절한 표정으로 그를 바라보았다. 겨우 그까짓 이유로 아이를 낳아야 한단 말인가? 그는 내 반응에는 아랑곳하지 않고 계속 말했다. "세 살쯤 되면 아이들이 말을 하기 시작하지. 말을 해본 적이 없으니 기발한 방식으로 말을 하기 마련이지. 그런 과정에서 툭툭 튀어나오는 실수가 기절초풍할 정도로 재밌을 거네. 아이들의 말실수가 부모에게는 사교 모임에서 주목을 받는 소중한 얘깃거리가 되기도 하니까." 우리가 가족을 이루고 살아야 하는 희한한 이유였다. 아이가 우리와 동거하는 코미디언 그레이시 앨런Gracie Allen 노릇을 해주기 때문에 우리가 아이의 실수를 얘깃거리로 삼아 디너 파티의 주인공이 될 수 있을 거란 말이었다. 그러나 나는 그가 최소한의 장점으로 그런 예를 들었을 뿐이라고 좋은 방향으로 생각했다.

그래서 우리는 아이를 낳았다. 아버지가 됐다는 흥분을 억누르지 못하고 나는 일주일밖에 되지 않은 아기의 사진을 그에게 보여주었다. 그는 폴라로이드 사진을 뚫어지게 쳐다보면서 "그렇군. 이게 뭔지 모르겠지만 아기처럼 보이는군."라고 무뚝뚝하게 말했다. 그때쯤 내 삶의 방식도 변해가고 있어 나는 우리 관계를 끝낼 때, 여하튼 줄여가야 할 때가 됐다고 생각하기 시작했다. 어느덧 5년째였다. 나는 많은 것을 얻었다고 생각했다. 완전히 치료받지는 못했지만 공갈범으로 평론계에서 활동하기엔 충분한 근거를 얻었다고 생각했다. 그에게 많은 것을 배웠지만 내가 '완전한 어른'이 되려면 남에게 의존하는 마음을 버려야 했다.

게다가 그는 점점 늙어가고 있었다. 우리가 처음 만났을 때도 늙은 몸이었지만 어느새 여든 다섯, 어쩌면 여든 여섯으로 눈에 띄게 쇠약해졌다. 노년은 조금씩 진행되는 게 아니라 몇 단계에 걸쳐 돌발적으로 덮치는 것 같았다. 하루는 평소와 다름없이 활달하다가도 바로 다음 만남에서 진료실 문을 열고 들어오는 발걸음마저 휘청거렸다. 우리 아이가 태어나고 6개월 후에는 의자에서 혼자 일어서지도 못했다. 한번은 내가 보는 앞에서 진료실을 나가다가 쓰러지기도 했다. 나는 황급히 달려가 그를 일으켜 세웠다. 그의 얼굴은 화난 얼굴도 아니었고 즐거워하는 표정도 아니었다. 창백한 얼굴빛에 뭔가를 골똘히 생각하는 표정, 곧바로 뭔가를 할 듯한 표정이었다. 그 후로 우리는 79번가의 모퉁이에 있는 그의 아파트로 상담 장소를 바꾸었다. 그는 현관문을 항상 열어두었다. 나는 한번도 보지 못했지만 간호사가 있을 때도 문을 열어두도록 했다. 나는 초인종을 누르고 그가 들어오라고 불러주길 기다렸다. 안에 들어가면 그는 누군가의 도움을 받았는지 푸른 셔츠에 회색 양복을 입고 검은 넥타이를 맨 채 소파에 앉아 있었다. 소파 주변은 한스 호프만Hans Hofmann과 호안 미로Joan Miro의 조각들과 두세 점의 칸딘스키 판화로 장식돼 있었다.

한 달쯤 지났을 때 나는 유럽으로 당분간 거주지를 옮기기로 결정했고, 잔뜩 흥분해서 들뜬 목소리로 뉴욕을 떠나 유럽에서 다시 시작하기로 했다는 소식을 그에게 전했다. 나는 그가 무척 좋아할 거라고 생각했다.

하지만 놀랍게도 그는 예전의 기운을 되찾은 것처럼 화를 버럭 내며 "대체 누가 그런 생각을 해낸 건가? 자기파괴적 퇴행이야!"라고 소리쳤다. 그가 화내는 이유를 나는 충분히 이해할 수 있었다. 나를 붙잡아두려고 그렇게 애썼는데도 내가 미련없이 떠나기로 결정한 때문이었다. 고프닉 요새가 깃발을 내리고 군대를 해산시키며 영토를 내놓고 있었다. 그의 오랜 노력이 수포로 돌아간 셈이었다. 수단의 하르툼을 지키려고 달려온 찰스 고든Charles Gordon, 1833~1885 장군과 다를 바가 없었다. 고든은 뒤늦게야 도착해 용서할 수 없을 정도로 지리멸렬된 원주민들의 사기를 북돋워 반란군에 맞서 싸워 이길 수 없었다.

상담이 끝날 무렵 우리는 불가침조약을 맺었다. 내가 "박사님, 우리가 치료를 너무 성급히 중단하는 건가요?"라고 물었고, 그는 마지못해 느릿하게 "그렇지."라고 대답했다. 우리는 막연히 예술과 가족에 대해 얘기를 나누었다. 그리고 출발을 하루 앞두고, 마지막 상담을 위해 그의 아파트를 찾아갔다.

10월의 두 번째 주, 5시 30분이었다. 우리는 비자와 예방 접종 등 해외로 나갈 때 필요한 자질구레한 일들에 대해 오랜 친구처럼 정겹게 얘기를 나누었다. 그런데 갑자기 그가 먼저 세상을 떠난 아내의 질병과 죽음에 대해 종작없이 늘어놓기 시작했다. 전에 없던 일이었다. 아내가 세상을 떠나기 전, 마지막 여름에 베네치아의 호텔 수영장에서 수영을 했다는 얘기를 끝없이 되풀이했다.

"집사람은 많이 아팠지. 자네는 모르겠지만 치프리아니 호텔에는 멋진 수영장이 있네. 집사람은 그 수영장을 몇 번이고 왕복했네, 서너 시간 동안. 나는 집사람의 병이 거의 끝나갈 때가 됐다는 걸 잘 알고 있었네. 집사람이 어지럼증을 호소하면 나는 곧바로 약을 먹였네. 그럼 집사람은 다시 수영장에 들어가 헤엄을 쳤지."

그가 말을 끊었다. 방에는 어느덧 어둠이 짙게 내렸다. 79번 가를 달리는 자동차들도 러시아워를 맞아 경적을 울려대기 시작했다. 그는 휘청거리며 일어나 불을 켜지도 못할 정도였다. 어차피 그가 판단할 일이었다. 그래서 우리는 어둠 속에서 앉아 있을 수밖에 없었다.

"당연한 말이겠지만 그때가 베네치아에서 보내는 마지막 여름일 거란 생각이 들었네. 하지만 집사람은 베네치아에 여행을 가야겠다고 고집을 부렸네. 그리고 집사람은 수영을 계속했네."

그는 어둠에 싸인 방을 둘러보았다. 그림과 데생, 장정된 책들이 평생을 함께한 두 사람, 이미 눈을 감은 사람과 이제 종착역을 향해 달려가는 사람에게 남은 모든 것이었다.

"집사람은 계속 수영을 했네. 집사람은 재치가 뛰어난 여자이기도 했지만 운동 능력도 대단한 사람이었지. 그러니까 꼭 알아두게."

이렇게 말하며 그는 평소에도 그랬듯이 자세를 편하게 고쳐 앉으려 했다. 그리고 내 생각이 맞다면 전에는 한번도 보여주지 않은 반응을 보였다. 그가 내 이름을 입에 담았다.

"그러니까 꼭 알아두게, 애덤. 삶에서 우리 인생에서…."

나는 자리에서 일어서며 생각했다. '오늘이 끝이야. 다시 돌아올 일은 없을 거야. 짐도 다 쌌고 비행기표도 샀어. 멀리 다른 나라로 떠나는 거야. 우리가 오랫동안 함께 쌓아왔던 것을 두고 훌훌 떠나는 거야. 떠나는 건 기정사실이야!'

"그러니까 꼭 알아두게, 애덤. 되돌아보면…."

그리고 그는 힘겹게 몸을 꿈틀대며 소파 위로 두 다리를 올렸다. 여전히 모든 것을 초월한 듯한 권위 있는 자세를 유지하려 애쓰며 나지막이 덧붙였다.

"되돌아보면 삶에는 가치 있는 것들이 많네."

그쯤에서 우리는 멈추어야 했다. 그는 물끄러미 앞만 보고 앉아 있었다. 잠시 후, 우리는 작별 인사와 악수를 나누었다. 그리고 나는 아파트를 나왔다.

삶에는 **가치**있는 것들이 많다고?

나는 화가 치밀었다. 나는 뭔가에 감동 받고 싶었다. 훨씬 쉬운 뭔가로 감동 받고 싶었다. 하지만 그는 "삶에는 가치 있는 것들이 많네."라고 말하고는 입을 닫아버렸다. 이번에는 그에게서 느낀 실망의 여운이 쉽게 사라지지 않았다. 파리까지 비행기를 타고 갈 때까지 끈질기게 이어졌다. 그와 함께 지낸 저녁 시간과 인간적으로 쌓아온 정, 마더웰의 판화들, 또 내가 투자한 돈이 그까짓 말을 듣기 위한 것이었단 말인가? 삶에는 가치있는 것이 많다고? 내 심리 분석, 결국 내가 평생 처음이자 끝으로 받았던 심리 상담을 어떻게 그처럼 기억할 가치도 없는 얼빠진 말로 끝낼 수 있단 말인가?

물론 그 말은 그에게 들은 어떤 말보다 내 기억에 깊이 새겨져 있다. 되돌아보면 삶에는 가치있는 것들이 많다! 전부, 혹은 대부분이 가치있는 것은 아니다. 가치있는 것이라고 항상 아름답거나 중요한 것만은 아니다. 참고 견딜 만큼 좋은 것만도 아니었다. 그저 노력과 보상이란 양면을 지닌 가치있는 것일 뿐이다. 삶은 가치있고 소중하며, 그런 사실을 깨닫는 데는 시간이 걸린다.

나는 1년 후에 뉴욕에 돌아와 그의 집에 전화를 걸었다. 서인도제도의 억양이 뚜렷한 여자가 전화를 받았다. 그를 만나러 갔다. 그가 무척 쇠약해졌겠지만 그래도 그의 얼굴을 볼 수 있을 거라고 생각했다. 아버지들이 우리가 자랄 때처럼 오랫동안 죽어가기를 바라는 심정과 다를 바가 없었다. 그러나 그는 죽어가고 있었다. 그는 병실용 침대에 누워 있었다. 피부는 포장도로만큼 잿빛이었고, 몸은 겨울철의 뉴욕 가로수만큼 깡마르고 헐벗은 모습이었다. 나지막이 켜진 텔레비전 화면에서는 퀴즈 프로가 진행 중이었다. 그는 숨을 헐떡이며 힘겹게 말했다. 그는 자신의 병에 대해 상당히 정확히 말해주었다.

"예후는 종잡을 수 없네. 언제까지 이렇게 비참하게 살아야 할지 모르겠네."

그리고 내가 언젠가 써서 논란을 불러 일으켰던 글을 언급했다.

"자네는 정신의 덫에서 벗어난 글을 썼더군."

이렇게 말하고는 고개를 돌리며 힘겹게 덧붙였다.

"항상 그랬듯이 평가는 엉망이었지만."

그로부터 다시 5개월 후 뉴욕을 찾은 나는 "그의 손을 꼭 잡고 깜짝 놀라게 해줘야지."라고 생각하며 그의 아파트를 찾아갔다. 관리인에게 그로스쿠르트 박사가 아직 여기에 사느냐고 물었다. 관리인은 박사가 3개월 전에 세상을 떠났다고 말했다. 잠시 동안이긴 했지만 "그럼 누군가 내게 전화라도 해주었어야지, 자식이 있었을 텐데."라고 생각했다. 그러나 그들이 아버지의 환자 모두에게 전화를 할 수는 없었을 것이다. "하지만 나는 특별했잖아!"라고 소리치고 싶었다. 나는 아픈 가슴을 달래며 3번가로 넘어갔다. 그리고 거의 기계적으로 그가 좋아했던 식당, 파르마에 들어갔다. 식당 주인에게 그로스쿠르트 박사가 돌아가신 걸 아느냐고 물었다. 그는 당연히 알고 있다고 대답했다. 또 박사의 가족과 친구 몇몇과 어울려 식사를 함께 하며 그를 추념하기도 했다고 말했다. 식당 주인은 내게 그를 기억하며 포도주를 곁들여 식사라도 하라고 권했다.

나는 테이블에 앉아, 고인이 된 정신과 의사를 추념하는 혼자만의 멋진 저녁 식사를 시작했다. 해산물 파스타로. 당연히 베네치아식 파스타였다. 나는 그를 기억하며 오징어를 씹었다. 그가 오징어를 유난히 좋아했으니까. 웨이터가 계산서를 가져왔고 나는 청구액을 그대로 지불했다. 하지만 지금 생각해봐도 식당 주인은 최소한 포도주 값을 빼주었어야 했다. 내가 아직 이렇게 생각하는 걸 보면 치료가 불충분했던 것으로 여겨진다. ("자네 포도주 값을 빼주었어야 한다고?" "그렇습니다, 당연히 그랬어야 합니다. 파리였다면 포도주 값을 빼주었을 겁니다." "자네는 아직 가망이 없군. 내가 너무 일찍 죽었고 자네는 너무 일찍 떠났어. 치료를 완전히 받지 않고 말이야.")

감정전이는 완전히 끝나지 않았어도 중요한 변화, 요컨대 일종의 이식移植은 있었다. 정신치료의 목적은 이상하더라도 가장의 표본을 제시해 내게 아버지가 될 준비를 시키는 것이었고, 그 목적을 이루어냈다. 따라서 위기의 순간이 닥치고 두려움이 밀려오면 나는 그의 순모 양복이 더운 8월에도 내 어깨를 감싸준다고 생각하며, 일상적인 때에도 가끔은 내가 그처럼 변했다는 생각에 젖는다.

아이들이 내 인내심을 끊임없이 시험하지만 나는 아이들이 말을 배우면서 범하는 실수에 웃음을 터뜨린다. 덕분에 나는 친구들에게 그런 실수를 재밌게 말하는 사람으로 알려졌다. 또 집사람에 대해 말할 때는 습관처럼 집사람을 재치가 아주 뛰어난 여자라고 말한다. 따라서 내가 정신분석치료를 받으며 보낸 시간이 가치있었다고 결론지을 수 있지 않을까 싶다.

하늘을 나는 아이들

아름다운 뉴욕의 가을

뉴욕은 가을에 가장 아름답다. '파리의 4월'이 꾸며낸 말이라면, 그 노래를 쓴 작곡가, 버논 듀크Vernon Duke가 말한 '뉴욕의 가을'은 누가 뭐라 해도 명백한 사실이다. 추수감사절은 하루의 휴일에서 그치지 않고, 그 날의 앞뒤로 이어진 나날이다. 10월에 시작돼 유대인의 축일을 넘어 할로윈까지 흥겹게 이어지고, 다시 먼 발치에서 슬금슬금 눈치를 보는 크리스마스까지 계속되는 긴 가을이기도 하다. 뉴욕에서 1년 중 가장 흥겨운 때는 언제나 추수감사절이다. 해외에서 지낼 때도 나는 추수감사절 전날 그리니치 빌리지에 있는 오토마넬리 정육점 앞에 길게 늘어선 줄들을 생각했다. 칠면조를 주문한 사람들이 검은 마커로 그들의 이름이 잘못 쓰여진 갈색 종이표를 쥐고 있던 모습을 떠올렸고, 누구에게나 허락된 민주적인 장면에서 기대되는 온기는 없고 본문에 충실할 뿐인 푸주한의 기계적인 손놀림을 떠올렸다. 그러면 애국심 같은 감정이 밀려왔다. 추수감사절부터 뉴욕의 몇 개월은 거의 완벽하다. 그때부터 분위기가 조금씩 달아올라 쇼핑과 흥분으로 인해 세속적인 축제로 변해버린 크리스마스까지 이어진다. 그 후에는 신발들이 나무에 걸리고, 생물학적으로 분해되지 않는 비닐봉지들이 발끝에서 거치적거리는 끔찍한 겨울이 본격적으로 시작된다.

유대인의 축일, 기독교의 축일, 무신론자들의 축일이든 모든 축일에는 선물과 의식이 자그맣게나마 뒤따른다. 그런 축일들을 나열해 보면 성聖과 속俗의 뒤범벅이다. 그러나 그런 모습이 뉴욕이고, 아무튼 뉴욕에 어울린다. 중산층의 민중 의식儀式으로 크리스마스라는 개념을 만들어낸 런던에서는 아직도 축제의 분위기가 영적인 면에서 흘러나온다. 그래서 찰스 디킨스Charles Dickens가 크리스마스라는 종교적 축일에 맑은 정신으로 공손한 자세로 혼잣말하는 소설을 썼던 것이다. 파리에서는 프랑스 바로크 풍의 크리스마스 노래가 가톨릭의 준엄한 분위기를 띠고, 믿는 사람들에게는 크리스마스가 아직도 부분적으로는 비극의 전조로 여겨진다. 그러나 뉴욕에서 우리는 물질주의를 대단한 성과로 이루어냈고, 그 성과는 지금도 계속된다. 헬륨가스로 채워진 풍선처럼, 세속과 탐욕에 물든 추수감사절이 백화점 산타클로스의 대관식으로 이어진다.

프랑스에서 돌아오면 처음 몇 주 동안에는 모든 것이 신선하게 보여 소중하게 느껴진다. 그러나 신선한 기운은 곧 사라지고, 서너 달 후에는 우리 고향인 원래의 뉴욕이 다시 눈에 들어온다. 우리도 파리에서 돌아와 맞은 첫날 아침, 시차 때문에 일찍 눈을 떴다. 나는 루크를 데리고 긴 잔딧길을 걸어 유니버시티 클럽, 성 패트릭 성당, 삭스 백화점을 지나 5번가로 내려갔다. 5번가 건축물들의 야릇한 닮은꼴에 충격을 받아 '완전히 딴 나라에 온 것 같군' 이란 생각이 들었다. 나는 그렇게 많은 맨해튼 건축물들의 치기어린 무모함을 처음으로 느꼈고 보았다. 을씨년스런 삭막함이 느껴졌고, 북극에 세워진 오페라 하우스를 오래된 유럽식 건축을 본떠 신세계의 도시에 옮겨 놓은 듯했다. 성 패트릭 성당을 물끄러미 지켜보면서 나는 '진정한 고딕 성당은 아니야. 이런 건물들이 있었군. 전에도 봤겠지만 이건 정말… 그대로 흉내낸 것에 불과해. 까마득히 멀리에 있는 걸 과장되게 무작정 본뜬 것에 불과해! 54번가에 있는 르네상스 풍의 건물도 진정한 르네상스 건물이 아니야. 싸구려 모조품이야!' 라는 생각이 들었다.

이런 인식, 요컨대 뉴욕이 완성된 도시가 아니라 유럽의 멋진 도시들을 표본으로 삼아 꼴사납고 요란하게 모방하려는 과장된 도시라는 인식은 옛날엔 너무도 확연해서 알렉시 드 토크빌Alexis de Tocqueville에게는 아니어도 헨리 제임스에게 당혹감을 안겨주었지만 이제는 완전히 사라져, 내 눈에도 이제는 뉴욕이 그렇게 보이지 않는다. 하지만 그날 아침에는 뉴욕의 건축물들이 유기적으로 살아있는 것처럼 보이지 않았다. 딴 세상에서 온 듯한 기만적인 모습으로 보였고, 다른 사람의 눈으로 유럽의 옛 건축물을 보는 듯한 착각을 일으켰다. 장엄하게 수직으로 뻗은 모습에서 고딕이 엿보였고, 유리를 붙인 고층건물에서 바우하우스가 읽혀졌다. 그 순간에는 뉴욕이 기괴한 반물질적 도시로 보였다. 나는 뉴욕에 대고 "너는 가짜야!"라고 소리치고 싶었다. 건물들이 "천만에, 우린 진짜야. 옛날 것이 거짓이라고. 그걸 재창조해낸 우리가 진짜야!" 라고 맞받아쳤다. 그러나 그 순간은 순식간에 지나갔고, 뉴욕은 다시 뉴욕처럼 보였다. 시간처럼 오래되고, 로마처럼 고색창연하며, 삶처럼 신비롭게 보였다.

아이들은 우리 머리 위에서 뛰어다니고, 이웃들은 우리 발밑에서 한숨을 내쉰다. 그들 사이에서 우리는 이미 경험해봤다고 생각하는 삶으로 되돌아가려 애쓴다. 우리가 파리를 떠나면서 원했던 충만한 삶이다. 순간마다 뭔가로 가득 채워지기에 충만한 삶이다. 우리는 이미 보았던 것과 알았던 것으로 눈과 머리를 채우고, 그것들을 다시 보고 다시 알려고 애쓴다.

뉴욕은 아름답게 보인다. 눈을 흘겨 뜨고 꼬투리를 잡아보려 하지만 부인할 수 없는 사실이다. 공원이 되살아났고, 상점들을 가리던 보호 철망들도 걷혀지고 없다. 20년 전 허름하고 누추한 영화 편집실에서 마사를 불러내려고 투벅투벅 걸어야 했던 타임스 스퀘어 주변도 마찬가지이다. 옛날에는 뒤집어진 시신들이 있던 커다란 쓰레기통들 사이를 어쩔 수 없이 걸어야 했던 곳이 이제는 반짝반짝 빛난다. 그러나 편집실들은 아파트로 변했고, 영화 편집자들은 어딘지 알 수 없는 곳으로 떠나버렸다.

보이지 않는 도시의 **법칙**

아이들은 내가 기대했던 것보다 이곳 뉴욕에서 훨씬 행복하게 지낸다. 첫날 아침, 상점들이 문을 열자마자 나는 루크를 데리고 나가 녀석이 원하는 걸 사주었다(나는 커피숍이 24시간 영업한다는 걸 잊고 있었다). 레이저란 상표가 붙은 스쿠터(한 발을 올리고, 다른 발로 땅을 차서 달리는 어린이용 외발 롤러스케이트.)였다. 우리가 미국을 떠나 있는 동안 발명돼 지금은 온 길거리를 뒤덮은 어린이용 탈것이었다. 당시 파리에서는 스쿠터가 그다지 유행하지 않았다. 스쿠터는 '왜 내가 먼저 그런 걸 생각해내지 못했을까!' 라고 질투심을 불러일으킬 정도로 단순하면서도 놀라운 발명품이었다. 이음매로 연결된 알루미늄 세 조각, 한 쌍의 플라스틱 바퀴가 전부였다. 길거리를 휙하고 달리며 다른 아이들을 즐겁게 해주고, 매디슨가를 걷는 노부인들의 장딴지를 움츠리게 만들었다.

루크는 스쿠터를 타고 길을 달리면서 뉴욕이 들려주는 새로운 소리에 귀를 세웠다. 루크가 스쿠터를 갑자기 멈추더니, 풀쩍 뛰어내려 환희에 찬 표정으로 "저 여자들이 영어로 말해요. 저 여자들이랑 얘기를 해볼 수도 있을 것 같아요."라고 말했다. 루크는 오랫동안 꿈에 그리던 낙원, 영어를 말하는 도시에 왔다는 사실을 아직도 실감하지 못하는 듯했다.

악명 높은 공간의 밀도 덕분에 뉴욕은 온갖 유형의 인간이 뒤섞여 사는 곳이다. 루크는 파리 음식의 인질로 사로잡힌 까닭에 다양한 형태로 발달한 싼 테이크아웃 음식의 제국을 신기하게 생각한다. 전화만 하면 인도 음식과 중국 음식만이 아니라 세계 곳곳의 맛이 공손하게 문 앞까지 배달된다. 올리비아는 닭고기를 올린 팬케이크를 좋아했고, 루크는 쇠고기 파히타(구운 쇠고기나 닭고기를 야채와 함께 토르티야에 싸서 먹는 멕시코 요리.)를 좋아했다. 굳이 말할 필요도 없겠지만, 루크는 뉴욕의 달달한 음식을 좋아했다. 하기야 내가 한동안 잊고 있을 뿐이지, 미국인들은 모든 것에 심지어 케첩, 겨자, 시리얼, 빵에도 설탕을 치지 않는가. 미국의 달콤한 음식은 처음에는 낯설었지만 곧 루크의 혀를 사로잡았고 루크는 단맛에 중독돼 갔다.

나는 루크를 3번가에 있는 햄버거 가게, 루크스 바 앤드 그릴에 데려갔다. 루크가 자기 이름과 똑같은 이름을 지닌 가게가 있는 걸 좋아할 거라고 생각했기 때문이었다. 나는 차림표와 가게 안을 둘러보며 말했다.

"루크, 아빠가 왜 너를 여기에 데려왔는지 알겠니?"

이렇게 말하며 차림표에 쓰인 가게 이름을 손가락으로 가리켰다. 루크가 점잖게 대답했다.

"그럼요. 내가 길을 잃으면 모두가 영어를 말하는 곳에 가라고, 나한테 가르쳐주려는 거잖아요."

'여기에서는 모두가 영어로 말한다!' 그것만으로 우리 삶은 충만해지고 또 번잡해진다. 건물의 모든 비상구는 만남의 장소가 되고, 모든 만남의 장소는 북적대기 일쑤이다. 뉴욕에서 고독의 즐거움을 누리기는 힘들다. 이곳이 고향이지만, 어쩌면 고향이기 때문에 루크의 부모인 우리에게는 고향에 돌아온 게 낯설고 힘들다. 예컨대 관례적인 택시잡기 전쟁이 이상하기만 하다. 프랑스에서 지내면서 택시를 잡는 엄격한 관습에 길들여진 탓이다. 길모퉁이로 걸어가면 푸른색으로 칠해진 택시 정류장이 있고, 거기에서 줄을 서서 기다리면 된다. 아무리 오랜 시간을 기다려도 불평은 금물이다.(물론 전화로 택시를 부를 수도 있다. 대기 중인 택시가 있으면 전화가 연결되고, 그런 택시가 없으면 전화가 연결되지 않는다. 거기에 대고 불평을 해봤자 소용이 없다. 관리자에게 전화한다고 해결될 일도 아니다.) 길을 걷다가 택시를 발견하면 손을 들어 택시를 부를 수도 있다. 하지만 모든 결정권은 택시 기사에게 달렸다. 더구나 택시 정류장이 근처에 있다면 택시 기사의 권한은 더 커진다.

나는 고향인 뉴욕에 돌아와 식구들을 식당에 데려가고, 아이들을 의사에게 데려가며, 옛날에 알았던 곳을 다시 찾아가려고 택시를 잡으려 할 때마다 깜짝 놀란다. 어디에나 남자나 여자가 서 있다. 규칙이라곤 없다. 남자보다는 여자가 거의 언제나 우리보다 반 블록 앞에 서 있다. 뒤로 돌아서 있지만 우리의 존재를 의식하며 손을 들어 택시를 부른다.

그렇다고 이런 무질서를 바로잡기 위한 조치는 없다. 비난도 없고, 공정성을 호소하는 목소리도 없다. 철학자라면 쓰고 싶어할 암묵적인 사회계약을 지적하는 사람도 없다. 예컨대 이 이상적인 도시에서 우리가 택시를 잡을 권리를 서로에게 한 블록씩 인정해야 한다거나, 적어도 소아과에 다녀오느라 늦은 사람이나 이미 손을 들고 있던 사람의 앞에서는 새치기하지 않아야 한다는 암묵적인 사회계약을 지적하는 사람도 없다.

규칙이 충돌을 혐오해서 만들어지는 것만은 아니다. 글에서는 그렇지 않지만 삶에서는 언제나 성급한 편인 나는 혼잣말로 힘없이 "추잡스런 짓이야!"라고 투덜거린다. 그럼 상대는 나를 빤히 쳐다보거나 능글맞게 웃는다. 규칙은 전쟁을 피하려고 있는 것이다. 택시에 대해 분노를 폭발시킬 수는 없지만, 그 이외에는 어떤 짓이라도 가능하다. 그러나 국가에서 법 때문이 아니라, 장기적인 안목에서 보면 주먹다툼은 큰 손해이므로 피해야 한다는 상식적인 이해로 절대적인 무법상태로 치닫지는 않는다. 때로는 소송 결과에 대한 금전적 고려도 뉴욕에 남아있는 유일한 도덕적 중재 수단인 듯하다.

그러나 완전히 그런 것만은 아니다. 깊이 들여다보면, 비폭력적 대결조차 법 때문이 아니라 사회적 본능으로 거의 언제나 피해진다는 사실은 무척 인상적이다. 택시기사들끼리 고함치고, 경찰이 트럭 운전자에게 고함치며 다투더라도 교통의 흐름이 막히는 경우는 무척 드물다. 여하튼 믿기지 않겠지만, 뉴욕에서 살려면 눈에 보이지 않는 신뢰의 끈이 필요하다.

물론 다른 모든 도시가 그렇겠지만, 뉴욕에서 이런 현상은 매일 반복되는 일상의 기적이라 할 수 있다. 택시기사들 간의 휴전보다 훨씬 더 놀라운 현상은 자동차들의 습관이다. 모든 자동차가 신호등 앞에서 멈춰 서지만 언제라도 출발할 준비를 갖추고 엔진을 부르릉대는 게 사회적 약속이다. 수천 톤의 금속덩어리들이 도로를 휩쓸고 다니는 동안, 보행자들은 금속덩어리인 자동차들과 치킨게임을 벌인다. 자동차가 보행자를 치받을 가능성을 낮춰주는 것은 부주의한 보행자와 부주의한 운전자간의 조그만 신뢰이다. 런던과 달리 뉴욕에는 흰 줄로 그어진 횡단보도가 없고, 파리처럼 찡그린 얼굴의 교통경찰이 많은 것도 아니다. 이웃 간에 서로 이해하며 살듯이, 우리가 서로 미워하고 원망하더라도 죽이지는 않을 거라는 암묵적 합의가 있을 뿐이다. 그래서 우리가 생각하는 만큼 인명사고가 자주 일어나는 것은 아니다. 이 신뢰의 끈이 끊어지면, 뉴욕은 모든 면에서 옛날처럼 지옥, 절대적 혼란이 지배하는 도시, 홉스의 세계로 변해버릴 것이다.

그러나 누가 그 신뢰의 끈을 조율했을까? 요즘의 도시들은 스스로 정화하는 길을 택하지만, 과거의 도시들은 자기파괴적인 형태를 띠었다. 뉴욕은 극도로 홉스적인 형태를 띠었을 때도 완전히 자기파괴적이지는 않았다. 정확히 말하면, 한쪽에는 엘로이족이 있고 아래쪽에는 멀록족이 있는 H. G. 웰스Herbert George Wells의 〈타임머신〉과 같은 세계였다. 당시에도 도시를 지탱해주는 신뢰가 폭포수처럼 흘렀다. 하지만 한참만에 고향에 돌아온 나는 뉴욕에 옛날만큼 살인적 충돌이 빈번하지 않다는 데 놀라고, 공간들이 진정되고 차분해진 것에 놀란다. 자동차와 보행자가 어울리는 도시로 변모하고, 지하철이 한층 깨끗해진 것에도 놀란다. 열차 문이 닫힐 쯤에는 어김없이 친절하기 이를 데 없는 남자의 목소리가 "문이 닫힐 때는 멀리 떨어져 서 주세요!"라고 들린다. 유명인사의 목소리가 택시 승객에게 뒷좌석에서도 안전벨트를 매달라고 재촉하는 것처럼 안전을 배려한 자애로운 목소리이다. 아침 일찍 길을 건너는 보행자들은 2번가를 시골길처럼 생각한다. 한쪽을 힐끗 보고는 차가 오지 않으면 큰길을 건넌다. 자동차들은 건널목에서 신호가 바뀌기를 기다리지만 보행자들은 꼭 그런 것만은 아니다.

마사는 여전히 다른 곳을 꿈꾼다. 대학생들이 신청한 강의의 마지막 시험을 앞두고는 시달렸다가 시험이 끝나면 까맣게 잊어버리는 악몽처럼, 마사는 뉴욕 사람들에게 흔한 뉴욕 꿈을 꾼다고 입이 닳도록 말한다. 뉴욕 꿈에서는 우리가 기억하는 아파트보다 방이 하나 더 있는 아파트, 요컨대 우리가 결국엔 이사하게 될 아파트보다 방이 하나 더 있는 아파트가 등장한다. 예컨대 벽장 문을 열면, 거기에 또 하나의 방이 있다! 마사는 매일 밤 이런 꿈을 꾼다.

마사는 탈출해서 멀리 달아나는 꿈도 꾼다. 우리가 밤에 꽤 멀리 떨어진 시내에 나갈 때마다 마사는 택시기사에게 '이스트 사이드 하이웨이'로 가 달라고 부탁한다. 내가 이스트 사이드 하이웨이라는 건 없고 그 도로는 FDR(프랭클린 D. 루스벨트) 드라이브로 불린다고, 간단히 드라이브나 FDR이라 불린다고 아무리 말해도, 심지어 짜증스레 말해도 마사는 고집을 꺾지 않는다. 이스트 사이드 하이웨이는 어떤 이유인지는 몰라도 마사에게 성스런 곳이다. 또 옐로 브릭 로드〈오즈의 마법사〉에 등장하는 길.는 마사의 머리와 가슴에 감추어진 길이다. 우리가 뉴욕에 완전히 정착하지 못했을 때 캐나다와 파리를 꿈꾸면서 우리를 그곳에 데려줄 거라고 꿈꾸던 길이다.

마사는 이런저런 질문을 하면서 택시기사에게 복잡한 동네의 지역 정보까지 전해준다. "ABC 카펫을 지나고 있나요? 19번가에 있는 건가요? 하지만 우리는 브로드웨이의 동쪽변에 있는 오래된 건물에 가는 게 아니에요. 반대편, 길 건너편에 가는 거예요." 때로는 택시기사에게 버그도프 백화점에서 '남성복 쪽'에 내려달라고 말한다. 택시기사들은 짜증을 억누른 표정으로 마사를 쳐다본다. 마사의 머릿속에는 뉴욕의 세밀한 지도가 여전히 남아 있다. 수년이나 떠났다가 돌아왔지만 마사는 그 지도가 이제는 자기만의 지도라는 걸 깨닫지 못한다.

소음에 **예민한** 뉴욕 사람들

전투는 피해야 마땅하지만, 조그만 갈등까지 항상 피할 수 있는 것은 아니다. 특히 갈등의 원인 제공자가 조그만 녀석일 때는 더더욱 그렇다. 우리는 아래층 이웃과 어느새 전쟁에 돌입했다. 그들의 말로는 우리가 너무 시끄럽기 때문이란다. 아이들의 발걸음 소리가 그들의 의식에 끝없이 되풀이 되며 낮에는 평화를 깨뜨리고 밤에는 잠을 방해한다고 투덜댄다. 그런데 왜 그들이 밤잠을 설치는 걸까? 우리 아이들은 8시나 9시, 늦어도 10시에는 잠자리에 드는데. 그들은 우리에게 조심해달라며 편지를 보내고, 때로는 우리 집 문을 두드리기도 했다. 심지어 관리인에게 전화를 걸어 불평을 해댄다.

우리가 답장을 보내도 그들은 또 편지를 보낸다. 이렇게 편지 왕래는 다양한 내용과 사악한 기운까지 풍기면서 18세기처럼 계속된다. 중동 문제의 해결책이 두 국가론인 것처럼, 해결책은 간단하다. 우리가 카펫을 깔거나 그들이 너그럽게 넘어가면 된다. 그런데 거기에 도달하기가 힘들다. 과정과 상호간의 신뢰가 있어야 한다. 뭔가를 양보하는 것은 모든 것을 양보하는 것과 같고, 상대편의 주장을 인정하는 것이 된다. 우리는 카펫을 사더라도 어떤 소리라도 흡수할 수 있는 아주 두툼한 카펫, 그러나 결국 양보했다는 증거를 조금도 남기지 않기 위해 최대한 멋진 카펫을 사야 한다. 그리고 억울한 분노를 감추지 않고, 제임스 매디슨James Madison, 미국의 독립혁명에 참가했고 헌법 초안의 기초한 제4대 대통령.처럼 '그럼에도 불구하고'를 남발하는 장문의 편지를 보내야 한다.

나는 다른 식으로, 예컨대 S. J. 페렐먼Sidney Joseph Perelman, 1904~1979, 미국의 유머작가.처럼 통렬하면서도 전투적인 감정으로 대응할 필요도 있다고 생각한다.("소문처럼 다른 아이들을 다치게 할 수 있기 때문이 아니라 선생인 오펜코프 부인의 순전한 심술 때문에 발레 교실에서 쫓겨난 우리 아이들 —120킬로그램이 넘지만 사뿐사뿐 걷는 아들과 맑은 눈을 가진 공기처럼 가벼운 딸— 의 발자국 소리 때문에 밤잠을 방해받는다는 얘기를 듣고 나는 낄낄대고 웃으며, 〈페더랄리스트 페이퍼〉Federalist Papers에 버금갈 만큼 장문의 편지를 단숨에 써 내려갔다. 끓어오르는 분노를 감추지 않아 풍자에서는 멩컨H. L. Mencken의 전집에 뒤질 것이 분명한 편지였다. 헌데 내가 너무 서두르는 바람에 젊은 첩보원에게 얻은 비밀 만년필로 쓰지 않았더라면 내 편지에 그들은 1940년 파리를 버린 프랑스 정부처럼 그 하찮은 불평을 포기하고 말았을 것이다. 안타깝게도 그 편지는 플라스틱 암호해독기와 분젠 버너를 갖춘 사람만이 읽을 수 있었다.") 여하튼 화를 내지 않는 것처럼 화를 내는 방법을 생각해내야 한다.

사무실 동료는 "아래층 사람들한테 교외로 이사가서 살라고 해!"라며 대수롭지 않은 문제로 넘겨버렸다. 그러나 나는 화가 치밀어 올라 견딜 수 없다. 어린아이에게는 어린아이답게 지낼 권리가 있지 않은가! 특히 우리 아이들처럼 착한 아이들에게는 그런 권리를 당연히 보장해야 하지 않는가! 이런 분노가 내 자유주의적 죄책감, 요컨대 모든 것을 양면에서 봐야 한다는 자유주의적 책임감과 갈등을 벌인다.

정말 아이들의 발소리가 크게 들릴까? 자유주의자라면 자신에게 잘못이 없는지, 자신이 옳다고 주장하는 게 정말로 옳은지 항상 돌이켜봐야 한다. 이런 태도가 자신에게 잘못은 없는지 생각해보지도 않고 무작정 자신이 옳다고 주장하는 과격한 사람이 되는 것보다 훨씬 낫지만, 결과는 얼추 비슷하다. 6년 전, 우리가 뉴욕을 떠날 때 위층에는 쥐가 있었다. 여하튼 우리를 부랴부랴 떠나게 만들었던 뭔가가 있었다. 그런데 이번에는 우리가 쥐가 됐다. 그래서 나는 이제 쥐의 눈으로 세상을 본다. 우리는 지금 여기에 있고, 앞으로도 당분간 이런 신세에서 벗어나지 못할 것이다. 인간의 삶이 그런 걸 어떻게 하겠는가.

이런 갈등에 마음이 흔들려 우리는 다른 이웃들, 또 친구들과 그 문제를 상의한다. 모두가 소음으로 인해 다투었던 얘기를 하나쯤은 갖고 있다. 서로 소송을 제기하고, 이웃의 소음을 소음측정기까지 동원해 데시벨로 측정까지 한다. 풍자만화에서는 남자가 빗자루로 천장, 즉 위층에 사는 이웃의 바닥을 통통 치는 모습으로 모두의 마음을 그려낸다. 그 만화의 장면은 새빨간 허구가 아니라, 우리 부부의 친구인 아무개가 실제로 당했던 일이다. 아들이 뛰어다닌다고 아래층 이웃이 빗자루로 천장, 그러니까 내 친구 집의 바닥을 마구 때리기 시작하더라는 것이다. 우리는 그 얘기를 듣고 어안이 벙벙했다. 만화가 현실이 된 셈이었다.

소음이 뉴욕의 문제이기는 하다. 하지만 왜 그래야 할까? 어떤 도시에도 그 정도의 소음은 있다. 하지만 나는 파리에 사는 동안 누구도 소음에 대해 불평하는 걸 듣지 못했다. 샌프란시스코에 사는 내 누이 가족도 이웃들의 소음에 신경쓰지 않고 편하게 사는 듯하다. 하지만 파리는 자동차들이 끝없이 왕래하는 도로와 개를 키우는 사람들로 여느 도시 못지 않게 시끄럽다. 샌프란시스코에는 밤새 전축을 틀어놓는 사람들도 있다. 뉴욕에서 소음은 다른 뭔가를 상징하는 연관통聯關痛인 게 확실하다. 소음은 어떤 타협도 불가능한 듯한 골칫거리이다. 소음은 분명히 위층에서 들려오지만 분노의 진짜 원인은 다른 데 있는 게 아닐까?

파리의 학교와 **뉴욕**의 학교

이웃들이 아이들의 발소리에 투덜대면 우리는 "아이들한테 날아다니는 법도 가르칠 생각이요!"라고 대꾸해줄 생각이다. 정말 날아다니는 법을 가르칠 생각이니까. 루크의 유치원에서는 '피터팬' 을 공연할 예정이다. 브로드웨이 뮤지컬 작곡가였던 무스 찰랩Mark 'Moose' Charlap, 1928~1974의 아름다운 음악들로 수놓아진 뮤지컬을! 그 유치원은 활기에 넘치고 성자처럼 만물을 꿰뚫어보는 선생님의 지휘 하에 몇 년을 주기로 '피터팬' 을 태연자약하게 공연한다.

내가 우스개로 '아티스트 앤 앵글러' (예술가와 낚시꾼)라 부르는 유치원에 우리는 루크를 입학시켰고, 그 유치원에서는 어린아이들에게 적합한 뮤지컬 '피터팬' 을 공연하는 게 전통이다. 이번 공연에서 루크가 피터의 역할을 맡았다. 다른 엄마들은 그런 결정에 어리둥절했지만 마사는 조금도 놀라지 않았다. 하지만 다른 아이들도 모두 좋은 역할을 맡았다. 하기야 과장되게 말하면, '피터팬'에 정말로 나쁜 역할은 없지 않은가. 다섯 살인 후크와 여섯 살인 스미, 그리고 웬디의 식구들이 나빠야 얼마나 나쁘겠는가. 그러나 자식들이 그런 역할을 맡았다는 부모들의 공통된 즐거움은 곧 걱정으로 변했다. 아이들에게 어떻게 나는 법을 가르칠까?

사업을 하는 아버지가 "올해엔 아이들이 나는 법을 배워야 합니다."라고 말했다. 그 아버지에게 나는 법은 곧 사업을 뜻했다. 우리가 들은 바에 따르면, 지난 공연에서 아이들은 엘리자베스 1세 시대의 연극 공연에서처럼 말로만 날았다. 달리 말하면, 아이들은 자기들이 나는 거라고 말했고, 그렇게 말하면 곧 나는 거였다.(셰익스피어 공연에서 배우들이 보헤미아로 여행할 때 "이제 보헤미아에 도착했다."라고 말하면 보헤미아에 있는 걸로 인정하는 것과 똑같았다.) 그럼 아이들의 부모들은 요란하게 박수를 쳐댔다. 부모들의 박수마저 없었더라면 썰렁했을 공연장이 그 덕분에 조금이나마 활기가 돌았다. 그래서 올해에 우리는 아이들을 정말로 날게 만들기로 결정했다. 어떻게 해서든 잠깐이라도 아이들을 땅바닥에서 들어올려 창문으로 유치원을 빠져나가 런던 시내 위를 날게 해주고 싶었다.

내 생각에 이런 충동, 결국 이런 무리한 고집은 약간 시대적 분위기를 반영한 듯하다. 주가, 부동산 가격 등 모든 것이 하늘 높은 줄 모르고 올라가는데 아이들이라고 날지 못할 것이 없지 않은가? 또 등장인물들의 배역을 고려하면 뉴욕 부모들의 경쟁적 심리가 크게 작용한 것이기도 하다. 모두가 자기 자식이 조금이라도 앞서기를 바라는 속물적인 부모니까.

그러나 아이들을 즐겁게 해주고 싶은 순수한 바람도 없지는 않았다. 누군가의 뛰어난 재주 덕분에, 공룡이 걸어다니며 포효하고, 장난감들이 말하는 걸 보고 자란 아이들이었다. 아이들이라고 날지 못할 이유가 뭔가? 우리는 이를 위해 비상飛翔 위원회를 구성했다. 마사가 그런 위원회를 구성하자고 제안했을 때 나는 정치적 로비단체와 같은 단체를 머릿속에 그렸고, 오해를 낳을 정도로 신중한 이름, 예컨대 '우리 아이들을 날게 만드는 위원회'라고 하면 어떨까 생각했다. 아티스트 앤 앵글러 유치원의 부모들은 두 부류로 나뉜다. 하나는 상징을 만들어내는 사람들이고, 다른 하나는 그런 상징에 값을 매기는 사람들이다. 다시 말하면, 작가와 무용수와 언론계 종사자, 그리고 원래 화가지만 요즘엔 틈틈이 조각도 해서 절반쯤 조각가인 사람이 한 부류에 속하고, 다른 한편에는 재밌는 창조물이면 무엇에서든 가격을 매겨 작은 단위로 거래하는 사람들, 예컨대 저작권 변호사, 출판업자, 대리인, 컴퓨터 소프트웨어 프로그래머가 있다. 어떤 반이나 기막히게 그런 식으로 구성된다. 창조적인 일을 하는 사람들의 자녀들이 중심에 있고, 상대적으로 부잣집 아이들이 더해지고, 거기에 소수민족의 아이들이 양념으로 덧붙여진 식이다.

우리 부부가 어떻게 살아갈까 고민할 때 뉴욕으로 돌아가기로 결정한 데는 아티스트 앤 앵글러의 존재가 적잖은 역할을 했다. 루크가 파리에서 다닌 학교도 괜찮았지만 학년에 올라가면 한층 엄격해지는 프랑스 학교의 기운이 사방에서 기웃거렸다. 절대적으로 철두철미하게 지키는 시간표에 따라 운영되는 교육의 어두운 그림자가 루크의 온몸에서 감돌았고, 루크도 그걸 알고 있었다. 그에 비하면 뉴욕 학교는 천국이었다. 아이들로 구성된 합주단이 레너드 번스타인Leonardo Bernstein을 연주했고 2학년 학생들은 E. B. 화이트의 수필에 재밌는 삽화를 그려넣었다. 물론 불합리한 면도 있었다. 예컨대 아이들이 입학시험이라며 4세용 SAT(학력적성시험)를 치러야 했다. 그러나 그럴 만한 가치, 아니 그 이상의 가치가 있었다. 호기심과 자기성취를 적극적으로 환영하는 낙원이었으니까. 나는 공립학교를 다녔던 까닭에, 아이들을 사립학교에 보낸다는 생각이 달갑잖았다. 그러나 마사는 단호했다. 뉴욕에서 아이들을 사립학교에 보내야 한다는 생각에서 한 걸음도 물러서지 않았다. 나는 뉴욕 시의회가 모든 아이를 공립학교에 보내도록 강제하는 법을 화급하게 통과시켜야 한다고 생각하지만, 그런 법이 제정되기란 요원할 뿐이다. 그런 법을 발의한 사람의 고뇌가 지금까지 계속되고 있는 셈이다.

여하튼 우리가 선택한 학교는 썩 괜찮은 편이었다. 루크가 학교를 다녀온 첫날, 나는 루크에게 학교는 어땠느냐고 물었다. 루크는 약간 놀란 표정으로 대답했다.

"선생님들이 아주 친절해요."

내가 다시 물었다.

"무슨 말이냐?"

"선생님들이 아주 친절하다니까요."

그리고 이렇게 덧붙였다.

“스쿠터를 탄 나를 그렸어요. 그런데 귀는 엄청나게 크게 그리고 바퀴는 너무 작게 그려 엉망이었어요. 그런데 선생님들이 뭐라고 했지는 아세요? ‘완벽하다! 이 그림을 벽에 걸어 놓아야겠구나!’ 너무 친절한 거 아니에요, 아빠?”

프랑스에서는 물론 우리 삶에서도 상상할 수 없는 일이었다. 루크는 미국의 진보적인 교육을 받아들일 준비가 돼 있지 않았다. 나는 루크에게 다시 물었다.

“프랑스 선생님들이었다면 뭐라고 했을까?”

“뻔하지요. 이게 뭐냐, 넌 뭐 하나 제대로 하는 게 없구나.”

프랑스 철학에서는 모든 교육이 반복되는 실수의 인식에서 시작되고, 미국에서는 그런대로 잘한 것, 적어도 보편적으로 받아들일 수 있는 것을 인식하는 데서 시작된다. 이제 루크는 무엇을 하든 잘하는 곳에 들어왔다. 심지어 마음만 먹으면 하늘을 날 수도 있는 곳에서 살고 있다.

마사는 특별 위원회에 소속된 부모들을 만나고 이메일을 주고받으며, 비행 방법을 면밀히 연구했다. 키티호크와 호그와트, 마법과 항공학의 결합에 대해서는 누구나 알지만 눈에는 보이지 않는 철선과 헬륨에 대한 막연한 기대감이 더해졌다. 온갖 제안이 우리에게 쏟아졌다. 정확히 말하면, 아이들을 날게 하자고 제안한 주동자인 마사에게 쏟아졌다. 더구나 나는 가을 내내 미국 전역의 서점과 강연장을 돌아다니며 아이들에게 희망의 전도사 역할을 하느라 뉴욕을 들락거려야 했다.

마사가 전해준 바에 따르면, 가장 확실한 방법은 아이들을 도르래에 줄로 연결시켜 끌어올리는 방법이었다. '창조적인' 부모들은 이런 제안에 얼굴이 환히 밝아졌고, 그런 표정은 빨간 사과를 돌려가며 와짝 깨물듯 법률가들의 얼굴에도 전염병처럼 번져갔다. 아이들을 천장까지 끌어올렸다가, 다시 내릴 때 공중에 매달아 놓으면 어떨까? 그럴 듯한 얘기가 만들어질 것 같았다. 그러면 어린 소피라고 제외될 이유가 없었다.

부족하지만 변형된 방법으로 공중에 떠있는 방법도 제안됐다. 아이들이 높은 사다리에 올라가면 되지 않는가. 높이가 다른 사다리를 늘어놓고 아이들이 하나씩 올라간다면, 높이 올라갔다는 사실만으로 하늘을 난다는 착각을 줄 수 있지 않을까?

한 엄마가 "그렇게 해서는 하늘을 난다는 착각을 줄 수 없을 거예요. 집에 페인트칠을 하고 있다는 착각을 줄 거예요."라고 말했다. 그러자 다른 사람이, 어른들이 검은 옷을 입고 검은 가면을 쓰고 결정적인 순간에 무대에 올라가 아이들을 들어올리면 어떻겠냐고 제안했다. 내 생각엔 기발한 제안이었다. 아이들이 기껏해야 유치원생이지 육중한 몸집의 케이트 스미스Kate Smith, 1907~1986, 미국 뮤지컬 가수.는 아니니까 충분히 가능한 일이었다. 요가와 필라테스독일인 요세프 필라테스가 20세기 초에 개발한 신체 단련운동.를 꾸준히 해온 엄마라면 뚱뚱한 아이라도 잠깐 동안은 머리 위로 들어올릴 수 있었다.

그러나 다른 엄마가 반박하고 나섰다. 얼굴을 가린 생면부지의 어른이 갑자기 달려나와 번쩍 들어올리면 아이들이 겁을 먹을 거라며, "엠마는 생일잔치에 어릿광대를 봐도 놀라서 소리를 질러요. 그런데 닌자같은 사람에게 공격을 받으면, 생각만 해도 끔찍해요."라고 말했다.

다른 사람은 무대에 서서히 올라가는 발판을 설치하자고 제안했다. 아이들을 공중으로 떠올려야 할 발판의 기계장치가 작동하지 않아도 걱정할 것은 없다며, '모두 올라가자!' 라는 마법의 말로 관객을 잠깐 동안은 집중시킬 수 있을 거라고 덧붙였다.

마사는 상징을 만드는 부모들과 상징에 값을 매기는 부모들이 적극적이라고 말한다. 흥미로우면서도 이례적인 현상이다. 모든 부모가 목수, 무대 장식, 조명 설치 등을 맡겠다고 자진해서 나선다. 뉴욕 학교들을 고약하게 묘사한 영화와는 사뭇 다르다. 돈을 추렴해서라도 그런 일을 대신할 사람을 고용하자고 말하는 사람이 하나도 없다. 프랑스인 부모들, 심지어 우리 이전 세대의 미국인 부모들이 냉담하던 모습에 비하면 요즘 뉴욕 부모들은 무척 적극적이고, 그래서 일할 맛도 난다. 아이들을 날게 할 수 있다면 어떤 일이라도 해낼 태세이다.

그런데 아이들은 정말 날기를 원할까? 아직 유치원생인데. 신발끈을 제대로 묶고, 욕실을 깨끗이 사용하는 것도 버거운 아이인데, 우리가 아이들을 실망시키지 않겠다고 꾸미는 짓이 우리를 위한 짓은 아닐까? 정말 아이들을 위한 짓일까? 우리가 그렇게 해주면 아이들이 조금은 더 행복해지고, 더 현명해질까? 혹시 열다섯 살 아이들처럼 화를 버럭 내며 "제발 내가 원하는 걸 하게 내버려둬요!"라고 소리치지는 않을까? 아니면, "부모님들 덕분에 하늘을 날았어요. 하늘에 있었다고요. 그래서 땅에서도 행복해요!" 라고 고마워할까?

하늘을 나는 아이들이란 생각이 머릿속에서 떠나지 않는다. 철선이나 어떤 속임수 장치나 천박한 효과를 사용하지 않고 밤에 머리 위를 날아다니는 아이들의 모습이 눈에 선하다. 아이들이 저 높이 떠 있는 게 보인다. 아이들이 날아다닌다, 저 위에서… 런던의 하늘을. 우리와 달리 아이들은 자유롭게 날아다닌다. 하지만 우리는 달 아래의 도시에서 소음과 씨름하고, 누가 시끄럽게 했는가를 두고 다툰다.

아이들에겐 너무 좋은 **맨해튼**

아, 아이들! 지금의 맨해튼보다 아이들에게 더 좋은 곳이 있었을까? 가을날 토요일 아침이면 우리는 아이들을 데리고 나간다. 가을의 정취에 어울리는 폴 데스몬드Paul Desmond의 재즈 색스폰 연주가 어떤 길에서나 은은히 흘러나온다. 휘트니 미술관이나 공원에 가서 첼시의 전위 예술가들이 남긴 것들을 어쩔 수 없이 보거나, 개방성이나 둘러보는 즐거움에서 파리의 여느 시장보다 감동적이고 값싼 비누에서 여섯 가지 올리브 향을 맡을 수도 있는 완벽한 페어웨이 마켓에서 쇼핑을 한다. 나는 파리의 여느 시장보다 페어웨이를 좋아한다. '최고의 커피, 형편없는 포장!' 이란 다소 모순적인 자의식을 드러낸 간판에서 솔직함이 느껴진다. 또 여섯 가지 종류의 저렴한 염소치즈와, 역시 여섯 종류의 할인된 화장지도 마음에 든다. 심지어 수상쩍게 보이는 초로의 이민자들이 신혼부부들이나, 두 아이를 끌고 나온 가족들의 카트를 팔꿈치로 밀어내며 짜증을 내는 모습까지도 재밌게만 보인다. 계급 간의 대립이라기보다는 생리적 욕구의 둔주곡fuga이다. 게다가 길을 건널 때나 택시를 잡을 때처럼, 여기에서도 암묵적으로 지켜지는 규칙을 지켜보는 것도 재밌다.

계산대 앞에 끝없이 늘어선 줄들은 사람들이 지나갈 수 있도록 중간쯤에 끊겨 있다. 또 앞에서 세 사람은 금전등록기 옆에 서 있고, 나머지 사람들은 금전등록기 뒤로 통로를 따라 늘어선다. 물론 중간에 틈을 두고! 파리였다면 이처럼 본능적이고 복잡한 규칙은 토론과 의혹의 대상이 됐을 것이고, 걸핏하면 무시되기 때문에 '이 규칙은 강제성을 띱니다'라는 팻말이라도 세워두고 강제로 집행해야 했을 것이다. 그렇다고 페어웨이에서 이 규칙이 순전한 선의로 시행되는 건 아니다. 사방에서 쏟아지는 의심의 눈빛 때문에 억눌린 악의 덕분에 지켜지는 규칙이다. 결국 뉴욕과 마찬가지로 페어웨이의 줄은 자발적으로 형성되고 자율적으로 규제된다. 결코 자유시장의 힘에 의해 규제되는 줄이 아니다. 따라서 웃돈을 얹어 준다고 중간에 끼어들 수 없다. 노골적으로 억압된 상호 의심의 축적된 힘이 줄을 지켜준다. "줄을 서라! 그래야 우리가 평화를 지킬 수 있다. 새치기를 하면 가만두지 않겠다!"

아이들과 나는 클럽(club)을 결성했다. 크리스피 크림 도넛을 위한 클럽이므로 클럽(Klub)이 더 낫다. 토요일 아침이면 우리 셋이 만나, 아이들의 엄마가 깨기 전에 몰래 집을 빠져나와 3번가에 있는 크리스피 크림 도넛에 간다. 우리는 클래식 글레이즈드 셋을 사서 창가의 테이블에 앉아, 주말에도 일찍 일어나 활동하는 사람들과 길 건너편의 건강식품점을 쳐다보며 도넛을 맛있게 먹는다.(집에 돌아가면 아이들은 엄마에게 "84번가 근처, 3번가에서 아침을 먹고 왔어요. 거기에 건강식품점이 있더라고요."라고 말한다. 아이들은 엄마를 기막히게 속였다는 생각에 속으로 무척 재밌어 하는 듯하다.)

우리가 미국 외식 산업의 음식에 다시 길들여져가고 있기는 하지만, 크리스피 크림의 도넛은 혀를 내두를 정도로 달다. 그 때문에 약간의 회한에 젖어 파리의 카페가 그립다. 짙은 커피와 타르틴버터를 바른 빵.이 마음 한구석에서 생각난다. 하지만 그런 아쉬움이 오랫동안 지속되지는 않는다. 상점의 거울 뒤쪽에 자리잡은 루브 골드버그 도넛 기계가 뱉어내는 튀긴 도넛의 냄새만큼이나, 미국의 낙관주의라 할 수 있는 넉넉한 단맛이 이 아담한 체인점에서 느껴진다. 뉴욕은 너그러운 곳이다. 갓 구워낸 듯하지만 퀴퀴한 냄새가 나는 곳이다. 조깅 바지에 야구 모자를 쓴 채 돌아다녀도 누구도 언짢은 눈으로 두 번 쳐다보지 않는 곳이다.

이제 한 살인 올리비아는 진지한 표정으로 도넛 기계를 뚫어지게 쳐다본다. 몇 시간이라도 그대로 있을 태세이다. 도넛이 프라이팬에서 자동 컨베이어 벨트에 떨어질 때, 한두 개쯤이 벨트 밖으로 굴러 떨어지면 올리비아는 "헉!"하고 놀라며 손으로 입을 막는다. 버려진 도넛에서 눈을 떼지 못하며, 본분을 잃은 도넛에게 연민을 품는다.

피곤하지만 아침 일찍 일어난 아버지와 어머니를 끌고 나온 아이들도 있다. 아이들의 머릿속에는 그들만의 뉴욕 지도가 있다. 그 지도에서 미국 자연사박물관이 바티칸의 성베드로 대성당이라면, 생일 파티가 열리는 무수한 곳들은 바티칸의 예배당들이다. 우리도 지금 그 지도를 배워가고 있다. 하지만 우리가 보기에 미국 아이들의 주의력은 크게 떨어지는 듯하다. 프랑스 아이들의 눈에서 보이는 경계의 빛, 요컨대 세상에는 달래고 피해야 하는, 결코 억누를 수 없는 힘이 있다는 걸 인정하는 데서 오는 예민한 자세가 보이지 않는다. 아이들을 키우는 양육의 기술은 아이들을 중심에 두었다가 조금씩 밖으로 밀어내는 것이다. 아이들에게 안전한 세계에 안전하게 살고 있다고 믿게 하면서도, 그들이 사는 세계가 언제까지나 그들을 중심에 둔 고정된 공간은 아니라는 걸 조금씩 알게 하는 것이다. 아이들에게 우리는 옛 영혼들로 우글대는 역사의 강가에 서 있는 존재이고, 그런 역사의 강에서 그들은 아주 작은 존재라는 걸 깨닫게 해주는 것이다. 또 아이들에게 모든 피조물을 지배할 수 있지만, 모든 정원을 파괴해버릴 수도 있는 사악한 힘을 존중할 줄 알아야 한다는 걸 가르치는 것도 양육의 기술 중 하나이다.

나는 마사가 아이들에게 광적으로 집착하는 엄마인 줄 알았다. 하지만 뉴욕에서 마사는 완전히 정상적인 엄마였다. 아이들의 건강과 미래, 양말에 난 구멍, 아이들의 심리구조 등 아이들에 대해 거의 강박적인 불안증이 여기에서는 당연한 걸로 여겨진다. 엄마들에게는 지위에 대한 강박증은 거의 없지만, 아이들에 대한 강박증이 빈 자리를 대신하는 듯하다. 옷과 가방과 구두 등 트루먼 카포티Truman Capote, 1924~1984, 미국 작가와 댄 파월Dawn Powell, 1896~1965, 미국의 작가의 여주인공들이 꿈꾸던 물건들은 그들의 뇌리에서 지워진 듯하다. 그들의 남편이 마티니와 쇠갈비를 거의 잊은 것이나 비슷한 셈이다.(시내에서 얼씬대는 풍자 작가들이나 아직 마티니를 마실 뿐이다.) 물론 엄마가 됐다는 이유로 그런 물건들을 좋아하지 않는 건 아니다. 여전히 그런 물건들을 좋아하지만, 삶의 필수품이 아니라 기분전환용으로 좋아하는 정도이다. 아이들에 대한 강박증이 지위를 과시하는 한 방법이라고 주장하는 인류학자와 소설가가 간혹 있기는 하지만, 아이에게 신경 쓰면 금방 지치기 때문인지 남편이 밤일을 시작하려고 할 쯤에 부인은 어느새 잠에 골아 떨어져 있다.

아이들을 날게 하려는 다른 방법들이 이메일로 오갔고, 인터넷에서 검색하기도 했다. 또 학교 근처의 커피숍(프랑스식 카페도 아니고 그렇다고 커피 전문점도 아닌 곳)에서 달걀 흰자로 만든 오믈렛(토스트도 없고 감자도 없다. 여하튼 탄수화물 함유 음식은 없다)을 앞에 두고, 아이들을 날게 할 방법들을 나지막한 목소리로 주고받았다. 마구馬具로 아이들을 끌어올리면 어떨까요? 내 마음에 쏙 드는 기발한 생각도 제시됐다. 종이반죽과 고무로 아이들의 모형을 만들어 놓고, 조명을 껐다 켰다 하면서 '가짜 아이들' 에게 날개를 달아 날게 하자는 의견이었다. 그럼, '아이' 들이 날다가 떨어져도 걱정할 게 없잖겠습니까?

그러자 누군가 빈정대는 목소리로 "우리가 아이들을 높이 밀어 올리지 못할 이유가 어딨습니까? 우리가 높이 올려주면 아이들이 날 수 있을 겁니다!" 라고 말했다. 하지만 1초도 지나지 않아, 아니 1백만

분의 1초도 지나지 않아 모든 사람들의 입가에 미소가 번졌다. 상식에 따른 씁쓰레한 미소가 아니라, '우리 아이들은 할 수 있을 것' 이란 희망에 벅찬 행복한 미소였다.

소음에 대한 **다툼**

마사가 비상위원회에 몰두하는 동안 나는 소음에 대한 공격을 방어하는 역할을 도맡았다. 우리 가족만을 위한 냉철한 변호사가 돼 상대를 빈정대고 증거를 제시하며 우리 가족을 지켜야 했다. 온갖 자료를 뒤져보았지만 미국의 다른 도시에서 소음 문제가 법정 다툼으로 발전한 사례를 찾기는 힘들었다. 하지만 주차와 카풀로 인한 자동차와 관련된 문제는 어디에나 있고, 심지어 스포츠형 다목적 차량의 운행 윤리는 국영방송에서 뜨거운 논쟁거리가 된 적도 있었다. 그러나 나는 맨해튼에 다시 돌아오자마자 소음 얘기를 들었다. 소음 문제가 정식으로 자리잡는 듯한 분위기였다. 처음에는 코끼리 떼가 몰려다니는 소리라고 했다. 모두가 "코끼리 떼가 달리는 소리처럼 들린다니까!" 라고 말했다. 하지만 뉴욕 아파트에 사는 사람이 바로 위층에서 코끼리 떼가 어떤 소리를 내는지 어떻게 알 수 있단 말인가?

판에 박은 듯한 말들이 점점 심해지면서 뭔가가 있는 듯하지만 구체적으로 가닥이 잡히지 않는다. 뉴욕이 다른 곳에 비해 시끄러운가? 그래서 길에 나가 귀를 기울여본다. 그랬다, 뉴욕이 시끄러운 듯하다. 하지만 전에는 전혀 그렇게 느끼지 않았다. 하지만 상황은 더 나아졌다고 말할 수 있지 않은가! 또 모든 것이 실내로, 안으로 들어가지 않았는가! 옛날에는 초대형 라디오 카세트를 짊어지고 다니면서 어깨 힘을 과시했고, 소리가 거의 눈에 보일 정도로 라디오를 크게 틀어 주변 사람들의 생각은 무시하며 살았다. 하지만 이제는 모두가 헤드폰, 아니 귀에 쏙 들어가는 이어폰을 끼고 다닌다. 구식 워크맨에 끔찍한 헤드폰을 끼고 맨해튼을 걸을 때면 내가 생각해도 나 자신이 1960년대 재난 영화에 등장하는 교통 통제원처럼 보인다.

이제 주변에 시끄럽게 떠드는 사람은 목에 휴대폰을 건 채 걸어 다니면서 허공에 대고 중얼거리는 사람이다. 정신병자인지, 믿지 못하는 고객을 설득시키려는 부동산업자인지, 토라진 여자 친구에게 사랑의 밀어를 속삭이는 사람인지 구분하기 힘든 지경이다. 하지만 버스가 덜컹대는 소리, 쉴새없이 들리는 경적 소리 등과 같은 배경 소음은 크리스피 크림의 달콤한 맛처럼 불가항력이다. 순전한 침묵의 소리마저 다른 곳들의 소리와는 사뭇 다르다. 멀리 교회 종소리가 들리면서 조용한 일요일 아침마저 허락하지 않는다.

내가 보기에 소음은 일종의 상징이다. 소음은 '많은 사람'을 뜻한다. 무수한 만남과 끝없이 올라가는 고층건물은 뉴욕을 정의하는 현상이다. 뉴욕에 산다면 누구도 부인할 수 없고, 누구도 피할 수 없는 삶의 현실이다. 원주민이었다면 두 부족이 살았을 만한 공간에 800만 인구가 모여 살며, 인간이 견딜 수 있는 밀도의 한계를 훌쩍 넘었다는 걸 절감하며 비명을 질러댄다.

소음에 대한 다툼은 결국 공간의 다툼이다. 한 뼘이라도 더 차지하려는 치열한 다툼 때문에 배달음식이나 이웃의 피아노 소리처럼 우리 삶에 끼어드는 것은 무엇이나 사생활, 더 크게는 자아의 침해가 된다. 위층의 춤이나 아래층에서 짖어대는 개는 우리에게 아무런 피해도 주지 않지만, 오랫동안 염원하던 끝에 어렵게 사들인 고독을 침해하는 것이 된다. 따라서 베네치아 사람들이 물을 확보하기 위해 서로 싸웠듯이 우리는 소음을 두고 싸운다. 또 우리가 지금 그렇듯이, 베네치아 사람들은 자신들이 처한 환경 때문에 이웃의 고약한 짓을 비난했다. 매년 범람하면서 축축한 곰팡이가 지하실에 스며들었다. 습한 지역에 사는 사람들의 숙명이었다. 그들이 곤돌라를 떠난 순간부터 이웃과 부딪치는 문젯거리였다.

추수감사절 아침, 센트럴 파크 웨스트에 있는 아파트에 사는 친구 부부가 그 길에서 예정된 가장행렬을 함께 보자며 우리 식구를 초대했다. 내가 생각해도 루크에게 가장행렬을 지나치게 과장해서 말했던 것 같다. 엄청나게 큰 풍선, 고도로 훈련된 밧줄 전문가들, 게다가 가장행렬의 규모까지! 그래서 창밖을 내다보던 루크는 감동받은 표정이 아니라 어리둥절한 표정을 지어보였다. 내 눈에도 풍선은 너무 크면서도 너무 작게 보였다. 앙증맞은 멋이 없을 정도로 컸지만, 내가 루크에게 떠벌려서 루크가 기대했던 것보다는 훨씬 작았다. 또 맨해튼 주변에 늘어선 어마어마한 건물들 때문에, 망토를 걸친 큼직한 진짜 개나 만화처럼 꾸민 거대한 말코손바닥사슴은 건물들의 그림자 속을 홍겹게 지나갈 뿐이었다. 나는 루크의 말없는 실망감을 감지할 수 있었다. 루크에게 정말로 난다고 말했던 것이 날지 못했다. 그것들은 건물의 상인방 밑에서 맴돌 뿐이었다. 하늘에 닿기는커녕 5층 높이에도 닿지 못했다.

친구 부부는 음악을 사랑하는 사람들답게 피아노 앞에 앉아, 금세 지루해하는 아이들에게 노래를 불러주기 시작했다. 그때 누군가 시계를 보더니 아직 아침 시간이라며 "피아노를 치면 안 돼요. 아시잖아요, 이웃들!" 이라고 말했다. 음악이 끊어졌다.

틀 안에서의 **자유**를 바라는 부모들

나는 미국 중부 위를 날아가는 비행기에 앉아 '피터팬' 을 읽었다. 영화로는 보았지만 책으로 읽어본 적은 없었다. 나는 원전에서 비밀의 비행공식을 찾아낼 수 있으리라 생각했다. 삽화는 없었지만 무척 재밌게 읽었다. '피터팬' 은 바깥 세계로의 여행, 네버랜드로의 비행, 결국 탈출에 대한 얘기였다.

제임스 매튜 배리James Matthew Barrie에게 도시의 저택은 부르주아들이 잠을 자는 감옥이었고, 탈출해야 할 공간을 상징했다. 배리가 그런 집을 좋아하지 않았기 때문은 아니었다. 그는 그 이야기의 영감을 준 아이들을 위해 쓴 책에 등장하는 집과 같은 집을 지으려하기도 했다. 그는 5층집을 당연한 걸로 생각했고, 그런 집은 부르주아가 되기 위한 자격 조건 중 하나로 여겼다. 하지만 그 집에는 하인이 없다. 개 한 마리가 있을 뿐이다.(그래서 우리는 아이들에게 〈메리 포핀스〉를 읽어줄 때, 몹시 곤란을 겪는 뱅크스 가족에게 메리 포핀스가 새로운 유모로 오기 전에 하인이 넷이나 있다는 사실에 깜짝 놀랐다.)

그러나 우리에게 '피터팬' 에 등장한 집은 결코 얻을 수 없는 목가적인 집, 즉 반드시 날아가야 할 곳처럼 보인다. 〈메리 포핀스〉에서 벚나무길이 아이들을 데려가고 싶은 곳인 것과 똑같다. 마법의 유모를 고용해서라도 아이들을 끌어내고 싶은 곳은 아니다. 자유주의의 끔찍한 재앙이던 1차대전의 직전과 직후였지만 에드워드 왕과 조지 왕 시대의 런던은 어린이 책의 영원한 소재가 된다.

이처럼 어린 자식의 양육에는 결코 풀어낼 수 없는 매듭이 있다. 우리는 정원과 육아방이 있는 안전한 집을 원하는 동시에, 별 아래에서 원주민과 어울려 뛰놀 수 있는 바깥 세상을 원한다. 심지어 마음껏 걸어다닐 수 있는 마루바닥까지 원하기 때문이다. 우리 할머니의 할머니처럼 우리는 자식들이 우리 품에서 벗어나는 능력을 가질까 걱정하지는 않는다. 요즘 아이들은 걷는 법을 배우기도 전에 상업주의의 충동으로 나는 법부터 어느 정도 배워야 하는 실정이다. 따라서 우리는 아이들이 우리 품을 빠져나갈 조그만 창문을 가질까 두려워한다.

우리가 안에서 웅크리고 있으려 하는 것은 사실이다. 지금도 '피터팬' 이 환영받는 이유는 아이들이 런던의 집에서는 안전하다는 이미지 때문이다. 마사를 비롯해 모든 어머니가 아이들을 위해 바라는 꿈이다. 그 꿈은 결코 이기적이라 할 수 없는 간절한 바람이다. 모든 어머니는 아이들이 밖으로 훨훨 날아갔다가 다시 집으로 돌아오기를 바란다. 우리는 우리 자신의 삶에 발목이 잡히고 아이들을 염려해서 집으로 다시 날아들지만 아이들은 밖으로 날아가면 집으로 돌아오지 않을지 모른다.

이처럼 이런 두 가지 바람이 양립될 수 없다고 해서 희망의 비애까지 사라지지는 않는다. 〈맥베스〉에 딱 들어맞는 예가 있다. 어머니가 억지로 다정한 목소리를 짜내며 어린 아들에게 “앞으로 어떻게 살려느냐?”라고 묻자, 아들은 “새처럼요, 어머니.”라고 대답하지 않는다. 세대간의 대화이며, 시대간의 대화이다. 지금도 부모들은 “앞으로 어떻게 살 거냐?”라고 묻고, 아이들은 아무런 문제가 없을 거라고 대답한다. 새들도 배를 채우는데 인간이 배를 곯겠느냐는 것이다. 셰익스피어가 표본으로 삼은 예수는 아이들의 편이었다. 들판의 백합이나 참새도 그럭저럭 헤쳐 나아가는데 우리라고 그렇게 못하겠는가!

우리는 아이들이 날기를 바란다. 또 아이들을 우리 품에 묶어두기를 바란다. 아이들에게도 자유가 있다고 믿지만, 부모가 시험해서 미리 정해놓은 좁은 틀 안에서의 자유일 뿐이다. 우리는 아이들이 훨훨 날기를 바라지만, 연이나 풍선처럼 실 끝에 안전하게 묶인 채 날기를 바란다.

아이들은 정말 날았다

마침내 ‘피터팬’의 막이 올랐다. 멋졌다! 이야기가 전개되는 힘, 자유롭기를 바라는 아이들, 노래, 칼싸움… 훌륭한 공연이었다. 모두가 즐거워했다. 아이들은 날았다! 아이들은 정말 날았다! 그런데 아이들이 어떻게 날았을까? 누군가 기발한 아이디어를 내놓았다. 1막이 끝나고, 피터를 필두로 아이들이 창가로 다가갔다. 조명이 희미해졌다. 잠시 후 조명이 깜빡거리면서 런던의 스카이라인을 작게 본뜬 배경 그림이 나타났다. 뾰족한 빅벤, 세인트 폴 대성당의 둥근 천장이 돋보였다. 그리고 잠옷을 입고 런던 하늘을 날아다니고 런던을 내려다보는 아이들도 그려졌다. 그랬다, 정확히 말해서 아이들은 날지 않았다. 하지만 런던의 스카이라인 위에서 아이들은 마음껏 날았고 마음껏 뛰어다니며 춤을 추었다. 어두운 밤이었고, 아이들은 구름 속에 있었다. 아이들은 도시 위에 있었다. 그것이 중요했고, 그 목적을 이루었다. 정말로 하늘을 날지는 못했지만 갇힌 틀에서의 탈출이기는 했다.

공연이 끝난 후 모두가 모여 자축 파티를 가졌다. 피자를 나눠 먹으며 사진을 찍었다. 그리고 얼마가 지난 후, 우리가 무시하고 삭제해버리기는 했지만 한 부모는 차분하게 쓴 이메일에서 "우리는 아이들을 정말로 들어올리지는 않았어요. 우리는 하늘을 낮추었고, 아이들에게 나는 거라고 말했을 뿐이에요. 우리는 항상 그런 식이지요."라고 말했다.

우리 아래층 사람들이 결국 아파트를 내놓고, 재밌게도 내가 뉴욕에 돌아와 처음에 점찍었던 시내 아파트의 꼭대기 층으로 이사했다. '피터팬' 이 공연되고 아이들이 하늘을 날았던 날, 나는 퇴근해서 집에 돌아갈 때 우연히 아래층 남자와 함께 엘리베이터를 타게 됐다. 그들이 새로운 입주자를 찾고 있던 때였다. 아래층 남자는 점잖고 진지하며 예민하게 보였다. 나는 아무 말도 할 수 없었다. 그도 아무 말을 하지 않았다. 우리는 각자 버튼을 눌렀다. 그는 신경질적으로 5를, 나는 시끄럽게 6을 눌렀다. 그리고 앞만 보고 서서 바위처럼 움직이지 않았다. 층수를 가리키며 깜빡이는 불빛에 시선을 고정시킨 채 범죄영화에서 동작감지기를 앞에 두고 숨까지 멈춘 강도들처럼 숨조차 크게 쉬지 않았다. 그가 먼저 내렸다. 오늬 무늬 코트를 입은 그가 아파트 통로로 멀어져가는 걸 나는 물끄러미 지켜보았다. 그리고 우리가 뉴욕에서 가장 힘든 일을 해냈다는 생각이 문득 들었다. 우리가 마침내 완벽한 침묵의 순간을 이루어냈던 것이다.

앵무새, 뉴욕의 전력망 위에 앉다

브루클린의 **야생 앵무새**와 맨해튼의 **스위치 호텔**

뉴욕은 전력망 위에 앉아 있다. 게임 잡지에서 흔히 보듯이, 부자들이 똑같은 시간에 똑같은 좌석에서 똑같은 음식을 먹으면서 그들의 존재를 서로 재확인하는 파워 그리드 게임과는 다르다. 수천 킬로미터의 케이블과 전선과 파이프로 이루어지며 전자를 운반하는 진짜 전력망이다. '나를 조심스레 다루어야 한다' 고 말하는 전류와, '내가 생각하는 걸 말해주겠다' 고 말하는 파동으로 이루어진 전력망은 뉴욕의 거리 곳곳을 달린다. 맨해튼에서는 지하로, 맨해튼 밖에서는 대부분 지상으로! 가끔 전력망 주변에서 이상한 짐승과 물체가 갑자기 눈에 띄지만, 가장 이상한 둘을 꼽는다면 브루클린 플랫부시의 야생 앵무새와 로어 맨해튼(맨해튼 남단)의 스위치 호텔이다.

야생으로 돌아간 앵무새는 원래 어떤 집에서 사랑받던 애완동물이었지만, 무슨 연유로든 도망쳐 야생이나 플랫부시의 전봇대에서 살게 된 게 분명하다. 앵무새들은 왕성하게 번식해 플랫부시에 큰 소동을 불러일으키기도 했지만, 조류학적으로나 법적으로 흥미로운 문제를 제기하기도 했다.

한편 스위치 호텔(교환기 및 라우터 가설 장소)은 때때로 캐리어 호텔, 텔레콤 호텔이라 불리는 커다란 건물을 가리킨다. 18개월 전만 해도 사람들로 붐볐지만 이제는 스위치, 서버와 루터로만 꽉 들어차 있다. 문이 잠긴 작은 방들에서 서버와 루터가 전자들을 교환하며 꿈의 기계가 밤새 다른 기계들과 사랑을 나누게 해주며, 건물 아래를 달리는 전력망에서 과거에 그 건물에 세들었던 어떤 사람들보다 많은 전력을 빨아들인다. 앵무새와 스위치 호텔, 둘 모두 뉴욕의 하수구에 꽁꽁 숨어 있다는 악어의 전설, 즉 집에서 편하게 지내면서도 집 밖에서 어슬렁거리는 괴물이라는 우리가 만들어낸 상상과 맞아떨어진다.

앵무새들은 주로 두 곳에서 발견되며, 두 곳의 앵무새들에게 접근하는 방법도 달라야 한다. 앵무새들은 그린우드 공동묘지에서 큰 군락을 이루고 있다. 그러나 컬럼비아 대학교 대학원생으로 새를 사랑해서 뉴욕의 새에 대한 논문을 준비 중인 젠 어셔에 따르면 브루클린 칼리지 캠퍼스 안팎에서, 지하철 2호선의 종점 부근에서 밀집도는 훨씬 높다. 그곳은 앵무새 이외에도 오래 전에 그곳에 뿌리내린 아프리카계 미국인들, 얼마 전부터 밀려 들어와 쇼핑가의 상점들을 거의 독차지 해버린 동인도계 이민자들, 주택가를 따라 자그마한 회당들을 점점이 박아놓은 정통 유대인들이 어울려사는 곳이다.

아침 일찍 젠은 자신의 집에서 가까운 지하철 2호선 파크 슬로프 역에서 지하철을 타고 앵무새들을 관찰하러 나선다. 남자 친구인 제이슨이 종종 그녀를 따라나서기도 한다. 젠은 새를 관찰하는 학생이지만 서민적인 애조가이다. 버지니아 페어팩스에서 보낸 어린 시절에는 도시 비둘기에 불과했지만 비둘기를 기르기도 했다. 그녀는 아담한 체구에 예쁘장하고 눈빛이 초롱초롱하며 머리 회전도 무척 빠르다. 또 뉴욕에 공부하러 온 유학생이 지하철을 얼마나 사랑하는가를 몸소 보여주는 전형적인 학생이다.

앵무새, 대담하고 반항적인 **진짜 뉴요커**

얼마 전 금요일 아침 젠은 제이슨과 함께 애비뉴 I역에서 28번가 쪽으로 내려가면서, "앵무새들은 1970년대 초에 완전히 사라진 걸로 알려졌는데 요즘 여기에 다시 나타났어요. 앵무새가 우는 소리를 들어본 적이 있으세요?" 라고 말했다. 처음엔 아무런 소리도 들리지 않았고, 잠시 후에는 틱틱거리는 정전기 소리가 들렸다. 그리고 마침내 1940년대의 남아메리카를 노래하는 뮤지컬에서 마라카스말린 표주박 따위 속에 콩 · 작은 돌멩이 따위를 넣은 리듬 악기를 흔드는 합창단처럼 잘그락거리는 소리가 들렸다. 앞마당이 손바닥만한 핵가족용 주택들이 늘어선 조용한 길이 어디서나 그런 소리로 약간 소란스러웠다. 젠이 다시 말했다. "앵무새가 우는 소리는 처음 들어볼 거예요. 하지만 쉽게 들을 수 있어요. 앵무새는 워낙에 대담한 새거든요. 진짜 뉴요커인 셈이죠. 건방지고 반항적이기도 하니까요. 대부분의 사람이 앵무새를 미워하지 않는 게 이상할 정도예요. 여하튼 앵무새는 떼를 지어 사는 사회적 동물로 골치 아픈 녀석들이에요. 저길 보세요!" 젠은 전봇대 사이에 늘어선 전선 위에 나란히 앉아 있는 야생 앵무새들을 가리켰다. 열 마리쯤 돼 보였다.

'야생 앵무새' 란 말에서는 몰래 도망친 새가 먼저 떠오른다. 활기차게 날지만 약하기 이를 데 없어, 심장을 두근대면서 걱정스런 눈빛으로 사방을 경계하는 새일 듯하지만, 플랫부시의 야생 앵무새들에서는 그런 모습을 전혀 찾을 수 없다. 플랫부시를 점령한 앵무새들은 야생으로 돌아간 앵무새가 아니라 진짜 야생 앵무새였다. 연초록빛을 띤 커다란 몸뚱이, 날카롭게 굽은 부리, 새파랗게 빛나는 날개깃… 앵무새들이 수십 마리씩 떼를 지어 애비뉴 I역 주변의 나무들과 전선을 차지하고 귀에 거슬리는 쉰 듯한 목소리로, 뉴욕 자이언츠의 경기가 끝난 후에 마이크와 매드 독스포츠 라디오 프로그램 '마이크와 매드 독' 의 진행자이 설전을 벌이는 것처럼 쉬지 않고 재잘거렸다. 나뭇가지와 막대기로 지어진 그들의 보금자리는 공중에 매달린 커다란 트룰로trullo, 이탈리아 동남부에 위치한 아풀리아의 전통 가옥으로 지붕이 원뿔 모양이다.처럼 보였고 입구가 여럿이었다. 젠과 제이슨 같은 사람들이 뉴욕에서 한 달에 900달러의 월세로 빌리는 원룸보다 약간 작은 정도이다.

제이슨이 말했다. "녀석들은 보통 고압 전봇대 위에 둥지를 짓습니다. 전선을 건드려서 녀석들의 둥지에 불이라도 나면 큰 사고로 발전할 수도 있어요. 녀석들을 퇴치하는 법을 알려주는 웹사이트까지 있을 정돕니다. 전력회사들도 앵무새들 때문에 골치를 썩고 있고요."

앵무새들이 짹짹거리며 나무에서 나무로 날아다니고, 그들이 함께 사용하는 둥지의 곳곳에 만들어둔 입구와 출구를 부산스레 들락거렸다. 앵무새들이 날아다니는 모습을 물끄러미 지켜보던 젠이 덧붙여 말했다.

“앵무새는 원래 저렇게 매섭게 보이지 않아요. 어렸을 때 앵무새를 키운 적이 있거든요. 그런데 풀어주면 이상하게 깃털을 바싹 세우더라고요. 나는 애완용 새들이 야생에서 생활하면 어떻게 변하는지 알고 싶어요. 온갖 역경을 이겨내고 결국엔 승리의 미소를 지을 것 같아요.”

그때 하시드파 유대인 여자가 옆을 지나갔다. 운동화를 신고 숄을 걸친 모습이었다. 그녀는 자신의 집 앞마당에서 까악까악 울어대는 큼직한 앵무새들에게 눈길조차 주지 않았다. 하지만 전봇대 앞에서 걸음을 멈추고는 누군가 붙여놓은 광고지를 읽었다. ‘유대인 여자들이여!’ 라는 구호 아래로 ‘여자들이 자주 일으키는 경련에 담긴 카발라의 비밀이 밝혀진다. 이번 주 수요일 12시에서 오후 2시까지, 힐렐에서 단 1회 강연. 중국식 점심 무료 제공됨!’ 이라 쓰인 광고지였다.

한 앵무새가 다른 앵무새를 부리로 쪼았다. 장난하는 듯했지만 쫀 것만은 확실했다. 젠은 진지한 목소리로 말했다.

“앵무새는 무척 공격적이에요. 피츠버그에서 앵무새들이 참새를 공격해서 죽였다는 보고서를 읽은 적이 있어요.”

플랫부시의 야생 앵무새들은 동네 사람들에게 사랑 받기도 했지만(한 운동장의 소벽이 금속으로 주형한 앵무새들로 장식됐다), 거꾸로 미움을 받기도 했다.(특히 컨솔러데이티드 에디슨 전력회사는 앵무새를 여자처럼 곱게 위장한 날개 달린 쥐새끼라며 욕을 퍼부었다.) 물론, 야생 앵무새들을 분석한 연구들도 줄을 이었다. 처음에는 초록색을 띤 큼직한 앵무새들이 어떻게 브루클린에 나타났을까, 라는 의문을 푸는데 연구가 집중됐지만, 곧이어 앵무새들이 추위에도 아랑곳하지 않는 이유와, 앵무새들을 퇴치하려는 온갖 시도가 실패한 이유에 대한 연구도 진행됐다. 그 결과 플랫부시의 야생 앵무새에 대해 지금까지 밝혀진 내용에 따르면, 그 앵무새들은 남미에서 날아온 것이며, 주로 아르헨티나를 중심으로 아열대 지역에 분포하는 '미이옵시타 모나쿠스' 였다. 야생에서는 흔히 '까치집 앵무새' 라 불리고, 애완동물로 키우는 사람들은 '퀘이커 앵무새' 라 부르는 앵무새였다. 이 앵무새들은 영리하고 최소한 열한 가지의 다른 목소리를 낼 수 있어 흉내를 내는 솜씨도 탁월하다. 또한 330여 종의 앵무새 중에서 유일하게 둥지를 짓고 살며, 둥지에는 1~6쌍이 함께 살지만 공간이 따로 분리돼 있고 출입구도 각각이다.

앵무새들은 어떻게 **뉴욕까지** 왔을까?

이런 앵무새들이 어떻게 뉴욕까지 올라왔을까? 떠도는 소문에 따르면, 까치집 앵무새들이 실려있던 바구니가 1968년 케네디 공항에서 깨지는 바람에 새들이 도망쳐 근방에서 정착한 때문이었다. 실제로 1968년에 까치집 앵무새가 처음 뉴욕에서 발견됐고, 1971년에는 롱아일랜드의 밸리 스트림에서 짝짓기 하는 까치집 앵무새들이 처음 관찰되기도 했다. 그러나 조류학자들의 생각은 달랐다. 그들의 주장에 따르면, 케네디 공항에서 부서진 바구니가 야생 앵무새의 기원이라는 설은 푸성귀가 우연히 프라이팬에 떨어지면서 파스타 프리마베라가 시작됐다고 주장하는 것과 다를 바가 없었다. 또한 까치집 앵무새들이 뉴욕보다 훨씬 추운 곳인 시카고 대학교 캠퍼스 근처, 하이드 파크에서 군락을 이루며 사는 이유와, 시카고에서 앵무새가 1960년대에 처음 관찰된 이유를 설명하자면, 시카고의 오헤어 국제공항에서도 바구니가 깨졌다고 억지 주장을 하는 수밖에 없었다. 따라서 가장 설득력 있는 추측은 뉴욕과 시카고 모두에서 애완동물로 키우던 까치집 앵무새들이 탈출한 것이란 결론이었다. 젠도 "애완용으로 기르던 새가 도망쳤다는 얘기를 자주 들었어요. 도망친 새가 집으로 돌아가는 경우는 거의 없어요."라고 말했다.

우리를 찾아 북쪽으로 날아온 많은 새와 마찬가지로 까치집 앵무새는 비싸기도 하지만 개인적으로 소유하는 것을 불법으로 단속하는 주가 적지 않다. 특히 까치집 앵무새가 야생으로 돌아가 토종 새들을 몰아낼 가능성을 염려해, 적어도 10개 주에서 까치집 앵무새를 애완동물로 키우는 걸 금지시켰다. 게다가 까치집 앵무새는 앵무병을 옮기는 매개체로 알려져 있다. 따라서 처음부터 뉴욕 주는 까치집 앵무새를 박멸시키려 애썼고, 1975년쯤에는 완전히 박멸된 것으로 여겨졌다. 그러나 실상은 그렇지 않았다. 까치집 앵무새는 지금도 법망을 피해 누군가의 집에서 살기도 하지만, 애완동물 시장에서 한 마리에 200달러 안팎으로 암거래되기도 한다. 그 때문에 애완동물 가게 주인이 앵무새를 잡아 돈을 벌어볼 생각에 플랫부시의 전봇대에 올라갔다가 실컷 쪼이기만 하고 빈 손으로 내려왔다는 소문까지 떠돌았다.

여하튼 앵무새들이 뉴욕의 혹독한 겨울을 어떻게 이겨내는지 누구도 속시원히 설명하지 못했다. 아르헨티나에서 살아본 사람들은 아르헨티나 기후가 세상에 알려진 것처럼 그다지 포근하지 않다는 식으로 설명했고, 앵무새가 추운 날씨에 적응한 거라고 설명하는 학자들도 있었다. 물론 앵무새들이 어떤 식으로든 혹독한 겨울을 이겨내기 때문에 살아남을 테니까 적응론이 설득력있게 받아들여지지만, 뉴욕에서 이민자들이 성공적인 삶을 사는 이유를 설명하는 이론도 대부분이 적응론이다. 한국인들이 뉴욕에 오기 전부터 과일을 유난히 좋아했고, 아일랜드인들은 경찰 업무를 특별히 좋아했다는 증거는 눈을 씻고 찾아봐도 없으니까.

앵무새가 공격적이어서 살아남았다는 주장도 있었다. 젠과 제이슨은 브루클린 칼리지의 운동장 부근에서 맴도는 앵무새들을 즐겨 관찰했다. 앵무새들은 운동장을 빙 둘러싼 가로등 기둥 위쪽에 둥지를 지었다. 정확히 말하면, 가로등 보수를 위해 만들어둔 조그만 받침대 위로 전구 바로 아래에 둥지가 있었다. 앵무새들은 운동장까지 총알처럼 내려와 주변을 휩쓸고 다니면서 참새들을 희롱했다. 그 날 아침도 무척 추웠다. 앵무새 몇 마리가 운동장까지 내려와, 사슬로 연결된 울타리 근처에서 새모이를 찾아 잿빛으로 더럽혀진 눈밭을 걸어 다녔다.

"저런, 눈 위를 걸어다니는 앵무새는 처음 봐요!"

서너 마리의 참새가 앵무새들과 어울려 걸신들린 듯이 모이를 쪼아먹었다. 그러나 비둘기들은 근처에서 편협하고 독선적인 노동자처럼 못마땅하고 불쾌한 표정, '저런 자식을 누가 불렀어' 라는 표정으로 앵무새들을 노려보았다. 젠이 다시 말했다.

"하지만 비둘기도 외래종이에요. 뉴욕에서 흔히 보는 새들 모두가 외래종이에요. 비둘기, 참새, 찌르레기… 모든 새가 북아메리카 밖에서 나중에 들어온 것들이에요."

제이슨이 말했다.

"앵무새가 비둘기 다음으로 많을지도 몰라요."

젠이 조심스레 말했다.

"앵무새가 그렇게 될 수는 없을 거예요. 그 이유를 설명하는 과학 논문을 많이 읽었거든요. 무엇보다 까치집 앵무새는 비둘기처럼 일년 내내 새끼를 낳지 않아요. 앵무새가 여기 뉴욕에서 살아남지 못할 거라고 많은 사람이 말했지만 앵무새는 너끈히 살아남았어요. 또 1970년대에 앵무새가 박멸됐다고 사람들이 말했지만 실제로는 박멸되지 않았어요. 그래서 겨울인 지금 앵무새가 여기에 있는 거라고요."

연초록빛을 띤 앵무새들이 눈밭을 거닐고 있었다. 시끄럽게 떠들어대며, 참새가 피츠버그에서 남긴 마지막 말에 대해 얘기를 나누었다. 비둘기 두 마리가 한 귀퉁이에 서서 화난 표정으로 앵무새들을 노려보았다.

뉴욕 통신 **비지니스**의 **비밀 공간, 스위치 호텔**

"여기에서 쥐를 본 적이 없습니다. 한 번도!"

그 날 밤, 야간 경비원이 허드슨가 325번지, 옛날에 창고였던 건물의 10층에서 이렇게 말했다. 허드슨가 325번지 건물의 창문들은 밤에도 검게 변하지 않았다. 밤늦은 시간이었지만 주변 대부분의 사무실 건물들처럼 벽면이 바둑판 모양으로 변하지 않았다. 늦게까지 일하는 곳은 불이 켜져있고, 퇴근한 곳은 불이 꺼졌을 테니까. 모든 창문마다 불빛이 희미하게 비추고, 건물에서 웅웅거리는 소리가 들렸다. 허드슨가 325번지 건물은 스위치 호텔이기 때문이다. 부동산 중개인들이 캐리어 호텔이라 부르는 스위치 호텔은 뉴욕에서 가장 깨끗한 건물이다. 보안도 철저하고 위생상태도 만점이며, 바깥 공기가 완벽하게 차단되고, 벌레 한 마리도 얼씬대지 않는 건물이다. 스위치 호텔은 무지막지하게 무겁고 전력을 마냥 잡아먹는 고가의 통신장비로 채워져 있다. 이런 통신장비 덕분에 컴퓨터들이 전화선을 통해 서로 연결되는 것이다.

스위치 호텔은 5년 전에야 처음 등장했지만, 부동산 거래에서 가장 급성장을 이룬 분야이다. 맨해튼에만 적어도 일곱 곳에 스위치 호텔이 있다. 허드슨가 325번지, 허드슨가 60번지, 아메리카스가 32번지, 8번 가 111번지, 11번가 636번지, 브로드가 75번지, 10번가 85번지에 서 있는 건물들이 스위치 호텔이다. 스위치 호텔이 왜 필요할까? 보이지 않는 장난감 병정들이 끊임없이 움직이며 운영하는 무거운 기계장비 속에서 가짜 발레리나들이 발빠르게 움직이며 가상의 전자세계를 만들어내고 있기 때문이다. 스위치 호텔은 장난감 병정과 가짜 발레리나가 짝을 이루어 함께 잠을 자는 공간이다. 모든 쌍이 조금씩 다르게 짝지워지기 때문에, 각 쌍은 다른 쌍들에게 어떻게 움직이지는지 보여주고 싶어하지 않는다. 이런 이유에서 스위치 호텔은 스위치 '호텔' 이라 불리는 것이다. 달리 말하면, 스위치 호텔은 여러 회사에게 독립된 공간을 빌려주며, 각 회사는 자기만의 비밀을 철저하게 지키고 싶어하기 때문에 '호텔' 이라 불린다.

야간 경비원은 손전등을 비춰가며 10층 복도를 조심스레 걸었다. 손전등 불빛에 작은 부엌이 들어왔다. 10층을 '네트2000' 이란 회사의 '전용실' 로 개조할 때 설치된 부엌이었다. 바닥은 대리석 부스러기를 박고 반들반들하게 윤을 낸 인조석인 테라초였고, 광택을 없앤 알루미늄으로 만든 캐비닛들이 있었다. 캐비닛 안에는 작은 인스턴트 커피 봉지들이 반듯하게 정돈돼 있었다. 허드슨가 325번지 건물을 관리하는 부동산 회사, 쿠시맨 앤 웨이크필드에서 나온 사내가 놀란 표정으로 "완전한 신세계로군!" 이라고 말했다. 바로 오른쪽, 유리벽 뒤로는 얼마 전까지 센추리 21의 창고였던 공간에 놓인 일곱 단의 스위치, 즉 통신장비에서 빨간 불빛들이 번갈아가며 빠른 속도로 깜빡거렸다.

스위치는 서버와 루터, 두 종류로 이루어진다. 서버는 웹페이지를 비롯해 정보를 보관하는 역할을 하는 반면에, 루터는 정보를 찾는 사람들을 서버에 연결시켜 원하는 곳에 정보를 보내주는 역할을 한다. 사랑의 눈이 있어야만 서버와 루터를 구분할 수 있었다. 장비들이 들어있는 방은 시끄럽고 후텁지근했다. 바깥은 춥고 앵무새들이 눈에 덮인 운동장을 걸어다닐 때도 장비들을 식히기 위해 필요한 거대한 냉방장치들이 웅웅대는 소리는 지하철만큼이나 시끄러웠다. 광섬유 케이블로 빼곡이 채워진 굵은 오렌지색 파이프가 천장에서 내려와 장비로 연결됐다. 네트2000이 돈 많은 회사들에게 고가로 빌려주는 루터와 서버를 보관한 침실 입구에는 제임스 본드 영화에서나 보았던 지문인식장치가 부착돼 있었다. 지문인식장치에 등록된 사람만이 장비를 관리하러 들어갈 수 있었다. (안구인식장치를 사용하는 침실을 갖춘 스위치 호텔도 있었다. 그런 침실에 들어가려면 안구인식장치에 눈을 조심스레 가져다 대야 했다.)

스위치 호텔의 소유자와 관리자는 대체로 부동산 개발회사였다. 천장이 높고 바닥은 튼튼하지만 겉모습은 볼품 없는 창고들이 스위치 호텔로 개조됐다. 2미터가 넘는 장비를 설치하고 그 위로 파이프를 연결하려면 천장이 높아야 했고, 엄청난 무게의 장비를 지탱하려면 바닥이 튼튼해야 했다. 하지만 건물이 멋있으면 장비와 씨름하며 지내는 사람들이 위층에서 살겠다고 달려들 수도 있기 때문에 겉모습은 볼품 없어야 했다.

부동산 개발업자는 이렇게 창고를 개조해서, 0.1평방미터당 약 60달러에 공간을 임대했다. 고객은 주로 정보와 지식을 거래하며 통신장비를 설치해야 하는 텔레커뮤니케이션 회사들이었다. 한편 텔레커뮤니케이션 회사들은 그렇게 설치한 통신장비의 공간을 AOL이나 야후 등 그런 공간을 원하는 기업들에게 빌려주었다. 건물의 공간을 빌린 기업들은 완벽하게 분리돼 있었다. 그것이 텔레콤 호텔의 불문율이었다. 또한 각 기업이 지붕에 2메가와트급 비상용 발전기를 마련해두고 단독으로 사용했다. 그 때문인지 부동산 개발업자는 "그들은 완전히 독립돼 있고 싶어합니다. 그래서 우리 건물에 입주한 기업들이 망해도 우리는 굴러갈 겁니다."라고 말했다.

광섬유를 통과하는 신호를 1.5킬로미터마다 재증폭시켜야 하기 때문에 스위치 호텔들이 맨해튼에 집중돼 있는 거라고 말하지만, 대형 텔레콤 기업들이 맨해튼의 어둑한 방에 그들의 장비를 두고 싶어하는 진짜 이유는 맨해튼에 있어야 남들에게 멋지게 보인다고 생각하기 때문이다. 스위치 호텔을 선도하는 부동산 회사, 쿠시맨 앤 웨이크필드의 중개인 제임스 소모사는 "맨해튼이란 입지는 마케팅에서도 무척 중요합니다. 설치와 마무리 문제에서도 맨해튼에 있는 게 유리합니다. 그들은 직접 와서 장비를 보고 싶어하니까요. 또 고객들에게 멋진 설비를 보여주고 싶기도 할 테지요. 비용 문제도 있습니다. 사용자에게 가까이 있을수록 비용이 낮아지니까요. 또 맨해튼에 장비를 두면 자동복구망을 구축하기가 더 쉽습니다."라고 말했다. 자동복구망은 네트워크의 한 부분이 고장나면 전자의 흐름이 방향을 바꿔 고장난 부분을 우회하고 반대 방향으로 진행되는 망이다. 소모사는 "하지만 장비들을 롱아일랜드 시티나 뉴저지에 두지 못할 절대적인 이유는 없습니다. 엄청난 월세를 부담하면서 맨해튼의 어두운 구석에 장비들을 둔 걸 보면, 지난 10년 동안 텔레콤 회사들에 돈이 어마어마하게 투자됐다는 증거입니다."라고 덧붙였다.

뉴욕은 거대한 **통신장비**

2001년 어느 금요일 밤에 잠깐 둘러본 스위치 호텔 내부는 1985년 어느 토요일 오후에 둘러본 소호 지역의 화랑 내부와 조금도 다르지 않았다. 작게 쓰인 수수께끼 같은 글자들, 선반과 유체와 볼트와 전지의 불사가의한 배열, 무균상태라며 통풍이 되지 않아 답답한 공기 등은 똑같았다. 어둑한 배전실 가까이에 환히 밝혀진 부속실에 설치된 비상용 발전기의 축전지는 유체가 반쯤 채워진 반투명한 관이었고, 그 위로는 1센트짜리 동전만큼 반짝거리는 구리선이 지나갔다. 구리선에는 전기가 흘렀지만 절연돼 있지 않아, 구리선은 송전선만큼이나 위험했다.

스위치 호텔을 개발해서 빌려주는 사람들은 그런 호텔에 내재된 모순을 잘 알고 있었다. 요컨대 현실 세계가 가상 세계를 추구할수록 그런 수준에 이르기 위해서는 더 무거운 기계가 있어야 했고, 그 기계들이 맨해튼에서 차지하는 공간도 확대돼야 했다. 제임스 소모사는 "신경제를 지향할 때 누구도 생각하지 못했던 문제입니다. 신경제를 운영하려면 엄청난 전력이 필요할 겁니다. 텔레콤 회사만도 0.1평방미터에 100와트가 소모되니까요."라고 말했다. 일반적인 사무실을 유지하는 데는 0.1평방미터에 6와트면 충분했다. 소모사는 웅웅거리는 장비들 사이에 서서 "이 기계가 인터넷을 가능하게 해주는 겁니다. 오래된 라이오넬 장난감 기차 냄새가 나지요. 무게는 1톤 정도고요. 이 기계가 허드슨가의 한 층에 놓여 있습니다. 말하자면, 이 바닥이 얼마나 튼튼하냐에 가상현실이 달려있는 셈이지요."라고 말했다.

그 날 밤늦게 야간 경비원은 신원인식장치, 신경제, 통신장비들과 함께하는 삶 등에 대해 거침없이 얘기했다. 스위치 호텔의 야간 경비원은 단순한 관리인이 아니었다. 고객에 대해서도 많은 것을 알고 있는 부동산 회사의 어엿한 직원이었다. 그는 순찰을 계속했다. 텅 비었지만 부산하게 일하는 건물을 가득 채운 붉은 불빛들이 깜빡이는 걸 바라보면서 "이곳이야말로 2001년에 2001년처럼 보이는 유일한 곳이지요."라고 말했다. 그리고 고개를 설레설레 저었다.

때로는 뉴욕 자체가 거대한 통신장비처럼 보인다. 있을 법하지 않은 이민자들까지 받아들여 그들을 이상적인 임차인으로 어딘가에 배치한다는 점에서 그렇다. 앵무새가 인간의 민족적 기원을 떠올려주는 짐승이라면, 텔레커뮤니케이션용 기계는 부동산 중개인에게 미래의 완벽한 임차인이다. 그 기계는 모든 면에서 완벽하다. 깨끗하고 영리하며 믿음직하기도 하다. 애완동물을 기르지도 않고 자기 돈을 투자해 개선할 방향까지 찾는다. 얼마 전까지는 누구도 생각하지 않았던 정전사태에 대비해 임차인마다 발전기와 축전지에 50만 달러 가량을 투자한다. 이제 통신장비를 운영하는 사람들은 아침에 일어나자마자 결코 일어나서는 안 될 일들을 하나씩 점검해야 한다. 전력회사가 파산하지는 않았는지, 어퍼 이스트 사이드에 지진은 일어나지 않았는지, 플랫부시에 화재가 발생하지는 않았는지, 또 초록빛을 띤 앵무새들이 갑자기 소동을 벌이지는 않았는지….

𝄞

재즈 피아노의 거장, 빌 에반스를 추억하다

빌 에반스와 그 일요일

뉴욕에서는 여섯 가지가 새롭게 나타나면 하나는 가라앉아 사라진다. 헨리 제임스가 한 세기 전에 경이롭게 생각했던 건물들, 예컨대 월도프 아스토리아 호텔과 메트로폴리탄 오페라 극장은 이제 빛을 잃었고, 제임스는 시큰둥하게 생각했지만 우리는 아름답다고 생각하며 동경하던 것들, 예컨대 그리니치 빌리지 앨버트 호텔에 있던 앨버트 라이더Albert Ryder, 1847~1917, 미국의 화가.의 방도 이제는 사라졌다. 뉴욕에서 과거는 베네치아의 공동묘지처럼 처리된다. 바로 앞의 과거조차 예외가 아니다. 유골은 묻히고, 12년이 지나면 파내져서 두 번째 섬으로 쫓겨나 온갖 기억의 더미에 던져진다. 뉴요커들은 그 두 번째 섬에 살아간다. 혼잡스런 기억의 더미를 분류하며 과거를 찾아낸다. 하지만 이런 무관심에도 보상은 있다. 과거는 그 뿌리에서 해방될 때 더 큰 세계로 나아갈 수 있기 때문이다. 과거가 머물러야 할 고향은 아니다. 그림과 시와 피아노 악보는 최초의 관객을 넘어 지금도 계속 존재한다. 폴로 그라운즈Polo Grounds, 뉴욕 자이언츠 등 뉴욕을 본거지로 한 프로야구팀이 사용한 야구장.는 사라졌지만 바비 톰슨Bobby Thomson, 뉴욕 자이언츠 팀에서 주로 활동한 야수 선수.의 홈런 볼이 지금도 외야 담장을 넘어 날아가고 있는 식이다.

정확히 40년 전 여름, 1961년 6월 25일, 젊은 재즈 연주자 셋이 뉴욕의 한 지하실로 내려가 담배를 피고 하품을 하며 잠시 농담을 나눈 후에 연주를 시작했다. 피아노에 빌 에반스Bill Evans, 콘트라베이스에 스콧 라파로Scott LaFaro, 드럼에 폴 모티언Paul Motian, 그들 삼인조는 열세 곡을 연주했다. '마이 로맨스' My Romance, '당신을 사랑해요, 포기' I Loves You Porgy 등과 같이 대부분이 느린 곡이었고, 월트 디즈니의 영화 〈이상한 나라의 앨리스〉에 삽입된 왈츠 한 곡도 연주했다. 리버사이드라는 조그만 독립 음반회사가 그들의 연주를 녹음해 그 해 말에 음반으로 발매했다. 음반의 제목은 '빌리지 뱅거드의 일요일' Sunday at the Village Vanguard이었다. 또 그날 오후에 연주한 곡들을 녹음한 음반에 왈츠 곡의 이름 '데비를 위한 왈츠' Waltz for Debby란 이름을 붙여 같은 해 말에 발표했다. 그 이후 2시간 30분짜리 음반들이 '빌리지 뱅거드의 시간' The Village Vanguard Sessions, '빌리지 뱅거드에서' At the Village Vanguard 등과 같은 이름으로 재편집되고 재구성돼 재발매됐다.

음조와 선율 및 가창력 등 이 음반들에 대한 재즈 평론가들의 평가는 얼마든지 인용할 수 있지만, 가사 자체에서는 가슴 뭉클한 감동이 눈곱만큼도 느껴지지 않는다. 또 그들의 연주가 특별히 강렬하지 않기 때문에 그들의 연주에 내재된 힘을 설명하기는 무척 힘들다. 그들의 연주에 별다른 감흥을 느끼지 못하는 사람은 뭔가가 담겨있다며 열심히 듣는 사람들을 의아하게 생각한다. 심지어 그들의 연주는 '배경 음악' 이나 칵테일 바에서 흔히 듣는 음악처럼 들린다고 말하는 사람들도 있다. 소설가이며 신랄하지만 지극히 냉철한 재즈 평론가이던 필립 라킨Philip Larkin. 1922~1985조차 그들의 연주에서 달빛을 받으며 춤을 추는 어릿광대가 떠오른다고 말했을 정도였다. 달리 말하면, 달빛 아래에서 춤을 추는 어릿광대에게 어떤 느낌을 받느냐에 따라 그들의 연주에서 받는 느낌이 결정된다는 뜻이다. 재즈 평론가 아이러 기틀러Ira Gitler가 첫 음반의 추천글에서 지적한 바에 따르면, 에반스는 당시 선불교에 심취해 있었다. 따라서 그의 음악은 사색적이고 가락에 깊은 맛이 있었다. 스즈키 순류1904~ 1971, 미국에 선불교의 기초를 놓은 선사.와 백설공주를 버무려 놓은 듯했다.

그러나 에반스의 연주에 빠져드는 사람은 한없이 빠져든다. 빌 에반스는 천천히 우리의 마음을 사로잡는다. 그 날 오후 이후, 빌 에반스란 이름은 다른 어떤 연주에서도 느낄 수 없는 단장의 비애와 동의어가 됐다. 마일스 데이비스Miles Davis, 1926~1991, 재즈 트럼펫 연주자 겸 작곡가.처럼 어린 아들을 잃은 상심이나 우울한 분위기를 띠지는 않는다. 수심에 찬 모습을 숨김없이 드러낸다. 에반스의 독주곡인 '이상한 나라의 앨리스' 와 '바보 같은 내 마음' My Foolish Heart, 특히 '당신을 사랑해요, 포기' 는 진주처럼 영롱한 음으로 시작되고 노랫말까지 띄엄띄엄 더해진다. 첼레스타피아노 비슷한 건반 악기.나 실로폰 연주를 듣는 듯한 기분이다. 그런데 갑자기 지독히 우울하고, 슬픈 마음이 잔잔히 퍼져가는 듯한 음조로 변한다. 어디에도 억눌리지 않고 순수한 감정을 고스란히 드러낸 듯한 음색을 띤다. 비밥재즈 연주의 한 형태로 즉흥 연주.의 꿈처럼 마음에 담긴 감정을 무작정 쏟아내는 완전한 자아와는 다르다. 에반스의 연주에서는 뉴욕이 부산스런 곳이기 이전에 슬픈 곳이라는 비밀스런 진실, 뉴욕은 모든 꽃이 지하실에서 활짝 피는 뒤집어진 정원과도 같은 곳이라는 은밀한 진실을 읽을 수 있다.

그 특별한 지하실, 빌리지 뱅거드는 여전히 7번가 아래에 웅크리고 있다. 그 특별한 오후에 그곳에 있었던 사람들 중 셋 —음반 제작자, 드럼 연주자, 빌리지 뱅거드의 주인— 이 올해 6월 24일과 25일에 뉴욕에 있었다. 이틀에 걸쳐 그들을 차례로 만나 그 날 오후가 어떻게 계획됐고, 지금도 많은 사람이 그 날 오후를 기억하는 이유, 또 일본과 프랑스의 열렬한 학자들과 수집가들이 그 날에 대해 토론을 벌이며 분석하는 이유에 대해서 옛날을 회상하며 얘기를 나눌 수 있었다. 도시의 불빛, 때 이른 죽음, 피아노라는 여전히 유효한 낭만의 공식이 그 날 오후와 무슨 관계가 있는지에 대한 생각도 들어보았다.

빌 에반스를 추적하다

빌 에반스의 삶과, 그 날 오후를 있게 해준 일련의 사건을 추적하기란 그다지 어렵지 않다. 빌 에반스는 1929년 뉴저지에서, 러시아 정교도 집안에서 태어났다. 그는 사우스이스턴 루이지애나 칼리지에서 음악을 공부했고, 대학을 졸업할 쯤에는 플루트와 피아노와 바이올린을 뛰어나게 연주하는 천재 음악가였다. 그는 슈베르트와 냇 킹 콜Nat King Cole, 1919~1965, 재즈 가수이자 피아니스트였고, 달콤한 목소리와 세련된 창법을 구사해 인기를 얻었다.을 똑같이 잘 알았던 초창기 재즈 연주자 중 하나였다. 그는 아서 루빈스타인 Arthur Rubinstein, 1887~1982, 폴란드 태생의 피아니스트.처럼 연주하는 것보다는 냇 킹 콜처럼 연주해야 슈베르트의 정신을 제대로 살려낼 수 있다고 믿었다. 에반스는 1955년 뉴욕에 올라와 잡일을 하며 겨우 입에 풀칠을 하고 지냈지만, 1958년 마일스 데이비스의 눈에 띄어 데이비스 밴드의 일원으로 8개월 동안 일했다. 그는 6인조 밴드에서 유일한 백인이었다. 그 후 데이비스의 음반 '카인드 오브 블루' Kind of Blue에서 피아노를 연주했고, 에반스가 그 음반의 기본적인 선율을 결정하는 데 큰 역할을 했다는 건 정설로 받아들여진다. 의심이 판을 치던 재즈의 세계에서 드물게 데이비스는 에반스를 전폭적으로 신뢰하며 사방에 칭찬하고 다녔다. 그러나 에반스는 데이비스에게 일언반구도 하지 않았다. 여하튼 데이비스의 말에 따르면, 에반스는 '수정 같은 음율, 반짝이는 소다수' 와 같은 연주자였다.

에반스는 뉴욕 인근에서 활동하며 콘트라베이스 연주자, 드럼 연주자와 함께 서너 장의 음반을 녹음했다. 마침내 1959년 에반스는 젊은 콘트라베이스 연주자 스콧 라파로를 찾아냈다. 라파로는 콘트라베이스를 정통적 원칙에 얽매이지 않고 기타를 다루듯이 대담하고 선율적으로, 요컨대 블루칼라의 취향에 맞게 연주했다. 시인처럼 콧수염을 기르고 은색 모자를 쓴 드럼 연주자, 폴 모티언이 그들과 손을 잡았다. 흔히 '최초의 삼인조' 라 일컬어지는 밴드는 그렇게 탄생했다. 그들은 1959년에 상당히 뛰어난 음반 〈재즈의 초상Portrait in Jazz〉을 발표했고, 1960년에는 순회공연에 나섰다.

오린 킵뉴스Orrin Keepnews는 빌리지 뱅거드의 두 음반을 기획한 제작자였다. 40년 후 6월 25일, 그는 때마침 알곤킨 호텔에 묵고 있었고 (재즈 음반 제작자들은 지금도 알곤킨 호텔을 최고로 손꼽는다), 인터뷰를 위해 로비로 내려왔다. 어느덧 70대 후반이었지만 샌프란시스코에 살면서 지금도 재즈 음반을 제작하며 열심히 활동하는 정력가였다. 곰처럼 땅딸막한 체구였고, 1950년대에 봉고를 두드리던 비트족처럼 염소 수염을 기르고 있었다. 그는 걸핏하면 본론에서 벗어났다. 딴 얘기로 빠져나가는 데는 그야말로 세계 챔피언 감이었다. 한참 딴 얘기를 늘어놓고는 어렵사리 본론으로 돌아갔다.

"그날을 제대로 이해하려면 당시 재즈가 어떤 음악이었는지 알아야 합니다. 당시 재즈는 상당히 널리 보급되긴 했지만 대중적으로 유행하는 음악은 아니었소. 사람들이 재즈에 대해 말하고, 재즈에 대한 글을 읽고, 재즈에 대한 글을 쓰기는 했지요. 간혹 히트한 재즈곡, 예컨대 '테이크 파이브'와 같은 곡을 AM 라디오에서 들을 수도 있었습니다. 하지만 재즈가 팔리지는 않았습니다. 음반을 만들어 수천 장을 팔면 성공이라 생각했으니까요. 그 날 일요일 나는 볼륨을 조절하면서 정전사태라도 벌어질까 걱정했습니다. 먼 옛날이었으니까요. 물론 빌에 대해서도 걱정했지요. 내가 처음부터 빌에게서 주목한 건 뛰어난 연주 실력이 아니었습니다. 뛰어난 연주자는 많았으니까요. 나는 빌의 자기비판적인 면을 높이 샀습니다. 빌은 정말 무엇이든 배울 준비가 된 연주자였습니다. 따라서 빌의 연주를 실황으로 녹음하겠다는 결정을 할 때도 고심했던 문제지만, 빌에게 어떻게든 연주를 해보자고 설득하는데 항상 애를 먹었습니다. 한마디로 빌은 자신의 실력에 대한 자부심이 별로 없었습니다. 그래서 빌이 스콧을 끌어들였던 겁니다. 스콧에 대한 소문은 이미 자자하던 터였습니다. 그의 콘트라베이스 연주 실력이 뛰어나다는 걸 모르는 사람이 없을 정도였습니다. 그들이 함께 일하기 시작한 때부터, 어쩌면 스콧을 만나기 전부터 빌은 피아노와 콘트라베이스의 일반적인 협연이 아닌 다른 형태의 협연을 생각하고 있었습니다. 대부분의 삼인조 밴드는 피아노가 중심이고 다른 두 악기는 들러리에 불과합니다. 달리 말하면, 콘트라베이스 연주자의 역할은 피아니스트의 왼손을 해방시켜주는 겁니다. 하지만 빌은 완전히 다른 삼인조를 머릿속에 그리고 있었습니다. 평등하게 결합된 삼인조 밴드라고 할까요?"

킵뉴스의 증언은 계속됐다.

"우리가 일요일을 선택한 이유는 오후 시간과 저녁 시간, 두 번을 공연할 수 있었기 때문입니다. 실황 녹음이 초창기였던 시절이었습니다. 요즘에는 스튜디오 시설이 갖춰진 차량이 있지만, 당시에는 휴대용 앰펙스 녹음장치가 전부였습니다. 나는 앰펙스를 벽에 붙여놓고 녹음할 생각이었습니다. 물론 빌은 못마땅하게 생각했지요. 삼인조가 첫 녹음을 끝낸 후에도 빌은 연주를 제대로 했을까, 녹음이 제대로 됐을까 반신반의했습니다. 그만큼 빌은 자기비판적인 연주자였습니다. 자신을 뛰어나다고 생각해본 적도 없었고, 그런 경지에 이르렀다고 생각해본 적도 없던 연주자들로 옛날부터 나는 '악마의 밴드' 를 결성해보자고 농담을 하곤 했습니다. 악마의 밴드가 결성됐더라면 색

소폰에는 소니 롤린스Sonny Rollins, 1903~생존, 트럼본에는 제이 제이 존슨J. J. Johnson, 1924~2001, 기타에는 웨스 몽고메리Wes Montgomery, 1923~1968, 피아노에는 빌이었을 겁니다. 하지만 내 생각에 악마의 밴드는 결코 결성될 수 없을 것 같았습니다. 드럼 연주자를 구할 수 없을 거라고 생각했으니까요. 드럼 연주자치고 자기 실력을 의심하며 고민하는 사람은 없으니까요."

드럼 연주자는 폴 모티언이었다. 모티언은 일흔 살이었지만 그 세대의 재즈 연주자답게 기존 사회에 꾸준히 회의적인 생각을 유지한 탓인지 스물 다섯 살쯤은 젊어 보였고, 사고방식도 유연했다. 그는 여전히 정기적으로 연주 활동을 했고, 뱅거드에서 연주할 계획도 있었으며, 자서전《우리는 필라델피아를 찾지 못했다》를 출간해줄 출판업자를 구하고 있었다. 또 그는 지난 45년 동안 어디에서 연주해서 얼마를 받았는지 꼼꼼히 기록한 '재즈 장부' 까지 갖고 있었다.

그는 암스테르담 가에 있는 헝가리식 커피숍에 앉아 "우린 대단했지. 하지만 그 유명한 전설적인 녹음을 하고 받은 돈이 겨우 136달러였어. 두 번째 녹음을 하고는 107달러를 받았어. 일반 연주를 하고도 110달러를 받았는데."

"이 재즈 장부를 보게. 우리가 워싱턴 쇼플레이스 공연할 때였군. 빌이 거기에서 첫날 밤, 둘째날 밤 연속해서 '신사 숙녀 여러분, 오늘밤에는 연주하고 싶지 않습니다. 이해해주실 수 있겠지요?' 라고 말했네. 여하튼 손님들이 우리를 이해해주더군. 빌은 진지한 사람이었네. 유머감각도 대단했고 착한 사람이었지. 나는 빌과 무리 없이 지냈어. 내가 그의 연주를 들어주었으니까. 우리는 서로의 연주를 들어주었지. 우리가 연주할 때 서로 말없이 들어준다는 얘기는 지금도 들을 수 있을 거네. 하지만 스콧은 빌에게 가혹한 편이었어. 스콧은 빌에게 굽히지 않은 유일한 사람이었을 거야. 연주가 뛰어나도 완벽할 수는 없잖은가. 하지만 스콧은 연주가 완벽하지 않다고 생각되면 빌에게 '이봐, 음악을 완전히 버려놓았잖아. 거울 앞에 가서 네 꼴이 어떤가 보라고!' 라고 소리치곤 했지. 물론 내 연주가 시원찮다고 생각하면 나한테도 그런 식으로 말했고. 스콧은 다른 악기엔 손도 대지 않고 콘트라베이스만 오랫동안 연주하긴 했지."

"이 장부를 보니까 5월에는 디트로이트에서 보름을 보냈군. 그 후엔 토론토로 넘어갔고, 6월에야 뉴욕에 돌아왔어. 뱅거드에서 녹음하기로 예약돼 있었으니까. 그런데 필라델피아에 있었을 때, 누군가 우리에게 '디트로이트에서 당신들이 연주한 식으로 흉내내는 연주자들이 있어요!' 라고 말하더군. 우리가 디트로이트에서 연주한 걸 흉내낸다! 그때 나는 뭔가 재밌는 일이 생길 거라고 직감했지. 자네가 디트로이트에서 연주한 방식을 흉내내는 사람들이 있다고 상상해보게!"

초현실적인 **연주**, 그리고 그 뒤

폴 모티언과 오린 킵뉴스는 그 날 오후를 뚜렷이 기억하고 있었지만, 그들의 기억은 일에 대한 기억이었지 예술에 대한 기억은 아니었다. 볼륨을 조절했고, 세 사람에게 얼마씩 지불됐느냐에 대한 기억이 전부였다. 로레인 고든은 빌리지 뱅거드를 창업한 맥스 고든의 미망인이었다. 그녀는 당시에도 뱅거드의 운영을 도왔고, 지금도 클럽에서 예약을 받고 있었다. 때마침 일요일이던 그 기념일에도 그녀는 당연히 있어야 할 자리에 앉아 전화를 받았다. "뱅거듭니다. 예, 예약을 하시는 편이 낫습니다. 나중에 취소할 수 있냐고요? 그냥 취소한다고 알려주시면 됩니다." 그녀는 전화를 끊고 나를 돌아보며 말했다. "우리는 운이 좋은 편이지요. 일본 여행사 하나가 정기적으로 우리를 찾아주니까요. 그들은 뱅거드의 이상을 사랑합니다. 물론 재즈도 사랑하고요."

로레인 고든은 계속 말했다.

"1961년에는 모든 것이 변하고 있었죠. 텔레비전 때문에. 맥스가 뱅거드를 처음 열었을 때 뱅거드는 시인들의 쉼터였지요. 금주법이 한창일 때는 술을 몰래 팔았고, 그 후에는 공연장 역할을 하기도 했지만 쐐기꼴인 원래의 모습은 그대로 간직했지요. 뱅거드가 재즈 클럽이 된 건 1950년대 말이에요. 일요일에는 우리가 편히 대할 수 있는 손님들이 주로 모였어요. 맥스에게 스타인웨이 피아노가 있었는데 야마하 피아노로 바뀌어요. 빌이 그 피아노를 좋아했거든요. 내 기억이 맞다면, 그 날 공연인가, 그 다음 공연에서 빌은 왼팔이 마비된 상태였지만 용케 연주하더군요. 주먹을 쥐고, 중력의 힘으로 왼손을 떨어뜨리면서 말이에요."

로레인 고든이 당시 모습을 구태여 자세히 설명할 필요는 없었다. 에반스는 거의 평생을 마약 중독자로 지냈다. 에반스가 헤로인 주사를 맞아 신경을 건드렸기 때문인 데도 로레인 고든의 눈에는 그가 마비된 손으로 피아노 건반의 왼쪽을 쿵쿵 내리치는 것처럼 보였던 것이다. 훗날 킵뉴스는 "에반스는 당시 수 년 전부터 마약에 쩔어지냈습니다. 그 때문에 나는 그에게 몇 달러씩 찔러주어야 했지요. 나는 그의 친구였고 함께 음반을 만들어야 하는 제작자였습니다. 사람들은 '왜 그를 버리지 못하는가?' 라고 묻습니다. 그때마다 나는 이렇게 대답합니다. 마약중독자들과 마찬가지로 에반스도 돈은 있어야 하지 않겠냐고. 그가 어둑한 골목에서 누군가와 무슨 짓을 하든 나는 상관하지 않았습니다. 하지만 돈을 갚지 못하면 그의 손가락을 잘라버릴 사람과 거래할까 걱정했습니다. 그래서 나는 에반스에게 돈을 미리 당겨주었습니다. 하지만 내가 잘못된 짓을 했다고는 생각하지 않습니다."라고 회고했다.

폴 모티언은 "난 더 잘 연주할 수 있어. 빌은 뭔가를 시도할 때마다 자신에게 최면을 거는 심리치유사처럼 항상 그런 식으로 말했지. 빌이 마약에 손댄 이유는 더 멋진 연주를 할 수 있을 거라고 믿었기 때문이야."라고 말했다. 서글픈 말이지만, 그 날 에반스의 초현실적이고 꿈결 같은 연주는 그의 핏물에 흐르던 것과 밀접한 관계가 있다고 말할 수밖에 없는 듯하다.

1961년 그 일요일 오후, 뉴욕에서 에반스를 비롯한 삼인조는 다섯 번을 무대에 올랐다. 연주 시간만 따지면 2시간 30분이었다. 한 곡당 연주 시간은 5~10분이었다. 처음 세 번의 공연에서 그들은 녹음 장치가 제대로 작동하고 있다는 걸 알았기 때문에 똑같은 곡을 되풀이해 연주하지 않았다. 경쾌한 '데비를 위한 왈츠', 잔잔한 '바보 같은 내 마음', 꿈을 꾸는 듯한 '이상한 나라의 앨리스', 템포가 빠른 '마이 로맨스'를 연주했다. 그리고 그날 처음으로 에반스는 '당신을 사랑해요, 포기'를 연주했다. 마지막 다섯 번째 공연에서 그들은 앞에 연주했던 곡들을 선별해 다시 연주했다. 그때쯤 벌써 늦은 시간이었다. 긴 하루 동안의 중노동을 끝낼 시간이었다. 그들은 라파로의 대표곡, 선불교의 냄새가 물씬 풍기는 9/8박자의 '제이드 비전' Jade Visions으로 공연을 끝냈다. 음반에는 주변의 소음이 그대로 담겨있다. 잔이 부딪치는 소리, 관중들이 소곤대는 소리가 처음부터 끝까지 계속되며 40년의 간격을 뛰어넘는 듯하다. 오린 킵뉴스는 "지금도 이 테이프를 들을 때마다 '잘못된 건 하나도 없어!' 라고 나 자신에게 말하곤 합니다. 정상적인 녹음이었다면 한두 군데를 잘라냈어야 했겠죠. 하지만 잘못된 건 하나도 없습니다."라고 말했다.

삶을 담은 에반스의 음악

그로부터 2주일 후, 1961년 7월 6일, 스콧 라파로는 당시에는 비포장 도로이던 20번 도로를 따라 북쪽으로 달리고 있었다. 뉴욕주의 제네바에 있던 부모님의 집에 가던 길이었다. 자동차가 미끄러지면서 나무에 부딪쳤고, 라파로는 그 자리에서 즉사하고 말았다. 폴 모티언은 당시를 회고하며, "잠을 자고 있는데 전화벨이 요란하게 울리더군. 빌이었네. '스콧이 죽었어'라고 말하더군. 나는 '알았어'라고 대답하고 다시 잠에 빠져들었지. 이튿날 아침 집사람에게 '어젯밤에 이상한 꿈을 꾸었어. 글쎄 빌이 나한테 전화해서는 스콧이 죽었다는 거야!' 라고 말했지. 여하튼 꿈자리가 사나워서 곧바로 빌에게 전화를 걸었지. 꿈얘기를 하려고 말이야. 그때 빌은 웨스트 팔십몇 번가에 있는 아파트에 살고 있었을 거야." 라고 말했다.

스콧 라파로가 세상을 떠난 후에 빌 에반스는 충격에서 쉽게 벗어나지 못했다. 슬픔을 딛고 다시 일어서는데 수개월이 걸렸다. 에반스가 다시 복귀하지 못할 거라고 생각하는 사람들도 있었다. 폴 모티언은 "빌은 충격에서 헤어나질 못했지. 연주 장부를 보면 아무것도 없어, 빌과 함께 연주한 기록이 전혀 없다고. 12월까지는. 빌은 그야말로 유령 같았지." 라고 말했다.

오린 킵뉴스는 "모든 재즈 음반은 두 번 산다고 말할 수 있을 겁니다. 한 번은 발매된 당시의 삶이고, 다른 하나는 20년 후의 삶입니다. 하지만 두 번째 찾아오는 삶이 훨씬 더 클 거라고는 누구도 기대하지 않지요." 라고 말했다.

그런데 그날 오후가 이처럼 오랫동안 지속되는 이유는 무엇일까? 폴 모티언은 "내가 그 음반에서 가장 좋아하는 게 뭔지 짐작하겠나?" 라고 묻고는 "사람들이 빚어내는 소리, 술잔이 부딪치고 소곤대는 소리야. 농담이 아니야. 그런 소음에 기분이 나빠질 사람들도 있겠지만 나는 그런 잡음이 좋아. 정말로 그런 소리들이 있었으니까!" 라고 덧붙였다. 바로 그것이었다. 복잡하게 생각하는 것일지 모르지만, 그런 삶의 소리가 이 음반이 이처럼 오랫동안 사랑받는 부분적인 이유인 게 분명했다. 우리는 예술에서 시공간을 초월한 '영원함' 을 추구하라고 배운다. 그러나 시간에 구애받지 않는 진정한 영원성은 삶

자체이다. 욕구와 바람과 탐닉이 똑같은 식으로 비트적거리며 한 해에서 다음 해로, 오늘이 내일로 이어지고, 디트로이트에서의 2월이 토론토에서의 3월과 뒤섞인다.

예술은 어떤 공간에 투자된 시간이다. 예술은 시간과 떼어놓고 생각할 수 없는 문화의 일부이다. 언제 행해졌는가를 정확히 알아야 한다. 예술이 불러일으키는 감흥은 그런 감흥이 처음 빚어진 공간, 또 그런 감흥이 빚어진 때 그 공간을 에워싼 도시와 밀접한 관계가 있다. 시공을 초월하는 일반적인 감흥이 아니다. 어떤 특별한 순간이 꾸준히 지속되는 것이다. 우리는 재즈 음반이나 이탈리아의 풍경에서 그런 감흥을 기대한다. 빌 에반스의 음반이 우리에게 안겨주는 선물은 진흙투성이인 시간의 강물이 처음 존재하던 때를 간헐적으로 되살려준다는 것이다. 요컨대 에반스의 음반은 우리의 시간을 그날 오후로 되돌려준다.

에반스의 이력에서 가장 수수께끼 같은 부분은 그 일요일 이후 '당신을 사랑해요, 포기'를 반복해서, 거의 병적으로 집요하게 그러나 거의 언제나 독주로 연주했다는 점이다. 폴 모티언은 그 이유를 이렇게 설명했다. "특별한 이유가 있었다고는 생각지 않아. 아참, 잠깐만. 방금 기억났어. 언젠가 둘이서 그 테이프를 듣고 있을 때였지. 폐인이나 다름없던 빌은 계속해서 이렇게 중얼거렸네. '스콧의 베이스를 들어봐. 오르간 소리처럼 들려! 기막힌 소리지만 베이스 소리가 아니야. 오르간처럼 들린다고! 다시는 저런 소리를 듣지 못할 거야.' 그 후로 빌은 베이스를 두지 않고 연주했어. 스콧에게 경의를 표한 거라고 생각할 수 있지 않을까? 지금껏 그렇게 생각해본 적이 없지만, 어쩌면 그랬을 수도 있다는 생각이 드는군." 에반스의 '당신을 사랑해요, 포기'를 들을 때마다 우리는 에반스와 같은 선인禪人이 우리에게 들려주고 싶어했던 연주를 듣는 기분이다. 한 손을 잃은 후에 남은 한 손으로 피아노 건반을 때리는 소리를!

WORLD TRADE CENTER PATH STATIO

뉴욕, 그리고 911

도시와 기둥

그 날 아침 뉴욕은 여느 때와 마찬가지로 아름다웠다. 센트럴 파크가 그처럼 환히 빛나고 찬란하게 보인 적이 없었다. 나뭇잎들이 막 떨어지기 시작했지만, 나무에 남은 잎들은 햇살에 황금빛과 연녹색으로 물들었다. 램블The Ramble에서 새를 관찰하는 사람 하나가 좁은부리 딱다구리와 붉은눈 때까치부터 붉은가슴 밀화부리와 미국 꾀꼬리까지 센트럴 파크에서 찾아낸 새들의 목록을 작성하고는 "요즘엔 외래종 새가 적잖게 눈에 띈다."라며 기대감에 부풀어 덧붙였다.

몇몇 학교는 개학 첫날이기도 했다. 첫날이면 항상 그렇듯이 아이들은 올해도 재밌게 보낼 수 있을 거라 확신하며 집을 나섰다. 지난 10여 년 동안 뉴욕을 안전하게 감쌌던 보호막, 우리에게 비누 거품처럼 투명하고 맑은 하늘을 보며 집에 돌아가게 해주던 보호막이 그 날도 여전히 우리 위를 지켜주고 있는 것 같았다. 그 보호막이 언젠가는 터질 거라고 예상하긴 했지만, 비누 거품이 터지는 것처럼 터질 거라고만 생각했다. 말하자면 보호막이 터져도 아무도 다치지는 않을 거라고, 비누 거품이 터질 때 입에 작은 비눗조각을 물게 되는 정도로만 다칠 거라고 생각했다. 그 날도 여느 날과 마찬가지로 뉴욕은 아이들이 학교에 걸어가도 안전한 곳처럼 보였다. 증권 중개인 아버지들은 평소처럼 아이들을 학교까지 데려다주었다. 아이들이 학교에 들어가는 것까지 지켜보지는 않았지만. 도심을 달려 사무실로 돌아갈 쯤에는 그들의 휴대폰은 이미 불이 나기 시작했다. 그들의 평소 아침을 풍자한 만화에 덧붙여진 '아침 8시의 분노' 라는 설명글처럼.

그로부터 얼마 후, 우연히 시내에 들른 한 글쟁이의 눈에 비둘기 떼가 부리나케 하늘로 치솟아 올라가는 게 들어왔다. 그는 '비둘기 녀석들이 왜 저리 난리지?' 라고 생각했다. 곧바로 그의 귀를 때린 굉음에 앞서 비둘기들이 진동파를 감지했다는 걸 깨닫는 데는 몇 초가 걸리지 않았다. 이와 똑같이, 충격파가 소리보다 먼저 다가왔다. 희뿌연 연기가 시야를 가리기 전에 심상찮은 일이 터졌다는 걸 직감했다. 이후로 텔레비전에 비친 불가사의한 참상과 여느 때와 똑같은 길거리 사이를 야릇한 기분에 휩싸여, 마치 영혼을 상실한 사람처럼 맥없이 왔다갔다한 사람은 그나마 운좋은 사람이었다.

정오 경, 많은 사람이 매디슨가의 한 가로등 주변에 모여들었다. 케이크와 파이 등을 소재로 삼은 그림으로 유명한 화가, 웨인 티보 Wayne Thiebaud의 전시회가 휘트니 미술관에서 열린다는 걸 알리는 포스터가 붙어 있었다. 티보의 케이크들이 무력한 풍요를 비웃는 듯했다. 무력한 풍요! 주택지구의 슈퍼마켓에서는 주민들이 뭔가를 사대기 시작했다. 먹을 것을 비축해둬야 한다는 본능적 반응이었지만 이상하게도 공황적인 사태는 없었다. 텔레비전이나 라디오에서도 시민들에게 비상 식량을 비축해두라고 충고하는 전문가는 한 사람도 없었다. 그러나 사람들은 본능적으로 먹을 것을 사들였다. 여하튼 뉴욕에서는 비상 식량을 비축해야 한다는 본능이 뭐든 소비하고 사서 마음의 평안을 얻어야 한다는 본능으로 신속하게 변해갔다. 그리스테드스 슈퍼마켓 렉싱턴 지점에서 딸랑 올리브유 한 병만을 들고 나와 "뭔가를 사야만 했어."라고 중얼거리는 여인도 있었다. 대부분의 사람들은 물을 샀다. 많은 사람이 아마겟돈 바구니를 이고, 맨해튼식으로 말하면 스테이크와 하겐다즈 아이스크림과 버터를 카트에 잔뜩 싣고 계산대 앞에서 길게 줄을 서서 기다렸다.

거품의 10년 동안 유행했던 먹거리들, 즉 온실에서 키운 다양한 방향성 채소와 샐러드 재료인 아루굴라, 그리고 가느다란 국수 같은 카펠리니로 채워진 카트도 많이 눈에 띄었다. 어떤 행동이 옳다고 판단할 만한 근거는 없었다. 한 평론가는 오만하고 퉁명스런 목소리로 "트럭이 들어오지 못하면 군대가 들어와서 우리 모두에게 휴대식량을 배급할 것이다. 지금과 같은 현상은 별 것이 아니다."라고 지적했을 정도였다. 그는 사고가 났을 때 무엇을 하고 있었느냐는 질문에, 그때 시내에 있었고 건물이 붕괴되기 전에 건물에서 나와 집으로 돌아왔다고 대답했다.

사람들은 정상적인 삶을 중단했다기보다는 멍한 상태로 살아가는 것 같았다. 그 처참한 장면이 화면에 어른거리는 걸 거부하며, "그만하면 됐어. 우리는 아직 여기 살지만 그놈들은 이제 여기 없잖아. 그 건물도 이제 여기에 없어!"라고 말하는 것 같았다. 위스턴 오든Wystan Hugh Auden, 1907~1973이 하늘에서 추락하는 이카루스를 묘사한 그림을 보고 말했듯이, "모든 것이 재앙에서 천천히 등을 돌렸다." 우리는 그 이유를 이해할 것 같았다. 그들은 이카루스가 하늘에서 떨어지는 걸 틀림없이 보았지만 어떻게 해야 할지 몰랐다. 따라서 그들은 그 재앙에서 눈을 돌릴 수밖에 없었던 것이다. 뉴요커들의 생각에도 우리가 어떤 일을 어떻게 해야 할지 안다면, 그래서 그 일을 한다면 그 재앙의 의미가 크게 떨어질 것 같았다.

길거리와 공원에서 사람들이 눈에 띄게 줄어들었지만 뉴욕은 여전히 사람으로 붐볐다. 베네치아가 물의 실험장이라면 뉴욕은 인구 밀도의 실험장이었다. 사람이 줄어든 결과가 필라델피아나 볼티모어와 같은 정상적인 밀도였다. 여기에 묘한 적막감까지 흘렀다. "그런 얘기까지 책에서 썼어야 했을까?"라고 여자 친구에게 말하는 남자의 투박한 목소리가 공원에서 들렸다. 곧 그 목소리가 "스키 타는 걸 좋아해?"라고 물었다. 조르지오 아르마니도 공원에 있었다. 조르지오 아르마니? 그랬다. 메트로폴리탄 미술관 바로 뒤에, 몸에 착 달라붙고 조르지오 아르마니라고 커다랗게 쓰인 하얀 티셔츠를 입은 이탈리아의 예쁘장한 소년, 소녀들과 함께. 그 목소리의 주인공이 아코디언 연주자처럼 두 손을 앞뒤로 흔들며 "영화, 영화나 보러 갈까?"라고 말했다.

지형조차 뉴욕에게는 운명이다. 뉴욕의 중심, 길쭉한 맨해튼 섬은 다운타운과 업타운으로, 또 동부와 서부로 갈라진다. 그런 구분이 머릿속에서 떠나지 않아 그 끔찍한 재앙과도 경계를 두려한다. 예컨대 유럽 사람들은 '미국이 공격을 당했다' 고 말하고 미국 사람들은 '뉴욕이 공격을 당했다' 고 말하지만, 뉴욕 사람들은 '다운타운이 공격을 당했다' 고 생각한다. 금융계 사람들에게 그 건물은 유럽의 솜 강 1차대전의 대격전지로 여기에서만 100만 명 이상의 사상자가 발생했다.이었다. 그 건물 안에서 일하던 사람, 그 건물에서 죽어간 사람을 한 사람도 모른다는 건 불가능했다. 많은 동료, 작은 문화들, 우편번호가 통째로 사라졌다. 그러나 직선으로 뻗은 뉴욕만의 독특한 시선 방향이 그 세계 밖에서, 중간 지역에서 맴돌던 우리를 그 쌍둥이 건물에서 죽어가던 사람들과 이어주었다. 5번가를 똑바로 내려다본 사람이라면 누구라도 느닷없이 조용히 피어오른 하얀 연기 덩어리를 보았을 것이다.

911, 그리고 그 이후

공격이 있고 다음 날과 다음다음 날, 수요일과 목요일만큼 뉴욕이 그처럼 뚜렷하고 거의 초현실적으로 나뉘어진 적이 없었다. 업타운에서 다운타운 14번가까지의 삶은 지극히 정상적이었다. 도로에서 자동차가 줄어들어 하루 전에 비해 조용하기는 했지만 아이들과 엄마들, 핫도그 장사꾼이 거의 모든 길모퉁이에 있었다. 화훼 단지에서는 도매상들이 아침에 도착한 꽃상자에서 가을꽃들을 꺼냈다. 활짝 핀 가을꽃을 거기까지 운반하는데 서너 시간은 꼬박 기다려야 할 줄 알았다는 트럭 기사의 말에 한 손님이 깜짝 놀라며 "이 꽃들이 다리를 건너온 거예요?"라고 물었다. 도매상인은 말없이 고개만 끄덕였다.

14번가에서 한 사람이 사라진 구역, 아직 공인되지 않은 애도 구역으로 후닥닥 뛰어 들어갔다. 화요일 이후로 우리를 짓누르던 공포의 파장이 슬픔과 애도의 물결, 요컨대 결코 포기할 수 없는 인간적인 감정으로 바뀌어가고 있었기 때문에, 낯설게 변해버린 새로운 땅을 걸어보는 것도 어떤 의미에서는 도움이 될 것 같았다. 기둥과 벽에는 행방불명된 사람을 찾으려고 집에서 손수 만든 종이들이 덕지덕지 붙어 있었다. 위에는 활짝 웃는 사진이 있고, 그 아래는 다음과 같이 쓰여 있었다. '로저 마크 래스와일러, 행방불명. 세계무역센터 100층 근무', '당신의 도움이 필요합니다. 조반나 제니 갬발리', '케빈 M. 윌리엄스를 찾고 있습니다. 세계무역센터 104층 근무', '로버트 밥 드위트를 보셨나요?', '에드 펠드먼, 로스에게 전화해줘요', '밀란 러스틸로, 행방불명, 세계무역센터 근무자'. 행방불명된 사람들 모두가 디즈니 월드나 마이애미 비치에서 휴가를 보내며 찍은 사진 속에서 활짝 웃고 있었다. 어떤 종이에나 행방불명된 사람의 키와 몸무게가 온스와 인치까지 정성껏 쓰여 있었다. '오른쪽 어깨에 왕관 모양 문신'이 있다고 쓴 종이도 눈에 띄었다. 또 휴일에 찍은 사진 옆에 '화요일에는 선글라스를 끼지 않았어요'라며 안타까운 마음을 드러낸 종이도 둘이나 있었다.

모두가 시신조차 찾아내지 못한 사람들이었다. 텔레비전에서 기자들은 세계무역센터가 막강한 미국 금융력의 상징이었다고 말했다. 하지만 엄격하게 따지면 세계무역센터는 월스트리트의 비영업부서였다. 문화 평론가로 유명한 에릭 다튼Eric Darton이 쌍둥이 빌딩의 사회사를 추적한 책에서 밝혔듯이, 쌍둥이 빌딩은 미국 금융력의 상징이라기보다 뉴욕 · 뉴저지 항만청의 해묵은 열등의식을 상징적으로 드러낸 건물이었다. 쌍둥이 빌딩은 자본주의의 보루가 아니었다. 자본주의 세계의 실질적인 질서에 따르면 쌍둥이 빌딩은 바람잡이에 불과했다. 기업계를 다운타운으로 끌어오려고 1950년대 말에 꿈꾸었던 필사적인 음모의 한 축이었다. 물론 뉴욕 다운타운은 세계 무역의 중심이 됐지만 쌍둥이 빌딩이 그를 위해 한 일은 별로 없었다. 따라서 모건 스탠리와 칸토 피츠제럴드가 그 건물에 있었지만, 쌍둥이 빌딩은 우리가 서류를 심사받거나 면허증을 갱신받기 위해서 오래 전부터 찾아가던 커다란 관공서이기도 했다. 아이들을 제외하면 누구도 그 건물을 좋아하지 않았다. 얄궂게도 세계무역센터는 두 건물이 쌍둥이처럼 우뚝 솟은 단순한 형태였기 때문에 단순한 아이들의 마음을 사로잡았다. 아이들에게 뉴욕을 그려보라 하면 아주 단순하게, 높다란 직사각형 건물 둘과 그 옆을 지나가는 비행기 하나를 그렸다.

일상에서 **위안**을 받다

워싱턴 스퀘어 공원 옆을 지나는 길들은 한적했고, 광장은 다시 아름다운 옛 모습을 되찾았다. 자전거로 물건을 배달하는 사람은 "비행기가 날아오는 걸 봤어요. 그 비행기가 저 건물 위로 떨어질 줄 알았어요."라 말하며 광장 남쪽에 서있는 베네치아 풍의 나지막한 종탑을 가리켰다. 그리니치 빌리지는 아담한 마을처럼 보였다. 아침 10시 30분, 워싱턴 가의 한 식당에서는 보조 요리사들이 점심 식사를 조용히 준비하고 있었다. 의자들은 아직 테이블 위에 올려져 있었고, 출입문은 살짝 열린 채 아무도 지키는 사람이 없었다. 한 요리사가 "우리는 오늘도 일하며 저녁 식사를 만들 겁니다."라고 말했다. 한 여자는 스쿠터를 타고 라과디아가 한복판을 달렸다. 몇몇 카페 앞에서는 주인인지 직원인지 모르겠지만 평소처럼 호스를 끌고 나와 인도에 물을 뿌렸다. 이런 모든 행위에서 열은 연기가 완전히 사라지지는 않았지만 이런 일상적인 일들은 그럭저럭 가슴에 남은 앙금을 씻어내며 즐거움을 되찾아갔다. 문을 연 카페에 들어가 식사를 주문하면 평소와 똑같은 대화가 오갔다. "샐러드도 좀 주시고요.", "따로 드릴까요?", "그럼 좋죠… 드레싱으론 어떤 게 있습니까?" 이런 일상적인 대화를 통해서도 우리는 위안을 받으며 마음을 진정시켜 나아갔다.

휴스턴가는 경계선, 즉 세상이 끝나기 시작하는 곳이었다. 소호 지역의 길에는 사람이 거의 눈에 띄지 않았다. 그곳에서 거주하거나 사람들 이외에는 출입이 통제됐다. 그들조차 집에서 꼼짝하지 않았다. 지하철 카날 스트리트 역의 아래에서 소리없이 짙게 피어오르는 하얀 연기와 검댕 이외에는 아무것도 보이지 않았다. 미술 평론가와 미술관 큐레이터가 폭발 현장을 지켜보며 나지막이 얘기를 나누었다. 평론가가 "카날가에서 트럭 두 대가 정면으로 충돌한 줄 알았습니다. 귀가 멍멍했습니다. 엄청나게 빠른 게 옆을 지나갈 때, 건물이 무너질 때 나는 소리였습니다. 그래서 '저런, 올 게 왔구만. 핵전쟁이 터졌나봐. 곧 죽겠구만.' 이라고 생각했지만 불안하지는 않았습니다. 그런데 곧 불길이 잦아지고 건물이 무너져 내리더군요."라고 말했다. 평론가와 큐레이터는 건물이 무너지는 모습을 직접 보았다고 말했다. 수십

년 동안 어떤 것도 별다른 의미를 갖지 않던 곳이었지만 이제는 모든 것이 애처롭게 보였다. 비극의 현장이 되면서 그곳도 이제는 중요한 의미를 띠게 됐다.

휴스턴가에서 카날가까지 소호 지역의 텅 빈 거리를 채운 연기가 수요일 밤에는 업타운으로 흘러왔지만 일정한 거리만 두면 그다지 무섭게 느껴지지 않았다. 훈제한 모차렐라 냄새, 거품 시대의 냄새와 무척 비슷했다. 그러나 가까이 다가가면 숨을 쉬기 어려울 정도로 매캐했다. 하얀 연기 입자들이 텅 빈 거리를 꽃무늬처럼 감싸고 휘감는 듯했다. 뉴욕시는 그곳을 '동결지역'으로 선포했다. 에드거 앨런 포의 글 중에서 가장 섬뜩하고 무시무시한 〈난터켓 섬의 아서 고든 핌의 이야기〉The Narrative of Arthur Gordon Pym of Nantucket에서는 한 남자가 극한적인 공간 남극점을 향해 여행을 떠난다. 그는 일기장에 "재 같은 것이 우리 주변에 끊임없이 떨어졌다. 어마어마한 양이었다. 남쪽의 지평선에서 산더미처럼 솟아오른 증기가 점점 뚜렷한 형태를 띠기 시작했다. 그 형태는 무엇에도 비교할 수 없었다. 끝없는 폭포가 아득히 멀리 떨어진 하늘의 성벽에서 바다를 향해 소리없이 떨어지는 것 같았다. 거대한 장막이 남쪽 지평선의 끝에서 끝까지 펼쳐졌다. 아무런 소리도 들리지 않았다."라고 썼다. 포는 이 소설을 쓸 때 이 부근에서 살았다. 그 집이 얼마 전에 허물어졌다. 포는 미래를 꿰뚫어본 사실주의자였다.

뉴욕을 **읽는다**는 것

세계 어떤 도시보다 뉴욕은 문학과 예술을 상징하고 연상케하는 도시인 동시에 지독히 현실적인 도시이다. 물론, 이런 평가가 틀린 것은 아니지만 다분히 감상적인 면이 더해진 것은 사실이다. 뉴욕은 광적인 꿈의 도시이며, 환멸감을 주는 현실의 도시이기 때문이다. 그러나 이런 평가는 명백한 진실이다. 특히 건축적인 면에서 그렇다. 시각적으로나 물질적으로 확인되는 진실이다. 멀리에서 본 뉴욕과 가까이에서 본 뉴욕은 다르다. 멀리에서 본 뉴욕의 스카이라인은 상징물로 가득해 순례와 서고트족4세기경 로마에 침입한 종족.을 자극한다. 반면에 가까이에서 본 뉴욕은 사람들로 채워진 도시이다. 엠파이어 스테이트 빌딩과 크라이슬러 빌딩은 1930년대 물질주의의 상징물, 마천루라는 추상적인 개념, 또 볼품없는 거대한 사무용 건물로 존재해왔다. 달리 말하면, 상징물에서 실체로, 다시 상징물로, 다시 실체로, 다시 상징물로 변신을 거듭하며 오랜 시간을 보냈다. 지금도 엠파이어 스테이트 빌딩에서는 상거래를 할 때에나 주변을 둘러보며 '아, 여기가 엠파이어 스테이트 빌딩이구나!' 라고 실감하게 된다. 그러나 세계무역센터는 맨해튼 섬의 끝을 멋지게 장식하는 두 개의 느낌표처럼 존재했지만 때가 되면 반드시 찾아가 서류를 심사받고 면허증을 갱신해야 했던 불쾌한 곳이었다.

뉴욕에서는 동시에 두 도시에서 살고 있다는 즐거움을 만끽할 수 있다. 하나는 '뉴욕은 대도시다. 나는 부자다. 나한테 부탁해!' 등과 같은 상징적 구호들로 이루어진 상징적인 도시이고, 다른 하나는 교통카드 같은 필수품과 커피숍, 긴 줄과 무거운 발걸음을 벗어날 수 없는 일상적인 도시이다. 상징적인 도시, 즉 항공기를 납치한 사람들이 공격한 도시는 일상의 도시, 즉 쌍둥이 빌딩에 근무하던 사람들이 살던 도시보다 훨씬 덜 중요한 듯했다. 거품이 꺼졌지만, 거품이 꺼지고 드러난 도시, 세상을 놀라게 하기는 했지만 취약한 모습을 숨김없이 드러낸 도시에게 우리는 더 큰 사랑과 충성을 쏟아 부었다. 그 날 뉴요커들은 어떤 목적 의식도 없이, 어떤 긍지도 없이 길을 걸었지만, 그 상황에서 필요한 애국심을 가슴에 담고 있었다.

E. B. 화이트는 1949년에 쓴 수필에서, 뉴욕은 파괴를 꿈꾸는 변태적인 몽상가들에게 예부터 외면하기 힘든 표적이었다며, "우리 머리 위를 나는 제트기의 소리에 감추어진 죽음의 송가는 이제 뉴욕의 일부가 됐다."라고 덧붙였다. 우리는 정말 제트기 소리를 들었다. 이제는 예전과 같은 감정, 구체적으로 말하면 사랑과 분노가 뒤섞인 감정으로 뉴욕을 보지 못할 것 같았다. 그러나 그 날 저녁 센트럴 파크를 산책한 사람, 7번가를 따라 걸었던 사람, 텅 비기는 했지만 을씨년스럽지는 않았던 타임스 스퀘어를 가로지르는 사람이라면 눈 앞의 뉴욕, 지하철의 성모, 뉴욕 본연의 모습을 더더욱 사랑해야겠다고 다짐하고 또 다짐했을 것이다. 가로수들을 수놓은 전구들, 스쿠터를 탄 아이들을 보면서. 또 노천 식당에서 생전 처음 메뉴판을 보는 것처럼 얼굴을 찌푸린 채 메뉴판을 쳐다보며 걱정스런 표정을 하고 앉아있는 사람들을 지나면서. 상징적인 뉴욕이 우리를 이곳으로 끌어들였지만, 우리를 이곳에 머물게 한 도시는 일상의 뉴욕이었다. 뉴욕이 영원히 계속되리라고 믿기는 힘들지만 그런 믿음을 버릴 수는 없다. 뉴욕을 잃는다는 게 무엇을 뜻하는지 너무나 잘 알고 있기 때문이다. 우리 목숨을 잃는 것과 같은 기분일 것이기 때문이다.

WORLD
TRADE
CENTER
PATH
STATIO

상처입은 도시, 치유의 길로

뉴욕 사람들의 삶은 달라졌을까?

지난 주에 운동화와 시간적 여유가 있던 사람이면 뉴욕에서 원하는 곳 거의 어디나 마음놓고 걸어다닐 수 있었다. 걸어다니면서 본 뉴욕의 모습은 텔레비전에서 보던 뉴욕의 모습과 사뭇 달랐다. 모든 것이 더 오래돼 보였고, 전반적으로 더 나아보였다. 예컨대 월요일 아침 증권 시장이 개장하기 직전의 월스트리트 '계곡'은 다른 시대에 속한 세계처럼 보였다. 서너 시대의 세계가 겹친 모습이었다. 도시의 풍경, 도시 자체의 외관이 역사의 한 귀퉁이로 무너져내려 다른 시대에서 새로운 의미를 모색하고 있는 듯했다. 길모퉁이에서 잠깐 살펴본 세계무역센터의 잔해는 1차대전으로 파괴된 렝스의 고딕 성당처럼 보였다. 고딕양식의 기하학적 장식 덕분에 쌍둥이 빌딩은 죽어서도 고결한 멋을 자아냈다. 한편 좁은 계곡 같은 도로들에는 자동차가 아직 없고 하얀 먼지만 수북히 쌓여 있어 20세기 초의 모습을 떠올렸다. 먼지가 햇살을 타고 기둥처럼 피어오르며 계곡을 메우자, 먼지 기둥 뒤의 건물들이 옛날 사진 속의 건물들처럼 변했다. 주변에 들리는 음악까지 다른 시대의 음악인 듯했다. 무슨 까닭인지 알 수 없지만 연방준비은행 밖에 확성기가 설치돼 있었고, 아침이면 확성기에서 군가가 요란하게 흘러나왔다. 미국의 군가, 존 필립 수자John Philip Sousa, 1854~1932, 미국 군악대 음악 작곡가의 행진곡이었다. '성조기여 영원하라' 와 '바다를 건너는 우정' 을 필두로, 30년 전부터 시트콤 '몬티 파이선의 곡예 비행' 의 주제가로 널리 알려진 '자유의 종' 이 뒤따랐다. 몬티 파이선의 목소리가 3~4분 동안 로어 맨해튼의 거리 어디에서나 들렸다.

뉴욕 사람들은 치유의 길을 필사적으로 찾고 있었다. '치유' 의 증거는 '정상' 의 회복이었다. 그러나 정상은 불안정한 화합물처럼 원래의 성분들, 즉 틀에 박힌 일상과 불합리하고 얼빠진 듯한 인간적인 요소들로 쉽게 분해되는 경향을 띤다. 하지만 그런 경향은 얼굴을 내미는 즉시, 애도해야 할 사건에 대한 모욕으로 여겨진다. 따라서 뉴욕 사람들은 그 괴상한 음악에 걸음을 멈추고 미소를 짓거나 낄낄대고 웃다가, 혹은 행진곡의 음을 따라 콧노래를 부르며 걷다가도 금세 죄책감에 사로잡혀 슬픈 표정으로 돌아갔다. 슬픔에는 치유가 필요했고, 치유는 정상의 회복이었으며, 틀에 박힌 일상과 불합리하고 얼빠진 듯한 삶으로 되돌아가는 게 정상이지만 그런 태도는 슬퍼해야 할 사건에 대한 모욕이었다. 이상한 순환이었다. 여하튼 월요일 아침이면 뉴욕 사람들은 파도에 몸을 실은 듯 들쑥날쑥한 기분에 시달려야 했다.

기자들은 세 가지 의문의 답을 찾아 맨해튼 거리를 헤집고 다녔다. 삶이 예전처럼 계속되는가, 삶이 예전과는 달라졌는가, 삶이 예전과 똑같이 계속되고 있는가 그렇지 않은가? 한 기자가 시청을 가리키며 "요즘에도 결혼식이 진행되고 있을까?"라고 물었다. 회복의 징조와 종이 카네이션, 요컨대 상실감에서도 피어나는 삶의 기운을 찾아내려는 의도였다. 그러나 뚜렷한 징조는 눈에 띄지 않았다. 그 여기자는 브로드웨이를 내려가 월스트리트로 향했다. 증권중개인과 배달원과 기자가 발걸음을 바쁘게 옮겼고 운동화와 점퍼를 입은 익명의 사람들이 그들의 뒤를 따랐다. 행상들이 티셔츠를 팔았다. 쌍둥이 빌딩과 펄럭이는 성조기가 그려진 티셔츠로 값은 4.5달러였다. 달랑 성조기만 그려진 모자는 2.5달러였다. 어찌 보면 사람들은 바보처럼 멍청히 바라보려고 그곳을 찾아갔다.

아름다운 아침 햇살을 받으며 다운타운에 내려가면 뉴스트리트와 월스트리트로 갈라지는 모퉁이에서 쌍둥이 빌딩의 잔해가 고스란히 보였다. 그곳에서는 누구라도 바보처럼 입을 벌리고 있어도 눈총을 주는 사람이 없었다. 경찰들이 다가와 "됐습니다, 그만 가십시오. 보셨잖습니까. 그만 가던 길을 가십시오."라고 나지막이 말할 뿐이었다. 사람들은 얼마 전까지 쌍둥이 빌딩이 서 있던 곳을 물끄러미 내려다보고는 발걸음을 떼었다. 많은 것이 보이지는 않았다. 여전히 표현주의적 각도로 이상하게 서 있는 전면이 울타리처럼 보일 뿐이었다. 사진작가들은 사람들 쪽으로 돌아서서, 무너진 건물을 바라보는 사람들을 사진에 담았다. 한편 건물의 잔해를 바라보던 사람들은 어깨 너머로 뒤돌아보며, 사진작가들이 무엇을 사진에 담는지 짐작해보려는 표정이었다. 어찌 보면 사람들이 입을 멍하니 벌리고 놀라려고 그곳에 오는 것은 아니었다. 삶이 예전과 똑같이 계속되는지 확인하려고, 또 이제는 놀란 가슴을 쓸어내리고 안심해도 괜찮다는 증거를 찾으려고 오는 것이었다. 경찰들이 예전에 비해 특별히 격해지거나 다정해진 것 같지는 않았다. 록펠러 센터 앞에 크리스마스 트리의 불이 밝혀진 날, 삭스 백화점 8층에서 잠옷을 쇼핑하던 손님들에게 록펠러 센터 쪽을 잠시 쳐다볼 시간을 허락하는 판매원들과 다를 바가 없었다. 공권력의 이런 오만함도 정상을 되찾아간다는 증거였다.

911이 가져온 혼란과 현상들

재앙의 규모는 가늠하기 힘들었다. 우리가 상상하던 것보다 훨씬 컸지만, 일반적인 생각보다는 작았다. 많은 건물이 남아 있었다. 유리로 벽을 댄 고층건물이 얼마든지 있어, 쌍둥이 건물이 사라졌다는 걸 모르는 사람에게는 그 빈 자리를 짐작조차 못할 정도였다. 쌍둥이 건물이 허물어지면서 남긴 잔해 더미는 소름이 돋는 거대한 묘지처럼 보였다. 그러나 길 건너편에, 현장에서 15미터도 떨어지지 않은 곳에 서 있는 건물에는 '돈을 헛되이 날리지 않고 안전하게 투자할 수 있는 곳, 매디슨가' 라고 선명하게 쓰인 이트레이드 증권의 광고판이 예전과 다름없이 걸려 있었다. 타이타닉호가 지하철 역 앞에서, 많은 사람이 보는 앞에서 침몰한 것과 다를 바가 없었다. 믿어지지 않는 장면, 거대한 여객선이 기울어졌다가 다시 치솟아 오른 후에 둘로 쪼개지면서 승객들이 굴뚝에서부터 떨어지는 장면을 놀란 얼굴로, 때로는 호기심어린 표정으로 지켜보고는 재앙의 현장에서 집으로 돌아가 빙산을 만져 얼얼해진 손을 식구들에게 보여주는 것과 다를 바가 없었다.

현장 부근에 가려면 월스트리트에서 근무한다는 증명서를 보여줘야 했지만, 나는 다른 기자들처럼 용기도 없고 뻔뻔하지도 못해 주변을 맴돌다가 주방위군의 꽁무니를 따라 윌리엄 스트리트를 걸었고, 그들에게 맥주를 건네며 잠깐잠깐 말을 걸었다. 그 후 나는 월스트리트를 터벅터벅 걸었고, 어느새 증권거래소의 커다란 성조기 아래에서 있었다. 청바지를 입은 중개인들이 주변에 서서 담배를 피고 있었다. 경찰 하나가 짜증스런 얼굴로 내게 다가와 "구두끈이 풀렸습니다."라며 부근에서 얼씬대지 말라는 식으로 말했다. 삶은 계속돼야 한다고 모두가 반의식적 상태에서 결정을 내린 듯했다. 근본적으로 정상은 안전과 공존할 수 없는 법이다. 삶은 계속되거나 끊어지거나, 둘 중 하나일 뿐이다. 삶이 계속된다면, 구두끈이 풀리고 예기치 않게 뒷걸음질치면서 삶답게 계속될 뿐이다.

증권거래소 안에서 중개인들은 미국이란 나라의 가치에 대해 얘기를 나누고 있었다. 하기야 미국이 그들에게 입을 다물고 지내라고 부탁한 적은 없었다. 증권거래소에서 나오는 중개인들에게 말을 걸어보면 그들은 "우리는 이미 하강국면에 접어들었습니다. 그래서 오늘은…."라며 말끝을 흐렸다. 하지만 곧 목소리를 높여 "오늘은 미국의 위대한 날이 될 겁니다. 이렇게 문을 열었으니까요!"라고 덧붙였다. 증권거래소가 시민사회의 일부이기 하지만, 전통적인 의미에서 공동체의 이익을 우선시하는 곳은 아니다. 사람들이 공익을 위해 힘을 합해 일하는 곳이 아니다. 사람들이 각자 개인적인 이익을 추구하는 과정의 끝에 결국 건물과 재물의 형태로 어딘가에서 공익이 구현될 거라는 장기적인 믿음으로 서로 견제하며 각자의 이익을 추구하는 곳이다. 증권시장은 앞으로 일어날 현상에 내기를 거는 곳이다. 또 지금까지 일어난 현상은 우리가 오래 전부터 바라던 현상이기 때문에, 똑같은 현상이 반복되리라는 희망이 증권시장에는 팽배하다. 하지만 월요일, 그들은 자신들이 서 있는 곳에서부터 몇 미터밖에 떨어지지 않은 곳에서 엄청난 재앙이 터지고야 말았다는 것을 절감해야 했다. 그들이 대신하던 모든 것을 지독히 증오하던 사람들이 그 재앙의 주역이었다. 그날 아침, 이번 재앙으로 우리 앞날이 크게 달라지지는 않을 거라는 증거가 곳곳에서 보였다. 그러나 그들은 이번 재앙이 앞날의 시장에 큰 영향을 미칠 거라는 데 판돈을 크게 걸었다.

줄리아니 시장의 **기자회견**

연방재난관리청과 주방위군이 본부로 삼은 제비츠 컨벤션센터의 중앙홀은 텅 비어 있었다. 그러나 아래층에는 두 건의 기자회견이 예정돼 있었다. 불이 환히 켜진 널찍한 공간에서 하필이면 비좁고 우중충해보이는 방이 기자회견장이었다. 연단에는 발표대 하나만이 달랑 놓였고, 뒤로는 푸른 천이 둘러져 있었다. 성조기와 뉴욕시 깃발은 어디에나 있었다. 연단 한쪽에서 주방위군들이 서성댔다. 젊은 방위군은 모두 밖에서 일하는지 모두가 4~50대로 보였고, 군인들을 위한 파티에라도 참석한 듯한 복장이었다. 고속도로 순찰대처럼 밤색 카우보이

모자를 쓰고 연단의 반대편에서 서성대는 주경찰들도 실내에서 어울리지 않아 보였다. "저 사람들이 우리한테 속도위반이라고 차를 갓길에 대라고 명령한단 말이야?"라고 중얼대는 소리가 들렸다.

첫 기자회견에서는 테러리스트를 지원하는 행위에 대한 처벌의 강도를 강화할 거라는 조지 파타키George Pataki 뉴욕 주지사의 발표가 있었고, 뒤이어 이베이에서 '미국을 위한 경매'를 실시할 거라는 기자회견이 있었다. 한 주만에 국제적인 명사, 이 시대의 처칠로 부상한 시장도 기자회견에 참석할 거라는 발표가 있었지만 반듯하게 정렬된 접이식 의자들은 반밖에 채워지지 않았다. 남들보다 머리 하나는 큰 듯한 파타키 주지사가 먼저 나와 도시의 사기가 어느 때보다 높다고 열변을 토한 후에 이베이의 사장과, 이베이의 경매에서 예상되는 수수료를 포기하겠다고 약속한 비자카드와 마스터카드의 경영진을 차례로 소개했다. 100일 동안 계속될 경매에서 1억 달러의 매출이 기대됐다. 신용카드 회사의 임원들은 자리에서 얌전히 일어나 이번 재앙을 새로운 각도에서 해석했다. 그들은 잔혹한 사건의 희생자들에게 심심한 조의를 표했고, 그 사건에 대한 그들의 생각과 바람까지 늘어놓았다. 그리고 경매를 기획하는데 참여한 사람들에게 감사의 뜻을 전하면서, 성경 구절이라도 인용하는 것처럼 '수수료의 포기'를 몇 번이고 강조했다.

루디 줄리아니Rudy Giuliani 시장이 도착하자 분위기가 완연히 달라졌다. 가까이에서 본 시장은 며칠 사이에 갑자기 늙어버린 것 같았다. 허리가 굽고 머리칼도 하얗게 쇠고, 어깨까지 축 늘어진 모습이었다.

파타키 주지사처럼 느긋하게 지내며 부드러운 살코기를 먹는 권력자의 모습이 아니었다. 줄리아니는 옛 세대의 정치인처럼 굽은 허리와 불안해하는 표정을 감추지 않았다. 동그란 철테 안경을 쓰고 양복까지 헐렁해서 카리스마라곤 찾아볼 수 없었다. 그는 두 손을 앞에 모으고 서서 몸을 좌우로 약간 흔들었다. 그의 권위가 어디에서 오는지 온몸으로 느낄 수 있었다. 그에게 상상력이 부족했을 수도 있겠지만 그는 겉모습에는 신경쓰지 않았다. 그가 사람들에게 어떤 영향을 미치고 있는지에 대해서도 의식하지 않았다. 그러나 사태가 얼마나 심각한 수준인지 분명히 인식하고 있으며, 적정한 수준에서는 얼마든지 극복할 수 있다는 통찰력을 보여주었다. 파타키 주지사는 가족을 언급할 때는 목소리를 침중하게 낮추고 미래를 낙관한다고 말할 때는 밝은 목소리를 내며 목소리를 능수능란하게 조절했지만, 줄리아니는 시종일관 진지하게 위기에 대처하는 자세를 보여주었다. 그는 뛰어난 배우처럼 행동하지 않았다. 그는 공무원, 시장일 뿐이었다.

누군가 뉴욕시의 재건 비용에 대해 묻자, 줄리아니는 "아직 계산할 수 없지만 막대할 겁니다. 지금까지 이런 규모의 공격을 당해본 적이 없으니까요."라고 솔직하게 대답했다. 잠시 동안이었지만 다운타운에서 매캐한 냄새가 방에 스며들어 가득 채운 듯했다. 다른 기자가 시장에게 경매에 무엇을 기부할 거냐고 물었다. 시장은 "글쎄요…."라며 잠시 생각에 빠졌다. 그리고 갑자기 얼굴이 밝아지며 "생각났습니다! 요기 베라에게 받은 야구공을 기부하겠습니다. 요기 베라가 양키스 구장에서 마련한 '요기 베라의 날'에 나한테 준 겁니다. 마지막

퍼펙트 게임을 치르고요."라고 말했다. 그때 누군가 그에게 종이쪽지 하나를 건네주었다. 그의 얼굴이 한층 밝아졌다. 누군가 '1999년 월드 시리즈에서 마지막으로 사용된 야구공을 기증하는 겁니다. 그 야구공은 20세기에 마지막으로 사용된 공이었습니다!' 라고 말한 듯했다. 줄리아니는 밝은 목소리로 "20세기에 마지막으로 사용된 야구공이라는 군요."라고 고쳐 말했다.

죽음의 **블루스**, 시대의 **모순**

담들에 낙서들이 나붙기 시작했다. '그린치는 어떻게 크리스마스를 훔쳤는가' 를 모방한 두 낙서가 눈에 띄었다. 하나는 '빈치는 어떻게 크리스마스를 훔쳤는가' 로, 빈치라는 악당이 유빌에 흐르던 노래를 어떻게 끊어놓기로 결심했는가를 고발하는 낙서였다.

> 빈치는 능글맞게 웃으며 말했다.
> "내가 저 노랫소리를 멈춰놓고 말겠어."
> 그리고 빈치는 괜찮은 생각을 해냈다. 효과가 있을 법한 생각이었다.
> 빈치는 아침 시간에 비행기들을 훔쳤고
> 그 비행기들을 유빌의 쌍둥이 빌딩에 충돌시켰다.
> 빈치는 히죽히죽 웃으며 "그들이 정신을 바짝 차리겠지. 높은 건물을 찾지 못하면 그들이 어떻게 노래를 부르겠어?"라고 말했다.
> 물론 그들은 높은 건물을 찾아내고 다시 노래를 불렀다.

좀더 고상한 차원에서는 위스턴 H. 오든의 시, '1939년 9월 1일'

이 노스트라다무스의 예언처럼 뉴욕에 퍼져나갔다. 이 시는 〈워싱턴 포스트〉의 사설에서 인용됐고(같은 날 발행된 신문에는 오사마 빈 라덴을 생포하든 죽이든 현상수배한다는 설명글과 더불어 그의 사진이 실렸다), 미국 시인협회의 웹사이트에 게시됐으며, 전국 공영라디오 방송국National Public Radio에서 크게 낭송되기도 했다. 한 작가는 그 주에만 이메일로 그 시를 여섯 군데에서 받았다고 말했다. 오든의 시는 2차대전의 발발을 고발한 시였다. 런던에서 뉴욕으로 망명한 오든은 '52번가의 선술집에 앉아' 있었다. '속임수가 판을 치던 10년' 에 실낱같이 걸었던 희망도 사라지고, '입에 담기도 무서운 죽음의 냄새가 9월의 밤을 집어삼켰다'. 그는 적이 정신병에 걸린 신을 숭배하며 미쳐 가는 걸 보았고, '하늘에 맞닿을 듯이 건물을 높이 세운 권력자의 거짓말' 에 과감히 맞서기로 결심했다. 그는 '우리는 서로 사랑하거나 죽음을 택해야 한다' 고 선언하며, '에로스와 먼지' 로 이루어진 '확신의 불길' 을 보여주고 싶어했다.

오든의 '죽음의 블루스' Funeral Blues는 1980년대에 에이즈를 상징하는 반공식적인 시로 자주 언급됐다. 이런 점에서 오든은 우리 시대의 아픔을 애절하게 노래한 남다른 시인인 듯하다. 그러나 '1939년 9월 1일' 은 감정에 치우쳐 과장되게 쓰였다는 이유로 그가 자신의 전집에서 빼버린 시였다.(하기야 우리 모두는 서로 사랑하든 않든 간에 결국에는 죽기 마련이다.) 요세프 브로드스키Joseph Brodsky, 1940~1996, 러시아 태생의 시인으로 1972년 미국으로 망명, 1987년에 노벨문학상을 받았다.가 언젠가 지적했듯이, 그 시는 수치심을 노래한 시였다. 문화가 지독한 수치심에 의해 어떻게 더

럽혀지고, 그런 수치심을 벗어나기 위해 어떻게 폭력을 동원하는 가를 고발한 시였다. 인간을 미치게 하는 것, 또 인간을 정신병자인 신에게 의지하게 만드는 것은 모욕을 당했다는 견디기 힘든 감정이다.

오든의 시에 따르면, 대안은 수치심과 속죄로 우리만의 얘기를 조작하지 않는 것이다. 그렇게 조작된 얘기는 결코 존재하지도 않을 뿐더러 우리만의 이익을 쫓는 행위일 뿐이고, 이론적으로는 가능하지만 이 세상에서 실제로는 가능하지 않는 것이기 때문이다. 이런 의미에서 이번 공격이 모순의 끝을 보여준 사건이라 말하는 사람이 많지만, 오든의 시는 이 시대의 모순을 두둔하는 식으로 읽힌다. 확신의 불꽃은 우리를 짓누르는 두려움에서 시작되는 게 아니다. 모순되게 들리겠지만, 확신의 불꽃은 세상을 있는 그대로 보는 회의적인 순수한 시선을 뜻하는 '모순된 광점' 에서 시작된다. 오든의 시는 타락을 딛고 일어서 새롭게 탄생하자고 말하지 않는다. 상징물에서 인간으로, 과장된 미사여구에서 인간적인 말로 돌아가자고 주장한다. 따라서 오든은 "내게 있는 것은 감추어진 거짓을 드러내는 목소리가 전부이다." 라고 말했다.

공교롭게도 오든의 시에서 언급된 선술집은 52번가의 게이바 디지스였다. 누가 뭐라해도 타락한 곳이었다. 이제 한참동안 산보한 후 어둑한 밤에, 오든이 그 시를 떠올렸던 웨스트 52번가를 둘러보면 어디에서도 디지스를 찾을 수 없다. 디지스가 있던 건물도 사라지고 없다. 하늘에 맞닿을 듯이 높이 솟은 건물, 그러나 하늘이 내려와 건드리지 않기를 바라는 듯 조용히 불을 밝힌 건물이 서 있을 뿐이다.

뉴욕식 상상의 친구, 라비올리를 만나다

언제나 바쁜 **일곱살 뉴요커**, 라비올리

만 세 살을 갓 넘긴 올리비아에게는 찰리 라비올리라는 상상의 친구가 있다. 올리비아가 맨해튼에서 자라, 친구 찰리 라비올리도 뉴욕의 특징을 많이 띤다. 라비올리는 매디슨가와 렉싱턴가에 있는 아파트에서 살고, 석쇠에 구운 닭과 과일을 먹으며 물을 주로 마신다. 또 겨우 일곱 살 반인 데도 벌써 '어른' 인 체한다. 그러나 올리비아의 머릿속에 있는 놀이 친구가 지닌 가장 뉴욕적인 특징은 너무 바빠서 올리비아와 놀아줄 틈이 거의 없다는 것이다. 올리비아는 장난감 휴대폰을 귀에 대고 우리에게 들릴 정도로 크게 말한다.

"라비올리? 올리비아야… 올리비아라니까. 오늘 우리 집에 와서 놀 수 있어? 알았어. 전화해. 안녕."

그리고 장난감 휴대폰의 플랩을 소리나게 닫고 고개를 설레설레 저으며 "항상 자동응답기하고만 얘기해."라거나 "오늘은 라비올리하고 얘기라도 해봤네."라 말하고는 한숨을 내쉰다. 아내와 내가 "재밌니?"라고 물으면 올리비아는 "아니요. 라비올리는 만날 일 때문에 바빠요. 텔레비전에서 일하거든요."라고 들뜬 표정으로 대답한다.

화창한 날이면 올리비아는 어김없이 상상의 친구를 만나 함께 커피숍에 간다. 올리비아는 분명히 집에서 놀다가 잠깐 잠을 자고 점심을 먹은 후에 센트럴 파크 동물원에 다녀와서 다시 낮잠을 잤지만, 저녁을 먹으면서 "찰리 라비올리를 만났어요. 커피를 마셨어요. 하지만 라비올리는 바빠서 뛰어 돌아가야 했어요."라고 말했다. 때때로 올리비아는 데이트 시간표를 치밀하게 짜지 못한다고 한탄하기도 하지만, 라비올리와 황급히 헤어져야 하는 현실을 불가피한 것이라 받아들인다. 삶은 워낙에 그런 거라고! 그래서 "오늘 찰리 라비올리랑 만났어요. 일을 하고 있었어요."라며 "하지만 우리는 택시를 탔어요!"라고 밝은 목소리로 덧붙인다. 우리가 "그래서 어떻게 됐니?"라고 물으면 올리비아는 "택시 안에서 점심을 먹었어요."라고 대답한다.

라비올리는 올리비아에게 공원과 놀이터에서 벗어나지 못하는 자신의 좁은 울타리 밖에서 멋지고 색다르게 살아가는 낭만적인 인물이었다. 그래서 엄마가 친구들과 얘기할 때 쓰는 말투를 구관조처럼 거의 완벽하게 흉내냈다.("오늘 어떻게 지냈니?" 엄마는 한숨을 쉬면서 "말도 마. 메그하고 만나려고 했는데 통화가 돼야 말이지. 그래서 자동응답기에 메시지를 남겼지. 그런데 소호에서 모임이 있은 후에 우연히 에밀리를 만났어. 우리는 커피를 마셨지만 에밀리가 바쁘다며 금방 가버리더라고. 하지만 그때 메그가 내 휴대폰으로 전화를 해서 우리는…."라고 말했다.) 하지만 나는 찰리 라비올리가 어떤 '트라우마'의 흔적일까 걱정됐다. 말하자면, 올리비아의 외로움이 상상의 형태로 나타난 것일지도 모른다는 걱정을 떨칠 수 없었다. 아내 마사도 "너무 바빠서 함께 놀아주지도 못하는 상상의 친구를 두었다는 게 이상하긴 해요. 상상의 친구가 비밀을 털어놓을 수도 없고 함께 노래를 부를 수도 없는 친구일 수는 없잖아요? 항상 택시에 함께 뛰어들어야 하는 친구가 상상의 친구일 수는 없어요."라고 말했다.

처음에 우리는 오빠인 루크가 찰리 라비올리의 원형일 거라고 생각했다. 루크는 일곱 살 반에 불과했지만 올리비아에게 어른만큼 늙은 사람으로 여겨질 게 분명했다. 또 루크는 뭐가 그렇게 분주한지 동생과 놀아줄 틈이 없었다. 루크는 어느새 뉴욕의 전형적인 아이가 돼 장관처럼 꽉 짜인 시간표에 맞춰 살아가고 있었다. 월요일엔 체스 클럽, 화요일엔 티볼야구를 어린아이에게 맞게 변형시킨 운동., 토요일엔 티볼 경기, 또 틈틈이 친구들과 놀고 방과 후 모임에도 참석해야 했다. 여하튼 루크는 어느새 남성 염색체의 명령을 충실히 따르고 있었다.

3시 30분, 루크가 학교에서 돌아온다. 루크는 올리비아와 마주보고 앉아 과자를 먹으며 코코아를 마신다. 올리비아가 묻는다.

"오빠, 오늘 어떻게 지냈어?"

루크는 무심하게 대답한다.

"그저 그랬어."

올리비아가 다시 묻는다.

"점심에는 뭘 먹었어?"

"음… 생각이 안 나는데. 아마 샌드위치였을 거야."

"오빠가 쓴 생일시에 대해선 선생님이 뭐라고 했어?"

"아무 말도 없었어. 괜찮을 거야."

한참동안 침묵이 계속된다. 올리비아는 끈기있게 기다린다. 루크가 뭔가를 물어봐주기를! 마침내 올리비아가 매섭게 입을 뗀다.

"오빠, 난 오늘 어떻게 지냈는 줄 알아?"

그러나 올리비아가 하루하루를 헤아릴 수는 있어도 아직 자기만의 날을 가질 나이는 아니다. 올리비아에게는 모든 날이 특별한 하루이고, 그날에 찰리 라비올리라는 가공의 인물을 끼워 넣는다. 따라서 자기에게도 하루하루가 특별하지만 너무 바빠 남들과 시간을 함께 보낼 수 없고, 또 자기도 독립적으로 사회적 삶을 살아가지만 너무 바빠 남들과 얘기를 나눌 틈이 없는 거라고 우리에게 뻐기고 싶은 거라는 생각이 들었다.

상상의 친구를 만들어내는 아이

그러나 찰리 라비올리는 점점 실망스런 친구로 변해갔다. 올리비아가 "라비올리가 점심 약속을 또 취소했어요."라고 투덜대는 횟수가 잦아졌다. 그래서 우리는 무슨 변화가 있었는지 면밀히 살펴보기로 했다. 내 누이 중에는 1~3세 유아의 머릿속을 과학적으로 연구하는 발달 심리학자가 있다. 그녀는 동부에서 자랐지만 지금은 캘리포니아에서 살면서 텃밭을 가꾸고, 유기농법으로 재배한 오렌지로 잼을 만들기도 한다. 나는 누이에게 이메일을 보내 라비올리 문제를 해결하려면 어떻게 해야 하는지 도움을 청했다. 누이는 첨부파일을 더해 답신을 보냈다. 휴대폰으로 몇 번이나 통화를 시도했지만 번번이 실패한 후 우리는 결국 유선 전화로 연결됐다.

심리학자 마저리 테일러Marjorie Taylor가 이런 문제를 본격적으로 다룬 책, 《상상의 친구와 그런 친구를 만들어내는 아이들》이란 책을 1999년에 출간했고, 누이는 그 책의 서평을 썼다면서 찰리 라비올리 문제로 걱정할 건 없다고 말해주었다. 올리비아가 아주 정상적으로 성장하고 있다는 뜻이라고 했다. 7세 미만의 아이들 대부분, 정확히 말하면 63퍼센트에게 상상의 친구가 있고, 아이들이 트라우마 때문에 그런 상상의 놀이친구를 만들어내는 것은 아니다. 오히려 가공의 이야기를 꾸며내려는 건전한 지각 능력의 표현이다. 따라서 상상의 친구는 순전히 공상 속의 인물일 수도 있고, 올리비아의 경우처럼 어른들의 모습을 차분히 관찰하면서 만들어내고 이름까지 더해준 인물일 수도 있다. 나는 테일러가 연구한 상상의 친구들에 대해서도 알게 됐다. 베인터는 빛 속에서 살기 때문에 보이지 않았고, 스테이션 페타는 해변에서 말미잘을 잡으러 다니는 아이였다. 그들에 비하면 찰리 라비올리는 도시의 포장도로를 벗어나지 못한 아이였다.

누이는 "상상의 놀이친구는 트라우마와 아무런 관계도 없어. 오히려 정반대야. 아이들이 자신의 경험을 이야기로 꾸며가는 방법을 깨닫기 시작했다는 증거야. 지극히 정상적인 현상이야."라고 말했다. 또 누이는 아이들도 상상의 친구가 가공의 인물이란 걸 알고 있다면서, "상상의 친구를 가진 아이들이 테일러를 종종 머쓱하게 만든 경우도 많았던 모양이야. 그런 친구는 가공의 인물에 불과한 거라면서 테일러를 미친 사람이 아니냐는 듯 쳐다봤다는 거야."라고 덧붙였다.

나는 일부 아이들이 나이를 먹어가면서 아동 심리학자들이 '파라코슴' paracosm이라 칭하는 가공의 세계를 갖게 된다는 것도 알게 됐다. 파라코슴은 아이들이 생각해낸 가공의 사회이다. 달리 말하면, 고유한 언어를 사용하고 그들만의 땅과 역사까지 지닌 가공의 세계이다.(브론테 자매는 어렸을 때 두 곳의 파라코슴을 만들어냈다.) 상상의 친구를 갖는 아이들 모두가 파라코슴까지 만들어내는 것은 아니지만, 내 생각에 둘은 밀접한 관계가 있는 듯하다. 1950년대에 켄타우루스 별자리의 알파별에서 홀로 부임한 대사가 편협한 지구의 과학자들에게 이해받지 못해 그의 별에서 보낸 구명 소식을 받지 못한다는 공상과학 영화가 있었다. 그 외계별의 대사가 당한 것처럼, 우리가 상상의 친구에게 무관심하거나 적대적인 반응을 보인다면 그가 어떤 아름다운 파라코슴에서 왔는지 알아낼 수 없다.

누이는 밤늦게 전화를 걸어, "걱정하지 마. 뭔가를 꾸미는 동안에 그게 중요한 거라고 생각하는 건 당연한 거야. 얘기를 꾸미려면 그러는 수밖에 없어. 올리비아는 앞으로 이런저런 이름을 붙일 거야."라고 말하며 나를 안심시켜주었다.

"하지만 올리비아는 라비올리를 진짜 사람인 것처럼 생각하는 것 같아."

"물론 그렇게 생각할 거야. 베키 샤프와 간달프, 운동장에 우두커니 서 있는 남자, 그 중에서 너한테 가장 생생하게 와닿는 사람이 누구야? 이름이 붙여진 인물이 진짜처럼 느껴지는 법이야."

"올리비아에게 상상의 친구가 있다는 게 정상이란 건 알겠어. 하지만 상상의 친구가 너무 바빠 함께 놀아줄 틈도 없다는 사례를 들어 본 적이 있어?"

누이는 잠시 생각에 잠긴 후에 대답했다.

"그런 얘기는 들어보지 못했어. 그런 사례를 언급한 논문은 없었을 거야. 완전히 뉴욕식 상상의 친구인 것 같은데."

그리고 누이는 전화를 끊었다.

뉴요커들이 **바쁘게** 사는 이유

정말 궁금한 것은 '하필이면 왜 그 친구냐?' 가 아니라 '왜 하필이면 그런 식의 얘기냐?' 는 것이었다. 올리비아도 눈이 있어 분명히 보았겠지만 뉴욕의 어른들이 그처럼 분주하게 사는 이유, 그들이 바빠 죽겠다는 말을 입에 달고 사는 이유가 무엇일까? 왜 뉴요커들은 매일 찰리 라비올리 같은 인물을 만나고, 파리와 로마에서 사는 사람들처럼 점심 시간에 친구들과 느긋하게 앉아 정을 나누지 못하고 점심을 후다닥 먹어치워야 할까? 시골 아이들은 상상의 친구를 빛과 모래로 만드는 데 우리 아이들이 바빠서 함께 놀지도 못하는 친구를 상상의 친구로 두는 이유는 무엇일까?

별 것을 다 궁금해한다고 핀잔할 사람도 있을 것이다. 뉴요커들은 분명한 이유가 있어 바쁜 거라고! 남편이나 부인과 자식이 있고, 경력도 쌓아가야 한다. 고갱 전시회도 관람해야 하고, 건강을 관리해줄 개인적인 트레이너만이 아니라 회계사도 만나야 한다. 하지만 이 문제를 생각할수록 내 머릿속에는 라비올리 같은 사람들을 두둔할 핑곗거리만 떠오른다. 우리는 더 생산적인 사람이 되기 위해서 더 열심히 일해야 하기 때문에 바쁠 수밖에 없다는 식으로 배웠다. 그러나 분주하게 지낸다고 생산성이 높아지는 것은 아니라는 걸 모르는 사람은 없다. 둘 사이에는 특별한 상관관계가 없다. 오히려 뉴욕에서 우리가 안달복달하며 추구하는 목표는 덜 바쁘게 살면서 더 많은 일을 해내는 것이다.

도시에 부르주아식의 풍습이 도래하고 한참의 시간이 지난 후에, 항상 일을 시달려 피곤에 지치고 친구를 만날 틈도 없는 찰리 라비올리와 같은 바쁜 삶은 현대인에게 고통의 원인으로 다가왔다. 사업business이 처음부터 분주busyness했던 것은 아니다. 17세기와 18세기에 부르주아들은 부르주아적 삶을 정착시켜 나아가면서도 눈코뜰새 없이 바쁘다고 불평한 적이 없었다. 속으로는 불평했을지 모르지만 글로는 어떤 기록도 남기지 않았다.

영국 해군을 재건하고 대화재로 잿더미가 된 런던을 재건설한 새무얼 피프스Samuel Pepys는 '바쁘다' 는 단어를 간혹 사용했지만 바쁘다는 이유로 불평한 적은 없었다. 그에게 '바쁘다' 는 단어는 '행복하다' 와 동의어였지, 결코 '스트레스에 시달리다' 는 뜻이 아니었다. 그의 일기를 보면 점심 식사를 취소하거나, 4시 30분에 차를 마시면서 덤으로 손님까지 만나려 했던 적은 한 번도 없었다. 피프스는 일을 했고 사랑을 나누었으며 편하게 잠자리에 들었다. 친구를 잠깐 만나고 도망치듯 헤어지지 않았다. 그로부터 반 세기 후, 벤저민 프랭클린은 자신을 근면하고 부지런한 사람이라고 자랑했지만 바쁘다고 불평하지는 않았다. 신문을 발간하고, 삶에 필요한 교훈을 정리하며, 바다를 헤엄치고 피뢰침을 발명하면서도 바쁘다고 투덜대지 않았다.

19세기 중반까지도 부르주아에게 힘든 고통거리는 바쁜 삶이 아니라 정반대로 권태였다. 격자 형태의 도로망, 카페, 자그마한 약속 등 19세기 도시의 사교 생활은 지루한 삶에서 탈출하기 위한 의식적인 노력이었다는 주장까지 있을 정도이다. (물론 일하는 사람들은 지루할 틈이 없었지만 그들은 일을 한 게 아니라 노동을 해야 했고, 너무 바빠서 바쁘다고 푸념할 틈도 없었다.) 어찌 보면 보들레르는 권태로운 삶에 지쳐 술독에 빠져지냈고, 누군가를 우연히라도 만날까 싶어 길거리로 뛰쳐나갔던 것이다.

그러나 19세기의 마지막 삼분기와 20세기 초에 접어들면서 모두가 갑자기 바빠졌고 모두가 바쁘다고 불평해대기 시작했다. 해군의 재건을 위해 발벗고 뛰어다닌 피프스 해군제독은 바쁘다고 불평한 적이 없었지만, 느긋하게 살아가던 고상한 여인 버지니아 울프는 찰리 라비올리처럼 광장에서 광장으로 런던 시내를 허겁지겁 달리면서 하루를 보내야 한다면서 끊임없이 불평해댔다. 영국의 소설가 로널드 퍼뱅크Ronald Firbank, 1886~1926는 의무적으로 참석해야 하는 사교적 모임에 시달렸고, 마르셀 프루스트는 시간 약속을 계속 바꾸면서 그 때문에 미안하다는 말을 입에 달고 살았다. 헨리 제임스는 숨을 쉬는 것 이외에 특별히 하는 일이 없었지만 만날 바빠 죽겠다고 불평했다. 그는 의무의 연속인 세계를 혼자 힘으로 뒤바꿀 수 없어, 이상하면서도 아름다운 이야기 《기막히게 좋은 곳》The great good place이라는 단편소설을 썼다. 폭주하는 편지와 전보와 원고가 주인공을 거의 미치게 만들어 가는 세계를 그린 소설이다.

대체 무엇이 변한 것일까? 제임스의 단편소설에서 실마리를 찾을 수 있다. 기차와 전보였다. 철로가 생기면서 고립된 삶이 끝났고, 대도시에 사람들이 몰려들었다. 그때부터 일이 복잡하게 얽힌 사회적 의무로 정의됐다. 1669년 런던에서 피프스는 고위 공직자였지만 그의 네트워크는 200년 후에 살았던 이류 예술가 퍼뱅크의 네트워크에 비하면 무척 작았다. 피프스는 답장을 꼬박꼬박 해줘야 할 친구가 상대적으로 적었기 때문에 여유있게 사랑까지 나눌 수 있었다.

기차가 대도시의 거리를 붐비게 했다면 전보는 우리 마음을 바쁘게 만들었다. 전보의 등장으로 이 세상에 완전히 다른 커뮤니케이션 방법, 즉 배달되기 전에는 불완전한 통신 수단이 도입됐다. 편지는 답장을 강요하긴 하지만 그 자체로 완전해야 한다. 사도 바울이나 호러스 월폴Horace Walpole은 '전화를 부탁하네. 이 문제를 상의해야 하니까.' 라는 식으로 편지를 끝내지 않았다. 그러나 전보는 뼈대만 전달하는 완전히 다른 통신 수단, 요컨대 얘기를 끝내는 게 아니라 시작하기 위한 수단이었다. 게다가 19세기의 전보에는 '자세한 얘기는 편지로 곧 하겠네.' 라며 바빠질 수밖에 없는 말이 흔히 덧붙여졌다.

전보에서부터 발달한 모든 수단에서도 똑같은 특징이 찾아진다. 이메일은 전화를 해달라는 부탁으로 끝맺기 일쑤이고("어쨌든 곧 만나서 얘기를 나눠보자고."), 팩스는 이메일을 부탁하는 글로 끝나며,

자동응답기에는 팩스를 부탁하는 메시지가 남겨진다. 한결같이 커뮤니케이션을 유보하는 수단들이다. 지난 가을, 마사의 친구는 그들이 함께 아일랜드의 온라인 매장에서 구입해 페더럴 익스프레스로 미국으로 배달받으려던 침대에 대한 자세한 정보를 요구해서 받은 팩스를 두고 전화로 잠시 나눈 얘기를 이메일로 정리해봤다며, 집사람에게 이메일을 확인해달라는 메시지를 자동응답기에 남겼다. 불완전한 커뮤니케이션의 전형이었다.

자동차와 텔레비전이 사회 구조를 크게 변화시키면서 뉴욕 밖, 대부분의 서구 세계에서는 기차와 전보의 압박이 그 둘에 의해 크게 줄어들었다. 기차와 전보(그리고 그들의 예쁘장한 후손인 지하철과 통근열차 및 이메일)가 사람들을 한 군데로 몰아 넣었다면, 자동차와 텔레비전은 사람들을 뿔뿔이 갈라 놓았다. 사람들을 교외로 밀어냈고, 혼자 텔레비전 앞에 앉아있게 만들었다. 하지만 이상하게도 뉴욕은 기차와 전보에는 충격을 두 배로 받았지만, 그 후에 등장한 자동차와 텔레비전에는 아주 제한적으로만 영향을 받았다. 미국의 다른 지역과 비교할 때 뉴욕에는 자동차에 대한 집착, 자동차로 결정되는 생활 습관, 요컨대 자동차 생활이 거의 없는 편이다. 텔레비전도 어느 집에나 있기는 하지만 다른 지역처럼 우리 삶에서 엄청나게 큰 부분을 차지하지는 않는다. 물론 뉴욕이 텔레비전 프로그램의 소재여서 '섹스 앤 더 시티' 라는 프로그램과 현실 속의 섹스와 뉴욕이란 도시를 비교해보지만, 그다지 똑같다는 생각은 들지 않는다. 뉴욕은 두 가지 유형의 분주함이 공존하는 곳이다. 하나는 만났다가 금방 헤어지는 19

세기 말과 20세기 초의 현상이고, 다른 하나는 가상 세계에서 오가는 대화로 채워지는 20세기 말과 21세기 초의 포스트모던식 현상이다. 어디를 가나 만원이고 일거리도 산적해 모두가 지독히 분주하게 살아간다. 우리는 아파트를 나와 19세기와 크게 다르지 않은 격자형의 길에 내려서고, 집에 돌아오면 팩스와 이메일 등 마무리지어야 할 일거리들이 잔뜩 쌓여있다.

일요일 아침 공원을 산책할 때 우리는 친구처럼 지내는 빵집주인을 만나거나, 대학원 동창과 얼굴을 마주치며 '이 녀석은 지금 무슨 일을 할까?' 라는 생각을 떠올린다. 때로는 3주 동안 피해 다니던 사람을 재수 없이 만나기도 한다. 그들 모두가 우리를 브런치(점심을 겸한 늦은 아침 식사)에 초대한다. 그 초대를 받아들이고 싶지만 그렇게 하기엔 너무 바쁘다. 찰리 라비올리를 우연히 만나 커피를 잠깐 마신다. 집에 들아오면 이메일 세 통이 우리를 기다리고, 휴대폰에는 좀 전에 헤어진 그가 보낸 메시지가 남아있다. 대체 우리는 어떤 세계에서 살고 있는 것일까? 붐비는 공간에 빈틈없이 돌아가는 시간 때문에 정신을 차릴 수가 없다. 이런 지경에서 우리를 지키는 유일한 방법은 끝없이 미루는 수밖에 없다. '그래 다음 주에 만나 얘기하자고.' 라는 식으로! 우리는 눈코뜰새 없이 바삐 돌아가는 세상에서 벗어나기 위해 자잘한 일들을 습관적으로 미루고 덮어버리며, 결국에는 우리가 사랑하는 사람들마저 우리 삶에 끼어드는 걸 허용하지 않는다.

찰리 라비올리처럼 우리는 부리나케 택시에 뛰어들고, 가능하면 아는 사람을 만나지 않으려고 자동응답기에 메시지를 남긴다. 우리는 그렇게 친구들을 하나씩 잃어간다. 내게는 공원 건너편에 사는 친한 친구 하나가 있다. 그에게 가끔 이메일을 보내지만, 운이 좋아야 일년에 두세 번쯤 얼굴을 마주보고 만날 뿐이다. 둘 다 늘… 바쁘기 때문이다. 그는 나의 찰리 라비올리, 즉 보이지 않는 친구가 됐다. 그는 나를 무척 보고 싶어한다. 찰리 라비올리도 올리비아를 더 자주 만나지 못해 아쉽다고 다른 친구들에게 말하지 않을까.

라비올리의 비서, **로리**가 등장하다

찰리 라비올리의 딱한 사정을 알고 나자 그에게 연민의 정이 느껴지기 시작했다. 나는 그를 더 깊이 알게 됐다. 라비올리가 바쁘게 살아가면서도 잠깐 짬을 내 올리비아와 마주 앉아 무얼 하는지 우리 부부는 조금씩 알아갔다. 예컨대 올리비아는 우리와 함께 저녁식사를 하면서 "라비올리가 아빠 책을 읽었어요. 그런데 별로 좋아하지 않았어요."라고 말했다. 또 라비올리가 체육관에 다니고, 여름에는 해변에서 휴가를 보낼 예정이지만 너무 바빠 가능할지 모르겠고, 어떤 '공연'에 참여하고 있다는 것도 알아냈다. 그러나 올리비아는 "대단한 공연은 아니에요."라고 솔직하게 덧붙였다. 달리 말하면, 찰리 라비올리는 건강을 관리하고 고집불통이며 연예계에 기웃대는 뉴요커의 한 단면일 뿐이었다.

내 생각이지만, 로리가 등장하지 않았더라면 우리는 찰리 라비올리와 그럭저럭 행복하게 살아갈 방법을 찾아냈을 것이다. 로리는 우리에게 적잖은 충격을 주었다. 어느 날 저녁 식탁에서 올리비아는 새로운 인물을 언급하기 시작했고, 그 후로 새로운 인물의 출현 빈도가 라비올리 못지 않게 잦아졌다. 올리비아는 "오늘 로리랑 얘기를 했어요."라고 시작해서 "로리 말로는 라비올리가 바쁘대요."라고 끝내거나 장난감 전화로 밀담을 나누었다. 내가 "누구하고 얘기를 하는 거니?"라고 물으면, 올리비아는 "로리요. 라비올리에 대해 얘기를 하고 있어요."라고 대답했다. 우리는 로리가 라비올리와 올리비아의 관계에서 린다 트리프클린턴과 르윈스키 사건에서 르윈스키가 조언을 얻었던 같은 부서의 여직원.의 역할을 하는 거라고 생각했다. 말하자면, 거물이 우리를 무시할 때 우리에게 위안의 말을 해주는 사람일 거라고 추측했다.

그러나 얼마 후 로리의 역할이 점점 불길하게 변하기 시작했다. 어느 날 올리비아가 "로리, 라비올리에게 내가 전화할 거라고 전해줘."라고 말하지 않는가! 그래서 나는 올리비아에게 로리가 정확히 누구냐고 다그쳐 물었다. 올리비아는 고개를 살랑살랑 저으며 "라비올리와 함께 일하는 사람이에요."라고 대답했다.

인정하고 싶지 않지만 로리는 찰리가 우리 곁에 없을 때 우리를 위안해주는 사람이 아니라는 게 분명했다. 로리는 밝은 목소리로 라비올리의 전화를 대신 받고, 안타깝게도 라비올리 씨는 지금 회의 중이라고 우리에게 전해주는 여비서였다. 어느 날 아침 올리비아는 침울한 목소리로 "로리가 그러는데 라비올리가 너무 바빠 놀 시간이 없대요."라고 말했다. 뭔가 잘못돼 가고 있는 것 같았다. 라비올리가 얼마나 바쁜지 올리비아에게 직접 바쁘다고 말할 틈조차 없었다.

나는 다시 누이에게 전화를 걸어 "상상의 친구가 조수까지 두었다는 사례를 들어본 적이 있어?"라고 물었다.

누이는 잠시 생각한 후에 "상상의 친구는 조수를 두지는 않아. 그런 사례는 아직 발표된 것이 없는 걸로 아는데. 그러니까… 캘리포니아에서는 상상의 친구가 조수를 두지는 않아."

"그럼 어떻게 해야 하지?"

누이는 단호하게 말했다.

"이사해!"

마사도 같은 생각이었다. 마사는 "상상의 놀이친구에게 조수까지 있을 필요는 없어요. 상상의 놀이친구에게 대리인이 있을 필요는 없어요. 상상의 놀이친구에게 어떻게 비서가 있고, 건강을 돌봐주는 개인 트레이너가 있고, 요리를 대신해주는 대행업자가 있냐고요? 상상의 놀이친구에게… 딴 사람은 없어야 한다고요. 상상의 놀이친구는 놀기만 해야 해요. 놀 생각만 하는 아이여야 한다고요!"라고 침울하게 말했다. 그 날 이후로 마사는 뉴저지와 코네티컷에 있는 아늑해 보이는 집들의 사진을 담은 카탈로그를 내 머리맡에 던져놓기 시작했다. 언제나 바쁘게 보이지 않는 친구와 그를 돕는 사람들도 얼씬대지 않을 것 같은 집들이었다.

그러나 로리가 등장하고 얼마 지나지 않아 눈에 띄는 변화가 일어났다. 올리비아가 찰리 라비올리에게 실망했다는 얘기를 늘어놓기 시작했다. 라비올리가 바빠서 함께 놀아주지 않는다고 투덜대고는 그 대신에 무얼 하고 지냈는지 얘기했다. 올리비아에 입에서 놀랍고 기막힌 허풍이 쏟아져나왔다. 체스 시합에 참가해서 우승 트로피를 받왔고, 서커스장에 가서 손님들에게 재밌는 우스갯소리를 해서 박수를 받았다는 얘기였다. 또 찰리 라비올리를 찾아다니다가 동물원에 갇힌 모든 동물들을 풀어주었고, 라비올리를 만나 잠깐 커피를 마신 후에 택시를 타고 오다가 택시기사 대신에 운전을 해서 돈벌이를 했다는 얘기도 있었다. 꽉 막혀 답답한 일상의 삶에서 벗어나 승리를 꿈꾸는 환상이 시작됐다. 올리비아는 막역한 친구와 함께 지내는 정상적인 삶을 꿈꾸었고, 세계적인 명성을 얻어 타블로이드판 신문의 1면을 장식했다. 상상의 친구에서 해방돼 올리비아는 파라코즘의 세계에 들어갔다. 그러나 그 파라코즘은 신기하게도 뉴욕식 파라코즘이었다. 창밖의 현실에서는 얻을 수 없는 세계였다. 바쁘게 살던 찰리 라비올리는 목적이 아니라 수단이었다. 달리 말하면, 올리비아의 머릿속을 지배하는 길에서 벗어나기 위한 통로였고 독립선언을 위한 발판이었다.

분주한 삶은 우리의 예술 형식이고 사회적 관습이며, 우리의 존재 방식이기도 하다. 과거와는 다른 방식으로 뉴욕을 사랑한다고 내게 말하는 친구가 많다. 내 눈이 정확하다면, 그들이 지금 사랑하는 것들은 한결같이 예전에 그들을 짜증나게 했던 것들이다. 자유와, 자기가 직접 쌓아올린 울타리, 그리고 뉴욕이란 도시가 우리에게 강요하는 문제들이 절묘하게 결합된 것들이다. 이제 마사와 내가 "오늘은 어떻게 지냈니?"라고 물으면, 올리비아는 하루에 있었던 일을 줄줄이 나열하는 대신에 "그냥… 찰리 라비올리를 잠깐 만났어요."라고 말하고 만다. 할 일을 하지 않고 텔레비전을 보았다거나, 친구를 만나 샌드위치를 먹었다는 뜻이다. 여하튼 바쁘게 지냈고, 뉴욕에서 살고 있다는 뜻이다. 우리 부부가 지난 한 해 동안 올리비아를 통해 터득한 것을 한 문장으로 요약한다면 '우리가 원하는 동안에는 찰리 라비올리를 계속 만나고 싶어한다.' 는 것이다.

지금도 올리비아는 언젠가는 라비올리를 독점할 수 있기를 바란다. 나는 '서재' (현관 복도를 칸막이로 둘러 만든 곳)에서 밤늦게 일할 때면 '아기방' (식품저장실을 유리 블록으로 둘러 개조한 방)을 살짝 들여다본다. 올리비아가 선잠에 빠져 잠꼬대하는 소리가 간혹 들린다. 한때 가장 가까웠던 친구를 아직도 잊지 못하고 만나려고 애쓴다. "라비올리? 라비올리?" 라고 끙끙거리고 몸을 뒤척이며 베개에 파고들고 이불을 꽉 끌어안는다. 그리고는 혼잣말로 나지막이 웅얼거린다. "나한테 전화하라고 전해 줘. 라비올리에게 나한테 전화하라고 전해 줘."

요리와 함께하는 삶

최후의 **예술가, 요리사들**

나는 요리사들과 함께 지내는 걸 좋아한다. 그들은 한결같이 열심히 일하고, 더구나 맛있는 걸 만들어내기 때문이다. 그러나 나는 무엇보다, 그들이 맛있는 요리를 만들어내기 위해 어떤 생각을 하는지 짐작해보는 것이 재밌다. 요리사들은 우리 곁에서 우리 사랑을 발판으로 살아가는 최후의 예술가들이다. 낭만주의 혁명이 있은지 두 세기가 지난 지금까지 요리사들은 청중을 즐겁게 해줘야 한다는 족쇄에서 벗어나 바이런처럼 상상력을 발휘해왔다. 시인과 화가에서 시작해서 건축가와 소설가가 뒤따라 참여했고, 비교적 최근에 이르러서는 로큰롤 음악가와 구두 디자이너까지 달려든 대대적인 과정이었다. 그들 모두가 손님을 즐겁게 해주기보다는 손님을 어리둥절하게 만들고 뭔가를 가르쳐야 한다는 소명감에 불탔다.

요리사는 우리에게 낭만적인 상상력을 북돋워주지만 요리사 자체가 낭만주의자는 아니다. 요리사들은 19세기까지 모든 예술가와 똑같은 방식으로 그들의 예술을 행했다. 요컨대 요리사는 부자들의 입맛에 맞춰 일하는 직업이었고, 부자들은 요리사를 궁중 어릿광대와 급사장 중간쯤으로 여겼다.

타고난 요리사는 있을 수 있다. 또 요리사는 타고나야 한다는 말도 있다. 그러나 그런 기질론은 요리사에게 의존하는 사람들의 낭만적 상상이다. 어린아이와 창녀가 낭만적인 꿈을 꾸듯이 요리사들도 낭만적인 상상에 젖는다. 종복의 신분에서 해방되기 전의 예술가들처럼 요리사들은 자유를 포기한 대신에 피곤하지만 남들에게 받는 공경, 자기만의 맛을 내는 비결, 동업자 조직에 속해 있다는 안도감 등을 꿈꾼다.

나는 예전부터 요리사가 되고 싶었다. 이런 이유에서도 나는 요리사들과 어울리는 걸 좋아한다. 내가 알기에는 출판사 사장을 꿈꾸는 원한 맺힌 작가도 많지만, 요리사가 되려는 환상을 품은 작가가 의외로 많다. 말로는 설명하기 힘들지만 낱말과 요리는 한통속인 듯하다. 둘 사이에는 특별한 공통점이 있어, 그렇지 않으면 식탐과 글의 단순한 교환에 불과할 것에 기품과 신비로운 기운이 더해진다. 그러나 작가와 요리사가 공개적으로 손잡는 경우는 극히 드물다. 따라서 지난 3월, 평소 자주 어울리던 두 요리사가 내게 요리에 대한 글을 써주겠느냐고 물었을 때 기쁘면서도 의외였다. 한 명은 그리니치 빌리지에 있는 블루 힐 식당의 주방장, 댄 바버Dan Barber였고, 다른 하나는 소호에 있는 사보이 식당의 주방장, 피터 호프만Peter Hoffman이었다. 피터가 먼저 내게 전화를 걸어 '요리놀이' jeu de cuisine를 주관해보겠느냐고 물었다. 피터의 설명에 따르면, 요리놀이는 라 레이니에르란 이름으로 오랫동안 〈르 몽드〉에서 요리 칼럼니스트로 활약한 로베르 쿠르틴 Robert Courtine이 만들어낸 놀이였다. 쿠르틴은 2차대전 동안에 비시 정권에 철저하게 협력한 부역자였지만, 전쟁이 끝난 후에 식탁의 복고주의자로 활약하며 명성을 얻었다. 새로운 요리가 등장하기 시작하던 1970년대 초, 쿠르틴이 파리 시장에서 구할 수 있는 재료들을 엄선해 다섯 명의 요리사에게 그 재료들로만 요리를 만들게 한 것이 요리놀이의 시초였다.

피터는 내가 유니언 스퀘어의 농산물 직판장에서 구한 재료로 그들 둘을 포함한 뉴욕의 주방장 다섯 명이 일주일 동안 요리하게 될 거라고 말해주었다. 그들은 내가 고른 재료를 어떤 식으로든 사용할 수 있었고, 또 다른 재료를 얼마든지 덧붙일 수 있었다. (피터는 실력을 겨루는 경쟁이 아니라고 몇 번이고 말했지만, 지독히 경쟁하는 사람들의 말투와 똑같았다.) 나는 군말없이 피터의 제안에 동의했지만, 나중에 그와 댄 바버에게 조언을 부탁한다고 말했다. 또 내가 농산물 직판장에 한 번도 가본 적이 없다고 솔직히 고백했지만, 그들은 조금도 놀라지 않았다. 하기야 그들이 내게 전문가적 식견을 바란 것은 아니었다.

나는 1990년부터 피터를 알고 지냈다. 그가 사보이 식당을 개업한 때였다. 사보이 식당은 황금빛 조명이 은은한 아츠 앤드 크래프츠 Arts and Crafts풍으로 꾸며지고 이웃집처럼 아늑한 식당이다. 또 금빛 목재와 구리망이 곳곳에 서 있고 촛불도 인상적이며, 어디에도 치우치지 않은 절충적인 요리도 일품이다. 한편 댄 바버는 비교적 최근에 사귄 친구였다. 1년 전, 나는 프랑스에서 2년 동안 요리를 공부했던 젊은 요리사의 솜씨를 기대하며 블루 힐을 찾아갔다. 블루 힐은 댄 바버와 마이크 앤서니가 공동으로 운영하는 식당이었다. 그 날 나는 미슐랭 가이드에서 별 셋을 받은 파리의 식당에는 못 미치지만 썩 괜찮은 식사를 즐길 수 있었다. 음식 맛을 글로 표현하기 어려운 이유는 감각적인 것을 표현하기에 적합한 단어를 찾아내지 못하기 때문이 아니다. 그림이나 음모陰毛에서 얻는 감각적 느낌에 대해서는 글로 훌륭하게 표현해내고 있지 않은가! 뇌리에 새겨질 만한 표현은 깜짝 놀라게 하는 비유에 의해 좌우되고, 그런 비유는 기꺼이 놀라주겠다는 마음가짐에서 비롯되기 때문에 음식 맛을 글로 표현하기 힘든 것이다.

예컨대 스위스의 어떤 산이 인간의 운명에 비교될 만큼 갑자기 장엄하게 보일 때야 우리는 풍경에서 많은 것을 상상해낸다. 그러나 접시 위의 요리에서는 그런 자유로운 상상력이 동원되지 않는다. 가령 댄 바버의 푸아 그라거위간 요리에 더해진 커피 가루가 밀물이나 썰물처럼 당연한 것인 동시에 파도처럼 뜻밖의 것이라 누군가 쓴다면, 독자는 처음에 그런 평가에 대해 갸우뚱할 것이다. 요컨대 나중에는 그럴 듯하다고 생각할지 몰라도 처음부터 선뜻 동의하지는 않는다. 실제로 우리는 섹스의 비유도 처음에는 생뚱맞다고 생각했다. 그래서 "나는 그녀의 아랫배 좁은 틈새에서 태어났다."는 이블린 워Evelyn waugh의 말은 이제 당연하게 들리지만, "나는 그 남자의 굵은 아랫배 살덩이에서 태어났다."는 말은 아직 거북하게 들린다.

뉴욕 주방장들의 요리 놀이

댄은 지적인 열망에 불타는 학구파로 학계를 박차고 나와 요리의 세계에 뛰어든 사람이다. 1991년 그는 풀브라이트 장학금을 받아 정치학을 공부하려고 중국 유학을 계획하고 있었다. 그런데 장학금이 취소되자 그는 제과점에서 일자리를 얻어 생계를 꾸려갔다. 한 요리사는 "댄은 우뇌와 좌뇌가 골고루 발달한 사람입니다. 요리사 중에는 무척 드문 사람입니다."라고 평가할 정도였다. 댄에게는 샐린저Jerome David Salinger, 《호밀밭의 파수꾼》의 저자. 같은 분위기가 풍겼다. 그는 어퍼 이스트 사이드에서 자랐고, 그곳에서 유치원부터 고등학교를 다녔다. 또 어머니가 세상을 떠난 후에는 아버지를 위해 식사를 준비해야 했던 그 지역의 붙박이였다. 그 때문인지 그가 세상을 관찰하고 말하는 방식(신랄하고 자기비판적이며 빈틈없는 태도)을 보면, 샐린저의 세 번째 소설 《프래니와 주이》Franny and Zooey에서 주이 글래스가 행동보다 요리를 택했더라면 취했을 법한 모습을 떠올려준다.

다른 세 주방장은 어퍼 이스트 사이드에 있는 파야르 파티스리 앤드 비스트로의 주방장 필립 베르티노Philippe Bertineau, 이스트 빌리지에 있는 파티오 다이닝 식당의 사라 젠킨스Sara Jenkins, 그리고 소호에 있는 상드리옹 식당의 로미 도로탄Romy Dorotan이었다. 요컨대 프랑스 요리사가 하나, 미국인 요리사가 셋이었고, 나머지 한 명은 필리핀 요리사였다. 그들 모두가 주로 유니언 스퀘어 농산물 직판장에서 재료를 구했고, 직간접으로 캘리포니아의 버클리에 있는 식당 셰 파니스의 잔다르크이며, 유기농법으로 재배한 신선한 제철 재료만으로 요리하라는 원칙을 미국에 도입한 앨리스 워터스Alice Waters의 아들, 딸이었다. 인력이 가능하다면 농산물 직판장에서 재료를 구입해야 하고, 소규모 재배자의 상품이 대규모 생산자의 상품보다 더 낫고, 요리사라면 그날 저녁에 조리하려는 요리의 재료를 시장에서 직접 살펴보고 결정해야 한다는 믿음도 이 원칙의 일부였다.

나는 집에 돌아가, 농부들이 계절에 맞게 생산한 농산물과 자연의 풍요로운 선물이 멋진 요리를 만드는 경기의 주관자로 특별히 선정됐다고 식구들에게 은근히 자랑했다. 그러나 그들은 별다른 감흥도 없이 무덤덤하게 받아들였다.

아들 루크는 "그게 '요리의 철인' 같은 건가요?"라고 물었다. 루크는 매주 금요일 저녁 요리 케이블 방송 '푸드 네트워크'에서 방영되는 요리경연 일본 프로그램의 광적인 팬이었다. 하나의 재료만으로 두 명의 요리사가 한시간 동안 네댓 가지, 심지어 여섯 가지 요리를 만들어내는 프로그램이었다. 요리사는 시종일관 엄숙한 표정이었고, 검은 양복을 입은 사회자는 감상적이고 과장된 표정으로 일본말을 툭툭 뱉어냈다. 특별히 엄선된 재료는 '오페라의 유령'의 오르간처럼, 혼자만 조명을 독점한 채 바닥에서 서서히 올라왔다.

루크는 "아빠도 그 사람처럼 검은 가죽 바지를 입을 건가요?"라고 묻고는 일본 말투를 흉내내며 "참치!"라고 소리쳤다. 나는 황급히 대답했다. "아니다, 그러진 않을 거다. 솜씨를 겨루는 경기가 아니야. 그냥 보여주기 위한 거다. 그러니까 〈이상한 나라의 앨리스〉에서 도도새의 달리기 경주랑 비슷한 거야. 모두가 상을 받을 거야."

농산물 직판장 **체험**하기

파리 라스파유 거리에 있는 유기농 시장에서 4~5년 동안 풍요로운 농산물과 눈에 띄지 않는 속임수를 경험한 후에 나는 파인애플이 정말로 일드프랑스, 즉 파리의 인근 지역에서 유기농법으로 재배되는 건지 의심하지 않을 수 없었다. 솔직히 말해서 나는 봄날 아침에 유니언 스퀘어의 농산물 직판장을 돌아보면서 약간 짜증스런 장면들을 두 눈으로 똑똑히 보았다. 직판장은 뉴욕 주변에서 농사를 짓는 농부들만의 상품이 판매되고, 따라서 언제라도 햇것을 맛볼 수 있다고 줄기차게 주장했다.

4월의 아침에 직판장을 들러 "램프는 많고, 대황도 좋은 게 좀 있습니다."라는 말을 듣자 기분이 좋아졌지만, "저장 감자가 괜찮은 게 좀 있습니다. 저장 사과도 좀 있고요."라는 말까지 듣게 되자 약간은 찜찜했다.(나는 처음에 램프가 뭔지 몰랐지만 금세 알아냈다. 램프는 자그마한 야생 양파로 갑자기 인기를 끌었다. 그 이유까지는 알 수 없었지만 양파가 밭에서 재배되는 걸 아쉽게 생각할 정도로 야생 양파의 맛이 대단한 것은 아니었다.) 뛰어난 주방장도 아침에 시장을 찾아가면 대부분의 경우 실망한다는 것을 알고 있었다. 그들이 필요한 이유가 거기에 있었다. 그들은 텔레비전 광고에 등장하는 요리사처럼 시장을 헤집고 다니며 사과를 쥐어보고 야생 양파의 냄새를 맡아보며 닭고기의 살을 만져보지 않았다. 그들은 어디에 가야 하는지 이미 알고 있었고, 그들이 찾는 것이 거기에 있는지 슬쩍 훑어보고는 원하는 만큼의 양을 조용히 집어들었다. 또 상인과 오랫동안 거래한 데다 상품의 때깔만 보고도 어떤 맛일지 짐작했기 때문에 상품을 요란스레 맛보지도 않았다. 전문가적 식견은 눈앞에 놓인 모든 것을 살펴보는 게 아니라는 누군가의 말이 떠올랐다. 전문가적 식견은 어떤 것을 찾아내야 하는지 아는 능력이었다.

어떤 것을 찾아내야 하는지 알아야 했다. 피터라면 어떤 과일이든 앞에 두고, 아이슬란드 사람이 가족의 역사를 줄줄 늘어놓듯이 그 과일의 원산지와 사용 가능성을 20분 가량 설명할 수 있을 것 같았다. 언젠가 농산물 직판장에서 가장 활달한 농부 중 하나로 손꼽히는 프랑카 탄틸로의 상점을 둘러볼 때였다. 피터는 딸기 상자를 가리키며, "프랑카 상점과 판타지 청과물 상점이 딸기를 직접 재배해서 파는 곳입니다. 중일성中日性, 말하자면 일조량의 변화에 관계없이 딸기를 생산하고 있습니다. 그러니까 낮이 짧아질 때도 딸기를 계속 개화시키는 거지요."라고 말했다. 나는 딸기 한두 개를 맛보았다. 겉은 새빨갛고 속은 단단하고 희멀건한 눈에 익은 아메리카 드리스콜스 딸기와는 전혀 달랐다. 프랑카의 딸기는 작았지만 프랑스 산딸기처럼 오묘한 향이 있었고 무척 달콤했다.

그 후로 다시 우리가 함께 농산물 직판장을 찾았던 날, 나는 괴상하게 보이는 푸성귀 좌판 앞에서 걸음을 멈추었다. 수프에 넣기 전에 파의 끝에서 뜯어낸 것처럼 보였다. 그날따라 비가 추적추적 내리고 날씨도 쌀쌀했다. 힘들게 지하철을 타고 찾아온 보람을 느낄 만한 청과물이 별로 눈에 띄지 않았다.

피터는 "이게 마늘종입니다. 이게 뭔지 제대로 알려면 마늘에 대해서 먼저 알아야 합니다. 마늘은 크게 하드넥과 소프트넥, 두 종류로 나뉩니다."라며 하드넥 마늘hardneck garlic을 살펴보았다. 파처럼 생긴 줄기를 지닌 마늘과 비슷한 모양이었다. 그리고 "하드넥 마늘에서는 꽃대가 자라면서 알뿌리에서 에너지를 빼앗습니다. 그래서 꽃을 일일이 따주어야 합니다. 지루하고 오랜 시간이 걸려서 일부의 농부만이 그렇게 합니다. 또 꽃대만 뽑는 경우도 있는데 그걸 마늘종이라 합니다. 진짜 하드넥 마늘은 중앙아시아가 원산집니다. 겨울이 매섭게 추운 곳에서 즙이 많고 혀가 얼얼해지는 진짜 마늘다운 마늘이 재배됩니다. 여하튼 이 직판장에서도 중앙아시아나 아프가니스탄에서 생산되는 마늘과 비슷한 마늘을 구할 수 있습니다."라고 덧붙였다. 나는 마늘종을 맛보았다. 혀끝을 찌르는 듯한 강렬한 마늘 냄새가 풍기면서도 푸성귀 맛을 느낄 수 있었다.

우리는 시장 곳곳을 돌아다녔다. 한번은 피터가 "가끔 실망할 각오도 해야 합니다. 하지만 그것도 시장의 한 단면입니다. 최고의 맛을 내는 게 뭐라고 생각하십니까? 하나 뿐입니다. 스트레스! 프랑스의 포도주 제조자들은 생장 한계선을 끊임없이 끌어올리려 합니다. 사실 샹파뉴 지방은 지독히 추워서 포도를 재배할 수 없는 땅입니다. 샤토뇌프뒤파프 지방의 토질은 포도를 재배하기에 적합하지 않습니다. 그런데도 프랑스 사람들은 포도나무를 환경에 적응시키고 적절한 양분을 찾아내려고 연구를 거듭합니다. 포도가 익는 계절이 짧아 시기에 맞춰 정확히 수확해야 하는 땅에서 기막힌 향을 지닌 포도주가 생산됩니다. 밭에서 최고의 맛을 만들어내는 주역은 스트레스, 즉 밭에 가해지는 압력입니다."라고 말했다. 그러자 댄이 무뚝뚝하게 "고맙네, 피터. 오늘 저녁 우리 주방에서 일하는 요리사들에게 꼭 말해줘야겠군."라고 말했다.

댄과 피터 그리고 내가 시장을 돌아다니던 어느 날 아침이었다. 내가 쓸 만한 육고기가 거의 없다고 투덜대자, 댄이 "최고의 송아지 고기를 구하려면 에이미를 찾아가야 합니다. 북부지역에서 온 여자입니다. 대부분의 송아지 고기는 흰색을 띱니다. 손님들이 흰색을 띤 살코기를 원하니까요. 그래서 송아지를 키우는 방법이 눈 뜨고 못 볼 정도로 끔찍하고 비윤리적입니다. 하지만 에이미는 목장을 직접 운영해서, 숫송아지를 없애지 않고 자기 자식처럼 애지중지 키웁니다."라 말하고는 눈을 반짝이며 "송아지들이 풀을 뜯고 자라지요. 또 당신이나 나처럼 널찍한 목장을 마음껏 뛰어다니면서 자랍니다. 식당용으로 팔기는 힘들지요. 손님들은 흰 살코기를 원하는데 에이미 송아지들의 살은 붉은 기운을 띠니까요. 하지만 맛은 기막힙니다. 입안에서 살살 녹습니다. 에이미는 정말 대단한 사람입니다. 송아지를 키우는 방법이 완전히 다릅니다. 정말 자기 자식처럼 정성껏 키웁니다."라고 덧붙였다. 그러자 피터가 무덤덤하게 말했다.

"그렇긴 하지. 9개월이 될 때까지는 자기 자식처럼 키우지. 그 후엔 인정사정없이 도살하고!"

댄과 피터의 도움으로 나는 농산물 직판장을 가득 메운 자그마한 상점들에서 작은 승리를 어렵지 않게 거둘 수 있었다. 그곳을 찾을 때마다 나는 뉴욕시의 특산물, 요컨대 땅에 스트레스를 줘서 키워낸 채소들로 바구니를 가득 채워 집에 돌아왔다.

어느 날 내가 "오늘은 마늘종, 야생 양파로 야채 요리를 해 먹을 거다!" 라고 말했다. 그러자 루크는 "그럼 닭 손가락도 없는 거예요?" 라고 물었고, 마시는 미심쩍은 말투로 "마늘종, 야생 양파, 야채 요리… 꼭 테드 휴스Ted Hughes, 1930~1998, 인간의 지성보다 야성을 강조한 영국 시인의 시를 듣는 기분이네요." 라고 말했다.

레스토랑에 몰래 들른 **요리 평론가**

요리놀이에 참가할 주방장들과 저녁 식사를 몇 번 하고, 시장을 둘러보고 아침 식사를 뻔질나게 한 덕분에 그들에 대해 조금씩 알게 됐다. 또 기업가적인 직감과 고결한 원칙, 감각적인 기교와 지독한 절망감이 그들의 내면에 뒤죽박죽 섞여있다는 것도 어렴풋이 짐작할 수 있었다. 예컨대 댄 바버는 자신의 식당에 몰래 들른 〈뉴욕 타임스〉의 요리 평론가 윌리엄 그라임스William Grimes를 알아보았다고 생각하던 때에 대한 얘기를 즐겨했다.

"틀림없이 그라임스라고 생각했습니다. 확실했습니다. 그는 저녁마다 우리 식당에 찾아와 여러 요리를 조금씩 맛보았고, 전문가의 냄새가 물씬 풍겼습니다. 그라임스가 분명했습니다."

그라임스가 어떤 평가를 내리느냐에 따라 식당의 미래가 결정되기 때문에 그라임스의 존재가 식당의 분위기를 결정하는 건 당연했다. 댄 바버는 잠시 말을 멈추고 다른 주방장들에게 '힘없는 사람은 어쩔 수 없잖아, 내 말이 맞지?' 라며 무언의 동의를 구한 후에 계속 말했다. "우리는 신용카드 조회선까지 뽑아버렸습니다. 〈뉴욕 타임스〉에 칼럼을 기고하는 평론가의 가짜 신용카드 이름을 우리가 다른 모든 식당에게 팩스로 알려줄 거라고 생각할지도 몰랐으니까요."

댄은 어깨를 으쓱해보이며 덧붙여 말했다.

"그런데 바로 다음 날 그라임스가 〈뉴욕 타임스〉 사무실에서 정말로 전화를 걸어 어떤 포도주가 준비돼 있느냐고 물었습니다. 아참, 그 남자는 자기 이름이 허드서커라며 우리 식당 메뉴판을 가져가기도 했습니다. 거기에는 포도주 목록이 없었습니다! 그래서 그 남자가 그라임스라는 확신은 점점 굳어졌습니다. 게다가 '미식가의 일기'라는 칼럼이 게재되는 금요일, 그 칼럼에 소개된 요리들이 전부 허드서커 씨가 우리 식당에서 먹었던 요리들이었습니다. 그래서 우리는 그 남자가 그라임스가 분명하다고 확신했지요. 그런데 그 다음 주에 H. M. 허드서커라는 사람이 예약을 하더군요. 우리는 어떤 요리를 만들어줄까 고민하고 또 고민했습니다. 웨이터들도 이런저런 아이디어를 내놓았고요. 물론 이런 경우가 닥치면 신중해야 합니다. 수수께끼를 푸는 것과도 같으니까요. 재밌는 과정이긴 하지만 수수께끼를 풀었다고 확신해서는 안 됩니다. 여하튼 허드서커 씨가 예약한 날이 됐고, 누군가 주방에 불쑥 들어오더군요. 그래서 내가 "그라임스다!"라고 말했습니다. 그러자 그가 "아닙니다. 그라임스를 알기는 하지만 그라임스는 아닙니다."라고 말하더군요. 그래서 나는 "그라임스가 아니라고요? 그럼 당신은 대체 누굽니까?"라고 물었죠. 그때 내게 얼굴조차 낯선 웨이터가 들어와서 "허드서커 씨, 요리에 관심이 많은 모양이군요. 요리에 관련된 사업을 하십니까?"라고 물었습니다. 그는 "무슨 사업이요?"라고 되물었고 웨이터가 요리에 관련된 사업이라고 대답하자, 허드서커 씨는 "천만에요, 나는 보험업에 종사합니다. 그냥 이 식당을 좋아할 뿐입니다."라고 대답했습니다."

댄 바버는 아쉬움이 가득 담긴 목소리로 얘기를 마무리지었다.

"정말 안타까운 것은 허드서커 씨가 그 후로도 우리 식당을 찾았지만 우리가 그에게 별 관심을 보이지 않았다는 겁니다. 일부러 그를 악의적으로 대한 건 아닙니다. 그때 허드서커란 사람에 대한 환상에서 깨어났기 때문이지요. 그의 잘못은 하나도 없었습니다. 여하튼 그는 화를 내면서 우리 식당을 나갔습니다. 웃기는 일이죠…. 그는 정말 이상적인 미식가였는데! 그는 음식 평론가가 아니었지만 음식 평론가처럼 요리를 즐겼습니다. 정말 이상적인 손님이었죠!"

뛰어난 요리사가 되는 **비결**

내가 알아낸 바에 따르면, 요리사들은 입을 쩍 벌리고 감탄하는 사람들을 특히 좋아한다. 이런 점에서 요리는 서커스 공연에 비교해볼 수 있다. 요리사들은 무엇을 잘 알고 있는지, 또 속임수가 쉽다고 바깥 사람들에게 구구절절 설명하려 애쓰지 않는다. 어릿광대들이 자살하는 걸 예방하고 사자 조련사가 무대 감독의 부인과 은밀히 잠자리를 함께하지 못하게 막는 것이 어렵듯이, 웨이터들을 오랫동안 근무하도록 다둑거리고 허우대가 멀쩡한 웨이터가 여자 손님을 유혹하지 못하게 단속하는 게 어려울 뿐이다. 요리사들은 사람들이 서커스를 좋아하는 걸 반기지만, 서커스는 흉내만 내는 쇼가 아니라는 걸 분명히 알고 있다. 서커스는 구경거리를 보여주는 실전 무대이다.

요리사들은 요리를 걱정하고 평론가들의 글에 불평을 일삼지만, 그들의 직원에게 무척 애착이 강하다. (언젠가 댄 바버가 아침에 장을 보다가 옛날에 그가 데리고 있던 뛰어난 총지배인이 프랑스 출신의 주방장에게 해고당했다는 소식을 듣고는 말문을 잃고 멍청하게 서 있던 모습이 아직도 기억에 생생하다. 댄은 그야말로 입을 멍하니 벌리고 꼼짝하지 못했다.) 직원들을 사랑하지 않으면 손님에게 시중들 사람이 없어질 테니 그들을 사랑하는 게 원칙이기도 하지만, 투수의 투구도 결국에는 수비의 일부라는 사실을 꿰뚫고 있는 뛰어난 야구 감독과 마찬가지로 식당 주인도 훌륭한 서비스가 더해져야 음식맛도 더 좋아진다는 것을 알고 있기 때문이다. 피터 호프만은 "한마디로 음식 맛은 느낌입니다. 감각만이 아닙니다."라며 "따라서 따뜻하게 환대받는다는 기분일 때 음식 맛이 더 좋아집니다. 기분이 좋아지면, 꼬장꼬장한 작가가 아니라면 맛을 이러쿵저러쿵 따지지 않습니다. 즐거운 시간을 보냈다고만 생각하고 주변 사람들에게 '그 식당 음식 맛이 기막히던데!' 라고 입선전을 해줍니다. 언젠가 우리 식당에 손님들을 좌석에 안내하는 여직원이 있었습니다. 하원의원 친구가 들어오자, 여직원은 '잠깐만 기다려주십시오.' 라고 말했습니다. 잠깐만 기다려주십시오. 조금도 무례할 것이 없는 말이었습니다. 하지만 그 직원 때문에 우리 사보이 식당이 오랫동안 구축해오던 모든 것이 그 순간에 한꺼번에 무너지고 말았습니다."라고 말했다.

맛을 내는 비결이라 말하지만 그 비결은 비밀이 아니라는 것까지 나는 알아냈다. 뛰어난 요리사는 얼마든지 있다. 멋진 식당에서 맛보는 음식의 맛은 하루하루의 준비에서 실질적으로 결정된다. 달리 말하면, 음식은 처음 삼키기 전에 있어야 하며 음식 자체를 앞서는 자질구레한 오만 감각들로 결정된다. 과로에 시달리면서도 기꺼이 요리놀이에 참여한 다섯 요리사 모두가 음식은 그 밖의 모든 것에서 만들어지는 것이 아니라, 그 밖의 모든 것이 만들어내는 것이라 생각했다. (식당 주인을 겸한 주방장들이 특히 그렇게 생각했지만, 주인을 따로 두고 주방에서만 일하는 요리사들도 음식 맛은 요리가 시작되기 전에 행해지는 선택에서 크게 결정된다는 걸 알고 있었다. 여하튼 '대단한 비결' 을 운운하는 요리사는 없는 듯했다.)

필립 베르티노는 완전한 프랑스인이었고, 다니엘 식당에서 부주방장으로 일할 때 독창적인 요리로 명성을 얻었다. 그래서 미국 요리사들은 그를 요리계의 호로비츠블라디미르 호로비츠, 뛰어난 기교와 음악성으로 20세기 최고의 피아니스트 가운데 한 사람으로 평가된다.로 여겼다. 한마디로 베르티노는 요리의 기술을 지키는 수호신이었다. 과로에 시달리고 걱정에 잠긴 듯 잔뜩 찌푸린 눈썹에서는 여느 프랑스 요리사들과 똑같이 세상을 향한 경멸까지 읽혀졌다. 푸아투 샤랑트 지방의 농장에서 자란 그는 미국 요리사들의 믿음, 즉 요리의 원칙은 진리를 밝혀내는 과정이 아니라 일반적인 원칙에 불과하다는 믿음을 무척 당혹스럽게 받아들였다. 또 그는 "내가 자란 시골에서는 모든 것이 농장에서 나왔습니다. 어디에서 먹을 것이 나왔겠습니까? 미국인들이 그처럼 조바심을 내는 이유를 이해할 수가 없습니다."라며 어깨를 으쓱해 보였고, 탄식하듯 입술을 동그랗게 해보이며 "주방에서 겨우 하루를 보내고는 가자미를 완벽하게 저며내는 법도 모르면서 송어와 커민 씨를 무작정 섞는 것부터 시작하려 하지 않습니까."라고 말했다.

사라 젠킨스는 외국에서 주로 활동한 특파원의 딸이었다. 따라서 스페인과 레바논에서, 또 이탈리아 토스카나의 농촌에서 자랐고, 남달리 진지하고 순수한 마음으로 토스카나의 토속 음식을 선보였다. 젠킨스는 믿음의 확신을 더하기 위해서 '복잡한 군더더기'를 포기해버린 사람처럼 요리의 원칙을 굳게 믿었다. '아가씨와 건달들'에 등장하는 구세군 소녀처럼 천진난만하고 티없이 맑게 생긴 그녀는 그야말로 앨리스 워터스의 딸이었다. 언젠가 그녀는 함께 커피를 마시면서 "정말로 신선한 햇것은 뭐든지 맛있게 요리할 수 있다고 생각해요. 어느 해 여름 캄보디아에 갈 때까지 개구리를 요리할 때마다 애를 먹었어요. 개구리를 좋아한 것도 아니었지만 냉동 개구리가 싫었을 뿐이에요. 그런데 캄보디아 개구리는 산 채로 잡아서 요리하기 몇 분 전에야 껍질을 벗긴 거였어요. 갓 껍질을 벗긴 개구리를 보니까 개구리에 대한 느낌이 완전히 다르더라고요."라고 말했다.

상드리옹에서 일하는 필리핀계 요리사 로미 도로탄은 1970년대에 템플 대학교에서 경제학을 공부하는 동안에 필라델피아의 한 식당에서 시간제로 일하고 있었다. 어느 날 요리사가 갑자기 그만두는 바람에 그가 주방을 떠맡아야 했다. 그는 영국의 음식 평론가 엘리자베스 데이비드Elizabeth David의 글을 적잖게 읽은 덕분에 주방을 그럭저럭 꾸려갈 수 있었다며, "엘리자베스가 내게 길을 밝혀주었습니다. 엘리자베스의 글을 매일 조금이라도 읽었습니다. 그녀의 글에서 나도 요리할 수 있다는 용기를 얻었습니다."라고 말했다. 나중에야 알았지만, 쿠르틴의 요리놀이를 처음에 제안한 사람도 로미였다.

하지만 나는 댄 바버에게 마음이 끌렸다. 요리사들 중에서 그가 내세우는 원칙들만이 한결같이 내게 영감을 주었기 때문이다. 무엇이든 의심해보라는 영감이었다. 한 번의 의심에 그치지 않고 의심하고 또 의심하라는 것이었다. 우리가 시장을 함께 둘러보던 시기에 잡지 〈푸드 앤드 와인〉Food and Wine은 댄 바버와 마이크 앤서니를 미국 최고의 신진 요리사로 선정했고, 그들은 하얀 요리복을 입고 그 잡지의 표지 모델이 됐다. 그러나 댄은 앞으로도 평생 동안 요리사로 일할 거라고 확신하지 못했다. 비유해서 말하면, 트럼본 연주자가 되겠다는 확신이 없는 데도 어느 날 갑자기 트럼본의 거장 반열에 올라선 셈이었다. 어느 날 아침 그는 "솔직히 말해서 내가 정말로 이 일을 하면서 평생을 보내고 싶어하는지 나 자신도 잘 모르겠습니다. 요리사 노릇을 하면서 행복한 가정 생활을 꾸리기란 정말 어렵습니다. 가정을 원만하게 꾸려간다는 요리사들도 있다는 얘기를 듣기는 했지만 실제로 그런 요리사를 만난 적은 한번도 없습니다. 돈이요? 하기야 우리가 돈은 좀 법니다. 하지만 그 돈을 양도성 예금증서에 투자하면 더 많은 돈을 벌 수 있을 겁니다."라고 말했다. 요리사도 글쟁이와 마찬가지로 일에 찌들려 사는 셈이었다. 그 때문인지 "요리는 미친 짓입니다, 미친 짓. 제정신이 아닌 사람이나 할 짓입니다!"라고 단도직입적으로 말하는 사람도 있었고, 어떤 사람은 "모든 요리가 결국엔 똑같습니다. 다양한 기술을 생각해내고 발휘해보이지만 결국에는 똑같이 만들어낼 뿐입니다. 바깥은 바삭바삭하고 안은 부드럽게 말입니다. 어떤 요리나 바깥쪽은 아삭아삭하고 안은 부드럽지 않습니까. 그런 요리를 반복해서 만들어낼 뿐입니다." 라고 말했다.

댄은 요리의 원칙 자체를 의심했다. 봄날 아침 우리가 시장을 함께 거닐 때였다. 수경재배한 토마토가 눈에 띄었다. 다른 요리사들은 그 토마토를 무심코 지나쳤지만, 댄은 빨간 토마토가 잔뜩 쌓인 좌판 앞에 걸음을 멈추고는 이렇게 말했다.

"나는 이런 고민을 합니다. 오늘은 날씨가 좋습니다. 덥기도 하고요. 이런 날에는 스테이크에 토마토 샐러드를 주문하는 손님이 있을 겁니다. 그럼 나는 정직한 요리사가 돼야 한다는 생각에 '손님, 죄송합니다. 토마토 샐러드를 만들어드릴 수가 없습니다.' 라고 말해야 할까요? 그러니까, 그런 말을 하면서 내가 이상한 요리사 노릇을 해야 하는 걸까요? 물론 토마토는 건강에 좋습니다. 또 우리 지역 사람들이 토마토를 재배하기도 합니다. 그런데 8월에는 토마토를 땅에서 재배하지 않는다는 이유로 정직한 요리사인 체 하면서 토마토를 손님들에게 내놓지 말아야 하는 걸까요? 이런 문제로 나는 항상 고민하고, 결국에는 타협을 합니다. 앨리스에게 '내가 순수의 원칙을 항상 지켜야 하는 건지 아직도 모르겠습니다. 여하튼 오늘 저녁에서 고수풀을 더해 차가운 토마토 수프를 만들어야겠습니다.' 라고 용서를 비는 거지요. 그렇게라도 해서 토마토를 먹고 싶어하는 손님들의 요구를 맞춰야 하지 않겠습니까?"

피터가 토마토 좌판으로 돌아와 말했다.

"내 생각은 달라요. 토마토는 계절의 별미입니다. 기다릴 줄 알아야지요. 토마토 철이 되면 신물이 나도록 토마토를 먹겠다고 가슴을 설레면서요. 그래서 나는 뒤로 미루는 쪽을 택합니다."

"그럼 좋죠. 증권거래인들이 기다리려고 하지 않는 게 문제지요."

우리는 얼마 전에 개업한 식당으로 화제를 돌렸다. 3층 건물을 통째로 극장식으로 꾸민 식당이었다. 댄이 밝은 목소리로 말했다.

"그 식당 마음에 들던데요."

피터가 걸음을 멈추며 말했다.

"저런… 농담이겠죠?"

댄은 어깨를 으쓱해보이며 대답했다.

"아닙니다, 농담이 아닙니다. 정말 마음에 듭니다. 내 안목이 점잖지 못한 건 사실이죠."

원칙이란 탈을 쓴 채 속물 근성을 부추기는 것에 막말을 하기란 쉽다. 우리가 먹는 것의 지위는 물론이고 모든 것의 지위가 편파적인 비교에서 결정된다. 부자만이 12월에 딸기를 즐겼고, 8월에 오렌지를 먹던 시절, 요컨대 부자만이 제철이 아닌 과일이나 채소를 즐겼던 지난 세기의 전환기에는 온실에서 재배한 과일과 채소가 지금 유기농법으로 재배한 과일과 채소의 권위를 누렸다. 지금은 누구나 어느 때라도 식료품 연쇄점 '푸드 엠포리엄' Food Emporium에 가서 버찌와 나무딸기를 살 수 있어, 시장을 여유있게 천천히 둘러보며 야생 양파와 대황을 사는 사람에게 '괜찮은 사람' 이란 영광의 딱지가 붙여진다.

그러나 실생활에서 모든 가치는 생활 방식으로 표현된다. 그렇다고 생활 방식이 가치의 전부라고 생각하면 오산이다. 모든 것이 겉치레이다. 중요한 것은 무엇을 겉으로 보여주느냐는 것이다. '계절적인 재료' seasonality란 표현에 속물 근성이 짙게 담겨 있더라도 이 단어는 어떤 지역, 어떤 장소, 어떤 지방과 인연을 맺어보려는 욕망의 표현이기도 하다.(크게 보아 생태학적 관점에서 농업관련산업이 문명 사회를 해친다는 주장은 맛의 미학에 별다른 영향을 주지 않지만, 인구과잉에 시달리는 지구에서 문명의 생존을 위해서는 어떤 형태로든 농업관련산업이 필요하다는 정반대의 주장에 부딪친다. 따라서 우리가 허기에 시달리며 대충 배를 채울 때까지 이런 식의 대화는 저녁 식탁에서 끝없이 반복될 게 뻔하다.)

기막힌 요리들을 창조해낸 **요리사들**

나는 두 달 동안 농산물 직판장을 뻔질나게 드나든 덕분에, 직판장이 구색을 맞추려고 진열해놓은 것과 직판장에서만 구할 수 있는 것을 나름대로 정리할 수 있었다. 직판장 밖에서 구할 수 있는 것들, 예컨대 오렌지와 레몬과 파인애플, 노란 양파와 붉은 양파, 가지, 대충 썬 쇠고기와 돼지고기 덩어리, 나무딸기와 버찌와 신성한 푸성귀 등은 슈퍼마켓에서 구입해도 문제될 것이 전혀 없었다. 그러나 딸기와 감자, 아스파라거스와 햇완두콩과 강낭콩, 가금류 등은 대량생산된 경우에는 내 눈에도 질이 현저하게 떨어져 보였고, 생산지에서 포장한 상자를 그대로 쓰레기 압축기로 보내버리는 편이 나을 것 같았다.

내가 요리놀이를 위해 최종적으로 선택한 재료들은 빈약하기 이를 데 없었다. 송아지 고기와 송어, 일조량에 관계없이 재배한 딸기, 풋마늘과 마늘종, 겨자잎, 신맛이 나는 작은 버찌, 꼬투리를 깐 완두콩이 전부였다. 송아지 고기는 물론 에이미가 자식처럼 키운 송아지의 살코기였고, 송어는 직판장의 한 귀퉁이를 차지한 맥스 크리크 상점에서 구입한 것이었다.(나는 세상의 온갖 요리를 맛보고 싶지만, 내가 알기에 송어는 맛의 세계에서 거의 사라져버린 것이었다. 양식 연어는 획일적이지만 그런대로 먹을 만했고, 양식 송어에서는 생선 맛조차 느낄 수 없었다.) 나는 참소리쟁이를 약간 덤으로 재료에 끼워 넣었다. 내가 참소리쟁이를 좋아하기도 했지만, 그 풀이 연어 요리의 소스 이외에 다른 요리에 사용된 경우를 본 적이 없었기 때문이다. 그런데 녹말은 직판장에서 구할 수 없었다. 그래서 그들에게 녹말은 원하는 만큼 사용해도 괜찮다고 허락해주었다.

재료를 결정하고 다음 주에 우리는 그들이 그 재료로 어떤 요리를 만들었는지 알아보려고 식당들을 차례로 돌아다녔다. 당연한 말일지 모르지만 그들은 내게 이메일로 전해받은 재료들로 상상조차 할 수 없는 기막힌 요리들을 그야말로 창조해냈다. 물론 여기에 조리법을 소개하거나, 아니면 전채요리로 나온 거라도 대략 알려줘야 마땅하겠지만 나도 로베트 쿠르틴처럼 격조있게 평가하고, 색다른 비유를 대담하게 마음껏 동원하고 싶은 마음이 없지 않다.

필립 베르티노의 요리는 프랑스의 어떤 지역을 찾아간 기분이었다. 송아지의 내장, 췌장과 신장을 바삭거리게 튀겨 아삭아삭한 완두콩 위에 얹었고, 약간 붉은 기운을 띤 신맛 나는 버찌는 디저트가 아닌 달콤한 맛을 띤 피클로 변신했다. 베르티노는 고상하게 요리하지만 조리법의 기준은 지역색을 띠는 듯했다. 요컨대 모든 프랑스 요리는 시골 음식이란 냄새를 풍기고 싶어하기 때문에 고급 요리라면 고향과도 같은 밭을 애타게 사모하는 마음을 담아내야 한다는 기준이었다. 한편 송어의 뱃속에는 겨자잎을 채워넣어, 송어의 독특한 단맛을 톡 쏘는 겨자잎의 향으로 지워냈다. 또 참소리쟁이는 예상과 달리 소스를 만들지 않고, 돌돌 말아 가늘고 길게 썰어 장식용으로 사용했다.

사라 젠킨스는 똑같은 재료로 토스카나의 7월 어느 날을 연상시키는 요리를 만들어냈다. 송아지 고기를 잘게 썰어 라구 소스를 만들었지만 결코 단순한 라구 소스가 아니었고, 겨자잎은 신선한 리코타 치즈와 섞어 짤막하고 주름진 마카로니의 일종인 리카토니 위에 살짝 얹었다. 시골을 사랑하는 그녀에게는 송어를 뜨거운 물에 데치거나 기름에 튀기는 게 아까웠던 모양이다. 그래서 젠킨스는 송어를 훈제해 빵과 함께 첫 요리로 내놓았다. 어찌 보면 미국화된 토스카나 요리였지만, 계단식 밭 냄새가 물씬 풍기는 요리였다.

로미 도로탄은 시원한 마당과 따가운 햇살을 아무런 경계도 없이 교차시키면서 모든 것을 동양식으로 변형시켜놓은 듯했다. 농장에서 키운 송아지 고기는 커리로 맛을 냈고, 달콤한 송어에는 카옌 고추로 매운 맛을 더했다. 또 어린 회향풀은 수박 냉채로 차갑게 얼려놓았다. 하지만 도로탄이 차례로 내놓는 요리들을 보고 맛볼수록 다윗왕에 기원을 둔 유럽의 냄새가 분명히 느껴졌다. 향의 대담한 배열은 분명히 동양식이었지만, 그런 배열을 시도하겠다는 생각 자체는 전통의 그림자에 숨어 안주하지 않았다는 점에서 완전히 프랑스식이었다.

내가 가장 잘 아는 두 요리사의 경우에는 그들의 뿌리만이 아니라 성격까지 확연히 드러나는 요리를 만들어냈다. 피터 호프만은 어떤 요리를 만들지 누구보다 골똘히 고민한 요리사답게 가장 열정적으로 독특한 요리를 만들어냈다. 지나치게 열정적인 데다 지독히 다채롭기도 했다. 호프만은 송어를 조리하기 전에 마리네이드에 재워두었다. 그래서 강에 사는 송어가 바다에서 사는 청어처럼 변했고, 그 후에 겨자잎을 더해 송어를 요리했다. 특히 신맛이 나는 버찌와 일조량에 관계없이 재배한 딸기로 단순하면서도 단맛과 새콤한 맛이 나게 만든 콩포트에 버터밀크 아이스크림을 얹은 호프만의 디저트는 그야말로 일품이었다.

댄 바버가 마이크 앤서니와 함께 준비한 요리들에서는 바버의 원칙론적 의혹이 고스란히 읽혀졌다. 그들은 꼬투리를 벗긴 완두콩에 요구르트와 신선한 푸성귀를 더해 삶아 곱게 걸러내 달콤한 퓌레를 만들었다. 시장에서 흔히 보는 요리인 건 확실하지만 완전히 시장의 요리만은 아닌 요리, 요컨대 시골 냄새를 덧씌운 도시화된 요리였다. 또 송아지 고기는 겨자잎과, 아련히 톡 쏘는 맛만을 남긴 마늘을 더해 파리식으로 서서히 구워냈다.

앞에서도 말했듯이 그 요리들의 조리법을 소개해야만 마땅하겠지만, 여의치 않아 그 맛을 상상할 수 있는 비유로만 만족했다. 이 요리놀이는 결코 놀이가 아니었다. '놀이' 라는 표현 자체가 틀린 것일 수도 있다. 요리사들은 놀이를 즐길 만한 여유가 없다. 요리사들은 자신이 해야만 하는 역할을 해낼 뿐이다. 이런 점에서 나는 다섯 요리사에게 재밌게 즐길 만한 놀잇거리를 제공하지 못했다. 스트레스로 가득한 삶에 또 하나의 스트레스를 더해주었을 뿐이다. 그러나 그들은 그 스트레스를 맛으로 승화시켰다.

요리사와 작가의 공통점

차림표를 완성하기로 약속한 날, 나는 브런치에 다섯 요리사를 초대했다. 그들은 상대방의 차림표를 유심히 살펴보았다. 내가 알기에, 요리사란 직업의 비애는 너무 바빠서 외식할 틈도 없다는 것이었다. 그런데 댄은 그 날 모임에 참석하지 못했다. 컨솔러데이티드 에디슨 전력회사에 문제가 생기는 바람에 그의 식당이 일요일 아침 내내 단전된 때문이었다. 댄과 마이크는 식당에 보관하던 식재료들을 다른 식당의 냉장고로 보내는데 아침 나절을 보냈고, 전기가 복구된 후에는 다시 거두어들이는데 일요일을 온통 날려버렸다.

그들은 내게 요리놀이를 지켜보면서 어떤 기분이었느냐고 물었다. 나는 상투적인 비유로밖에 대답할 수 없었다. 그들이 말하는 목소리를 유심히 듣는 기분이었다고. 그런데 그들이 식사를 하면서 입씨름하는 것을 지켜보자 문득 다른 생각이 떠올랐다. 요리와 글쓰기 간의 미묘한 관계를 추적하는 데만 몰두한 까닭에 나는 너무도 확실한 것을 놓치고 있었다. 요리와 글쓰기, 둘 모두 대화와 뗄 수 없는 관계에 있다는 점이었다. 요리사와 작가의 공통점이 있다면, 그들의 일이 식탁을 중심으로 강물처럼 흐르는 대화에서 시작된다는 것이다. 우리는 뭔가를 식탁에 올려놓기 위해서 요리를 하고, 식탁에서 운운된 말들을 기록에 남기기 위해서 글을 쓴다. 내가 요리사들과 어울리는 이유도 따지고 보면 그들이 만들어내는 대홧거리를 좋아하기 때문이다.

모두가 가을에 요리놀이를 다시 시도하자는 데 찬성했다. 베이글과 훈제연어를 먹으면서 피터 호프만은 사보이 식당을 개조하기로 아내 수잔과 합의를 보았다고 말했다. 요즘 소호 거리의 주역으로 떠오른 아르마니 쇼핑객들이 편하게 드나들 수 있도록, 촛불로 밝히던 아름다운 내실을 없애고 카운터를 설치하고, 흑백사진 액자로 새롭게 장식하기로 결정했다는 것이었다. 그들의 꿈은 옛날에는 최고급 이웃들을 위한 식당을 만들겠다는 것이었지만, 이제는 이웃들이 달라졌으니 그들도 변해야 했다. 이런 점에서 요리사가 작가보다 세상의 변화에 훨씬 민감하게 대처해야 한다는 생각이 들었다. 세상살이가 겉으로는 부드럽게 보여도 안으로는 무척이나 팍팍한 셈이다. 그래서 우리가 요리와 함께하는 삶을 좋아하는 것은 아닐까 싶다.

물질주의의 성전, 뉴욕 백화점 이야기

뉴욕 **백화점들**, **쇠락**의 길로 접어들다

뉴욕의 대형 백화점들은 얕은 바다에 정박한 커다란 호화 여객선처럼 도로의 한 부분을 차지하고 있다. 스테이플스와 빅토리아 시크릿, 바나나리퍼블릭과 갭 같은 전국적인 신흥 소매 연쇄점들은 큰 삼각 돛을 단 연안 항해용 범선과 바닥이 평평한 정크선과 모터보트처럼 백화점을 에워싸고, 시끌벅적하게 목소리를 높이며 손윗누이와도 같은 백화점의 자존심을 건드리고 손님까지 빼앗는다. 이런 신흥 소매점들은 이상하게 짝을 지어 움직인다. 편의점 듀에인 리드의 주변을 둘러보면 스타벅스가 있고, 스테이플스가 있는 곳에는 빅토리아 시크릿이 꼬리를 살랑거리며 위치하고 있다.

따라서 남편의 옆구리를 쿡쿡 찌르고 싶은 욕구와 할인 판매하는 문방구를 사고 싶은 욕구, 카페인을 섭취하고 싶은 욕망과 감기약을 사고 싶은 욕망은 우리 뇌의 욕망 구조에서 쌍을 이루고 있는 듯하다. 웅장하면서도 굼뜨게 보이는 백화점들, 예컨대 삭스 5번가와 버그도프 굿맨과 블루밍데일은 이런 소매점들을 내려다보면서 여전히 품위있게 영업하지만, 무릎이 썰렁해질 정도로 쇠락의 길에 접어든 듯하다.

머릿속으로 상상하고 짐작으로만 하는 말이 아니다. 몸으로 느낄 수도 있고 신문에서 확인할 수 있는 얘기이다. 메이 그룹의 소유로 5번가의 남쪽 끝에 뉴욕 매장을 둔 로드 앤드 테일러 백화점은 올 여름에만도 거의 4천 명의 직원을 해고시켰고 서른 두 곳의 매장을 폐쇄해서, 뭔가 새로운 모습으로 탈바꿈하려는 듯 수리공장에 보내졌다. 요컨대 이름 이외에 모든 것이 사라져버렸다. 투자전문회사 파이퍼 제프리Piper Jaffray의 분석가가 백화점 분야를 분석할 때 흔히 쓰는 표현대로 '소생의 기미조차 보이지 않는다'. 소매업을 전문으로 다루는 신문들이 백화점의 몰락을 걱정하는 논조는 브로드웨이를 걱정하는 연극계 사람들의 목소리와 조금도 다르지 않다.

그러나 우리는 뉴욕에서 살면서 백화점의 쇠락을 몸으로도 분명히 느낄 수 있다. 1990년대 초 블루밍데일이 완전히 몰락해서 여자들이 눈물을 하염없이 흘렸을 때에도 백화점은 여전히 중요한 위치를 차지했다. 당시의 토크쇼나, 요즘의 케이블 텔레비전에 버금갈 정도로 백화점은 뉴욕 사람들에게 큰 비중을 차지했다. 어제까지 중요하게 여겨지던 것이 내일이면 그렇지 않은 것처럼 보이기 마련이다. 이제 우리는 영수증을 굳이 보지 않아도 백화점의 옛 영화가 시들어가고 있다는 걸 어떻게든 알고 있다. 우리가 이 세상을 떠난 다음에 펼쳐질 세상은 어떤 모습일지 궁금하다.

시내의 백화점들 중 일부는 여전히 건재한 위용을 자랑한다. 가구 매장과 화장품 매장을 줄여 2선으로 돌리고 고급 의류 매장으로 탈바꿈을 시도한 백화점들이다. 버그도프 굿맨 백화점의 7층은 여전히 손님들로 붐비고, 삭스의 8층에서는 노랫소리가 들린다. 또 토요일 정오 바니스 백화점에 자리잡은 프레즈 식당만큼 맨해튼의 진면목을 보여주는 곳은 거의 없는 듯하다. 그러나 우리는 여전히 백화점을 그리워한다. 백화점이 상업의 작은 공작령으로 정석적인 전시를 고수하며 한때 세상을 결정했기 때문이다.

당시에는 바니스의 크리에이티브 디렉터인 사이먼 두넌Simon Doonan처럼 마르셀 뒤샹식으로 쇼윈도를 진열하지 않았다. 셔츠는 셔츠로, 넥타이는 넥타이로 모든 물건을 그대로 보여주었다. 목재를 덧댄 에스컬레이터와 혼잡한 엘리베이터, 작은 모자를 쓰고 "잡화점입니다."라고 안내하던 유령 같은 엘리베이터 안내양이 있었다.(지금은 잊혀졌지만 조니 머서의 뮤지컬곡 '톱 바나나'에 수록된 아름다운 노래가 백화점의 엘리베이터에서 흘러나오며, 백화점의 각 층에 진열된 상품들을 거의 시적으로 안내하는 말들의 배경음악을 이루었다. "3층, 쥐덫과 라디오, 얇은 셔츠와 컵케이크와 카메오 세공품 매장입니다. 4층입니다. 땅콩과 피콜로, 로우 사에서 파견된 안내인들이 있습니다.")

로드 앤드 테일러에는 아직 옛날 백화점 냄새가 조금 남아 있다. 옛 세계의 여운이 끝까지 끈질기게 살아남은 곳이다. 그렇다고 아주 멀리 떨어진 세계는 아니다. 38번가와 5번가의 모퉁이에 자리잡은 백화점의 1층은 기대에 어긋나지 않게 아름답게 배열돼 있다. 사방은 거울이고 화장품이 진열돼 있다. 크리니크 매장의 판매원들은 정말로 병이라도 치료할 태세로 하얀 가운을 입고 있어 진지하게 보인다. 칸막이도 없고, 상품을 억지로 팔려는 목소리도 들리지 않는다. 향수를 뿌려대는 판매원도 없다. 1층의 상품들은 하느님의 손으로 진열해놓은 듯하다. 줄무늬 남성용 넥타이는 연어를 저며낸 조각처럼 놓여있고, 남성용 셔츠는 메추라기처럼 걸려있다. 모자도 눈에 띈다. 모자 매장에서는 매일 아침 10시에 국가가 흘러나온다.

6층에 올라가면, 식당 경영자 래리 포르지온이 새로 개업한 카페가 한눈에 들어온다. 포도주가 완벽하게 갖춰져있고, 건장한 체구의 여종업원들이 부지런히 돌아다닌다. 차우더조개 또는 생선과 야채류로 만든 진한 수프.의 맛은 일품이고, 포도주도 그런 대로 괜찮다. 그러나 포르지온은 이름이기 이전에 하나의 상표가 되어, 그에게서는 시간의 제약을 넘어 희망의 시대를 암시하는 듯한 뭔가가 느껴진다. 로드 앤드 테일러에는 시간의 숨결, 특히 여성시대의 숨결이 살아있다. 그렇다고 시간의 속도가 늦춰진 건 아니다. 오히려 의미심장하고 느긋한 기운이 느껴진다. 그곳을 둘러보려면 아침과 점심, 티타임과 오후를 통째로 할애해야 한다. 잠깐 들러 쇼핑하는 곳이 아니라 멀리 소풍을 나온 기분으로 쇼핑해야 한다.

마침내 10층, 남성복 매장이다. 자본주의가 만들어낼 수 있는 지독한 정적에 위압감마저 느껴지고 온몸이 마비될 듯하다. 시장의 직접적인 압력에도 흔들리지 않는다는 점에서 값비싼 자본주의는 시장의 장터와 채소 가게와 다르다. 자본이 시장에 서서히 흘러들어, 시장을 공장이라는 껍데기에 가둬버린다. 모든 점에서 공장과 다를 바가 없다. 따라서 상품이 시장에서 매력을 잃은 뒤에도 좀처럼 사라지지 않고 한 귀퉁이를 차지한다. 잭 빅터, 그랜트 토머스는 상표 이름이지만, 실제로는 누구의 이름도 아니고 진정한 상표라 할 것도 없는 상표다. 판매 실적이 떨어지자 상표에 사람 이름을 붙이는 장삿속이 끼어든 듯하다. 이제는 누구도 잭 빅터 슬랙스를 입지 않지만, 슬랙스들은 주글주글한 주름을 내보이며 보란 듯이 줄줄이 진열돼 있다. 설치미술의 한 부분처럼 보인다. 백화점이 상품에 이름을 붙여 사람들에게 알리려고 전시해보는 추상적인 연습장이 돼 버린 것처럼 상업적인 절실함도 없고, 손님조차 눈에 띄지 않는다.

백화점의 탄생과 몰락

백화점의 쇠락을 올바로 이해하려면 백화점의 탄생 시기로 되돌아가야 한다. 하버드 경영대학원 교수로 소매업에 관련해 많은 글을 발표한 리처드 테들로우Richard S.Tedlow 교수의 말에 따르면 그렇다. 테들로우는 "백화점은 도시와 도시를 연결시키는 교통체제가 도래하면서 시작됐다. 승용차 시대가 시작되기 전이었다. 예컨대 시카고에서 시내에 들어선 마셜 필즈 백화점은 그 자체로 하나의 상표였다. 1870년이나 1880년에 그런 백화점의 경쟁 상대는 구멍가게들이었다. 백화점은 새로운 형태의 소매점이었고, 최종 종착지였다. 달리 말하면, 물건만이 아니라 재미까지 구매할 수 있는 곳이었다."라고 말했다.

테들로우의 설명에 따르면, 백화점의 탄생에는 교통수단의 변화도 한몫을 했다. 그 전에는 쇼핑은 여전히 교환으로 이루어졌고, 쌍방 모두가 어떻게든 상대를 속이려고 했다. 그러나 백화점은 정찰제를 실시했다. '만족 보장, 그렇지 않으면 환불해드립니다.' 라며 혁명적이고 새로운 판촉방법을 도입했다. 테들로우의 지적처럼 "백화점은 미국에 최초로 들어선 신뢰할 수 있는 상점이었다. 백화점은 고객의 마음에서 바가지를 쓸지 모른다는 걱정을 덜어내주었다."

그 후로 반 세기 동안, 특히 뉴욕에서 백화점들은 추수감사절 가장행렬과 애국심을 고취시키기 위한 강연부터 입체파 화가들의 전시회까지 모든 것을 도맡았다. 존 워너메이커John Wanamaker는 미국에서 가장 뛰어난 장사꾼 중 한 명으로 손꼽혔다. 애스터 플레이스와 브로드웨이가 만나는 곳에 있던 그의 백화점은 웅장한 입구를 자랑하며 상설 전시관까지 두었고, 엠파이어 스테이트 빌딩보다 유리창이 많았던 것으로 알려지지만, 백화점의 표본이자 군주로 여겨졌다.

소매업을 연구하는 역사학자들의 주장에 따르면, 백화점을 여자들이 사소한 물건들을 사던 곳에서, 교회를 들락대듯이 무턱대고 반드시 들러야 하는 곳으로 바꿔놓은 주역은 워너메이커였다. 뉴욕에서는 소매업이 꾸준히 발달하면서 백화점들은 급속도로 주택 지구까지 파고들었다. 지금은 역사보존지구로 지정된 레이디스 마일, 특히 8번가와 23번가 사이, 또 브로드웨이와 6번가 사이에 백화점들이 우후죽순처럼 탄생했지만 그 후에는 5번가로 대세가 이동됐다. 그러나 백화점의 목적과 명성은 옛 탄생지에 고스란히 남아있었다.

테들로우는 백화점의 쇠락이 2차대전 직후부터 시작됐다고 진단한다. 얼핏 생각하면 2차대전 직후는 백화점이 성장하기 좋은 기회였다. 게다가 미니애폴리스와 캔사스시티 등과 같은 도시에 대형 쇼핑몰이 처음 등장했다.

그러나 테들로우는 쇼핑몰 내에 널찍하게 자리잡은 백화점이 오히려 백화점의 멸망을 앞당긴 저주였다며, "쇼핑몰의 양 끝에 백화점이 자리잡았다. 두 백화점 사이에 무엇이 있었겠는가? 처음에는 조그만 가게들이었다. 하지만 결국에는 갭, 리미티드, 바나나리퍼블릭 등의 매장이 들어섰다. 쇼핑몰의 양끝에 버티고 있던 백화점이 전문매장들에게 손님을 잔뜩 끌어다준 셈이다. 쇼핑몰의 구조가 그렇지 않았다면 전문매장들은 광고비를 감당할 여력이 없어 그만한 수요를 창출하지 못했을 것이다. 요컨대 전문매장들은 백화점의 그늘 아래에서 보호받으면서 백화점의 손님을 조금씩 빼앗아갔다. 현재 백화점의 역할을 대신하는 것은 쇼핑몰 자체이다. 이제 쇼핑몰은 오락을 즐기는 곳인 동시에 사교장 역할을 하고 있다."라고 덧붙였다.

가격 전쟁으로 소매업종은 다시 혁명적 변화를 겪었다. 월마트는 가격 파괴로 미국에서 타의추종을 불허하는 가장 큰 소매점이 됐다. 또한 빅토리아 시크릿과 갭이 대대적인 광고로 전국적인 브랜드가 되면서 모든 쇼핑몰에 매장을 마련했다. 백화점들도 속수무책으로 당하고만 있지는 않았다. 백화점 내에 전문점들을 입점시키면서 반격을 시도했다. 그러나 전문점들을 입점시키고 브랜드라는 개념을 소비자들에게 인식시켜 갔지만 백화점 자체는 고유한 브랜드를 만들어내지 못했다. 블루밍데일 백화점에는 온갖 전문점이 입점해 있지만, 블루밍데일은 고유한 브랜드가 아니라 전문점들이 늘어선 길거리와 다를 바가 없었고, 실제로 그런 거리를 닮아갔다.

다른 도시들에서도 백화점들은 영양실조로 시들어갔다. 백인들의 도심 탈출로 인해 도심이 죽어간 때문이었다. 필라델피아의 자랑거리이던 워너메이커 백화점은 병들어 시름시름 앓다가 결국에는 모든 것을 잃고, 한때 백화점의 상징물이었고 쇼핑객들이 만남의 장소로 삼았던 독수리 상밖에 남지 않았다. 게다가 얄궂게도 이름까지 로드 앤드 테일러로 바뀌어 메이 제국의 조그만 변방으로 명맥을 유지할 뿐이다. 뉴욕의 워너메이커 백화점은 외형이 계속 바뀌면서 1960년대에는 복합적인 용도로 사용되는 대형 건물의 한 귀퉁이를 차지한 추억거리로 전락했지만, 문화적인 역할을 계속 유지했다.

일부 학자들의 판단대로 역사상 유례가 없던 거품에 불과했던 시기에도 과거 형태의 소매업이 존속될 수 있었던 이유는 두 가지였다. 하나는 도시계획법 덕분에 대형 할인매장이 맨해튼에 매장을 개설할 수 없었기 때문이었고, , 다른 하나는 뉴욕 사람들이 본래의 쇼핑 습관을 쉽게 버리지 않았기 때문이었다. 새로운 형태의 소매점이 들어서자, 뉴욕 사람들은 쇼핑몰에서 하던 대로 길가의 매장들에서 쇼핑했다. 많은 사람이 지적하듯이, 뉴욕의 전통적인 백화점 천국인 5번가와 브로드웨이, 소호 지역은 쇼핑몰처럼 변해갔다. 전국적인 판매망을 지닌 전문점이 속속 들어서며 백화점들에 악영향을 미쳤고, 백화점들은 그런 이웃을 막지 못해 손님들을 속절없이 빼앗겼다.(옛 모습이 어땠는지 보려면 9번가를 따라 57번가부터 34번까지, 혹은 렉싱턴 거리를 따라 68번가에서 96번까지 걸어보면 된다. 1층에는 이 세상에 하나밖에 없을 법한 희한한 애완견 가게들, 위층에 잡은 댄스 교습소들, 그리고 레게 음악이나 유대인 율법에 따른 식품을 전문적으로 취급하는 상점들 틈에서 시몽키sea-monkey라는 특이한 바다 새우를 취급하는 상점들도 눈에 띈다.)

레이디스 마일을 수놓던 웅장한 건물들은 가정용품을 취급하는 연쇄점 베드 배스 앤드 비욘드, 갭의 자회사인 의류전문 연쇄점 올드 네이비, 대형서점 반스 앤드 노블의 본사가 됐다. 새로운 형태의 소매점이 차례로 등장하면서, 마침내 수년 전에는 대형 할인연쇄점 케이마트가 애스터 플레이스에, 얄궂고 얄궂게도 워너메이커의 탄생지에 모습을 드러냈다. 형광등을 조명으로 사용하고, 장식을 최대한 줄이고 감시를 철저히 하려는 듯 넓디넓은 공간이 분할돼 있지 않아 케이마트에 들어설 때마다 섬뜩한 기분이 밀려온다. 그래도 어떤 물건이나 있고, 그런 할인매장들의 주장대로 물건값은 오르가즘을 느낄 정도로 싸다. 이제 소비자는 케이마트와 프라다, 둘 중 하나를 선택할 뿐이고, 그런 소매점을 위해 손님을 끌어다주던 백화점은 사양길에 접어들었다. 우리도 신뢰를 바탕으로 한 쇼핑에서 할인과 독특한 개성의 문화로 넘어갔다. 특히 자기만의 멋을 찾으려는 개성의 문화가 백화점을 더 깊은 수렁에 밀어 넣고 있는 듯하다.

백화점의 쇠락은 전통적인 경영학으로도 설명됐다. 안타깝게도 그 설명의 일부는 아직도 그대로 적용된다. 정확히 말하면, 백화점의 전반적인 경영 방식이 50년 동안 거의 바뀌지 않았다는 뜻이다. 현대식 마케팅 기법을 혁명적으로 바꾸었고 블루밍데일의 사장을 지낸 마빈 트라우브Marvin Traub는 "전쟁이 끝난 직후, 1949년 하버드 경영대학원에 입학했을 때 내 지도교수는 백화점이 사망한 이유를 우리에게 명백히 증명해 보였고, 내가 백화점에서 일하고 싶다고 말하자 무척 놀라는 표정을 지어 보였다."라고 온화하면서도 차갑게 말했다.

뉴욕 백화점의 대부, 트라우브의 **처방**

이 글을 쓰는 지금은 8월의 두 번째 주이다. 저녁 7시 45분, 리전시 호텔의 식당은 뉴욕의 거물급 상인들로 발디딜 틈이 없다. 모두가 이탈리아산 양복을 입고 있다. 열대지역에서 입어도 괜찮을 만큼 가벼운 순모이지만, 리무진에서 내려 호텔 입구까지 걸어오는 동안에도 땀방울이 맺힌다. 그래도 참을 만한 땀방울이다. 그들 모두가 뉴욕 백화점의 대부인 트라우브를 찾아와 공손히 인사를 건넨다. 1950년대 트라우브는 렉싱턴가에 있던 한 백화점 지하실의 바겐세일매장에서 일을 시작했고, 그곳을 블루밍데일로 바꿔놓았다. 그가 블루밍데일을 떠난 지 12년이 지났지만, 소매업자들은 그가 남긴 전설을 경외하며, 레지옹 도뇌르 훈장의 붉은 실을 양복 단추에 살짝 걸친 노신사 앞에서 고개를 숙인다.

트라우브는 훌륭한 상인이라면 해결하지 못할 백화점 문제는 없다고 생각한다. 그는 옛날식으로 '상인' merchant이라는 단어를 즐겨 사용하며, 상인은 요즘의 '비즈니스맨' 이나 '세일즈맨' 과 다른 사람이라 말한다. 따라서 그의 문하생으로 어느덧 대형소매기업의 경영진으로 승진한 사람을 "그렇지, 그 친구도 훌륭한 상인이야."라고 말한다. 물론 그가 상인을 '상품을 취급하는 사람' 이란 뜻으로 사용하는 것은 아니다. 그가 말하는 상인은 거의 중세적 의미를 띤다. 수도자, 사면자赦免者 등과 같이 직업이 아니라 소명을 띤 사람이다. 비즈니스맨은 장소를 가리지 않고 돈을 버는 방법을 아는 사람이고, 세일즈맨은 어떤 물건이든 가리지 않고 파는 방법을 아는 사람이다. 그러나 상인은 둘 모두에 대한 재주를 지닌 사람이다. 요컨대 트라우브는 어디에서 무엇을 팔아야 하는지 아는 사람이었다. 또 그는 상대적으로 고매한 구매자였다. 말하자면, 자신의 상점을 어떻게 꾸며야 하는지 아는 사람이었다. 흥미롭게도 워너메이커도 자신은 상인이지 자본주의자가 아니라고 항상 말했다.

트라우브는 "백화점의 성패는 리더에 따라 결정된다. 모든 위대한 백화점에는 그 꼭대기에 뛰어난 상인이 있었다. 니만 마커스 백화점에는 스탠리 마커스, 삭스에는 애덤 김벨이 있었다. 그들은 한결같이 미래를 꿰뚫어보는 통찰력을 지녔고, 백화점과 손님 간의 관계를 완벽하게 이해했다. 그 관계는 감정적이고 연극적이기도 하다."라며 "백화점이 타격을 받은 가장 큰 이유는 구매 담당자의 역할이 줄어들었기 때문이다. 1950년대와 1960년대에 블루밍데일이나 삭스의 구매부는 권위를 인정받는 중요한 일자리였다. 그들은 자신들의 일에 자부심을 가졌고, 고객의 마음을 속속들이 알았다. 또 고객의 경제력과 불안감까지 알았기 때문에 납품업자에게 어떤 물건을 사들여야 하는

지 직감적으로 알아낼 수 있었다."라고 덧붙였다.

구매 담당자의 대부분이 여자였고 엘리트였다. 예컨대 《호밀밭의 파수꾼》을 쓴 제롬 데이비드 샐리저의 누이, 도리스 샐린저도 블루밍데일에서 고급 의류 구매 담당자로 일했다. 트라우브는 "물론 요즘에는 야망이 있는 사람이라면 누구도 오랫동안 구매 담당자로만 일하지 않을 것이다. 그 역할이 경영진으로 올라가기 위해 잠시 거치는 자리로만 여겨지는 걸 충분히 이해할 수 있다. 또 구매는 모두 기업 간의 거래로 이루어진다. 따라서 고객과 상품을 연결시켜주던 고리가 거의 끊어졌다. 본사에서 개별 매장에 진열할 상품의 2~30퍼센트를 주문하는 실정이다. 백화점은 신뢰와 믿음을 먹고 산다. 믿음의 근거가 무너지면 믿음까지 무너진다."라고 말했다.

그러나 트라우브의 불만, 결국 그의 처방은 단기적 실적주의를 겨냥하고 있다. 주식 가격이 백화점의 가치에 영향을 미치고, 사분기마다 발표되는 이익이 주식 가격을 결정한다. 따라서 신뢰와 감정적 관계를 바탕으로 하던 백화점이 이제는 이익을 창출하는 부문을 얼마나 갖고 있느냐에 목숨을 건다. 그런 부문들이 주주에게 돈다발을 안겨주기 때문이다. 따라서 경영진은 단기적 이익에 목숨을 걸며 파리 목숨을 이어간다. 트라우브는 "백화점이 무엇인가?"라고 물은 후에 "간단하다. 백화점은 한 지붕 아래에서 무엇이든 구할 수 있는 곳이다. 책과 산딸기, 세척기와 프라다 가방 등 모든 것을 한 지붕 아래에서 구할 수 있는 곳이 바로 백화점이다. 그런 점에서 백화점은 손님들에게 만족감을 주었다."라고 말했다. 그런데 이익이 나지 않은 물건들은 하나씩 버림을 받았고, 그 물건들이 신뢰와 신용을 구축해주고 고객과 감정적 연결 고리를 이어주던 물건들이었다.

트라우브는 "산딸기를 블루밍데일의 식품매장에 진열해놓으면 전체적으로 손님 수도 증가했고, 백화점 내의 열기도 높았다. 장기적인 관점에서 이런 이벤트적 성격을 띤 상품이 백화점을 활성화시키는데 도움을 준다. 백화점 전 매장에서 이익을 거두어야 한다는 압력을 받으면, 이익을 낼 가능성이 떨어지는 특별하고 독특한 상품을 진열할 기회가 줄어들기 마련이다. 블루밍데일은 산딸기를 전시해 돈을 벌지는 못했지만 산딸기 덕분에 고객들의 마음을 사로잡을 수 있었다."라며 "오늘날 백화점을 낭만적인 공간으로 만들기 위해 우리가 무엇을 해야 할까? 옛날의 블루밍데일과 같은 백화점일 수는 없을 것이다. 예컨대 요즘 고객들은 컴퓨터와 전자제품, 온라인 서비스를 원한다. 그러면 그런 상품을 만들어야 한다. 웹과 인터넷으로 접속되는 백화점도 모든 것을 팔 수 있다. 모든 것을 다시 한 지붕 밑에 모아놓을 수 있다."라고 결론지었다.

한 지붕 아래에서 **모든 것**을 구할 수 있는 곳

한 지붕 아래에 모든 것을! 교과서에서 읽고, 전문가에게 강연을 들어 모두가 알고 있겠지만, 소매 이론에서 중요한 문제는 이제 '왜 그 물건을 사느냐?'가 아니다. 이런 의문은 오히려 삶의 문제에 속한다. '왜 그 물건을 여기에서 사느냐?'는 문제가 훨씬 중요하다. 따라서 모든 상인이 비장감까지 느끼면서 이 질문에 답하려 애쓴다. 왜 그 물건을 다른 곳에서 사느냐? 대부분의 사치품 상인들은 고객에게 불안감을 조장하며 자신의 상점으로 고객을 끌어들인다. "우리 가게에서 사라. 그럼 남들이 당신을 부러워하고 우러러볼 테니까!"라는 식이다. 할인매장은 고객에게 영리한 소비를 하라며 고객을 불러들인다. "우리 가게에서 사라. 그래야 당신 이웃보다 싼 값에 똑같은 물건을 사는 거다!" 반면에 백화점은 고객에게 믿을 만하다는 신뢰를 바탕으로 장사를 해왔고, 지금도 마찬가지이다. 어떤 물건이든 안심하고 살 수 있는 곳이라는 신뢰를 고객에게 주어야 한다. 백화점에서는 어떤 물건이든 구매할 수 있고, 어떤 물건이든 반품할 수 있다. 그래서 우리는 버그도프에서 쇼핑을 한다. 그곳이 세련된 백화점이기 때문이 아니라, 우리의 백화점이기 때문에!

중상주의 사회에서는 모두가 뭔가를 탐내고 원하는 듯하다. 자본주의의 문제가 있다면, 우리가 원하는 것을 반드시 필요한 것처럼 꾸미고, 별로 쓸모 없는 당장에 필요한 물건처럼 꾸며서 '저 물건을 꼭 손에 넣어야 해!' 라고 생각하게 만드는데 있다. 반면에, 자본주의의 좋은 점은 뭔가를 원하는 욕망을 희망으로 둔갑시키는데 있다. 따라서 물질적 대상, 즉 상품이 대담하게 쟁취해야 할 대단한 것으로 여겨진다.

백화점은 물건의 구입을 사교활동으로 포장하고, 개인적인 욕심을 인간관계로 미화시켜주는 곳이었다. 따라서 백화점에 들어갈 때는 문고리를 한 손으로 잡고 한 눈으로 점원을 몰래 훔쳐보며 들어가는 작은 가게에 들어갈 때와 달랐다. 도서관이나 클럽에 들어갈 때처럼 어깨를 펴고 성큼성큼 들어갔다. 백화점은 물질주의적 열망을 가감 없이 드러낼 수 있는 성전이었다. 따라서 백화점의 쇠락으로 우리가 희망을 품고 떳떳하게 들어갈 수 있는 곳 하나를 잃어버린 기분이다.

Prudential Financial
necessary
HSBC
SAMSUNG
Corona Extra
LG
DON'T BE FOOLED BY
RADIO CITY
Sprint
ONE
swatch+
TIMES SQUARE

타임스 스퀘어가 갖는 의미

뉴욕의 **역사**를 간직한 **타임스 스퀘어**

2004년은 브로드웨이에서 42번가와 47번가 사이, 롱에이커 스퀘어 Longacre Square로 불리던 곳에 모래시계 모양의 통로를 설치하고, 그 부근에 얼마 전에 완공된 〈뉴욕 타임스〉 건물의 이름을 따서 타임스 스퀘어로 개명하기로 결정한 지 100주년이 되는 해이다. 이런 개명은 감투상만도 못했다. 당시 〈뉴욕 타임스〉를 압도하며 훨씬 전도 유망하던 신문 〈뉴욕 헤럴드〉가 그곳에서 남쪽으로 여덟 블록 떨어진 밝고 멋진 광장에 자신의 이름을 붙여두고 있었고, 지금도 그 광장은 유령처럼 사라진 신문사의 이름을 그대로 간직하며 헤럴드 스퀘어라 불린다. 여하튼 그로부터 9년이 지난 1913년 〈뉴욕 타임스〉는 새치름한 골목길에 있는 고딕복고양식의 주교궁으로 쫓겨나듯 옮겨갔고, 그 이후로 주변 지역을 집적대며 옛 집을 호시탐탐 훔쳐보았다.

그 지역은 거의 10년을 주기로 다른 모습으로 묘사됐다. 그 때문인지 뉴욕의 역사에서 그 지역만큼 멜로드라마처럼 애간장을 태우는 얘깃거리가 많은 곳도 없다. 20세기 전환점의 타임스 스퀘어에는 옥상정원과 극장에서 노래하는 여자들이 있었고, 방탕에 빠진 1920년대의 타임스 스퀘어에는 브로드웨이의 위대한 제작자 플로렌즈 지그펠드Florenz Ziegfeld와 작곡가 빈센트 유먼스Vincent Youmans의 음악이 흘렀다. 1930년대에는 스타를 꿈꾸는 코러스걸의 이야기를 담은 유명한 영화 〈42번가〉의 타임스 스퀘어였고, 1940년대에는 일본에게 승리하고 뉴욕에 휴가 나온 세 수병과 아가씨들의 사랑을 그린 뮤지컬과 영화 〈춤추는 뉴욕〉On the Town의 타임스 스퀘어였다.

또 흑백영화가 저물어가던 1950년대의 타임스 스퀘어는 영화 〈성공의 달콤한 향기〉Sweet Smell of Success에서 뜨거운 핫도그와 추악한 기업세계로 묘사됐고, 1960년대와 1970년대의 타임스 스퀘어는 〈미드나이트 카우보이〉와 〈택시 드라이버〉에서 모든 것이 무너지고 지옥이 맨홀 뚜껑을 통해 스멀스멀 기어오르는 모습으로 표현됐다. 뉴욕에서 어떤 곳도 타임스 스퀘어만큼 한없이 띄워졌다 추락한 곳은 없었다. 막스 형제의 실질적인 고별 영화 〈러브 해피〉에서 엑손모빌의 상표, 페가수스를 타고 별자리를 무아지경에서 날아다니던 둘째 하포 막스가 있었다면, 그로부터 5년 후에는 검은 코트를 입은 한 세대의 무게를 양 어깨에 짊어진 듯 어깨를 구부정하게 구부린 제임스 딘의 영원히 잊혀지지 않을 모습이 등장했다.

지금 우리는 데이지만큼 화사하고 생기가 넘쳐 흐르는 새로운 타임스 스퀘어를 만나고 있다. 갭과 나이키타운, 애플비 식당, 스포츠 복합건물 ESPN 존, 색을 입힌 창문 너머로 얼핏 보이는 텔레비전 아나

운서들, 세계적인 명성을 자랑하는 상품들을 소비하는 사람들이 어디에서나 보인다.

그러나 대각선으로 급격히 떨어지는 로이터 빌딩, 곡선을 그리는 데코 지퍼, 토이저러스에서 만든 거대한 모형 공룡까지, 어떤 면에서 타임스 스퀘어는 예전보다 나아진 것 같지 않다. 더럽고 폭력적이었으며, 빈곤과 착취가 있었던 옛날의 타임스 스퀘어를 그리워하는 사람이 적지 않다. 옛 타임스 스퀘어를 자본주의가 어떤 피해를 낳을 수 있는가를 보여준 전형적 사례라고 지적했던 사람들이 이제는 새로운 타임스를 자본주의가 어디까지 나쁜 짓을 할 수 있는가를 보여주는 축소판이라고 지적한다. 타임스 스퀘어에서 옛날에는 뜨거웠던 곳이 싸늘하게 변했고, 예전엔 다채로웠던 곳이 획일적으로 변했으며, 예전엔 활기차던 곳이 이제는 죽어버렸다.

타임스 스퀘어에서는 뭔가를 새로 얻을 때마다 옛날이 사라진다. 제임스 트라우브James Traub는 타임스 스퀘어를 창조해낸 힘과, 대부분의 사람들이 그곳을 향해 품고 있는 복합적인 감정을 주제로 《악마의 놀이터》The Devil' s Playground를 썼다. 시민윤리적 교훈이 담긴 사회 역사를 다룬 책이다. 이 책은 얄궂게도, 트라우브가 뮤지컬 〈42번가〉를 보려고 열한 살인 아들을 새로 생긴 42번가로 데려가는 장면으로 시작되고, 그 후엔 역사를 거슬러 올라가 10년을 단위로 한 세기를 되돌아본다.

제임스 트라우브는 마빈 트라우브의 아들답게, 예전에는 보여주지 않던 개인적인 역량을 과시하며 사회 역사를 통찰하는 재능을 유감없이 보여주었다.

항상 그렇듯이, 대중문화라는 거대한 힘은 배후에서 핵심적인 역할을 하는 몇몇 인물의 색다른 선택에서 시작된다. 예컨대 타임스 스퀘어의 간판들은 대부분 오 제이 구드O. J. Gude의 작품이었다. 타임스 스퀘어의 간판왕, 구드는 진정한 예술 애호가로 의미있는 예술품을 적잖게 수집했고, 타임스 스퀘어의 독특한 구조—밑변과 꼭지점에 간판친화적인 높은 건물이 있는 삼각형 구조— 에 눈을 뜨고 그곳을 전국적인 자랑거리인 대형 전기조명 간판을 설치하기에 안성맞춤인 곳으로 변모시켜 나아간 최초의 인물이었다.

그 대형 옥외간판들은 1차대전 전까지 '스펙타큘러' spectacular로 불렸다. 1917년 구드가 브로드웨이 서쪽으로 43번가와 44번가 사이에 설치한 약 60미터 길이의 대형 옥외간판에는 12명의 '창수' 槍手가 유연체조를 하는 모습이 번쩍거렸다. 그 간판은 정확히 10년 후 개봉된 뮤지컬 영화로 최초로 동시 녹음된 장편 영화인 〈재즈 가수〉The Jazz Singer 만큼이나 미국 대중문화에서 획기적인 사건이었다. 구드는 뉴욕에 대형간판이 세워지는 걸 집요하게 반대하던 뉴욕미술협회Municipal Art Society에 가입할 만큼 열린 마음을 지녔고, 나중에는 타임스 스퀘어를 제외하고 도심에는 대형 전기조명 간판을 금지하는 조례를 개정하는 데도 큰 역할을 했다.

타임스 스퀘어는 과거에 그곳의 '붙박이' 로 알려진 사람들, 예컨대 뮤지컬 '아가씨와 건달들' 의 원작인 단편소설 〈미스 새러 브라운의 스토리〉The Idyll of Miss Sarah Brown를 쓴 데이먼 러니언Damon Runyon,

1880~1946, 〈뉴욕타임스〉의 연극담당기자로 극작가이기도 했던 조지 코프먼George Simon Kaufman, 1889~1961, 극작가이던 클리퍼드 오데츠Clifford Odets, 1906~1963, 잡지 〈뉴요커〉에서 주로 활동한 언론인이었던 애버트 리블링Abbott Joseph Liebling, 1904~1963 등으로 아직도 유명하다. 트라우브는 그 많은 사람들의 삶을 짤막하게 소개했다.

그러나 그곳의 역사가 곧 그곳을 빛낸 사람들의 역사는 아니다. 오히려 그곳을 빛낸 조명장식의 역사라 할 수 있다. 사회를 움직이는 힘과 네온간판이 개인의 머리에서 나오기는 하지만 완전히 투명하게 개인의 몫으로 되돌아가지는 않는다. 일례로 조지 코프먼은 그야말로 연극광이었다. 만약 1990년에 소호의 화랑들처럼 브로드웨이의 극장들이 고스란히 런던의 첼시로 옮겨갔다면 코프먼은 무작정 첼시로 이주해서 42번가에 다시는 나타나지 않았을 것이다.

영국 소설가 우드하우스Pelham Grenville Wodehouse, 1881~1975가 런던 중심가 메이페어의 역사에 밀접한 관계가 있는 만큼이나 러니언은 타임스 스퀘어의 역사에 깊은 관계가 있다. 러니언의 관심사는 타임스 스퀘어라는 장소가 아니라 언어였다. 따라서 러니언의 단편소설들에서 타임스 스퀘어라는 무대의 설명이라 할 만한 글은 눈을 씻고 찾아봐도 찾기 힘들다. 예술가들이 개별적으로 도시를 세상에 알리는데 적잖은 역할을 하지만, 도시가 예술가들에게 그에 상응하는 역할을 해주지는 않는다. 닥터 존슨, 즉 새무얼 존슨의 '런던'은 한 편의 시에 불과하지만, '닥터 존슨의 런던'은 버스를 타고 순례하는 관광상품이다.

타임스 스퀘어 재개발의 **진실**

타임스 스퀘어의 쇠락을 임시방편으로 감추거나 흐지부지 덮어 버려서는 안된다. 정말 암담했던 때가 있었다. 1970년대 중반에 타임스 스퀘어 지역은 뉴욕에서 중범의 총발생건수가 1~2위를 다투는 지경까지 몰락했다. 할렘 지역이 세 번째로 밀려날 정도였다. 여하튼 폭력범죄가 난무했다. 강간사건이나 무장강도, 살인사건이 거의 매일, 매일 밤 발생했다. 스티비 원더의 1973년 히트곡 '도시를 위한 삶' Living for the City의 간주곡에는 남부에서 온 가난한 흑인 소년이 웨스트 52번가에 도착해 5분도 지나지 않아 마약상의 꼬임에 넘어간다는 독백이 있었다. 한낱 유행가에 불과했지만 거짓말은 아니었다.

타임스 스퀘어가 변화된 과정을 추적한 트라우브의 책은 그보다 훨씬 길고 두꺼운 책, 린 사갈린Lynne B. Sagalyn의 걸작 《타임스 스퀘어 룰렛: 도시의 우상 다시 만들기》Times Square Roulette: Remaking the City Icon로 뒷받침됐다. 사갈린은 펜실베이니아 대학교에서 부동산학을 가르치는 교수이다. 10여 년이 넘는 학문적 연구의 결실인 그녀의 책은 땅과 문화의 관계를 지독히 자세하게 파헤치고 있어, 존 골즈워디John Galsworthy, 1867~1933나 앤서니 트롤럽Anthony Trollope, 1815~1882의 소설을 읽은 듯한 기분이다. 지루함을 이겨내고 끈질기게 읽어 가면 눈이 번뜩 뜨이는 자료들로 가득하다. 부득이한 선택이었겠지만 사갈린의 책은 건조한 산문체로 쓰여진 데다, 뉴욕시 조례를 가리키는 두문자와 각주로 채워져 오랫동안 집중하기가 쉽지 않다. 하지만 그 책에는 뉴욕이란 존재를 치밀하게 조사한 자료들이 있다. 따라서 첨단생물학 교과서를 읽은 기분이며, 사갈린이 집요하게 추적한 주제가 바로 우리 자신의 몸뚱이라는 생각마저 든다.

트라우브와 사갈린에서는 거짓된 신화를 떨쳐내고 진정한 역사를 얘기해야 한다는 공통점을 읽을 수 있다. 그들은 아무런 근거도 없는 신화에 분노를 감추지 않는다. 지적이고 차분하던 트라우브의 어조가 이 부분에 이르러서는 격하게 변한다. 그들이 떨쳐내려던 신화는 무엇이었을까? 1990년대에 실시된 타임스 스퀘어 정화운동은 범죄와 악습을 척결하려는 줄리아니 시장의 선거 공약이었고, 범죄와 악습을 청소해 깨끗한 환경을 만들려는 그의 공동체 정신이 고스란히 반영된 운동이었으며, 또한 정화운동에서 디즈니사가 줄리아니를 물심양면으로 도운 덕분에 범죄의 온상이던 웨스트 42번가를 테마공원으로 변모시켰다는 것이다.

트라우브와 사갈린이 증명하고 있듯이, 이런 소문은 새빨간 거짓말이다. 타임스 스퀘어를 새로운 모습으로 탈바꿈시킨 주역을 굳이 거론하자면 에드워드 코치Edward Koch 시장이었고, 몇몇 부자들과 유대인 땅부자들만이 거기에서 희희낙락하며 이득을 취했다. 사갈린이 노골적으로 나열한 유대인 땅부자들은 루딘 가문, 더스트 가문, 로즈 가문, 레스니크 가문, 피셔 가문, 슈파이어 가문, 티슈만 가문이었다. 요컨대 줄리아니 시장은 리본을 잘랐을 뿐이었고, 디즈니는 이름만 빌려주었을 뿐이다.

그 후로 뉴욕에서 흔히 보던 대대적인 부동산 개발이 뒤따랐다. 개발 단계는 프로레슬링 경기처럼 뻔했다. 처음에는 희생의 단계, 다음에는 약간은 터무니없는 수사적인 발언, 다음에는 전문가들의 조직적인 개입, 그리고 마지막에는 유감스런 일이 터진다. 희생의 단계는 프로젝트의 발표와 거의 동시에 제시되는 건축 설계도나 모형이다. 모형은 깔쭉깔쭉한 지붕이나 기막힌 박공벽 등과 같이 웬만한 건축가라면 절대로 실현되지 못할 건물이라고 단정지을 정도로 논란의 여지가 있다. 따라서 건축 모형을 제시하는 목적은 투자자들을 끌어들이기 위한 게 아니라, 사람들에게 그곳에 어떤 건물이 들어설 거라는 생각을 미리 심어주는데 있다. 희생의 단계는 모두에게 손해로 알려져 있고, 때로는 셜리 잭슨Shirley Jackson의 단편소설 〈제비뽑기〉에서처럼 모든 사람에게 떡밥으로 알려져 있다.

약간은 터무니없는 수사적인 발언은 희생의 단계보다 앞설 수도 있지만 대부분의 경우에는 동시에 발표되며, 설계도가 일반적인 생각처럼 졸속이거나 거칠지 않고 오히려 그 시대의 건축 유행에 따라 설계된 거라고 선전하는데 목적이 있다.("센트럴 파크 쉽스 메도우 타워의 꼭대기에 황동으로 조각된 세 마리의 새끼양은 이 지역의 역사성을 고려한 것이다…."라는 말은 10년 전에 써먹은 수법이었다. 요즘에는 "반은 거울, 반은 털로 전면을 혼합형으로 설계한 쉽스 메도우 타워는 모순의 시대를 반영한 것이고, …라는 흐름을 해체한 것이다."라고 말해야 그럴 듯하게 들린다.) 그러나 프로젝트가 비틀거리면 늙은 소수의 부자들과 그들의 건축가들이 상식과 공동의 목적을 거론하며 프로젝트의 구원군으로 나서고, 전문가들의 조직적인 개입이 시작된다. 그리고 유감스런 건물이 마침내 들어선다. (쌍둥이 건물이 서 있던 그라운드 제로의 경우에는 다니엘 리베스킨트Daniel Libeskind가 희생의 단계를 맡은 후에 지금은 터무니없는 수사적 발언을 쏟아내며, 전문가들이 개입할 단계가 될 때 그가 전문가로 불려지기를 학수고대하고 있다.)

타임스 스퀘어 개발 계획에서 유일한 차이가 있었다면, 그 규모 때문에 개발이 두 차례에 걸쳐 이루어졌다는 점이다.(실제로 타임스 스퀘어 재개발은 두 곳으로 나뉘어졌다. 하나는 웨스트 42번가 프로젝트였고, 다른 하나는 광장 자체의 재개발이었다. 하지만 두 곳은 서로 밀접한 관계에 있어, 행정적으로는 구분되지만 실제로는 하나와 마찬가지였다.) 1차 희생의 단계는 1970년대 말에 제시됐고 '42번가의 도시' 로 불렸다. 부동산 개발업자 프레드 패퍼트가 포드 재단의 지원을 받고, 올림피아 앤드 요크 부동산 개발회사 폴 라이히만 회장의 보증을 받아 제시한 희생적인 설계도에서 42번가는 완전히 유리 같은 것으로 덮여졌다. 4.6헥타르의 교육 센터와 오락시설과 전시실, 19.5헥타르의 의류전문매장이 갖추어지고, 모든 곳이 공중길로 연결되며, 모노레일까지 설치된 42번가였다. 코치 시장은 그 설계도를 탐탁지 않게 여기며 "오렌지 주스보다 광천수라도 확실히 보장받는 게 낫겠어."라고 말했다. 광천수가 뉴욕의 상징이긴 했지만, 코치 시장이 정말로 걱정한 이유는 딴 데 있었다. 다른 사람이 그 환상적인 설계도의 결실을 독차지할까 걱정했던 것이다.

그래도 그 설계도는 그런 류의 설계도가 목표로 하는 역할을 충실히 해냈다. 타임스 스퀘어에 뭔가를 해야만 한다면 상업성보다 시민을 먼저 생각해야 한다는 원칙, 그리고 뭔가를 할 바에는 대규모로 해야 한다는 원대한 원칙을 세상에 알리는데 성공했다. 초기에 발표된 수사적인 발언대로 계획안이 차근차근 진행되면, 낡고 비바람에 시달리는 극장과 상가가 늘어선 42번가가 '사람들이 보행자 전용다리를 통해 42번가를 왕래할 수 있는 소비자 중심적인 박람회장'으로 바뀔 것만 같았다. 이런 계획안이 개발업자에서 코치 지방정부에게 넘어가자 프로젝트의 규모가 더 커졌다. 42번가를 그렇게 변화시키려면 기존에 있는 건물들을 대대적으로 허물어야만 했다. 따라서 뉴욕시와 뉴욕주가 민간 부문과 공공 부문을 연계시키는 새로운 방법을 제안했다. 요컨대 개발업자들이 공공 부문의 비용까지 떠맡는 조건에서 그들에게 계획대로 건설할 권리를 주겠다는 제안이었다. 공중에서 걷기 위해 아래에 있는 지하철을 없애야 할 지경이었다.

더욱 중요한 것, 즉 1차 희생적인 계획에서 불길한 징조는 42번가에서 우리가 완전히 밀려날지도 모른다는 걱정이었다. 그런 기분을 속물적 반응이라고 일축할 수는 없었다. 자기보전적 반응이기도 했다. 42번가는 죽어가는 동네가 아니라 미쳐 날뛰는 동네였다. 웨스트 42번가에 포르노 가게가 없는 이유는 중산층이 썰물처럼 빠져나갔기 때문이었다. 거기에 중산층이 있을 때는 포르노 가게도 있었다. 포르노 산업의 돈줄은 직장을 오가는 길에 포르노 상점을 지나가는 회사원들, 아이들을 위한 것이 아닌 것을 기념품으로 가져가고 싶어하는 관광객들이었다. XXX등급 비디오방과 서점 및 심야극장은 연평균 3만 2천 달러의 임대료를 감당하며 성업 중이었다. 핍쇼 시장도 연간 5

백 만 달러에 이르렀다. 그런 가게를 운영하는 주인들은 마피아와 복잡하게 얽혀있기는 했지만, 건물 주인은 명망있는 부동산 가문이었다. 정확히 말하면, 대부분이 1930년대부터 포르노 극장들을 소유해 온 브란트 가문과 슈베르트 가문이었다. 또 타임스 스퀘어는 베르톨트 브레히트Bertolt Brecht의 숨결이 살아있는 땅이었다. 시장이 완전히 자유방임에 맡겨질 때 범죄의 경제만이 아니라 미덕의 경제까지 낳는다는 원칙을 완벽하게 보여주는 증거였다.

42번가의 재개발에 담긴 이런 중요한 사실에서, 시정부가 개발할 땅을 수용할 합법적인 권리를 확보하기 위해서 윤리 · 문화적이며 현실적인 목표보다 훨씬 원대하면서도 구체적인 목표, 또 누구도 의문을 제기할 수 없는 상업적인 목표를 제시할 수밖에 없다는 뜻으로 읽혀진다. 이번에는 뉴욕시의 판에 박힌 수법이 변신을 꾀할 수밖에 없었다는 뜻이었다. 요컨대 윤리적인 미덕이 상업적인 필요성으로 포장된 것이었다. 따라서 42번가에서 음란물 사업으로 성공한 개인사업가들이 초고층 부동산 사업에 매진하는 개인 기업가들 때문에 쫓겨날 운명이었다. 초고층 부동산 사업가들이 초고층 건물을 짓게 허락해주면 지하철 역을 깨끗이 보수해주기로 약속했기 때문에 그들에게 혜택을 준다는 합법적 논리가 성립됐다.

그로 인해 2차 희생적 설계도가 제시됐다. 필립 존슨Philip Johnson과 존 버기John Burgee가 설계한 네 동의 거대한 고층건물이 42번가에서 타임스 스퀘어 양편에 버티고 선 모습이었고, 네 건물은 윗부분이 조금씩 달랐다. 이 설계도에도 "윗부분들이 20년 전에 개발로 사라진 애스터 호텔의 지붕선을 떠올려주기 때문에 대형 건물들과 맥락을 같이 한다."라는 터무니없는 수사적 발언이 뒤따랐다. 하지만 네 건물은 그때까지 도심에 건설하겠다고 제안된 어떤 건물보다 훨씬 크고 높은 건물이었다. 사갈린은 그런 파격에 입을 다물지 못했다. 여하튼 네 건물은 그곳에 확실한 입지를 다지기 위해서라도 엄청나게 커야만 했다. 타임스 스퀘어 인근에 많은 포르노 극장을 소유하고 있던 브란트 가문은 소송을 제기했지만 패소했다. 사갈린은 "더스트 가문은 다섯 건의 소송에만 공식적으로 공동참여했지만 그보다 훨씬 많은 소송을 지원하고 있다는 소문이 파다했다."라고 덧붙였다. (더스트 가문은 42번가의 많은 건물에 이런저런 형태로 개인적인 몫을 소유하고 있어, 그런 몫을 합해 그들만의 대형 건물을 신축할 생각이었다.) 소송은 10년 간 계속됐지만 더스트 가문도 결국 패소했다. 총 47건의 소송이 제기됐지만 2차 설계는 그 모든 소송을 이겨냈다. 존슨의 설계는 어떤 소송이라도 이겨낼 정도로 설계된 성채였던 까닭에 최종적인 승리를 거두었지만, 실제로 그 건물을 지으려고 나서는 사람은 없었다.

새로운 타임스 스퀘어의 **탄생**

그러나 1차 설계가 무산되고 2차 설계가 제시되는 사이에 건축의 이념에서 중대한 변화가 있었다. 뉴욕의 무질서한 겉모습과 틀에 박힌 광기를 새삼스레 강조하는 새로운 정통주의가 힘을 받기 시작했다. 렘 콜하스Rem Koolhaas의 획기적인 선언이 담긴 《광기의 뉴욕》Delirious New York, 1978에 따르면, 뉴욕의 혼잡과 혼돈 및 위험과 기묘한 모습은 더 이상 걱정거리가 아니었다. 오히려 우리가 세상에 내세우고 자랑해야 할 거리였다. 오밀조밀한 길거리 풍경과 '유기적' 인 성장을 지향하는 분위기에 번쩍이는 네온 조명이 더해졌다. 새롭게 부각된 이데올로기는 라텍스와 가죽을 입은 제인 제이콥스Jane Jacobs, 1950년대에 미국의 도시 재개발을 비난한 도시계획자이자 행동주의자.였다.

정도에서 벗어난 생각들에 학문의 탈이 덧씌워지는 다행스런 변화 덕분에, 20세기의 전환점에는 타임스 스퀘어에 대형간판이 세워지는 걸 한사코 반대하던 뉴욕미술협회도 생각을 바꾸기 시작했다. 1985년 존슨의 계획이 발표된 후, 뉴욕미술협회는 아이비 리그 출신인 휴 하디Hugh Hardy의 일사불란한 지휘 하에 타임스 스퀘어에 '상업용 대형간판과 전기조명 간판의 요란한 빛' 을 유지하는 걸 원칙으로 받아들였다. 이런 변화는 여러 형태로 입법 예고된 후에 새로운 조례(사갈린의 지적에 따르면 ZR81~83과 ZR81~85)가 제정됐고, 본격적인 실행을 위해 완전히 새로운 측정 단위인 루츠luts. Light Unit Times Square, 타임스 스퀘어 발광단위까지 정해졌다. 모든 간판은 최소한의 루츠를 유지해야 했다. '루츠' 라는 이름은 건축조명 설계자 폴 마란츠Paul Marantz의 작품이었다.

따라서 뉴욕미술협회는 타임스 스퀘어의 무질서한 상업적 광고판을 지키는 사도들이 된 반면에, 대형 부동산 개발업자들은 질서있고 반듯한 공간을 만들어가야만 했다. 부동산 개발업자 데이비드 솔로몬의 탄식 어린 말을 빌면, "가로수와 깨끗한 거리… 박물관과 노천카페" 가 있는 곳으로 만들어가야 했다. 그러나 1990년대 초에 경기가 침체되자, 웨스트 42번가의 개발권을 힘겹게 유지하던 프루덴셜은 개발권을 더스트 가문에 헐값에 팔아야 했다. 앞에서도 언급했듯이 더스트 가문은 그 계획을 줄곧 반대하며 소송까지 제기했지만, 누구나 예측할 수 있었듯이 결국 개발권은 더스트 가문의 차지가 되고 말았다. 그 후로 더스트 가문은 4타임스 스퀘어 빌딩을 비롯해 초대형 건물을 신축하면서, 지금까지의 얘기를 구체화시켜가고 있다.

그러나 누구도 예상하지 못한 변화들이 없었다면 새로운 타임스 스퀘어는 태어날 수 없었다. 가장 중요한 변화는 뚜렷한 이유도 없이 급감한 범죄율이었다. (트라우브는 42번가의 끝에 맞붙은 8번가를 그 지역의 사설 보안업체 직원과 함께 돌아다녔다. 그 직원의 증언에 따르면, 매춘과 마약 밀매는 여전히 많았지만 강도와 강탈은 크게 줄었고, 좀도둑질과 유괴까지 거의 사라지다시피 했다.) 범죄가 줄어들면서 새로운 광장의 출현을 대대적으로 광고할 수 있었다. 모든 부모의 생각에 미국의 산업을 끌어가는 동력인 '가족' 을 겨냥한 상품의 도래를 텔레비전에 알릴 수 있었다. '가족' 이라 말했지만, 실제로는 부모가 그 물건을 사줄 때까지 아이들이 부모를 조르게 만드는 전략이었다. 이미 일부에서 지적하듯이, 뉴욕 생활에 적응하고 아이를 키울 만큼 수입이 넉넉해질 때까지 출산을 미룬 탓에 인구 분포가 위기를 맞으면서 나타난 현상이었다. 데이먼 러니언이 활동할 때는 〈리틀 미스 마커〉러니언의 동명 단편소설을 1934년에 영화한 것으로 당시 6세였던 셜리 템플이 주연, 마커 역을 맡았다.의 출현이 광장에서 이야깃거리였지만, 이제는 리틀 미스 마커가 광장을 끌어가는 주역이다.

타임스 스퀘어 재개발에서 비롯된 가장 큰 이율배반은, 정치권이 그런 변화에 희희낙락했다는 점이다. 게다가 정치권은 타임스 스퀘어를 사회공학이 망가뜨린 것을 민간기업이 멋지게 치유할 수 있다는 사례로 삼은 반면에, 좌파는 타임스 스퀘어를 자유시장이 사회의 공동체 정신과 사회의 진정성을 어떻게 말려버리는가를 보여준 대표적인 사례라고 지적했다. 그러나 유니언 스퀘어에서 활동하던 옛 진보주의자들의 혼령들은 타임스 스퀘어의 변화를 무척 자랑스레 생각했을 것이다.

엄격하게 따지면, 옛 타임스 스퀘어를 난장판으로 전락시킨 주역은 자유시장이었다. 포르노 가게들이 타임스 스퀘어에 진출했던 이유는 자유시장을 빌미로 그곳에서 돈을 벌 수 있었기 때문이다. 타임스 스퀘어와 42번가는 시민을 배려한 시정부의 결정 덕분에 되살아났다. 전통적인 토크쇼에서 '루츠' 의 규제만큼 큰 웃음거리를 준 것은 없었다. 간판의 조도가 어때야 한다고 관료들이 웅얼거리는 모습을 상상해보라! 그러나 그 빛은 옥외간판회사 클리어 채널의 42번가 사무실에서 근무하는 직원들의 책상을 밝혀주는 동시에, 그 빛을 만든 사람들을 안전하게 지켜주는 빛이었다. 공동체의 이익을 배려한 마음이 다시 자본주의를 구원한 셈이었다.

타임스 스퀘어가 떠안은 **두 가지** 역할

안전해지기는 했지만 생동감 넘치던 뉴욕의 일부가 사라졌다는 이유로 천박하고 잔혹하던 시절의 타임스 스퀘어를 그리워할 필요는 없다. 트라우브는 해체주의자 마크 테일러Mark Taylor를 언급하며 책을 끝맺는다. 테일러는 프랑스의 마르크스 이론가 기 드보르Guy Debord가 주장한 '스펙터클의 사회'에 대해 여러 각도에서 반론을 제기하지만, 그런 반론들은 조금도 와 닿지 않는다. 타임스 스퀘어는 구경거리일 수 있다. 간판을 만드는 사람들은 한 세기 전부터 간판을 구경거리라는 뜻으로 '스펙타큘러'라 불러왔다. 그러나 이론적인 면에서 타임스 스퀘어는 전혀 구경거리가 아니다. 타임스 스퀘어는 실제의 것은 없고 미디어에서 만들어낸 이미지로만 채워진 곳이 아니다. 살아서 숨쉬는 사람들이 다른 사람들이 만들어낸 것들을 쳐다보는 물리적으로 완전히 구체화된 공공의 광장이다. 이런 의미에서 구경거리가 없는 타임스 스퀘어에, 시민들을 겁주어 쫓아버리려는 시정부의 음모에도 불구하고 뉴욕 시민들은 12월 31일이면 부분적인 모습만 보여주는 텔레비전 화면의 지배에서 벗어나 지금도 모여든다.

트라우브의 진단에 따르면, 진정한 대중문화popular culture와 지붕에 덮인 길거리 상점들과 러니언 시대의 송 플러거song plugger, 20세기 초 뉴욕의 유행가 악보 출판사가 고용한 피아니스트로 악보가게에서 고객의 주문에 따라 피아노로 연주하여 고객의 선택을 도왔다.가 사라지고 미디어에 영향을 받은 집단문화mass culture와 전국적인 상표 및 줏대 없는 쇼핑객이 득세하면서 진정한 문제가 발생했다. 그러나 구드의 춤추는 창수들은 진정한 대중문화인 반면에, 토이저러스에서 만든 6미터 길이의 움직이는 공룡은 집단문화를 꾸짖으며 포효한다고 말할 만큼 뚜렷한 근거를 찾기는 힘들다.

대중문화와 집단문화의 차이가 우리 시대의 것이라면, 존 러스

킨과 윌리엄 모리스의 시대에는 진정한 민중예술과 거짓 민중예술의 차이가 있었다. 이제 둘 사이에 어떤 차이도 없다는 걸 마음속으로는 알기 때문에, 그 차이점이 무엇인지 정말 알고 싶을 뿐이다. 이제는 동화까지 절반은 민간기업에 의해 제작되고, 절반만 민중의 얘기에서 빌려올 뿐이다. 좋은 민중문화는 길거리를 모태로 하여 예술에 새로운 숨결을 불어주며, 나쁜 집단문화는 위에서부터 강요된다는 생각은 철저히 잘못된 생각이다. 역사를 조금이라도 공부한 사람이라면 그렇지 않다는 것을 알 것이다.

그래도 요즘의 타임스 스퀘어에는 섬뜩한 면이 있다. 타임스 스퀘어는 언제나 우리 곁에 있지만, 우리가 항상 타임스 스퀘어를 생각하는 것은 아니다. 여느 도시, 특히 뉴욕의 생명력을 돋보이게 해주는 것이 있다면 높은 건물과 밝은 빛과 색다른 상점이라는 '삼인조' 이다. 높은 건물과 밝은 빛은 새로운 타임스 스퀘어에도 여전히 있지만, 색다른 상점들은 사라지고 없다. 색다른 상점이라 해서 작은 가게, 부부가 운영하는 구멍가게만을 뜻하는 것은 아니다. 별나고 강박관념에 사로잡힌 듯한 기업가가 별나고 강박적인 취향을 유감없이 드러내는 상점을 뜻한다.(이런 정의에 따르면, 모든 화랑과 적당한 야망을 지닌 식당은 색다른 상점에 속한다. 따라서 그런 곳에서는 아직 뉴욕의 냄새가 물씬 풍긴다.) 높은 건물과 휘황찬란한 간판이 뉴욕의 활력과 밀도를 고스란히 보여주는 증거라면, 색다른 상점들은 뉴욕의 모습을 굴절시켜 보여준다. 달리 말하면, 뉴욕이 무척 다채로운 곳이어서 아주 사소한 것이라도 강박적으로 파고들면 그런대로 먹고 살 수 있다는 뜻이었다. 이를테면 당구장과 권투 도장이 옛날 타임스 스퀘어에서 눈에 띄는 색다른 상점의 대표적인 예였고, 눈에 덜 띄기는 했지만 독립영화사업과 관련해서 필름 편집과 카메라 임대 등이 성업하기도 했다.

42번가부터 46번가까지 브로드웨이에는 색다른 상점이 하나도 남아있지 않다. 별난 상품에 유별난 관심을 쏟는 곳이 한 군데도 없다. 얄궂은 일이지만, 옛 타임스 스퀘어와 비슷한 분위기를 느끼고 싶으면 동쪽으로 방향을 꺾어 5번가로 향하면 된다. 다이아몬드를 취급하는 금은방, 브라질 식당, 유대인 율법에 맞춘 카페테리아가 아직 골목길에 줄줄이 늘어서 있다.(유대교 양식의 촛대를 파는 상점, 일본영화를 빌려주는 비디오점, 싸구려 옷과 입체음향기구를 파는 이층 상점 등 모든 상점이 불을 환히 밝힌 55번가도 멋지다!)

사회역사학자들은 모든 주민이 달려들어 마을의 푸른 풀을 뜯으면 모두가 손해라는 뜻에서 '공유의 비극'이라 말하고 싶겠지만, 개개인의 입장에서는 풀을 뜯지 않을 이유가 없다. 오히려 뉴욕 사람들은 비공유의 비극에 시달린다. 색다른 것이 뉴욕을 살 만한 곳으로 만들지만, 모두가 색다른 것을 원하면서 누구도 색다른 것을 계속 지켜가는데 필요한 비용을 떠 안고 싶어하지는 않는다. 과거에도 그랬듯이 타임스 스퀘어는 지금도 뉴욕의 일반적인 흐름을 과장된 형태로 보여준다. 예컨대 다양한 모습을 띠던 소매점들이 모든 곳에서 사라졌다. 대신 스타벅스와 편의점인 듀에인 리드, 그리고 워싱턴 뮤추얼 뱅크로 단조롭게 구성된 새로운 삼인조가 뉴욕의 모든 블록에 자리잡고 있다. 이런 변화가 브로드웨이에서는 유난히 실감나게 느껴진다.

내가 타임스 스퀘어의 역사를 과장해서 말하는 건 아닐까? 런던의 피카딜리와 소호 광장, 파리의 클리시 광장이 타임스 스퀘어와 비슷한 곳으로 비슷한 부침을 겪었지만, 똑같은 감정을 불러 일으키지는 않았다. 우리는 타임스 스퀘어에 필요 이상으로 많은 역할을 떠안겨왔다. 다른 대도시들에도 공공의 공간과 오락의 공간이 있지만, 뚜렷한 경계가 있어 둘의 역할이 헷갈리지 않는다. 다이애나 왕세자비가 죽었을 때 헌화가 놓인 곳은 켄싱턴 궁이었지 피카딜리가 아니었다. 파리에서 혁명기념일인 7월 14일에 군사 퍼레이드가 열리는 곳은 샹젤리제 거리이지 클리시 광장이 아니다. 이런 점에서, 1811년에 제시된 바둑판 모양의 맨해튼 계획이란 원죄의 망령이 아직도 우리 곁에서 서성대는 셈이다. 우리는 즐거움을 찾아야 할 공간에게, 우리가 갖지 못한 공공의 광장 역할까지 떠 안겼다. 그래서 많은 간판이 세워지고, 밤에도 불을 환히 밝히는 조명까지 필요한 것이다.

올리비아의 파랑이, 그리고 히치콕

애완동물을 기르고 싶어하는 **아이들**

다섯 살이 된 우리 딸 올리비아의 금붕어, 파랑이가 지난 주에 죽었을 때 우리는 애완동물의 죽음으로 흔히 부딪치는 문제보다 큰 위기, 적어도 훨씬 복잡한 위기를 맞았다. 파랑이의 삶과 죽음에는 의식의 문제, 알프레트 히치콕 감독의 〈현기증〉Vertigo에서 언급되는 대사 등 생각보다 큰 문제가 많이 얽혀있어, 우리는 눈앞이 캄캄해지고 안절부절못했다.

무엇보다 파랑이는 그 이름에서 짐작할 수 있듯이 금붕어가 아니었다. 파랑이는 애완동물 가게에서 성질이 급하고 병에 잘 걸리는 아시아 금붕어 대신에 추천하는 금붕어 크기의 관상용 민물고기, 베타였다. 베타는 지느러미가 길쭉하게 쭉 뻗어 상당히 예쁘장하다. 붉은색이나 검은색, 보라색이나 푸른색을 띠며, 애완동물 가게 사람의 말이 맞다면 인도차이나의 물에 잠긴 논의 험하고 외진 곳에서 서식하는 데다 죽이기도 무척 힘든 관상어의 베트콩이었다. 유일한 단점이 있다면, 수컷 베타들이 서로 싸우기 때문에 떼어놓아야 한다는 것이었다. 요즘 맨해튼의 아이들 책상에서, 아파트 건물처럼 생긴 유리어항에 씌워진 별도의 공간에서 헤엄치는 한 쌍의 베타를 보기란 그다지 어려운 일이 아니다. 녀석들은 30리터 가량의 공간을 미친 듯이 헤집고 다니며 상대가 먼저 시비 걸기를 기다린다.

그런데 더 깊이 따져보면 파랑이는 물고기도 아니었다. 뉴욕에서 애완동물로 길러지는 많은 물고기와 생쥐와 거북이와 마찬가지로, 파랑이도 아이들이 애완동물을 기르고 싶어했지만 알레르기와 나이와 순전한 자기보존 때문에 부모들이 사주지 않는 동물들을 대신하는 동물에 불과했다. 올리비아와 열 살난 오빠 루크는 강아지를 간절히 원했다. 크리스마스에 올리비아는 애완동물을 키울 수 있는지 시험해보려고 교실에서 키우던 햄스터 하무를 집에 가지고 왔다. 하무는 때때로 불안해했지만 우리와 함께 즐겁게 크리스마스를 보낸 후에 올리비아의 유치원으로 돌아갔고, 우리는 마지못해 햄스터를 새 식구로 맞아들이기로 했다.

우리는 이스트 86번가에 있는 애완동물 전문상가, 펫코의 2층으로 올라갔다. 집쥐와 생쥐, 모르모트와 햄스터, 날쥐 등 온갖 설치동물이 모여있는 곳이었다. 마사는 설치동물들을 유심히 살펴보더니, 다윈이 갈라파고스 참새를 관찰하면서 어떤 기분이었을지 이해할 수 있을 것 같다고 말했다. 달리 말하면, 설치동물들은 서로 비슷비슷하게 생겨서 생각만큼 구분하기가 쉽지 않았다. 햄스터와 모르모트와 날쥐, 모두 결국엔 쥐였다. 꼬리가 있느냐 없느냐, 코가 예쁘냐 예쁘지 않느냐, 그런 차이는 그저 알면 좋은 것이었다. 한마디로 틈새시장을 노린 속임수였다. 따라서 뉴욕에서 설치동물을 집 밖으로 쫓아내려고 25년이나 아등바등 살았던 까닭에 마사는 햄스터라는 설치동물을 집에 들이려고 돈과 시간을 써야한다는 걸 이해하지 못했다.

그래서 우리는 아이들을 금붕어 가게로 데려갔다. 피곤한 기색이 역력한 가게 점원은 무뚝뚝하게 "금붕어는 금세 죽을 겁니다."라고 말하며, 금붕어 대신 베타를 권했다. 우리는 어항과 자갈, 그리고 베타가 들락거리며 헤엄칠 만한 장식용 집까지 샀다. 루크는 자기의 베타에 장고란 이름을 붙였다. 마사가 단호히 금지할 때까지 내가 루크를 서부 영화의 유명한 총잡이인 장고로 부르고 싶어했다는 얘기를 가끔 했기 때문이었다. 한편 올리비아는 자기의 베타에게 파랑이라는 훨씬 감상적인 이름을 붙였고, 햄스터를 임시로 대신한 베타를 한동안 불만없이 받아들이는 듯했다.

강아지가 되기를 바라는 햄스터로 여겨지는 물고기로서 복합적인 의미를 띤 채 살아야 했지만 파랑이는 그런대로 행복하게 살았다. 한 아이는 크고 한 아이는 누가 봐도 턱없이 작지만 두 아이를 평등하게 키우려는 부모의 끝없는 고심 끝에, 우리는 파랑이에게 멋진 성을 사주었다. 장고에게 사준 장식 건축보다 컸고, 파랑이의 어항에 비해 터무니없이 커서 자갈 위에 놓인 성은 거의 수면까지 올라왔다. 디즈니 만화에서 보던 공주의 성처럼 망루와 흉벽 및 플라스틱 삼각기까지 있는 성이었다. 성의 바닥에서 망루 꼭대기까지 연결된 통로가 있어 파랑이는 그 통로를 통해 헤엄쳐 올라올 수 있었다. 또 거리의 시장에서 베타를 한 마리 더 사서 올리비아의 책상에 올려놓았다. 하지만 빨강이란 이름이 붙여진 그 녀석에게는 동그란 어항밖에 없었다. 그 때문인지 우리 생각이지만, 빨강이는 어항 벽을 쿡쿡 쑤셔대며 화난 얼굴로 파랑이의 성을 노려보는 듯했다. 브로드웨이의 아파트에 살며 뉴욕시립대학에서 가르치는 사람이, 베스트셀러를 연속으로 써낸 덕분에 센트럴 파크 웨스트에 있는 펜트하우스에서 사는 동료를 바라보는 시선과 별로 다르지 않았다.

파랑이의 죽음

어느 일요일 밤 잠자리에 들 시간에 집사람이 나를 올리비아의 방으로 불렀다. 파랑이가 성의 창문 하나에 끼여 얼굴만 내밀고 신경질적으로 발버둥치고 있었다. 앞쪽만 바라보며 빠져나오려고 했다. 창문 안쪽으로 되돌아갈 생각은 하지 못했다. 따라서 성의 통로에 꼼짝없이 갇혀 있어야 했다. 성에 설계의 결함이 있는 게 확실했다.

올리비아가 울먹이며 말했다.

"파랑이가 창문에 끼었어요!"

루크가 말했다.

"울지마, 올리비아. 그냥 물고기에 불과해."

"파랑이는 내 제일 좋은 친구란 말이야. 내가 누구한테도 말 못 하는 걸 말할 수도 있는 친구야!"

그때까지 파랑이는 지느러미가 있는 장식품에 불과한 듯했지만, 적어도 그 순간에 파랑이는 올리비아에게 무엇보다 중요한 존재였다.

나는 파랑이가 창문에 끼여 앞만 바라보며 발버둥치는 모습을 지켜보았다. 파랑이가 맨해튼에서 자신의 아파트 때문에 죽어가는 또 한 명의 희생자라는 기분이 들었다. 여하튼 양육의 실력을 발휘할 순간이었다. 마음속으로는 '나더러 어떻게 하란 말이야!' 라고 소리치면서도 겉으로는 아버지답게 "아빠가 고쳐주마." 라고 차분하게 말해야 했다.

나는 마사에게 올리비아를 달래라고 부탁하고, 파랑이의 어항을 들고 부엌으로 가져갔다. 부엌 문을 닫은 후, 어항에 손을 넣고 파랑이를 창문에서 살그머니 뽑아내려 했다. 살짝 잡아당겼지만 정말 되게 끼였는지 파랑이는 빠져나오지 않았다. 이번에는 좀더 세게 잡아당겼다. 역시 헛일이었다. 더 세게 잡아당기면 파랑이의 지느러미가 완전히 찢어질 것 같았다. 그래서 손가락을 코끝에 대고 뒤쪽으로 밀어보았다. 역시 소용없었다. 파랑이는 창문에 끼어 꼼짝하지 못했다. 나는 주변을 둘러보았다. 우리가 저녁에 먹고 남긴 농어가 조리대 위에 놓여 있었다. 녀석도 바다에서 힘차게 헤엄칠 때 파랑이보다 더 요란했겠지만, 지금은 뼈만 남은 머리가 나를 째려보며 쓰레기통에 던져지길 기다리고 있었다.

루크가 말했다.

"왜 파랑이는 '앞으로만 헤엄치다가 이런 꼴이 됐으니 뒤로 돌아가야지.' 라고 생각하지 못하는 걸까요? 파랑이 머리엔 되감기 기능이 없는 것 같아요."

루크도 내 옆에 바싹 붙어 슬그머니 부엌에 들어와, 당혹감에 빠진 외과의사를 지켜보는 인턴처럼 나를 지켜보고 있었다. 흔히 열 살짜리 남자아이가 그렇듯이 루크도 철학자들이 사로잡혀 있는 자각의 문제를 생각과 느낌이란 말로 표현할 뿐이다. 우리가 올리비아의 방에서 파랑이가 어항 속을 헤엄치는 모습을 지켜볼 때, 루크는 "파랑이는 자기가 파랑이라는 걸 알까요? 내 생각엔 파랑이가 '나는 파랑이야!' 라고 생각하지 않을 것 같아요. 그럼 무슨 생각을 할까요? 자기가 헤엄치고 있다는 건 알까요? 그냥 지느러미가 있는 감자 같은 것, 그러니까 헤엄을 치지만 아무런 생각도 하지 못하는 걸까요?" 라고 묻곤 했다. 루크는 물고기, 햄스터, 원숭이, 침팬지, 요컨대 다른 생명체는 어떤 기분으로 사는지 알고 싶어했다.

버클리에서 발달심리학을 가르치는 누이가 우리집에 들렀을 때 루크를 옆에 앉혀놓고, 과학자들이 옛날부터 생명체를 문젯거리로 생각했지만 그 문제를 해결했다기보다는 생명을 구성하는 작은 단위를 이해하는 방식으로 그 문제를 설명할 뿐이라고 자상하게 말해주었다. 따라서 루크의 의문, 즉 살아있다는 게 어떤 기분인지 알고 싶은 우리의 의문은 부분적으로만 설명될 수밖에 없다는 뜻이었다. 루크는 얌전히 고개를 끄덕였지만, 내 눈에 루크는 생각과 느낌이란 문제에 대한 의문을 여전히 떨치지 못하는 듯한 표정이었다. 우리가 그런 문제를 생각할 때와 다를 바가 없었다.

나는 거의 울먹이듯 말했다.

"파랑아, 제발 뒤로 헤엄쳐라. 빠져 나와!"

파랑이는 뒤로 헤엄치지 못하고 창문에 낀 채 점점 심하게 몸부

림쳤다.

루크가 물었다.

"파랑이가 '나는 죽어가고 있어' 라고 생각하고 있을까요?"

나는 그때도 당장에 조치를 취해야 한다고 생각했지만, 결국 비겁하게 그 조치를 뒤로 미루고 말았다. 나는 올리비아의 방으로 돌아갔다. 그리고 올리비아를 안아주며, "내일 아침에 파랑이를 펫코에 데려가서 전문가들에게 도와달라고 하자꾸나. 틀림없이 파랑이를 성에서 꺼내 줄 전문가들이 있을 거야." 라고 말했다.

이튿날 나는 새벽 5시에 일어나 파랑이를 살펴보러 갔다. 파랑이는 싸늘한 시체로 변해 있었다. 나는 어떻게 해야 할지 잠시 생각했다. 여전히 창문에 끼여있는 파랑이를 꺼내기로 결심하고, 파랑이와 성을 통째로 하얀 비닐봉지에 넣었다. 그리고 부엌 식탁에 앉아, 6월을 맞은 맨해튼 새벽의 어스름한 빛에 책을 읽었다. 맨해튼에서는 다른 도시들에서보다 봄이 가속도를 받아 한결 빨리 지나가는 듯 창밖에서는 꽃가루와 온기 등 새로운 기운이 흩날렸다.

누이는 내게 루크의 질문에 깊이있게 대답하는 데 도움을 줄 만한 책들을 잔뜩 써주었고, 덕분에 나는 루크의 문제에 대해 다루고 있는 철학자들의 책을 적잖게 읽은 터였다. 나는 데이비드 차머즈David Chalmers를 읽었다. 의식이 기계의 혼령으로, 컴퓨터와 금붕어 및 우리의 자각능력을 좀비처럼 흉내낼 뿐인 다른 피조물과 인간을 구분해주는 비밀스럽고 절대적인 존재라고 생각하는 철학자였다. 또 의식을 환상일 뿐이라 생각하는 철학자들의 글도 읽었다. 그들의 주장에 따르면, 의식과 실제 정신 작용의 관계는 백악관 대변인과 백악관 실제 운영 방식의 관계와 다를 바가 없었다. 요컨대 사건이 있고나서 한참 후에야 비합리적이고 조급한 목적이 밝혀지기 때문에, 희미하게 감추어진 힘이 그런 결정과 감정을 보여준 이유를 합리적이고 체계적으로 추적해봐야 한다는 것이다.

내가 읽은 가지각색의 이론 중에서 가장 인상적인 이론은 다니엘 데닛Daniel Dennett의 이론이었다. 그의 주장에 따르면, 의식은 그 자체로 존재성을 갖지 않는 부산물일 뿐이다. 달리 말하면, 우리 머릿속에 병렬로 연결된 중앙연산장치들이 제각각 맡은 역할을 하면서 빚어내는 소음과도 같은 것이다. 따라서 우리 정신이 어떤 작용도 하지 않으면 의식도 없다. 의식은 기계에 깃든 혼령이 아니라 기계가 웅웅대는 소리일 뿐이다. 웅웅대는 소리가 클수록 우리 의식은 커진다. 따라서 파랑이가 재밌는 삶을 살았다면 파랑이 자신도 재밌게 산다는 걸 의식했을 것이다. 그런데 파랑이는 자신이 파랑이라는 것도 몰랐다. 파랑이의 삶이 파랑이에게도 재밌게 느껴지지 않았다는 뜻이다.

루크가 일어나서 부엌으로 터벅터벅 걸어왔다. 파랑이가 어떻게 됐느냐고 물었고, 나는 사실대로 말해주었다. 우리는 올리비아가 일어나기 전에 파랑이를 묻어주고, 올리비아에게는 파랑이를 펫코에 갖다 놓았다고 말하기로 합의를 보았다. 어쨌든 그런 식으로 시간을 벌 생각이었다. 나는 파랑이의 어항을 비우고, 서재의 벽장에 어항을 감추었다. 그 후에 루크와 나는 옷을 갈아입고, 성에 끼인 파랑이가 담긴 하얀 비닐봉지를 들고 쓰레기통 입구로 갔다. 비닐봉지가 저 아래로 떨어지는 동안, 우리는 가슴에 손을 얹고 파랑이의 명복을 빌었다. 그리고 나는 루크를 학교에 데려다주었다. 학교로 가는 동안 루크는 입을 꼭 다물고 아무 말도 하지 않았다. 학교에 도착하자 루크는 나를 돌아보며 말했다.

"아빠, 올리비아한테 뭐라고 말해도 좋지만 파랑이가 물고기 병원에 있다고는 말하지 마세요. 절대 믿지 않을 거예요."

나는 집에 돌아와 마사를 깨우며 나지막이 말했다.

"파랑이가 죽었어. 어떻게 해야되지?"

마사는 눈도 제대로 뜨지 않고 대답했다.

"우리도 '버티고' 처럼 해야지요."

하기야 마사는 지난 밤부터 파랑이의 죽음을 예견하고 있었다.

"당신이 펫코에 가서 파랑이랑 똑같이 생긴 걸로 한 마리를 사오세요. 그걸 어항에 넣어두고 올리비아한테 그게 파랑이라고 말하면 될 거예요. 킴 노박이 할 수 있었다면 베타도 할 수 있을 거예요."

물론, 마사는 우리가 일주일 전에 즉흥적으로 열린 히치콕 페스티벌에서 보았던 1950년대 히치콕의 대표작 〈현기증〉을 가리키는 것이었다. 영화 〈현기증〉에서 제임스 스튜어트는 킴 노박이 열연한 신비롭고 매혹적인 금발의 여인과 사랑에 빠진다. 스튜어트는 노박이 오래 전에 죽은 증조 할머니의 환생이며, 그래서 노박이 증조 할머니의 행동을 흉내내는 것이라 믿기에 이른다. 더욱이 증조 할머니처럼 노박도 종탑에 올라가 추락해 죽자, 스튜어트는 깊은 혼란에 빠진다. 악몽에 시달리던 스튜어트는 킴 노박을 무섭도록 닮은 여점원을 우연히 마주친다. 갈색 머리칼인 것만 다를 뿐이다. 그래서 스튜어트는 여점원에게 머리칼을 금발로 물들이고, 회색 정장을 해보라고 요구한다. 그렇게 꾸미자 여점원은 킴 노박과 조금도 다르지 않다.

하지만 여점원이 실제로 킴 노박이었다. 나쁜 남자가 여점원을 고용해 킴 노박의 역할을 하도록 꾸민 짓이었다. 또 종탑에서 떨어진 여자는 다른 여자였고, 그런 조작은 보험 사기극의 일환이었다. 그런데 이런 사실은 영화 중간 쯤에 여점원의 회상 장면으로 관객들에게 알려진다. 따라서 불쌍한 제임스 스튜어트와 달리, 관객들은 여점원이 킴 노박처럼 보이는 이유를 이상하게 생각하지 않는다. 주변 사람들의 충고에도 불구하고 히치콕이 영화 중간에 그런 수수께끼의 해답을 끼워넣은 의미에 대해서는 영화 평론가들 사이에서 큰 논란거리였다. 철학자들 사이에서 의식의 성격이 뜨거운 논란거리인 것과 다를 바가 없었다.

애완동물의 **죽음**에 대처하는 법

마사는 올리비아를 깨우러갔다. 그리고 학교에 데려다주려고 옷을 입히면서 "파랑이는 물고기 병원에 갔단다."라고 말했다. 남자는 나이를 불문하고 물고기 병원을 믿지 않지만, 어머니들은 문제가 해결될 때까지 어디로 미루어 놓아야 하는지 알고 있는 듯하다.

그로부터 몇 시간 후 우리는 올리비아의 수족관에서 헤엄치는 새 베타를 지켜보고 있었다. 마사가 "올리비아가 지미 스튜어트처럼 들어와서는 파랑이를 조심스레 거론할 거예요. 그럼 이 녀석이 파랑이 역할을 할 거라고요."라고 말했다. 하지만 마사의 말투에서 이 수법이 먹히기를 바라는 마음을 나는 읽어낼 수 있었다. 하여간 나는 펫코에 가서 파랑이와 닮은 녀석을 샀다. 베타는 모두가 파랑이와 비슷하게 생겨 그다지 어려운 일은 아니었다.

그러나 나는 이런 방법이 정말로 좋은 생각인지 의심이 들기 시작했다. 영화에서도 지미 스튜어트는 점점 미쳐갔고, 킴 노박은 정말로 종탑에 올라가 떨어지지 않았던가. 나는 마사에게 "우리가 잘못하고 있는 건 아닐까? 올리비아가 열 살쯤 되면 파랑이가 죽었다는 걸 눈치채지 않을까?"라고 물었다.

마사는 위기를 맞은 뉴욕의 어머니답게 어느새 휴대폰을 턱 밑에 끼고 있었다. 애완동물의 죽음은 누구라도 맞이하는 문제였다. 금붕어가 수면에 둥둥 떠있고, 햄스터가 우리에서 죽어 복슬복슬한 네 발을 위로 쳐든 채 발견되는 경우도 많았다. 애완동물들 간에 죽고 죽이는 살상행위도 곧잘 일어났다. 가족마다 대처법이 달랐고 이론도 달랐다. '현기증' 방법을 도입했다가 후회한 가족이 있는가 하면, 거꾸로 아이에게 곧이곧대로 말했다가 후회한 가족도 있었다. 여하튼 부모로서 어떤 결정을 내렸든 간에 나중에 후회한다는 게 전반적인 반응이었다.

나는 한 곳에만 전화를 걸었다. 물론 상대는 발달심리학자인 누이였다. 누이는 주저없이 대답해주었다. 아이들이 애완동물에게 애착을 갖는 건 지극히 정상이라고! 심지어 사랑을 주고받지 못하는 좀비 같은 동물에게도 아이들은 애착을 갖는다며 일본의 두 심리학자, 하타노 기요오와 이나가키 가요코는 아이들이 애완동물을 키우면서 생물학 이론들을 직관적으로 어떻게 터득해가는지 연구한 바도 있다고 말해주었다.

"그들의 주장에 따르면, 동서양을 가릴 것 없이 모든 아이가 처음엔 심리학적이고 물리학적인 현상에 관심을 갖지만 여섯 살쯤이 되면 생명이라는 생물학적 현상에 관심을 갖는다는 거야. 그러니까 동물이나 사람을 살아있게 해주고 음식을 먹으면 되살아나고 병에 걸리면 약해지는 어떤 생령生靈이 있다고 아이들이 생각하기 시작하는 거지. 너도 알잖아, 중국에서 말하는 기氣 같은 것 말이야. 게다가 재밌는 건 아이들에게 애완용 물고기를 주면 그런 생각의 발달을 촉진시킬 수 있다는 걸 하타노와 이나가키가 실험적으로 증명했어. 어쩌면 지금 올리비아가 생명에 대한 심리학적 관심에서 생물학적 관심으로 넘어가고 있는 단계일지도 몰라. 그래서 올리비아가 무척 당혹스런 반응을 보였던 것일 수도 있어."

유리와 물이라는 경계가 있었고, 물고기는 한없이 멍청했지만, 어항 속의 물고기가 있다는 사실으로도 다섯 살난 아이의 마음 한구석에서는 큰 위안이 됐던 모양이다. 올리비아는 생명을 사랑했지만 파랑이는 더 이상 이 세상에 존재하지 않았다. 누이의 말에 따르면 아이들의 학습은 단계적으로 이루어진다. 세 살에는 대부분이 심리학자여서 마음의 이론을 탐구하고, 여섯 살쯤에는 생물학자가 돼 생명의 이론에 관심을 갖는다. 그리고 열 살쯤에는 철학자가 돼서 우리가 영원히 살 수 없는 이유를 깨닫기 시작한다.

나는 마사에게 "누나는 우리 조치가 올리비아의 마음을 복잡하게 할 거라고는 생각지 않는대. 오히려 우리가 올리비아의 생물학 이론을 방해할 거라고 하는데."라고 말했다. 마사는 어항에서 눈을 떼지 않고 새 파랑이가 정말 파랑이처럼 보일까 살펴보며, "올리비아는 죽어가던 파랑이가 펫코에 가서 새 물고기처럼 생생하게 살아서 돌아왔다고 생각할 거예요."라고 말했다.

루크가 먼저 집에 돌아왔다. 루크는 새 베타를 유심히 살펴보며 "새 파랑이는 자기가 파랑이가 아니라는 걸 알까요?"라고 물었다. 빨강이가 새 파랑이를 쳐다보고 있었지만, 우리는 빨강이가 무슨 생각을 하는지 짐작조차 할 수 없었다.

마침내 올리비아가 학교에서 돌아왔다. 우리는 히치콕처럼 교묘하게 해내지 못했고 그렇다고 정직하게 곧이곧대로 말하지도 못했다. 뉴욕의 자유주의자인 우리는 이도 저도 아닌 어중간한 중간선을 택했다. 마사는 올리비아에게 물고기 전문가들이 파랑이를 성에서 무사히 빼냈지만, 그동안 파랑이가 너무 스트레스를 받은 까닭에 회복하는데 오랜 시간이 걸릴 것 같다고 말했다. 그래서 파랑이가 회복될 때까지 파랑이의 동생을 주었다고 덧붙였다. 올리비아는 새 파랑이를 한참동안 못마땅한 표정으로 쳐다보았다.

"이 녀석은 맘에 들지 않아요. 미워요. 파랑이를 빨리 데려와요."

우리는 올리비아를 달래려고 온갖 수를 썼지만 소용이 없었다. 우리는 조심스레 윽박질러 보기도 했다.

"하지만 파랑이랑 똑같이 생겼잖니!"

"그래요, 파랑이랑 똑같이 생겼어요. 하지만 파랑이는 아니에요. 이 놈은 손님이에요. 그래서 나를 몰라요. 내 친구가 아니라고요. 내가 함께 얘기를 나누고 싶은 친구가 아니에요."

그날 저녁, 우리는 번갈아가며 올리비아 옆에서 지냈다. 올리비아가 흔들의자에서 잠들 때까지 흔들거리며 시간을 보냈다. 그때서야 나는 올리비아 방이 파랑이들로 가득하다는 걸 알았다. 말하자면, 올리비아가 어떤 감정과 생각을 품고 마음에 두었던 것들이었고, 그것들이 실제로는 그런 것들이 아니란 걸 알아갔다. 올리비아가 아주 어렸을 때부터 지녔던 봉제완구들과 여자 인형들이었다. 어린아이들은 어른만큼 생각이 깊지는 않지만 생각을 그대로 믿는 경향이 있다. 따라서 모든 것이 생각하고 느끼며 말할 수 있다고 확신하는 게 정상이다. 오락산업체는 이런 확신을 알아채고 이용해서 말하는 장난감이나 예쁘장한 상어를 만든다. 하지만 어떤 수준에 이르면 아이들은 그런 장난감들이 모두 만들어진 거라는 걸 알기 때문에 그런 장난감에서 즐거움을 얻는다. 어떤 아이도 장난감 인형들이 영화 〈토이 스토리〉의 우디와 버즈처럼 말을 한다고는 생각지 않는다. 어떤 감정을 사물의 탓으로 돌리는 이유는 그런 감정을 갖는 자신의 권리를 보호하기 위한 것이다. 의식의 범위를 확대함으로써 감정의 적용 범위가 확대되는 것이다.

올리비아가 파랑이를 사랑했던 이유는 아무런 감정이나 생각도 갖지 못하는 사물을 어떤 생각이나 감정의 원인으로 삼는 것이 어린아이의 본성이기 때문이다. 올리비아는 자신이 올리비아라는 걸 안다. 또 올리비아는 파랑이를 파랑이라고 상상할 수 있다. 자폐아동의 '마음맹' mind-blindness에 관한 글을 읽어보면 알겠지만 대안은 마음을 보여주는 게 아니다. 젊음의 본질은 마음을 보는 데 있다. 달리 말하면, 모든 것이 마음을 가진 것처럼 생각하는 데 있다. 우리는 어린시절에 모든 것이 의식을 가질 수 있다고 생각했다. 물고기, 인형, 장난감 병정, 심지어 부모까지 의식을 가질 수 있으리라 생각하며 어린시절을 시작하고, 그 이후로는 우리가 마음만을 친구로 둔 채 침대에 혼자 남겨질 때까지 그 목록을 지워가며 살아간다.

그러나 내가 독서를 통해 우리가 마음에 대해 아는 정도로만 마음을 상상한다는 걸 알고 있지만, 울다가 지쳐 잠드는 어린 딸을 지켜볼 때마다 그 차이는 별로 중요하지 않다는 생각이 들었다. 애완동물은 감정이입의 행위이며, 어린아이가 만들어가는 사랑의 이론이다. 그러나 애완동물은 살아있는 생명체이기도 하다. 따라서 애완동물은 죽으면 순식간에 그러나 완전히 사고 영역의 밖으로 이동해 물리적 존재의 영역으로 넘어간다. 모든 것은 사고 영역 안에 있을 때 우리 마음에서 한 부분을 차지할 수 있으며, 물리적 존재의 영역에서 모든 것은 있음이나 없음, 둘 중 하나에 속한다. 과학에서는 생명과 마음이 더 작은 단위로 분해될 수 있지만, 적어도 눈과 뼈대를 갖고 허기를 느끼는 고등 동물의 경우에 생명과 죽음의 경계는 확실하고 변하지 않아, 그 경계를 넘어간 사람이나 금붕어가 다시 되돌아오지는 못한다.

의식의 존재를 보여주는 확실한 증거는 상실의 아픔이다. 빨강이는 자신의 어항에서 유유히 헤엄치고 있을 뿐, 파랑이가 죽었다는 걸 알지 못했다. 파랑이도 자기가 죽었다는 것을 알지 못했다. 그러나 올리비아는 알았다. 우리가 느끼는 고통은 우리가 알고 있는 요란한 울음소리가 아니다. 의식을 가진 대가는 고통이지 울음이 아니다. 우리가 인간인 이유도 거기에 있다. 나는 잠든 올리비아를 물끄러미 바라보았다. 다음날 아침에는 슬픔을 떨치고 일어서기를 바라면서….

히치콕과 파랑이

이튿날 아침, 루크가 말했다.

"엄마, 파랑이가 물고기 병원에 있다고 거짓말하지 않았어야 해요. 그런 거짓말은 문제 해결을 뒤로 미룬 것일 뿐이에요."

우리 셋은 올리비아가 일어나기를 기다리며 부엌 식탁에 앉아 있었다. 마사가 반박하듯 말했다.

"엄마는 파랑이가 물고기 병원에 있다고 말하지 않았어. 파랑이가 물고기 병원 옆에 있는 재활원에 있다고 말했다."

루크가 다시 말했다.

"그게 더 나빠요."

마사가 말했다.

"이렇게 하면 어떨까? 파랑이가 죽었지만 파랑이가 다시 태어나서 이 파랑이가 된 거라고 올리비아에게 말해보자."

내 귀에는 마사의 제안이 그럴 듯하게 들렸다. 그래서 거의 15분 동안 우리는 세상의 모든 종교를 본능적으로 섭렵했다. 우리는 무덤에서 살아난 기독교 얘기를 꾸며냈다. 파랑이의 순교라고! 또 불교의 얘기도 덧붙였다. 파랑이가 윤회를 거듭하는 거라고. 심지어 유대교 얘기도 끌어들였다. 의사들이 파랑이를 살리지 못했지만 파랑이가 가족을 위해 멋진 어항을 떠난 거라고!

그때 올리비아의 방문이 열리는 소리가 들렸고, 올리비아가 부엌에 들어왔다. 그리고 놀랍도록 차분한 모습으로 식탁 의자에 앉더니 "새 물고기를 럭키라고 부를 거예요. 초콜릿 시리얼을 먹어도 될까요?"라고 말했다. 올리비아는 초콜릿 시리얼이 엄격히 말해서 우리집에서 금지된 걸 알고 있었다. 그러나 그날 아침 누구도 올리비아에게 그렇게 말하지 못했다.

기발한 발상이란 생각이 들었다. 럭키란 이름이 원래 파랑이의 죽음 덕분에 예기치 않게 새 보금자리를 마련한 새 파랑이의 행운을 뜻하는 것이었을까? (여하튼 새 파랑이는 뉴욕 시민의 오랜 꿈을 실현했다. 누군가 비워준 월세 아파트를 찾아내 이주하는 행운을 누렸다.) 아니면 럭키란 이름이 단순히 좀더 큰 세계에서 헤엄치며 살아가는 행운을 뜻한 것이었을까? 어느 쪽이든 환생보다는 행운이 물고기를 반갑게 맞이하는 데는 더 현명한 길인 듯했다.

그러나 그 후 이상한 일이 일어났다. 모두가 새 파랑이를 럭키라 부르기로 합의하고 이틀이 지났을까? 올리비아가 혼자서 갑자기 새 베타를 파랑이라고 부르기 시작했다. 감정 교육을 한바탕 치르고 어떤 교훈을 얻은 후에 올리비아는 결국 원래의 출발점으로 되돌아온 듯했다. 말하자면, 우리는 마음의 문제로 시작해서 큰 홍역을 치른 후에 마침내 똑같은 물고기를 사랑하게 된 셈이었다.

그때, 히치콕 감독이 〈현기증〉의 중간에 그 비밀스런 얘기를 끼워넣은 이유가 내 머리에 번뜩 스쳤다. 히치콕도 무엇이 의외의 것인지 몰랐기 때문에 그런 비밀을 중간에 끼워넣었다. 어떤 사람을 다른 사람의 계획이나 욕망 혹은 기괴한 음모에 맞추어 다시 만든다는 생각 자체가 이상한 것이라고 생각하지 않았다. 그런 게 삶이고 사랑이라 생각한 때문이었다. 히치콕의 영화 세계는 뜻밖의 사건이 아니라 긴장감이었다. 달리 말하면, '다음엔 무슨 사건을 만들까?' 가 아니라 '어떻게 해야 논리적으로 당연한 다음 단계에 넘어갈 수 있을까?' 였다. 한마디로 히치콕은 주변 상황에 순응하지 않았다. 오히려 주변 상황을 그에게 맞추어갔다. 그레이스 켈리가 결혼해 은막을 떠났을 때는 킴 노박이 있었고, 킴 노박이 반발했을 때는 티피 헤드런이 있었다.

모든 위대한 감독에게 금발의 여인이 있듯이, 다섯 살배기 아이에게는 물고기가 있다. 1950년대에 제작된 히치콕 감독의 영화들과 세계의 모든 종교 간에 공통점이 있다면, 죽음은 극복될 수 있는 것, 애착의 대상을 바꿔가면서 견뎌낼 수 있는 것이라는 믿음이다. 마음을 준 탓에 고통을 받고, 다시 누군가에게 마음을 주며 그 과정을 되풀이한다. 그것이 삶의 모습이다. 제임스 스튜어트는 삶의 그런 비밀을 알았고, 이제 올리비아도 그 비밀을 알아가고 있었다.

루크는 파랑이에게 닥친 일을 한층 어둡게 해석했다. 〈현기증〉보다는 〈사이코〉Psycho에 가까웠다. 루크는 "내 생각엔 빨강이가 파랑이에게 저 창문에 들어가보라고 꼬드겼던 것 같아요. 그리곤 파랑이가 창문에 끼어 꼼짝하지 못하는 걸 보고 낄낄대고 웃었을 거예요. 빨강이의 복수였던 거예요! 자기보다 큰 집에서 사니까 파랑이를 미워했거든요. 그래서 파랑이를 죽이려고 속임수를 썼던 거예요. 빨강이는 이런 모든 음모를 꾸민 나쁜 놈이에요, 저 놈을 잘 보세요! 정말 악당처럼 보이잖아요."라고 말했다.

나는 불쌍한 빨강이가 싸구려 어항에서 헤엄치는 모습을 한동안 쳐다보았다. 정말 조그만 눈이 악의에 차 번쩍이는 것 같았다. 영화 〈사이코〉에서 오랫동안 꾹 눌러온 분노를 폭발적으로 드러낸 정신병자 역할을 해낸 앤서니 퍼킨스Anthony Perkins와 무섭도록 닮은 모습이었다. 나는 약간 겁에 질려 빨강이를 지켜보았다. 녀석은 자신의 마음을 아는 물고기처럼 보였다.

달리는 아버지들과 움직이지 않는 어머니들

아버지들이 달리는 **이유**

달리는 아버지들은 시작한 걸 후회하지만 끝낼 생각은 없는 듯하다. 일주일에 두세 번, 때로는 네 번씩 그들은 롤링 스톤스나 스팅의 카세트 테이프를 담은 워크맨을 허리에 차고 달린다. 물론 요즘엔 CD 플레이어인 디스크맨이겠지만, 워크맨이라는 옛 이름이 달리는 아버지들의 모습에는 더 어울린다. 디스크는 빨리 빙글빙글 회전하는 모습을 뜻할 뿐이지만, 워크맨에는 앞으로 움직이고 종잡을 수 없는 충동이란 뜻이 담겨있기 때문이다. 달리는 아버지들은 두 발과 허파가 감당할 수 있을 때까지 센트럴 파크의 저수지 주변을 달린다.

그들은 트랙을 돌면서 서로 얼굴을 알아보고, 얼굴을 마주치면 숨을 헐떡이며 고개를 끄덕여 인사를 나눈다. 그들은 수수한 회색 보온복에 무늬가 없는 검은 스웨터를 입고, 회색 운동화를 신는다. 털모자까지 챙겨 쓴다. 그들은 달리기 경력과 날씨를 고려해 합리적으로 달리는 사람들이다. 고탄성 우레탄 섬유인 라이크라로 만든 몸에 착

달라붙은 바지를 입고 스톱워치를 찬 채 무릎을 높이 치켜올리며 달리고 호흡까지 과학적으로 조절하는 진짜 달리기 선수들과는 다르다는 걸 알기 때문이다. 그러나 달리는 아버지들은 한가한 조깅족, 낡은 스웨터와 헐거운 바지를 입고 홍겹게 숨을 헐떡이며 달리는 조깅족과도 다르다.

달리는 아버지들은 달리기를 시작한 걸 후회한다. 지금처럼 계속 달릴 생각은 전혀 없었기 때문이다. 그리 멀지도 않은 옛날에 그들은 저수지 주변을 달리는 사람들을 가끔 흉내내곤 했다. 그들이 뉴욕 생활을 시작했을 쯤, 저수지 주변을 달리는 사람들은 궁색한 욕구와 자기몰두에 사로잡힌 삶을 상징하는 듯했다. 말하자면, 센트럴 파크 동물원 입구에서 델라코르테 시계를 천천히 도는 장난감 동물들처럼 한가하고 기계적으로 달리는 사람들이었다. 그때는 '여피' yuppie라는 단어가 아직 생기지 않은 때여서 그들은 '젊은 중역들' 이라 불렸다.

그런 여피들 중 하나가 자기를 추월해 달리는 사람들에게 "여긴 길이지 트랙이 아니요!" 라고 소리치기도 했다. 그들은 공원을 은둔지, 요컨대 바쁜 세상에서 피신해 명상할 수 있는 장소라 생각했다. 이제는 길과 트랙의 차이를 구분하기가 더 힘들다. 둥그렇게 도는 트랙과 앞으로만 달리는 길에 어떤 차이가 있다고 생각하기 더 힘들다.

그들은 왜 달리는 걸까? 왜 그들은 아침과 저녁이면 공원으로 나오는 걸까? 체육관에 가서 달릴 수도 있고 자전거를 탈 수도 있는데. 운동이라면 체육관에서 할 수도 있는데. 그러나 체육관은 본연의 매력과 마력, 건강의 약속을 잃은 지 오래였다. 한동안 체육관에 가는 것만큼 즐거운 때는 없었다. 무한의 공간에 있는 듯한 기분이었다. 사이먼 앤 가펑클의 '59번가 다리의 노래' 59th Street Bridge Song를 들으며 그들은 다시 스무 살로 돌아갔다. 그러나 체육관이 변했다. 그렇게 변한 체육관이 그들을 몰아내는 듯한 기분까지 있었다.

점점 가까워지는 죽음에 대한 뭔가가 그들을 달리게 하는 걸까? 죽음이 임박하거나 바로 코 앞까지 왔다고 느끼기 때문은 아니다. 죽음은 눈앞에 닥친 현실이다. 달리는 아버지들은 그런 사실을 일찌감치 알고 처음부터 달렸던 사람들을 부러워한다. 또 일찍이 존재론적 절망을 깨닫고, 사형수가 독방에 그림을 그리는 것처럼 죽음이 닥칠 때까지라도 즐겁게 살겠다고 결심한 사람들을 부러워한다. 죽음이 현실일 뿐아니라 흔해 빠진 것이란 사실을 깨달을 때, 또 삶의 끝은 멋지고 고상한 말로 비유돼야 마땅할 것 같지만 실제로는 그렇지 못하고 중단된 텔레비전 시리즈물과 비슷할 뿐이란 사실을 깨닫게 될 때, 이처럼 뭔가를 실감나게 깨달을 때 우리도 달리기 시작할지 모른다. 텔레비전 시리즈물이나 인간의 목숨이 갑자기 끝나면 처음에는 놀라며 충격을 받고(시청률이 그렇게 낮았나? 심장이 그렇게 약했나?), 그 후엔 아쉬움에 시달리며 막연한 기억을 떠올린다. 하지만 결국에는 그리움과 웹사이트 이외에 아무것도 남지 않는다.

우리가 세상을 떠난 후에 기억되는 것조차 잘못 기억되기 십상이다. 전기와 삶의 관계는 옛 텔레비전 시리즈물을 개작한 영화와 텔레비전 시리즈물의 관계와 조금도 다를 바가 없다. 재밌지만 느슨하게 펼쳐지던 얘기들을 마지막 편에서 바싹 조이면서 서둘러 끝내버린 시리즈가 나중에는 얘기의 구성과 배경만이 아니라 선택과 동기의 단계가 의심스러울 정도로 잘 짜여진 것으로 해석된다. 하지만 개작 영화의 골격은 이미 정해져 있다. 똑같은 등장인물이 반복되고 다음 주에도 똑같은 시간에 비슷한 얘깃거리를 약속하는 연속물이란 틀을 제외하면 진정한 줄거리라 할 것도 없고 재미도 없는 텔레비전 시리즈물의 즐거움이 그렇듯이, 그런 영화에서 생생하고 짜릿한 즐거움을 얻기 힘들다. 그런 즐거움은 사라지고 없다고 말해도 과언이 아니다. 이와 마찬가지로, 달리는 아버지들은 달리기가 건강에 그다지 도움이 되지 않는다는 소문이 나돌기 시작해도 그저 계속 달린다.

현명하고 **생기**넘치는 **어머니들**

어머니들은 시대의 흐름에 따라 움직이지 않는다. 어머니들은 달리기를 중단했고, 헬스장마저 끊었다. 그들은 아예 거의 움직이지 않지만 생기가 넘친다. 매일 아침 그들은 매트에 앉아 열두 가지 요가 자세를 취하며 태양을 맞이한다. 거의 꼼짝하지 않고 연꽃 자세로 몸을 앞뒤로 살며시 흔들 뿐이다. 그리고 일주일에 한 번씩 써늘하고 맑은 방을 찾아가, 20분 동안 슈퍼슬로우SuperSlow, 무거운 운동기구를 아주 천천히 올렸다 내리는 행동을 반복하는 근력강화운동. 운동을 한다. 그들은 슈퍼슬로우 강사의 방 —체육관이라 할 수는 없다. 음악도 없고, 흥을 돋굴 만한 것은 눈을 씻고 찾아봐도 없다—에 앉아 눈을 감은 채 숨을 짧고 힘차게 들이마시고 무거운 운동기구를 다리와 팔, 등과 복부로 10초간 올리고 10초간 내리는 운동을 20분 동안 쉬지 않고 반복한다. 눈을 감고 규칙적으로 크게 숨을

들이마신다. 출산할 때 배웠을 호흡법과 무척 유사하다. 절대적인 침묵을 유지하며 무거운 운동기구를 아주 천천히 올리면서, 그들은 운명과 유전자를 이겨내고 시간의 흐름마저 극복하는 법을 터득했다.

움직이지 않는 어머니들은 100~150킬로그램을 들어올릴 수 있고, 그 결과는 샤워실과 침실에서 여실히 드러난다. 잘록한 허리, 길고 탄탄한 이두박근, 가늘고 긴 넓적다리 근육 등 그들의 몸은 푸에르토리코 출신의 플라이급 권투선수를 떠올리게 한다. 게다가 그들은 현명하기도 하다. 우리가 더 느린 시대에 살고 있으며, 이 시대가 달리는 시대가 아니란 걸 직관적으로 깨달았다. 번쩍거리고 반짝거리는 것들, 빛나는 것들의 시대가 지나고 자각과 짧은 호흡, 강인하고 단순하며 고요한 것의 시대가 도래했다. 금빛 토끼의 시대에서 무장한 거북의 시대로 넘어왔다. 느리더라도 꾸준하면 경주에서 승리한다. 토끼는 이제 파산하거나 감옥에 갇혔고, 두려움에 질려 우리에서 꼼짝하지 않는다. 토끼가 무색하게 살던 사람들까지 이제는 옛날부터 거북처럼 살아온 양 꾸며야 한다.

새로운 시대가 도래하면서, 움직이지 않는 어머니들은 움직이지 않으면서 전성기를 맞았다. 그들의 등은 곧고 호흡은 강하며, 근육은 섬뜩할 정도로 길고 탄탄하다. 모든 면에서 그들은 잘 가꾸어진 몸과 영혼의 합일체이다. 그러나 무작정 달리기만 하는 그들의 남편은 냉전이 남겨놓은 두문자들, 예컨대 누구도 제대로 기억조차 못하는 SEATO(동남아시아조약기구)나 MIRV(다탄두 각개 목표 재돌입 미사일)만큼이나 막막한 존재가 되고 말았다. 이 두문자들이 무엇을 뜻하지 정확히 아는 사람이 있기나 할까?

느림보 운동, 슈퍼슬로우

슈퍼슬로우 강사에게는 성자 같은 냄새가 풍긴다. 그래서 달리는 아버지들도 마침내 그를 찾아가야겠다고 생각한다. 헐렁한 티셔츠와 청바지 안에 세심하게 몸을 감춘 젊고 강해 보이는 젊은이가 수줍은 미소와 조심스런 태도로 아버지들을 맞이한다. 하지만 슈퍼슬로우 강사에게는 전향자, 요컨대 슈퍼슬로우가 뭔지 이미 봐서 알고 있는 사람을 끈기있게 설득하는 인내심이 있다. "당신도 할 수 있어!", "세 번만 더 해봐!"라고 고함치며 윽박지르는 구식 강습법을 그에게서는 찾아볼 수 없다. 그는 운동기구 옆에 서서, 강습생들에게 나지막이 말한다. 필요하면 처음부터 끝까지 똑같은 말을 서너 번씩 반복하며 강습생들을 가르친다. 부드럽게 미소를 지으며 목소리를 높이는 법이 없다. 눈알을 굴리며 두리번대지도 않는다. 운동기구가 올라가고 내려가기 시작하면, 뒤로 물러서서 1부터 10까지 올려 세고, 다시 10부터 1까지 내려 센다.

"됐습니다. 준비되면 거기에서 천천히 움직여보세요. 조금씩 올려보세요. 잠깐 그대로 있으세요. 천천히, 아주 천천히 다시 돌아가세요. 발끝으로 느껴보세요. 눈으로 찾지마시고 느낌으로 찾아보세요. 그런 다음에 천천히, 살살 올려보세요…."

처음 만졌을 때는 꼼짝하지 않을 것 같던 100킬로그램이 넘는 기구가 이상하게 움직인다. 그 무거운 것이 위로 밀려 올라간다. 힘겨운

안간힘에 그 무거운 기구가 정말로 움직인다. 다시 슬며시 내려오지만 다시 올라간다. 꼬박 네 번, 정확히 1분 30초 동안.

이론은 흠잡을 데가 없다. 여하튼 설득력있게 들린다. 근육은 프랑스 학생들처럼 실패를 통해서만 단련되고, 천천히 반복적으로 가해지는 압력을 통해서만 근육은 실패할 뿐이다. 압력이 일정 기간 이상으로 가해지면 압력은 그때부터 압력이 아니다. 몸이 더 이상 견딜 수 없는 순간, 그때가 진정한 압력의 출발점이다. 시간표에 맞춰 체육관을 헤집고 다니는 사람, 팔굽혀펴기를 천 번 할 수 있다는 팔굽혀펴기의 달인, 그들은 자기 나름대로 만들어낸 쾌감대에서 움직인다고 말하지만, 그 쾌감대는 자기마저 속이는 상상의 착각이다. 요컨대 그들은 땀을 뻘뻘 흘리지만 근육다운 근육을 키우지 못한다.

슈퍼슬로우 강사는 "1분 30초마다 혹은 실패하면, 여하튼 어느 쪽이든 멈추도록 할 겁니다. 물론 실패하는 편이 낫겠죠."라고 나지막이 말했다. 그의 나지막한 목소리는 옛날 퀴즈 프로 사회자가 출전자들에게는 들리지 않도록 방음실에서 마이크에 대고 암호를 속삭이는 목소리처럼 들렸다. 강사는 "조금씩 천천히 살살 시작하세요. 힘을 갑자기 주시지 말고요. 급한 마음을 버리고 편하게 시작하세요. 잠깐 그대로 있으세요. 다시 천천히, 아주 천천히 내리세요."라고 말했다.

운동기구는 딱 여섯 개 뿐이다. 프로그램은 정확히 20분만에 끝난다. 프로그램을 끝내고 나면 온몸이 욱신거리고 숨이 가쁘다. 그 모든 과정은 써늘한 방에서 진행되고, 창밖으로는 을씨년스런 거리가 보인다. 그러나 운동이 끝나는 속도는 고통의 끝에 오는 선물이 아니다. 운동에는 한계가 있다. 몸이 그만큼 멍청하다는 증거이다. "근육을 충분히 피로하게 만들면 그 때문에 근육을 더 만드는 수밖에 다른 도리가 없습니다. 그런데 대부분의 사람이 운동이란 걸 하면서 익숙한 한계치까지만 합니다. 그럼 운동 자체로는 만족스러울 겁니다."

달리는 사람들도 달리면서 생긴 근육을 보고, 1980년대의 젊은 화가들처럼 자기만족에 빠질 수 있다. "재밌는 것은 우리가 근육에 압박을 가한 후에 회복할 시간을 준다면, 근육이 회복될 쯤에는 예전보다 더 강해진다는 겁니다. 이런 과정이 반복되면 근육이 압박에서 회복되는 시간이 나중에는 덜 걸릴 겁니다. 그래서 근력은 답보상태에 머물고 더 커지지는 않는 겁니다."

달리는 아버지라면 이쯤에서 걱정스런 표정으로 묻기 마련이다. 달리기는 어떻습니까? 폐활량을 높이려면 에어로빅이 필요하지 않을까요? 둘을 병행하면 더 낫지 않을까요? 슈퍼슬로우 강사는 인내심도 있고 유머감각도 있으며 친절하기도 하지만 단호할 때는 무척 단호하다. 달리기가 부적절한 운동은 아니다. 그러나 달리기는 엄격히 말해서 운동이 아니다. 레크레이션이다!

그는 슈퍼슬로우로 전향을 앞둔 사람에게 인내심을 발휘하며 싹싹하게 설명한다.

"글쎄요, 손님이 헬스용 자전거를 타기 전에 손님에게 몸무게가 어떻게 되느냐고 묻는 이유가 무엇일까요? 손님이 그야말로 아무것도 하지 않고 자전거에 앉는 것만으로 몇 칼로리나 소비되는지 알아야 하기 때문입니다. 예컨대 손님이 가만히 서 있거나, 잠을 자는 동안에

100칼로리가 소모된다고 해봅시다. 그런데 30분 정도만 달려도 100칼로리 이상이 소모됩니다. 따라서 손님이 운동을 끝내자마자, 운동을 한 탓에 목이 말라 아이스티를 마신다면…."

이쯤에서 그는 재밌다는 듯이 환한 얼굴로 또박또박 말을 끊어가며 말했다.

"그럼 운동하기 전보다 더 심각한 상태로 되돌아갑니다. 실제로 칼로리가 늘어났으니까요. 밖에서 달리는 것도 똑같습니다. 달리기가 손님에게 그렇게 해롭다고는 생각하지 않지만 대부분의 경우에."

여기에서 그의 말투가 환자에게 나쁜 소식을 알려줘야 하는 의사처럼 변한다. "그러니까 좋은 기분을 유지하고 삶에 활력을 유지하려면 무슨 수를 써서라도 계속 달리십시오! 하지만 달리기는 심장에 압력을 가하는 짓이지 근육을 단련시키는 운동이 아닙니다. 그렇다고 달리는 사람들 모두가 이른 나이에 심장발작으로 죽는 건 아닙니다. 하지만 적잖은 사람이 심장발작으로 죽은 건 우연이 아닐 겁니다. 그들 중 누구도…."라며 그는 말꼬리를 흐린다.

그럼 고통은 어떻습니까? "전에도 누군가 내게 똑같은 걸 물었습니다." 이렇게 말하며 젊은 강사는 지나치게 도인처럼 보였다고 생각했던지 얼굴을 붉힌다. 그가 알고 있는 지혜를 나눠주고는 싶지만 빼기고 싶지는 않은 모양이다. "고통은 나에게 무척 긍정적인 방향으로 작용합니다. 이런 격언이 있잖습니까." 그는 잠시 말을 멈추고 침을 꿀꺽 삼킨 후에 "고통에서 벗어나려하면 고통이 그대를 찾을 것이고, 고통을 찾으면 고통이 그대에게서 벗어날 것이다."라고 덧붙인다.

이상하게 들리겠지만 그 격언은 맞는 것 같다. 그렇다고 고통이 정말로 사라진다는 뜻은 아니다. 예컨대 무릎이 비명을 지르면 우리는 그 비명에 귀를 기울이게 되고 고통에 눈을 돌리며 고통에 온 정신을 쏟는다. 그렇게 고통에 신경을 곤두세우면 고통이 우리를 삼켜버리고, 그때부터 고통은 객체가 아니라 주체가 된다. 달리 말하면, 고통은 우리가 조절할 수 없는 것으로 변해 우리를 옭아매지만 결코 해소되지 않는다.

운동과 **레크레이션** 그 엄청난 **차이**

그러나 슈퍼슬로우 강사의 나긋한 목소리와 끈기있는 합리적인 설명에서는 신교도의 편협한 근본주의적 냄새가 풍긴다. 레크레이션을 위한 운동은 운동이 아니며, 건강에 도움이 되는 운동만이 운동이라는 식이다. 운동은 열린 개념이 아니라 절대적인 개념이란 뜻이다. 달리는 아버지들의 생각에, 과거의 체육관은 가톨릭 교회와 지중해의 신전이었다. 말하자면, 종교적 관습에 민중의 미신적 믿음이 더해진 형태였다. 따라서 모두가 체육관을 들락거렸지만 정말로 건강이 나아진 사람은 하나도 없었다. 1970년대부터 1990년대까지 뉴욕의 일부 계층에게 운동은 이탈리아 농부들의 영성체나 고백성사와도 같은 것이었다. 운동이 수단이 아니라 목적이었고, 하늘나라로 가는 통로가 아니라 신 자체였다. 운동을 하면 그만이지 운동에서 성공할 필요는 없었다. 실제로 누구도 성공하지 못했다. 몇몇 남성 동성애자와 프로 운동선수를 제외하면 운동을 해서 더 날씬해지거나 더 강해진 사람, 쉽게 말해서 정말로 변한 사람은 한 명도 없는 듯했다. 체육관에서 보낸 시간을 고려하면, 뉴욕은 삼손의 도시, 인류 역사상 가장 위대한 여성 운동선수라는 베이브 디드릭슨 자하리어스Babe Didrikson Zaharias의 도시를 기대해볼 만했다. 하지만 사람들은 다이어트를 계속했고, 체육관은 시칠리아의 어떤 마을에 아직도 남아있는 교회처럼 만남의 장소로, 또 건강이 결국에는 은총처럼 하늘에서 우리 머리로 툭 떨어지는 중간적 기구로서 명맥을 이어갔다. 몸이 날씬해지지도 않고 튼튼해지지도 않았지만 죽음은 멀찌감치 떨어졌고, 몸은 지중해의 신처럼 너그럽게 모든 것을 잊었다.

새롭게 등장한 느림보 운동은 행위의 무익성에 대한 단호한 관점과 행위의 필요성에 대한 믿음을 절묘하게 결합시키는 개신교적 재주를 부린다는 점에서 개신교의 한 교파인 듯하다. 은총을 얻기는 힘들다. 따라서 너희는 은총을 얻지 못할 수 있다! 유전자로 나타나는 운명은 거의 모든 곳에 적용되며, 너희의 소망과 근육도 예외가 아니다. 하지만 고통스럽더라도 좋은 일을 하면 약간의 희망이라도 있으니, 어쨌든 은총을 얻으려고 애써보라는 식이다.

강사의 매력적이면서도 조심스런 도움으로 달리는 아버지들은 슈퍼슬로우 운동의 분명한 철학을 읽어낸다. 미소를 지으며 도움을 아끼지 않는 유니테리언 교도의 얼굴 뒤에 감추어진 칼뱅파 교도의 음흉한 마음이다. 느림보 운동의 창시자는 지금 플로리다에 살면서, 널찍하고 써늘한 방에서 의식을 행한다. 또 매달 몇 쪽에 달하는 긴 편지를 지부에 보내고, 그 편지들은 운동실 입구에 놓인 책상에서 조용히 그러나 의미심장하게 배포된다.

느림보 운동의 창시자는 달리는 사람들과 달리기, 에어로빅과 에어로빅 교실을 경멸한다. 과거의 운동요법들이 그럴 듯하게 들리지만 레크레이션에 불과하다면서 무시한다. 겸양이라곤 찾아볼 수 없고, 분노를 폭발시키듯 노골적으로 경멸한다. 그가 에어로빅이란 개념과 에어로빅 운동에 쏟아내는 차가운 증오심은 마르틴 루터가 성자를 향한 기도와 면죄부의 판매에 쏟아내던 증오심이 무색할 지경이다. "에어로빅은 위험하다! 달리기는 지나치게 많은 힘을 소진시키는 행위이다. 폐활량을 훈련시킬 수는 없다. 폐는 언제라도 능동적으로 자기 역할을 할 수 있다. 산소의 최대 흡입량은 95.9퍼센트가 유전적으로 결정된다. 실질적인 일을 하는 것은 근육이다. 근육만을 단련시킬 수 있다. '폐활량'과 '폐'와 '에어로빅'은 근육 단련과 아무런 관계가 없다. 에어로빅에 열중하는 사람이나 달리기를 하는 사람은 그런 '건강을 위한 행위' 때문에 호된 대가를 치를 것이다. 모든 미국인이 '운동'이란 이름으로 추구하는 행위를 즉각 멈춘다면, 국민 건강이 크게 개선될 것이다."라고 결론지은 그의 편지들이 미국 전역의 가짜 체육관들 문에 게시돼 있다.

몸에 중요한 것은 저항력이다.(저항력은 감추어진 상관관계 때문에 영혼에도 중요한 것이다.) 몸은 저항력을 통해 배운다. 우리가 죽은 후에도 근육은 여전히 저항력을 가질까? 그렇다! 플로리다에 사는 창시자의 말에 따르면, 죽음은 완벽한 운동 조건이다. 게다가 죽은 사람들이 개인 강사의 도움을 받아 운동을 한다고도 말한다. 플로리다의 창시자는 거리낌없이 직설적으로 말한다. 멋을 부리며 에둘러 말하지 않는다. 그는 입과 코를 막고 숨을 내쉬는 발살바 호흡법의 위험성을 반복해서 경고하며, 발살바란 이름이 랫 팩Rat Pack, 처음엔 험프리 보가트를 중심으로 한 연예인 모임을 가리켰지만, 그 후 1950년대와 1960년대 할리우드 유명배우들의 모임을 가리킨다.의 시대부터 술집의 가수가 킴 노박이나 앤지 디킨슨을 흉내내는 에로틱한 동작처럼 들리지만 실제로는 근육이 움직이는 동안에 호흡을 정지하는 행위에 불과하다며, "초로의 사람들이 발살바 호흡을 하다가 혈압이 올라 변기에 앉은 채 심장마비로 죽어간다."며 신랄하게 비판한다. 그럼 과체중은 어떻게 할 건가? 이에 대해서도 그는 "현대 비만은 너무 많이 먹어서 생긴 문제다!"라고 잘라 말한다. 먹는 걸 줄이라는 뜻이다.

느림보 운동의 창시자가 무엇보다 강조하는 것은 운동과 레크레이션의 구분이다. 그는 "심장박동수의 상승이 운동의 강도, 즉 운동의 가치를 뜻하는 건 아니다. 쓸모없는 운동을 하고서도 맥박수가 올라가고, 숨이 가빠지고, 땀을 충분히 흘릴 수 있다. 강렬한 감정이 밀려와도 이런 징후가 흔히 나타난다. 운동의 효과가 아니라는 뜻이다… 느릿한 저강도 행동은 무산소 호흡보다 유산소 호흡을 훨씬 많이 사용한다. 나는 전문가들의 이런 지적에 전적으로 동의한다."라며 "따라서 논리적으로 생각할 때, 인간이 행할 수 있는 최고의 유산소 행위는 수면이라는 결론이 내려진다."라고 결론짓는다.

아이팟과 **힐리스**를 가진 **아이들**

완벽한 거북이 되겠다는 열망은 어린아이들에게도 스며든 듯하다. 아들들은 아버지와 함께 달리면서, 아버지의 낡은 디스크맨이 부끄러운지 아이팟이나 엠피쓰리를 아버지에게 빌려준다. 거기에 담긴 내용물의 보편성과 포용성은 놀라울 정도이다. 에어로스미스에서 알 얀코비까지 수백 곡의 노래가 끝없이 흘러나온다. 젊은 세대의 노래들은 훌륭하고 멋지지만 옛날 노래들과 크게 다르지 않은 듯하다. 도노반이었다면 콜드플레이의 '옐로우'를 불렀을 것 같고, 엠씨5였다면 그린데이의 '아메리칸 이디엇'American Idiot을 너끈히 불렀을 것 같다.

아버지는 200곡의 목록을 살펴보면서 '그래도 좋아하는 가수가 있겠지.' 라고 생각하며 "그린데이와 콜드플레이 중에서 누구를 더 좋아하니?"라고 묻는다.

아들은 어깨를 으쓱해 보이며 "둘 다 좋아요. 그런 질문은 아버지에게 비틀스와 롤링 스톤스 중에 누구를 더 좋아하느냐고 묻는 거랑 같아요."라고 대답한다. 아버지는 아들의 대답에 담긴 잔잔한 지혜에서 한 번, 음악을 꿰뚫고 있는 지식에서 또 한 번, 두 번 놀란다. 비틀스의 노래는 30년, 아니 40년 전의 것이 아닌가! 그는 아들 나이에 1920년대나 1930년대의 노래를 알았던가? 그랬더라면 재즈의 여왕이라던 엘라 피츠제럴드Ella Fitzgerald의 초기 음반을 어떻게든 구해 열심히 들었을 텐데.

그러나 요즘 아이들은 뭔가를 집요하게 추적하는 게 분명하다. 과거에는 어떤 밴드를 선택하면 다른 밴드에는 눈을 돌리지 않았다. 우리 세대는 어렸을 때 복잡한 걸 싫어했다. 물론 어리석은 짓이었다. 그런 혐오감이 당시에 가장 좋았던 것에도 예외없이 적용됐으니까.

우리는 감수성 강한 가수 겸 작곡가까지 무작정 싫어했다. 늘푸른 소나무 같던 '블루'의 주인공, 조니 미첼Joni Mitchell까지 싫어했다.

"정말 싫어하는 가수는 없니? 브리트니 스피어스는 어떠니? 또 이름이 뭐더라… 그래, 에이브릴 라빈은?" 에이브릴 라빈은 1년 전에 반짝했지만 지금은 이름조차 거론되지 않는 듯하다. 적어도 아버지에게는 그렇게 느껴진다. 그러나 아들은 어깨를 으쓱해보이고는 "괜찮은 가수 같은데요. 노래도 좋은 게 꽤 있고요. 마음에 들지 않는 노래는 듣지 않으면 그만이에요."라고 대답한다.

아이팟은 완전한 보호막이다. 모든 걸 담고 있지만 관심의 흐름을 끊어버린다. LP판을 무지막지하게 순전한 목록으로 전락시키고, CD가 한 면을 없애버렸듯이 선택할 권리를 허락하지 않는다. 우리는 선택할 필요가 없다. 화를 낼 것도 없다. 듣기 싫은 노래는 흘려보내면 그만이다. 아이들의 태도는 세련돼 보이지는 않지만 빈정대는 태도와도 거리가 한참 멀다. 오히려 제정신으로 모든 것을 수용하는 모습이다. 아이들은 편하게 살지만 두려움이 뭔지를 안다. 그래서 반달족이 쳐들어오기 전에 중요한 고전들을 서고에 보관했던 중세의 수도자들처럼, 그들도 암흑시대를 대비해 그들만의 아이팟을 준비한다. 그들이 운동을 생각하는 방향도 음악에 대한 생각과 무척 유사하다. 이것 조금, 저것 조금이다.

그들은 밑창에 바퀴가 달린 운동화인 힐리스를 신는다. 그래야 걷다가 달릴 수 있고, 인도를 뒤뚱뒤뚱 걷다가도 균형을 잡고 쏜살같이 미끄러질 수 있기 때문이다. 따라서 그들에게는 걷기와 달리기와 뒤뚱거리기가 하나로 연결된 연속체이다. 그들은 저수지 가에 이르면, 아버지가 달리는 걸 유심히 바라보며 빙그레 미소를 짓는다. 그리고 잔디밭 옆에서 활주하는 연습을 한다. 마침내 아버지가 가까이 다가오면 "아빠, 달리기는 너무 구식인 것 같은데요!"라고 말하고는 학교로 미끄러져 달려간다.

느린 삶이 가진 **함정**

"속도의 시대는 끝났어요!" 움직이지 않는 어머니들은 유행을 추적하는 기자를 흉내내며 이렇게 말하지만, 이 말에는 "이제 그만 포기하고 천천히 삽시다."라는 뜻이 담겨있다. 규모를 줄이고 속도를 늦추자는 얘기를 담은 책들이 매달 봇물처럼 쏟아져 나온다. 책마다 혼자 실천할 수 있는 느림의 방법을 소개한다. 느린 음악, 집에서 천천히 시간을 들여서 만들고 먹는 음식을 뜻하는 슬로 푸드, 느림보 운동, 느린 삶을 추천하는 책들은 어디에서나 쉽게 구할 수 있다. 또 탄트라 섹스와 일곱 시간을 조리한 양고기는 이 시대에 되찾은 즐거움이며, 과거의 미덕과 건전한 정신을 회복했다는 증거로 여겨진다.

우리가 요리와 사랑과 일 등 모든 것을 지금보다 느리게 하면, 근육이 더 발달하고 입맛도 돌아오며 아이들도 더 건강해질 거라는 주장이다. 간단히 말하면, 그래야 삶의 경쟁에서 승리할 거라는 뜻이다. 거북이는 토끼보다 현명하기도 하지만, 경주로가 길면 토끼보다 더 빠르다. 하지만 그런 책을 쓰는 저자들도 출판사가 설치한 덫에 걸린 햄스터로 전락해, 그들이 책에 쓴 내용과는 반대로 살고 있다는 사실을 모른 척하는 게 놀라울 뿐이다.(그들이 속도전에 휘말려 사는 걸 보면, 그들이 책에서 입이 닳도록 말하는 느림의 철학은 새빨간 거짓말이다. 또 편집자들이 흘린 땀의 흔적처럼, 책을 잠시라도 먼저 서점에 진열하기 위해 흘린 땀이 책표지에서 번들거린다.)

달리는 아버지들의 생각에 정말 느리다고 부를 만한 것이 약간 있기는 하다. 가령 우리가 일을 중단하거나, 집세나 대출금 상환을 중단한다면, 또 아이들의 교육비를 끊는다면 얼마든지 현재의 궤도에서 벗어나 느릿한 삶을 택하고 정지된 삶을 살 수 있다. 그러나 이런 중단은 불가능하다. 게다가 주변에서 말하는 느림의 철학을 실천하려면 정말 느릿하게 행동해서는 안 된다. 가령 양다리를 천천히 익히고 돼지고기를 전통적인 방식으로 삶으려면 하루종일 바쁘다. 돼지고기를 얇게 잘라 바삭바삭하게 말려야 하고, 기름덩어리를 걷어내야 하며, 그 밖에도 사소한 일거리가 부지기수로 많다. 느리게 요리한다고 무지막지하게 바쁜 현대인의 삶에서 벗어나지는 못한다. 오히려 느림이란 유행을 좇겠다며 바쁘게 움직여야 할 새로운 일거리만 늘어날 뿐이다.

빠름과 느림, 이 둘은 언제나 서로 맞물리기 마련이다. 영원히 변치 않는 진리이다. 어떤 시스템에 속도가 끼어들 때마다 그 결과는 오히려 느려진다. 이 만고불변의 진리를 증명해주는 대표적인 예가 교통체증이다. 기막히게 빠른 항공 여행도 구조적 한계(도심에서 멀리 떨어진 공항, 탑승 수속, 길게 줄을 선 보안검색대, 또 목적지에 도착해서도 꽉 막힌 교통을 뚫고 엉금엉금 기어가야 하는 머나먼 길) 때문에 굼벵이로 변해, 항공 여행은 가슴이 터질 정도로 답답하고 갑갑한 시간이 돼 버린다.

그러나 기존 시스템에 느림을 끼워 넣으면 삶의 속도가 다른 어딘가에서 더 빨라진다. 적어도 귀족 사회에서는 에너지가 사회 전체에 골고루 확산될 수 있었다. 따라서 퐁파두르 부인은 하인들이 부지런히 움직인 덕분에 여유로운 삶을 즐길 수 있었다. 그러나 우리가 스스로의 하인 역할까지 해야 하는 현대 부르주아적 사회에서는 우리 삶의 어느 한 곳이 빨라지면 다른 부문이 느려지기 마련이다. 느림과 빠름의 평형이 하나의 몸, 하나의 의식에 내재화됐다는 뜻이다. 과거에는 문명권 전체를 대상으로 하던 균형이 이제는 하나의 영혼에 집약된 상태이다. 따라서 마음을 진정시키려고 어떤 형태로든 느림을 받아들이면 다른 부분이 빨라지며 우리를 지치게 만든다. 우리가 빠름과 느림의 관계를 조절하려고 아무리 애쓰더라도 그 관계는 항상 완벽하게 균형을 이룰 것이다.

지금을 잊으려 달리는 **아버지들**

여기에는 심원한 진리가 있었다. 엄격히 따지면 빠른 것도 없고 느린 것도 없다. 오로지 시간이 있을 뿐이다. 시간은 변하지 않는다. 시간이란 덩어리가 있을 뿐이다. 시간은 괴롭힐 수도 없고 달랠 수도 없으며 관리할 수도 없다. 시간은 절대적인 것이다. 시간은 먼지 진드기와 매연처럼 어디에나 있다.

달리는 아버지들은 아침에 달린 후에 컬럼버스가에 있는 스타벅스에서 라떼를 홀짝이며, 두 20대 젊은이가 노트북을 챙겨 떠나기를 초조하게 기다린다. 그래야 빈 자리가 생길 테니까. 하지만 그때 '이렇게 서두를 필요가 뭐지?' 라는 생각이 문득 머리를 스친다. 심장박동이 끝나면 죽음밖에 없다는 걸 그들도 안다. 이 땅의 피조물들에게 허락된 심장박동의 횟수는 거의 똑같다. 요컨대 이 땅에 사는 동안 달려야 할 트랙이 거의 똑같다는 뜻이다. 벌새는 일주일만에 자기 몫의 심장박동을 다 써버리고, 코끼리는 자기 몫을 소진하는 데 100년이 걸린다. 그러나 시간의 흐름에 대한 의식은 똑같다. 우리 인간도 필요한 만큼의 심장박동을 갖도록 맞추어져 있다.

이런 이유에서 은퇴한 운동선수들은 정신나간 사람, 술에 취한 사람처럼 보이는 것이다. 그들은 정말로 당혹스러워하고 술에 취해있다. 그들의 전성시대는 끝났다. 이런 의미에서, 달리기는 우리에게 허락된 심장박동을 앞당겨 쓰는 셈이다. 저수지 주변을 달리는 행위는 중산층의 은밀한 자살기도이다. 달리는 아버지 하나가 다른 아버지에게, 모차르트가 서른 다섯 살에 죽고, 천재 시인 존 키츠John Keats가 스물 여섯 살에 죽은 게 우연은 아니라고 나지막이 말한다. 그들은 너무 일찍 심장박동을 소진한 탓에 목숨을 거두었던 것이라고.(언뜻 보면 장수한 예술가는 모두 영화감독이나 지휘자, 혹은 편집자인 듯하다. 그들이 다른 사람들의 심장박동, 다른 사람들의 음악을 빼앗는 똑똑한 기생동물이기 때문이 아닌가 싶다.)

그 말을 잠자코 듣고 있던 아버지가 고개를 끄덕인다. 그리고 그도 그런 생각을 했던 때가 있다며 얘기를 시작한다. 그는 한때 체육관의 트레드밀에서 뛰면서 운동했고, 분당 심장박동수를 최대한 끌어올리려고 더 빨리 뛰었지만 심장박동 계기판은 계속 올라가지는 않았다. 계속 깜빡이면서 1부터 10까지 꾸준히 올라갔고 다시 0으로 떨어졌다가 다시 10으로 올라갔다가는 다시 0으로 떨어졌다. 아무리 용을 쓰고 숨이 턱에 차도록 뛰어도 심장박동 계기판에서 깜빡이는 숫자는 올라갔다가 툭 떨어졌다.

그래서 그는 심장발작의 초기증세라고 생각했지만, 그가 엉뚱한 계기판을 봤다는 걸 나중에야 깨달았다. 그가 봤던 것은 분당 심장박동수를 나타내는 계기판이 아니었다. 초단위로 깜빡이는 디지털 시계였다. 시간의 흐름은 정확하고 매끄러웠다. 무섭도록 일정하고 철저하게 무관심해서 등골이 오싹해질 지경이었다. 그의 행동은 얌전히, 그러나 당당하게 앞으로만 흘러가는 시간의 흐름에 어떤 영향도 주지 못했다.

그는 "나는 달리기를 멈추고 땀을 뻘뻘 흘리면서 거기에 서 있었습니다. 계기판을 멍하니 바라보았습니다. 심장박동은 정상을 향해 떨어졌지만, 조그만 디지털 시계인 계기판은 계속 깜빡이더군요. 아무 일도 없었던 것처럼 말입니다. 어린아이가 순진무구한 얼굴로 우리를 쳐다보는 것 같았습니다. 그때서야 그게 뭔지 깨달았습니다…." 라고 말했다. 달리는 아버지들은 고개를 끄덕이며 생각에 젖는다. 그래, 빠른 것도 없고 느린 것도 없어. 오로지 시간이 있을 뿐이야.

그런데 왜 그들은 달리는 걸까? 슈퍼슬로우 강사에게 달리기는 아무런 효과도 없는 짓이라 배웠고, 그들의 부인에게도 달리기는 쓸

데없는 짓이라는 이야기를 들었으며, 아이들에게도 달리기는 구식이란 놀림을 받았는데 말이다. 게다가 무릎과 발목이 시큰거려 달리기가 고통이란 걸 알고 있기도 하다. 몸의 실질적인 상태, 욱신거리는 근육, 에어로빅에 대한 잘못된 착각, 시간은 하염없이 흘러가고 심장박동이 소진되는 현실을 고려하면 그들이 달리는 이유가 도무지 이해되지 않는다. 왜 그들은 매일 아침 출근하기 전에, 또 매일 저녁 식사를 하기 전에 두 팔을 엉거주춤 흔들고 고개를 숙인 채 저수지 주변을 달리는 걸까? 무릎이 시큰거리고 폐가 터질 것만 같다. 그들도 달리기가 건강에 별로 도움이 되지 않는다는 걸 안다. 그런데 왜 고집스레 계속 달리는 걸까? 어쩌면 그들을 달리도록 내모는 것은 운동도 아니고 심장박동의 소진도 아닐지 모른다. 그들은 뭔가를 얻으려고 달리는 게 아니다. 경쟁자들을 따돌리려고 연습하는 것도 아니며, 내일이면 더 빨리 달리기 위해서 달리는 것도 아니다. 그들은 뭔가를, 어딘가를 목표로 삼아 달리는 게 아니다. 경쟁에서 누군가를 이기려고 달리는 것도 아니다. 그들은 지금 이 순간을 잊으려고 달리는 것이다.

커크 바너도와 자이언트 메트로조이드

루크의 대부, **커크**와의 인연

2003년 봄, 미국의 예술사학자 커크 바너도Kirk Varnedoe는 당시 매주 센트럴 파크에서 훈련하던 미식축구팀 자이언트 메트로조이드의 코치직을 수락했다. 당시 그는 무척 바빴다. 뉴욕 현대미술관에서 회화와 조각 부문 수석 큐레이터로 13년 동안 일한 후에 프린스턴 고등연구소 연구원에 막 임명되었고, 워싱턴의 국립미술관에서는 추상미술을 주제로 한 여섯 번의 멜런 특강을 준비하고 있었다. 게다가 1996년에 발견된 대장암이 폐로 전이돼 죽어가고 있었다. 그는 뉴욕 메모리얼 슬론 – 케터링 암 센터에서 온갖 화학치료를 받았지만, 별다른 효과를 보지 못했다.

자이언트 메트로조이드는 얼핏 보기에 그에게 큰 부담은 아니었다. 메트로조이드 팀은 내 아들 루크처럼 여덟 살인 2학년들로 처음 시작됐다. 아이들은 유희왕 카드와 고약한 물 풍선 대신 미식축구에 미친 듯이 빠져들었다. 남자 아이들은 그 해 겨울 슈퍼볼에서 우승한

탬파베이 버커니어스의 행진을 보고 미식축구 선수가 되겠다는 결심까지 했다. 아이들은 '티셔츠를 입고 훈련을 하고 경기 방법과 모든 것을 아는 진짜 팀' 을 만들어 미지의 팀을 상대로 플래그 풋볼유소년용으로 변형된 미식축구.을 하고 싶어해서, 나는 팀을 조직하기 시작했다.(팀의 이름은 타협으로 결정됐다. '거인들' 이란 뜻으로 자이언츠로 하자는 아이들도 있었고, '괴짜녀석들' 이란 뜻으로 '프리카조이드' 란 그럴 듯한 의견에 동조하는 아이들도 있었다. 결국 몇몇 아이들의 막후공작 끝에 '메트로폴리탄' 과 결합된 메트로조이드로 결정됐다.)

우여곡절 끝에 티셔츠는 푸른색과 흰색으로 결정했지만 코치가 있어야 했다. 루크의 대부인 커크밖에 코치를 맡을 사람이 없었다. 당시 그가 화학치료를 받고 있던 때여서, 나는 몇 번이고 망설인 끝에 그에게 조심스레 의견을 물었다. 그는 대학을 졸업하고 예술사를 공부하려고 스탠퍼드로 진학하기 전에 1년 동안 윌리엄스 칼리지에서 수비 코치를 지낸 적이 있었다. 또 그는 코치직을 평생 직장으로 택할 생각도 해보았지만, 언젠가 그가 "미식축구 코치로 평생을 살려면 제대로 해낼 만큼 영리해야 하고, 미식축구가 자기 삶에서 중요하다고 생각할 만큼 미련해야 합니다."라고 말했듯이 다른 길을 택했다. 하지만 커크는 내 제안을 흔쾌히 수락했고, 내게 준비할 것을 알려주며 아이들과 만날 약속까지 정했다.

처음 모임이 있던 금요일 오후, 그가 부탁한 대로 나는 빨간 원뿔통들을 운동장 둘레에 가지런히 배치했다. 아이들의 문에서 두 블록 떨어진 곳으로 5번가와 79번가의 모퉁이에 마련된 운동장이었다. 나는 길 건너편에 자리잡은 르네상스 풍의 건물을 어깨 너머로 훔쳐보았다. 뉴욕대학교의 예술학부가 쓰는 건물이었다. 우리는 23년 전에 그곳에서 처음 만났다. 그가 예술학부에서 처음 강의를 맡은 해였고, 나는 학생으로 첫 해를 맞았다. 그는 스탠퍼드와 파리와 컬럼비아를 거친 젊은 학자였고, 당시 겨우 서른 넷이었지만 예술사학계에서 까다로운 문제 중 하나로 여기던 로댕Auguste Rodin의 정통 데생에 관련한 문제를 깔끔하게 정리한 학자로 명성을 얻고 있었다. 또 그는 부당하게 잊혀져 있던 화가들을 되살려내기도 했다. 특히 '관학풍' 의 인상주의 화가로 잘못 알려졌던 귀스타브 카유보트Gustave Caillebotte의 평가를 바로 잡았다.

그러나 훗날 미식축구 명예의 전당에 헌액된 로렌스 테일러가 우리의 기대와 달리 뉴욕 자이언츠 팀에서 첫 해를 엉망으로 보냈듯이, 커크와 나는 뉴욕대학교에서 첫 해를 썩 유쾌하게 지내지는 못했다. 그는 터틀넥 스웨터와 스포츠 재킷을 입고 강의실에 들어와 고개를 들지도 않고 별다른 말도 없이 강의실의 불이 꺼지기를 기다렸다. 그리고 "슬라이드를 봐주세요."라고 말했다. 그 후로 그는 손에 교과서가 아니라 슬라이드 목록만을 들고 스크린에 시선을 고정시킨 채 강의를 시작했다. "지난 강의에서 우리는 1880년대의 세잔을 보다가 그쳤습니다. 당시는 점과 선을 모스 부호처럼 반복하는 독특한 붓질과, 연극 무대의 배경 막처럼 뒤로 멀찌감치 어렴풋하게 물려놓은 배경이란 구성이 절묘하게 결합시킨 시기였습니다."라고 시작해서는 모든 것에서 의미를 찾으며 머릿속에 생각나는 대로 마구잡이로 말하는 것 같았다. 그에게는 미니멀리스트 도널드 저드Donald Judd, 1928~1994의 상자가 로댕의 청동상만큼 살아있는 것이었다. 또 그는 듣기 편하게 말하지 않았고 말투에서는 팽팽한 긴장감이 느껴졌다. 회화에서도 색다른 것이 높이 평가할 만한 것이었다. 따라서 그림들을 하나의 틀에 쑤셔 넣으려는 신경질적이고 불만투성이인 평론가들은 그림들의 가치를 과소평가하는 것이며, 어떤 의미에서는 그들이 결코 일사불란한 조화를 이루지 않는 삶을 과소평가하기 때문이란 식으로 그런 평론가들을 비판했다.

미식축구 덕분에 우리는 친구가 됐다. 우리가 처음 만난 그해 가을에 그는 나를 똑똑한 학생이라 점찍었다. 그의 사고방식은 정신직업을 지닌 사람의 전형이어서, 똑똑한 아이를 키우면 반드시 보람을 얻는다고 생각했다. 다음해 봄, 예술학부 학생들은 터치풋볼미식축구의 위험을 줄인 운동 경기로 태클을 사용하지 않고 볼을 갖고 달리는 상대방 선수의 몸에 터치함으로써 그 선수를 멈추게 할 수 있다. 팀을 조직했다. 나는 세계 역사상 가장 재능없는 터치풋볼 선수였지만 그럭저럭 활약했다. 우리는 젊은 교수, 커크 바너도를 설득해 경기장에 나오게 했고, 어느 일요일 그는 경기장에 모습을 드러냈다. 경기는 남녀가 함께 뛰는 부드러운 터치풋볼로 진행될 예정이었지만, 커크가 등장하면서 완전히 바뀌었다. 그가 상대에게 사정없이 부딪치며 경기를 지배하자 경계의 눈빛이 쏟아졌다.

마침내 나는 뒷선에 배치된 텍사스 출신의 르네상스 학자 존 윌슨에게, 그가 짧게 패스를 하는 척하고 모두가 큰소리로 "나한테 패스해, 여기야!"라고 소리치면 커크가 즉시 반응을 보이며 소리나는 쪽으로 달려갈 테니까 내가 그 틈에 그의 뒤로 몰래 달려가 터치다운을 노리겠다고 말했다.

그 작전은 효과가 있었다. 커크는 나중에 속임수에 넘어갔다는 걸 알고 그런 속임수를 꾸민 장본인으로 나를 점찍고 화난 표정으로 다가와 무섭게 노려보면서 "약삭빠른 작전이었어!" 라고 퉁명스레 말했다. 우리는 '교활한 작전' 이라고 욕을 얻어먹은 것처럼 겸연쩍을 뿐이었다. 그러나 그는 희죽이 웃으면서 주먹을 흔들어 보였다. 자기를 멋지게 속여 넘긴 훌륭한 작전이었다는 뜻이었다. 그리고 그는 돌아섰다. 나는 '저 사람이 나를 꿰뚫어보고 있군. 내 능력을 정확히 파악하고 있어.' 라는 생각이 들었다. 그 후로 나는 더 열심히 공부했고, 우리는 친구가 됐다.

예술사학자 커크, **미식축구팀 코치**되다

그로부터 사반 세기가 지난 후, 그는 병원에서 옛날의 그 운동장으로 나왔다. 여전히 영화배우처럼 잘생긴 얼굴이었다. 움푹 들어간 눈, 소년 같은 미소, 해리슨 포드와 로버트 레드포드를 재밌게 뒤섞어 놓은 듯한 얼굴이었다. 황소처럼 튼튼한 체격 덕분에, 의사들이 꽉 막힌 싱크대에 뚫어뻥을 쏟아붓듯 약물을 투여했지만 그는 7년 동안이나 너끈히 버텨냈다. 대부분의 환자가 살이 빠지고 머리털이 빠지는 데도 그는 체중이 늘고 머리칼이 죽순처럼 자랐다. 따라서 약간 땅딸막하게 보이고 머리칼도 약간 잿빛을 띠었지만, 발걸음은 여전히 힘찼고 이집트인처럼 유난히 긴 속눈썹이 눈을 덮을 지경이었다.

남자아이들은 하루종일 메트로조이드 티셔츠를 입고 다니면서 연습할 시간을 손꼽아 기다렸다는 듯이 학교 수업이 끝나자마자 부리나케 달려왔다. 뛰어난 운동능력을 지닌 에릭과 데릭과 켄은 전에도 여기에 와봤다는 듯이 고개를 가볍게 끄덕이며, 결연한 표정으로 공을 주고받았다. 제이콥과 찰리와 개리트는 커크에게 몇 번이나 터치다운을 했고, 몇 야드나 달렸는지에 대해 두서없이 정신을 차릴 수 없을 정도로 질문을 쏟아냈다. 윌과 루크와 매튜는 미식축구를 성경공부라고 생각하는 듯 걱정스런 표정으로 "우리는 다른 놀이처럼 이 놀이를 금방 좋아할 수는 없어요. 준비할 시간이 필요해요."라고 말했다. 한편 가브리엘은 공을 잡아 진흙에 재밌게 굴릴 기회만 엿보는 것 같았다. 나는 커크가 이 아이들을 어떻게 다룰지 궁금했다. 여하튼 그는 무엇보다 선생이었고, 그의 강의는 아직도 학부 강의실에서 쩌렁쩌렁 울려 퍼졌다. 하지만 여덟 살의 아이들에게 미식축구를 어떻게 가르칠지 정말 궁금했다. 아이들을 윽박지르며 연설조로 가르칠까? 아이들에게 동기를 부여하는 게 먼저라고 생각할까? 규칙과 작전으로 아이들을 정신없게 만들까?

아이들이 초롱초롱한 눈빛을 띠고 그를 빙 둘러싸고 모이자, 그는 자상한 목소리로 "좋아, 시작해보자. 좀 흩어져라. 서 있는 방법부터 시작하자. 모두 허리를 굽혀 삼각자세를 취해봐라."하고 말했다. 아이들은 자신있게 허리를 낮춰 웅크린 자세를 취했다.

커크는 얼굴을 찡그렸다. 그리고 쭉 늘어선 아이들 사이를 돌아다니며 어깨나 무릎을 살짝 밀었고, 어떤 삼각자세가 강한 자세이고

약한 자세인지 보여주었다. 또 삼각자세를 어떻게 해야 상대를 힘껏 밀어내고, 강하게 버틸 수 있는지도 보여주었다. 마침내 모든 아이들이 올바른 삼각자세를 취하게 되자, 커크는 "이번엔 뛰어보자!"라며 "이 원뿔통에서 저기 있는 원뿔통까지 뛰어가서 되돌아오는 거다. 꼴찌는 벌로 팔굽혀펴기 열다섯 번이다!"라고 말했다. 루크는 넘어질 듯 비틀비틀 달렸고, 결국 꼴찌를 하고 말았다. 커크는 가차없이 루크에게 팔굽혀펴기를 열다섯 번을 시켰다. 특혜는 누구에게도 없었다.

그때 새파란 공원 관리인이 초록색 카트를 타고 나타났다. 공원 관리인들이 공원을 순찰할 때 흔히 타고 다니는 카트였다. "죄송합니다. 여기서는 운동하면 안 됩니다. 규칙상 금지돼 있습니다."

내가 짜증스런 얼굴로 '뭔 소리야? 누가 그런 규칙을 만들었소? 벌써 몇 년 전부터 터치풋볼을 해왔는데!' 라고 쏘아붙일 자세를 취하자 커크가 끼어들었다. 커크가 어린 시절을 보낸 조지아의 서배너에서 익힌 남부 특유의 억양이 그날따라 유난히 위엄있게 들렸다. 그가 항공기 기장처럼 점잖게 말했다.

"그래요? 그런데 터치풋볼을 하고 싶어하는 아이들이 10명이나 있는데. 이 아이들을 어디에 데려가면 좋겠나?"

공원 관리인이 의외로 협조적인 반응을 보였다.

"글쎄요, 잠깐 돌아보고 다시 오겠습니다."

우리는 훈련을 계속했다. 10분쯤 지났을까? 그가 카트를 타고 다시 나타났다.

"적당한 곳을 찾아냈습니다. 여기에서 나가 길을 건너면 갈림길이 나옵니다. 왼쪽으로 가십시오. 그럼 주차장 뒤로 잔디밭이 있을 겁니다."

그리고 자신만만한 표정으로 덧붙여 말했다.

"램블 근처의 화장실 맞은편이지만 평평하고 널찍합니다. 아이들이 놀기엔 그만일 겁니다."

커크가 "고맙네."라고 말하고, 아이들에게 팔을 휘저어 보이며 앞장서서 그 약속된 잔디밭을 찾아 나섰다. 아이들은 모세를 따르는 이스라엘 사람들처럼 커크의 뒤를 따랐다. 우리는 길을 건넜고 왼쪽 길을 택해 걸었다. 나지막한 언덕을 내려가자 아담한 빈터가 눈앞에 나타났다. 내가 한번도 본 적이 없는 공터였다. 관리인의 말대로 평평했고, 큼직한 나무들로 둘러싸여 아이들의 아빠와 엄마에게 시원한 그늘까지 제공했다. 잔디밭은 약간 방치된 모습을 띠어, 요즘처럼 활기찬 시대에 비하면 풀밭에서 씨름하는 사람들을 묘사한 프랜시스 베이컨Francis Bacon, 1909~1992, 아일랜드 태생의 추상화가.의 그림처럼 보였지만 아이들이 훈련하기엔 안성맞춤이었다. 아이들이 어슬렁대자 커크는 잔디 덤불과 맞은편의 화장실을 둘러보며 말했다.

"꼬마 신사들, 메트로조이드 필드에 온 걸 환영한다. 여기는 훈련하기에 정말 좋은 곳이다."

그리고 그는 빨간 원뿔 통을 가장자리에 하나씩 놓기 시작했다. 다시 아이들 앞에 돌아온 커크는 "이번에는 스크럼을 짜보자!"라고 말했다. 그는 인정사정 없이 아이들을 두 편으로 나누었고, 아이들은 약간 불안해하면서도 터치풋볼에 본격적으로 입문하기 시작했다. 커크는 만면에 미소를 짓고 조용히 아이들을 지켜보았다.

내가 물었다.

"아이들에게 경기 규칙을 가르쳐야 하지 않을까요?"

"아닐세. 처음엔 이 정도로만도 충분하네. 달리기와 삼각자세부터 제대로 익혀야지."

스크럼으로 밀어내기가 끝나자 승리한 편이 환호성을 지르며 하이파이브를 나누었다. 커크가 아이들에게 다가가며 말했다.

"잘 했다!"

그때 처음으로 그는 내가 교실에서 듣던 목소리로 되돌아왔다. 발음을 길게 늘이는 남부의 말투와, 성인이 되어서야 배운 뉴잉글랜드의 끊어지는 말투가 절묘하게 혼합된 말투였다.

커크는 아이들의 한가운데로 들어가 말했다.

"그렇게 좋아할 것 없다. 이제야 스크럼을 배운 거다. 겨우 첫걸음을 뗀 거야. 우리 모두가 한 팀이다. 우리 모두가 자이언트 메트로 조이드다!"

미국 미식축구의 역사에서 먼 옛날에 존재해 이제는 거의 신성하게 여겨지는 파이팅 아이리시, 램블링 렉스처럼 우스꽝스럽게 들리는 팀의 이름이 커크의 입에서 나오자, 아이들은 목소리를 낮추었고 얌전하게 변했다. 커크가 "손을 맞잡자!"라며 손을 내밀자, 아이들은 엄숙한 표정으로 커크의 손 위에 손을 차곡차곡 올려놓았다. "하나, 둘, 셋!" 그리고 모두의 손이 하늘로 향했다. 커크는 승리를 축하하는 의식을 한순간에 단결을 위한 의식으로 바꿔놓았다. 그렇게 아이들은 단결이 순간적인 승리보다 훨씬 소중하면서도 재밌는 거라는 걸 알아갔다.

미식축구를 사랑한 **커크**

나는 집으로 돌아오는 길에야, 커크가 많은 것을 아이들에게 가르쳤다는 사실을 깨달았다. 그는 아이들에게 무릎을 어떻게 꿇고 어떤 자세를 취해야 하는지 가르쳤다. 단순히 올바른 자세를 취하는 법을 가르친 게 아니라, 어떤 일을 하든 올바르게 하는 방법이 있다는 걸 가르쳤다. 그는 놀이가 학습의 한 형태라는 걸 아이들에게 가르쳤다. 예컨대 스크럼이 목표를 향해 가는 과정의 한 단계라는 걸 가르쳤다. 또 그는 아이들에게 그들 모두가 자이언트 메트로조이드라는 걸 가르쳤다. 한 시간에 불과했지만 아이들에게 많은 것을 가르쳤다.

앞에서 나는 더 열심히 공부하기 시작했다고 말했다. 이쯤에서 커크는 열심히 노력하는 걸 어떤 의미로 생각했는지 설명해야 할 듯하다. 유명한 미식축구 감독 베어 브라이언트Bear Bryant, 1913~1983에 빗대면 1955년 경에 정의한 근면한 노력이었고, 패튼 장군 식으로 말하면 한층 전투적이어야 한다는 뜻이었다. 근면한 노력에 철저히 개방적인 마음과 평등정신이 더해졌다. 따라서 학생들의 비판까지 놀라울 정도로 흔쾌히 받아들였다. 커크는 그렇게 연구에 매진하면서, 자신의 몸을 관리하듯이 학생들도 몸을 관리하는 데 게을리 하지 않기를 바랐다. 1984년 동지쯤이었을까? 토요일 아침은 어김없이 전화로 시작됐다. 벼락같은 목소리가 자동응답기의 아스라한 보호막을 뚫고 들려왔다. "제군들, 커크일세. 우리 개를 산책시키려고 일찍 일어났네. 나는 그 문제를 상당히 연구한 것 같은데 11시에 만나서 연구한 결과를 점검해보는 게 어떻겠나?" 나는 욕을 퍼부으며 침대에서 뛰쳐나와, 내가 연구하게 돼 있는 주제를 세 시간만에 부랴부랴 준비해야 했다. 내가 살던 소호 지역과, 그와 그의 부인이며 사진작가인 에린 짐머만 Elyn Zimmerman이 살던 트라이베카 사이에서 우리는 만났다. 그곳에서 그와 나는 논문을 교환해 읽었고, 그는 내가 놓친 부분을 지적했다. 무엇보다 그는 내 논문을 꼼꼼히 분석하며 질문을 퍼부어댔다. 그 예술가들이 누구인가? 어떤 그림을 그렸는가? 제작연도를 말해보게. 목록을 작성해서 포함시키도록 하게. 작품 세계를 분석하게. 작품 세계를 뒷받침하겠다는 자세로 작품을 분석하게. 그 예술가에서, 예술사에서, 또 인간의식의 발달에서 그 작품은 어떤 의미를 갖고, 왜 중요한가? 나는 집으로 돌아가 다시 연구에 몰두해야 했다. 그럼 3시쯤에 어김없이 전화벨이 울렸다.

"제군들, 커크일세. 내가 방금 논문을 새로 작성했는데 만나서 함께 읽어보지 않겠나? 저녁식사나 함께하면서 말이야."

우리는 다시 만났다. 모두 네 명 ―때로는 여섯 명, 여덟 명, 열 명― 이 그의 집에 모여 저녁식사를 함께하며 백포도주 한 병과 적포도주 한 병을 나누어 마셨다. 그리고 나는 피곤에 지쳐 집에 돌아와 침대에 파고들었다. 그러나 얼마 후 전화벨은 다시 울렸다.

"제군들, 커크일세. 우리 개를 마지막으로 산책시켜야겠군. 내가 마침내 이번 주제를 거의 완벽하게 정리한 것 같네. 우리 만나서…."

그럼 나는 파자마 위에 코트만 걸치고, 매섭게 휘몰아치는 밤공기를 헤치고 마지막으로 투벅투벅 약속 장소로 나갔다. 그는 곧바로 봉투에서 논문을 꺼내 읽기 시작했고, 나에게도 논문을 읽어보라고 손짓했다. 그동안 그의 검은 애완견 차우차우는 사방을 뛰어다녔고, 우리는 피카소가 아프리카 예술에 관심을 기울인 이유나 고갱이 타히티 섬에 간 이유를 다시 한 번 정확히 따지는 시간을 가졌다.

커크는 미식축구를 좋아했다. 그가 미식축구를 정식으로 시작한 때는 델라웨어에 있는 세인트 앤드루스 고등학교 시절이었다. 각종 기록을 보면 그는 별로 눈에 띄는 선수가 아니었다. 그런데 윌리엄스 칼리지에 진학해서 믿어지지 않게 주전 수비선수로 발탁됐다. 미식축구의 매력은 미식축구가 인격형성에 도움이 된다는 게 아니었다. 그는 미식축구 선수가 지독히 추저분한 사람이 될 수도 있다는 걸 알았다. 미식축구는 우리에게 자아를 형성하게 해준다는 데 매력이 있었다. 우리는 몸과 가능성을 지닌 사람이어서, 몸을 단련하며 그 가능성을 살리면 다른 사람이 될 수 있다! 이런 가르침은 간단하면서도 설득력이 있어 어디에나 적용할 수 있었다.

"옆의 아이보다 더 열심히 노력하면 그 아이보다 나아질 수 있다. 노력하면 너의 운명을 네가 조절할 수 있다!"

어떤 의미에서는 평범하기 이를 데 없는 주문이었다. 나도 미식축구를 사랑했다. 그래서 우리는 수 년 동안 토요일 오후와 월요일 저녁이면 함께 앉아 텔레비전으로 중계되는 미식축구를 보았다. 우리는 많은 멋진 경기를 보았지만, 정말 큰 경기를 아쉽게 놓치고 말았다.

1984년 우리는 추수감사절 휴가를 맞아 뉴잉글랜드에 갔다. 우리는 역사상 최고의 대학 미식축구 경기가 될 거라고 요란하게 선전하던 경기를 시청할 예정이었다. 보스턴 칼리지 대 마이애미 대학교의 경기였다. 두 대학의 명 쿼터백 더그 플루티와 버니 코사의 대결이기도 했다. 그러나 집사람들이 다른 걸 하고 싶어했다. 내 기억이 맞다면, 우리는 집사람들의 성화에 셰이커 박람회를 구경할 수밖에 없었다.

집에 돌아와서야 역사상 최고의 대학 미식축구 경기를 놓쳤다는 걸 알게 됐다. 플루티가 긴 패스를 성공시켜 보스턴 칼리지가 승리했다는 건 알았지만, 지상 최대의 경기를 놓쳤다는 사실이 믿어지지 않아 서로 멍하니 바라볼 뿐이었다. 그 후로 20년 동안, '보스턴 칼리지 대 마이애미 대학교'는 간절히 바라지만 집사람이 다른 걸 하고 싶어하는 바람에 할 수 없는 일을 가리키는 암호가 됐다. 예컨대 "6시에 만나 햄버거나 먹을까?" "윽, 보스턴 칼리지 대 마이애미 대학교."라는 식이었다. 그 말은 우리가 제대로 해냈지만 세상에 인정받지 못한 일, 요컨대 얄궂은 삶을 가리키는 암호로도 사용됐다.

커크의 부재와 **메트로조이드**

"오늘은 아빠가 감동적인 연설을 해보려는데."

다음 주 금요일 메트로조이드 필드를 찾아가면서 내가 루크에게 말했다. 사실 나는 며칠 전부터 아이들에게 동기를 부여하기 위한 연설을 준비하고 있었다. 메트로조이드 팀의 리더로서 내 역할을 한 것이 없어, 나는 로스앤젤레스 다저스 야구팀의 감독을 지낸 토미 라소다Tommy Lasorda처럼 선수들의 사기를 북돋워주는 역할로 메트로조이드에게 조그만 도움을 줄 수 있으리라 생각했다.

루크는 발걸음을 늦추면서 말했다.

"좋아요, 나한테 먼저 해보세요."

"우리는 남자와 소년을 구분하려고 여기에 모였습니다."

그때 우리는 79번가에서 센트럴 파크로 들어가는 광부의 문에 도착했다. 나는 베어 브라이언트 감독의 일생을 그린 영화에서 브라이언트 역할을 맡은 게리 부시Gary Busey를 흉내내며 계속 말했다.

"그리고 우리는 전사戰士와 남자의 차이를 구분하려 합니다. 또 영웅과 전사를 구분하려 합니다. 그 후에 전설과 영웅을 구분하게 될 겁니다. 그리고 마지막으로 우리는 신과 전설을 구분하게 될 겁니다. 따라서 미식축구의 신이 될 각오가 아니라면 여러분은 메트로조이드이기를 원하지 않는 겁니다."

잠시 침묵이 흘렀다.

"이쯤이면 아이들이 감동 받지 않을까?"

루크가 대답했다.

"아이들이 조금도 감동 받지 않을 것 같은데요. 오히려 기분 나빠할 거예요. 그 말을 들으면 아무도 미식축구를 하고 싶어하지 않을 거예요, 아빠. 친구들은 미식축구를 하고 싶어해요."

커크는 두 번째 주에도 미니멀리스트답게 아이들을 훈련시켰다. 하지만 그 다음 주에는 화학치료로 인한 통증 때문에 아이들의 훈련 시간에 나오지 못했다. 그래서 내가 아이들의 훈련을 맡았다. 나는 아이들에게 마침내 경기 방법을 가르칠 만한 때가 됐다고 야심차게 생각했다. 그래서 아이들에게 간단한 '스톱 앤드 고우' stop-and-go를 가르치기 시작했다. 아이들을 일렬로 세워놓고 짧게 뛰었다가 멈추고 다시 멀리까지 뛰게 했다. 아이들은 한 명씩 그렇게 뛰었지만 누구도 거리를 제대로 맞추지 못했다. 게다가 쿼터백을 맡은 아이는 공을 힘있게 던지지도 못했다. 모두가 동기를 얻기는커녕 짜증을 내기 시작했다. 그래서 나는 10분만에 그 훈련을 중단시키고 아이들에게 스크럼을 짜고 힘겨루기를 시켰다. 아이들은 내게 불신의 눈길을 던지기 시작했다.

커크가 훈련 시간에 나오지 못한 건 조금도 놀랍지 않았다. 오히려 그가 치료를 받는 와중에도 많은 일을 해낸다는 게 놀라울 뿐이었다. 화학치료는 살아있는 조직까지 파괴해서 횟수가 거듭될수록 치료시간이 길어지며 서너 시간씩 계속됐다. 게다가 수 년째 화학치료를 받아 팔의 혈관이 허물어져, 때로는 간호사가 혈관을 찾는 데만 30분이 걸리기도 했다. 바늘이 살을 뚫고 들어가면 그는 얼굴을 찌푸리면서도 입을 가만히 놓아두지 않았다. 그는 미드타운에 있는 슬론 케터링 병원에서 화학치료를 받았고, 그 병원의 벽들은 마네와 모네와 르누아르 등과 같은 인상주의 화가들의 그림들로 정성스레 장식돼 있었다. 그가 우리에게 가르친 예술론에 따르면, 인상주의는 용수철처럼 꼬인 내적인 모순과 긴장 때문에 죽어가는 환자들의 마음을 달래주는 면이 있었다.

그는 몇 시간 동안 쉬지 않고 얘기하곤 했다. 때로는 메트로조이드에 대해 말했고, 때로는 밥 딜런이나 엘비스 프레슬리에 대해서도 말했지만, 워싱턴 국립미술관에서 하기로 예정된 멜런 특강에 대해 주로 이야기했다. 그는 텍스트를 사용하지 않고 슬라이드 목록만으로 강의할 생각이라고 말했다. 마지막 공연을 화려하게 마감하고 싶은 대담한 학자의 조그만 소망이기도 했다. 또한 미술사에서 이론적 설명이 필요하기는 하지만, 그림에 무엇이 담겼고 그 의미가 화가와 그의 시대 및 우리에게 무슨 뜻을 갖는지 설명할 수 있다면 이론 따위는 크게 필요하지 않다는 그의 확고한 믿음 때문이기도 했다. 그림은 어딘가에 걸려 사람들의 눈에 띈다는 자체로 그 가치가 설명됐다.

미술은 삶의 일부

그는 현대 미술을 현대적인 삶의 일부로 생각했다. 현대적인 삶에 대한 반발이나 파괴가 아니라, 르네상스 미술이 그 시대에 그랬던 것처럼 현대적인 삶의 가치와 모순 내에 정착된 것이었다. 모더니즘의 기원을 다룬 그의 책, 《아름다운 무시》A Fine Disregard에서 럭비의 역사와 비교하며 모더니즘이란 혁명적 예술이 탄생한 순간을 설명했다. 예컨대 잉글랜드 럭비에 있는 럭비 스쿨에서 축구를 하던 중에 윌리엄 웹 엘리스William Webb Ellis란 무명의 청년이 공을 들고 달리면서 럭비라는 새로운 경기가 탄생했다. 따라서 많은 사람이 커크가 예술의 탄생을 낭만적으로 본다고 평가했지만, 커크가 예술에 접근하는 시각은 결코 낭만적이지 않았다. 오히려 자유분방했다. 개인에서 시작해서 공동체로 확대시켜 나아갔다. 따라서 어떤 예술가가 창조적으로 창작할 여유를 주고, 주변 사람들은 그런 창작물을 비난하지 않고 박수를 보내는 환경을 그는 무척 부러워했다.

커크가 엘비스에 대해 말하고 싶어했던 것도 바로 그런 환경이었다. 그는 엘비스가 1954년 스튜디오에 들어가 스코티Winfield Scotty Moore와 빌Bill Black과 샘Sam Phillips과 함께 연주했던 순간을 부러워했다. 그때 모든 것이 한꺼번에 탄생했다면서. 그 요인들 중 하나라도 없었다면, 예컨대 기타리스트 스코티 무어가 조금이라도 융통성이 없었다면, 프로듀서였던 샘 필립스가 조금이라도 조바심을 냈더라면 엘비스는 노래를 흥얼거리지 못했을 것이고, 따라서 어떤 변화도 일어나지 못했을 것이다. 엘비스 프레슬리가 탄생할 모든 조건이 갖추어진 때였다. 커크는 그런 순간들에 주목했다. 예컨대 피카소와 브라크Georges Braque는 신문에서 표제기사를 오려내 그림들을 풀로 붙여 콜라주를 창작했고, 커크 시대의 영웅으로 첫손에 꼽히던 리처드 세라Richard Serra는 뜨거운 납물을 작업실 벽에 던져 로코코 양식의 새로운 예술을 탄생시켰다.

예정된 화학치료가 끝나갈 무렵, 그가 강연 주제에 대해 고민하고 있을 때, 털모자를 쓴 젊은이가 병상을 구분 짓는 거의 신성불가침한 커튼을 걷고 다가와서는 조심스레 물었다. 러시아 억양이 섞인 말투였다.

"혹시 교수님이십니까?"

커크는 고개를 저으며 대답했다.

"아닐세, 나는 자네가 교수인 걸로 아는데. 우리는 매주 같은 시간에 치료받지 않았나. 똑같이 세 시간 동안."

그리고 그는 우리끼리 통하는 미소를 살짝 띠고, 그 청년을 가리키며 덧붙였다.

"난 항상 책을 가져갔는데 이제야 자네 목소리를 처음 듣는구먼."

첫 멜런 특강이 있던 일요일, 사회자의 소개가 있은 후에 커크는 강연대로 걸어갔다. 강연장은 입추의 여지가 없었다. 강연장에 들어서지 못한 사람들은 옆 강의실로 보내졌다. 커크는 "조명을 낮춰 주시겠습니까?" 라고 말했다. 내게 말했던 대로 텍스트는 없었다. 강의자료는 없었다. 슬라이드 목록밖에 없었다. 커크는 슬라이드만을 보여주며, 1960년대 미국 미니멀리즘을 대표하는 작품들, 예컨대 합판 상자, 가지런히 배열된 벽돌, 줄무늬 그림 등을 설명하기 시작했다. 이론이나 역사적인 기점을 언급하지는 않았다. 겉으로는 단순하게 보이는 예술 세계가 실제로는 어마어마하게 복잡하다는 걸 설명해 나아갔다. 처음에 추상 표현주의자들의 흩뿌리기가 있었고, 그 후에는 상자들이 등장했지만, 도널드 저드의 상자들은 뉴욕 카날가의 문화를 애수적으로 표현한 반면에, 서부지역 미니멀리스트들의 번쩍이는 상자들은 캘리포니아의 자동차 문화를 찬양하고 있어, 둘 사이에는 큰 차이가 있다고 설명했다.

커크는 평소처럼 이리저리 왔다갔다하면서 말했다. "볼거리가 줄어들면 그나마 볼 만한 것이라도 더 신중하고 엄밀하게 분석해야 합니다. 조그만 차이가 모든 차이를 만들어냅니다. 예컨대 누군가 프랭크 스텔라Frank Stella, 1936~, 1960년대 미니멀아트의 대표주자였으며 실험적 회화를 선보인 미국의 화가.

의 기계처럼 정밀한 줄무늬 그림에 대해 설명하면 아름답고 치밀한 간격, 믿어지지 않을 정도로 정교한 붓끝의 놀림을 생각해보십시오. 에스프레소 가루처럼, 거기에 비트족의 저항과 밀접한 관계가 있는 모든 것이 담겨있기 때문입니다. 그 세대의 저항의식이 그림과 그 시대의 특별한 관계를 빚어내는 겁니다."

그리고 그는 청중들을 그림의 세계로 안내했다. 파리의 어둑한 길에 남은 발자국 모양을 본떴고 마티스를 떠올려주는 엘스워스 켈리 Ellsworth Kelly의 밝은 줄무늬, 에스프레소 커피처럼 짙고 단순한 프랭크 스텔라의 줄무늬가 화면에 떴다. 바우하우스 망명객들의 전통도 뒤따랐다. 모두가 독일에서 망명한 예술가들이었다. 그들은 무작정 남미로 떠나야 했고 기하학적인 추상미술에서 유토피아를 찾았으며, 그 후에는 뉴욕으로 건너왔다. 그때부터 뉴욕의 미술가들은 기하학적 무늬를 사용해, 유토피아를 향한 열망을 빈정대는 금욕적인 멋쟁이처럼 보이려 애썼다. 한마디로 몰이해와 이종교배에서 비롯된 웃지 못할 희극이었다.

재미라곤 없는 선생이 설명하는 이차방정식으로만 여겨지던 미술의 세계가 인간의 사고력이 빚어낸 발명의 역사라는 게 커크의 입을 통해 밝혀지고 있었다. 뭔가 있는 곳에는 그에 걸맞은 얘깃거리가 있었다. 강의가 끝난 후에도 사람들은 강연장을 쉽게 떠나지 못했다. 그의 강연을 분석하고 곱씹어보는 사람들도 있었다. 누구도 놓치고 싶지 않은 강연이었다.

함께하는 법을 가르치다

"그래, 오늘은 경기하는 법을 배워보자."

다음 금요일 커크는 메트로조이드의 훈련 시간에 나타났다. 아이들은 메트로조이드 셔츠를 입고 메트로조이드 필드에서 그를 반원형으로 둘러쌌다. 그는 막대기로 흙바닥에 그림을 그려가며 아이들에게 경기하는 방법을 차근차근 설명했다. 쿼터백은 센터에게서 공을 받아 하프백에게 공을 옆으로 패스하고, 하프백은 적진에 뛰어든 세 명의 리시버 중 한 명을 재빨리 찾아낸다. 리시버들은 오른쪽 사이드라인을 따라 적진에 침투한다. 한 명은 멀리까지, 한 명은 중간쯤까지, 한 명은 조금만 적진에 들어간다. 알았나? 아이들은 박수를 치고 운동장의 중앙으로 향해 달려갔다. 사냥개처럼 빠르고 신나게!

"아니다, 아니야. 달리지 마라. 처음 몇 번은 그냥 걸어서 해보자."

그러자 아이들은 어릿광대처럼 어깨를 으쓱으쓱하면서 슬로모션으로 걸어다녔다. 커크는 아이들을 지켜보면서 흐뭇하게 웃었다. 그러나 그는 아이들에게 똑같은 훈련을 대여섯 번씩이나 시켰다. 순전히 걷게만 하면서.

"이번에도 똑같이 천천히 걷는 거다."

아이들은 다시 느릿하게 걸었다. 17세기 궁중의 춤을 보는 듯한 기분이었다. 아이들은 똑같은 속도로 반복해서 훈련했다. 걸으면서 패스했고, 사방을 둘러보며 공을 던졌다.

"이번에는 살살 뛰어보자."

아이들은 정해진 궤적을 따라 천천히 뛰었다. 쿼터백을 맡은 개리트가 던진 공이 계속해서 너무 멀리 날아가자, 커크는 자상하면서도 단호하게 러닝백과 쿼터백의 역할을 바꾸었다. 켄이 개리트를 대신해 쿼터백이 됐다. 따라서 개리트가 공식적인 쿼터백이었지만 공을 던질 필요까지는 없었다. 커크는 아이들에게 작전대로 다시 천천히 뛰라고 말했다. 켄이 공을 힘껏 던졌고 공은 리시버의 품에 멋지게 안겼다.

20분 후, 커크가 손뼉을 치면서 "전속력으로! 모두 뛰어!" 라고 소리쳤다. 아이들은 물을 만난 물고기처럼 뛰쳐나갔다. 그야말로 부챗살처럼 퍼졌다. 쿼터백이 공을 받아 하프백에게 살짝 건넸고, 하프백은 몸을 돌려 공을 가까이에 있는 리시버에게 던졌다.

"잘했다!"

여덟 살짜리 아이들이 보여줄 수 있는 최고의 속도로 공격이 깔끔하게 마무리됐다. 메트로조이드 팀은 그렇게 하나의 작전을 습득했다.

"다시 한 번 해보자."

가까운 거리에서 공을 받는 리시버 역할을 맡은 매튜가 자리를 잡자 커크가 매튜에게 다가가 나지막이 "넘어져라!" 고 말했다. 아이들이 다시 공격을 시작했다. 개리트가 켄에게 공을 패스했고, 매튜가 넘어졌다. 켄의 눈빛에 순간적으로 당황한 듯 흔들렸다. 그러나 켄은 고개를 들고 다음 리시버, 중간쯤까지 달려가 사이드라인 옆에 서 있는 리시버, 루크를 향해 공을 던졌다. 완벽했다. 커크가 손뼉을 치며 말했다.

"정말 잘했다. 정말 잘했어. 잘 던졌고, 잘 받았다. 정말 잘했다."

아이들은 서로 얼굴을 쳐다보며 환히 웃었다. 아이들이 운동장 가운데 모여 손을 하나씩 포개 올려놓자, 커크가 말했다.

"오늘 배운 걸 분석해보고 곱씹어보도록 해라. 오늘 너희는 함께 협동하면 어떤 어려운 일이라도 해낼 수 있다는 걸 배웠다."

커크의 **강연**에 몰려든 사람들

멜런 특강이 4주차와 5주차를 맞았을 때 국립미술관 앞에서는 이해하기 힘든 풍경이 펼쳐졌다. 강의는 오후 2시에 시작됐지만 사람들이 아침 9시부터 줄을 서기 시작했다. 커크의 강연을 들으려고 메인에서부터 차를 몰고 온 여자도 있었다. 강연장은 그야말로 초만원이었다. 별도로 마련한 임시 공간까지 발디딜 틈이 없었다. 미술관측은 부랴부랴 안내문을 준비해야 했다.("줄을 서 있는 동안 화장실에 가고 싶으면 어떻게 해야 하나?", "줄을 서 있는 동안 화장실에 가고 싶으면 옆 사람에게 자리를 맡아 달라고 부탁하십시오.")

커크는 다섯 번째 강의가 청중들을 이해시키기 가장 힘든 강의가 될 거라고 생각했다. 추상미술, 심지어 도널드 저드와 프랭크 스텔라의 작품처럼 정밀하고 난해한 미술까지도 다양성과 인간미를 청중들에게 느끼게 하기는 쉽지만, 예술의 일탈성을 받아들여 즐기게 하기는 어렵다고 말했다. 더구나 예술이 제시하는 휴머니즘이 바로 그런 일탈성임을 깨닫게 하기는 더더욱 힘들다고 덧붙였다. 다섯 번째 강연에서 커크는 에른스트 곰브리치Ernst H. Gombrich가 반세기에 가졌던 멜런 특강에서 재현예술representational art은 항상 형태를 먼저 만든 후에 다듬어간다는 걸 보여주었다고 설명했다. 달리 말하면, 재현예술은 물려받은 일반적 형태를 취해서 새로운 관점에서 그 형태를 '수정' 해 간다는 뜻이었다. 예컨대 레오나르도 다빈치는 과거에서 말의 전통적인 형태를 물려받아, 자신의 관점에서 고치고 또 고쳐 실제의 말처럼 보이게 그려냈다. 반면에 추상예술가들은 형태를 만든 후에 일탈시키는 방향을 취했다. 요컨대 그들의 그림이 실제 세계에 존재하는 것처럼 보이지 않게 뒤틀어 놓았다. 그들은 항상 그렇게 했다. 달리 말하면, 추상화작업이 대두되면서 예술 작품이 진부하고 익숙한 것처럼 보이면 여지없이 냉소적인 조롱이 뒤따랐다는 뜻이기도 했다.

팝아트는 이런 조롱을 가장 확실하게 보여준 미술 양식이었다. 로이 리히텐슈타인Roy Lichtenstein은 추상적인 옵아티스트옵아트, Op Art는 1960년대에 시각적 착각 효과를 노린 추상 미술의 한 양식. 빅터 바자렐리Victor Vasarely의 그림이 운동화의 밑창처럼 보인다는 이유로 한껏 조롱했다. 또 앤디 워홀Andrew Warhol은 바넷 뉴먼Barnett Newman의 그림이 종이성냥의 껍데기처럼 보인다며 조롱했다. 그러나 이런 반 전통적 비판은 단순히 조롱에서 그치지 않았다. 새로운 미술 양식을 낳는 자극제 역할을 했다. 추상미술이 막연하고 신비적인 휴머니즘에 만족해 허우적대도록 내버려두지 않았다. 추상미술은 풍자와 조롱과 부정이란 속성 때문에 항상 새로운 변신을 거듭했다.

커크의 설명에 따르면, 미니멀리즘과 팝아트의 관계에서 쉽게 눈에 띄는 이런 과정은 그의 두 영웅, 잭슨 폴록Jackson Pollack과 사이 톰블리Cy Twombly의 관계에서도 무척 중요했다. 톰블리의 짧고 불규칙한 곡선과 낙서는 폴록의 방법에서 영향을 받은 게 아니라 폴록의 방법을 풍자한 것이었다며, 커크는 "톰블리가 이루어낸 모든 것은 폴록을 조롱하며 그와 일정한 거리를 둠으로써 이루어낸 겁니다. 유체적 성격을 띤 것이 모두 건조하게 바뀌었고, 환했던 것이 모두 어둡게 바뀌었습니다. 단순하고 충동적이며 역동적인 것이 톰블리에서는 반복되고 집착하며 자의식적인 것으로 바뀌었습니다. 이런 부정을 통해 톰블리는 폴록의 캔버스에 감돌던 에너지의 정밀한 즉각성을 완전히 다른 기준과 완전히 다른 방법으로 다시 표현해냈습니다."라고 말했다. 커크의 주장에 따르면, 부정과 풍자는 기존의 우상에 깃든 장엄한 메시지만큼이나 강력한 영향력을 띠었다. 요컨대 의심이 논쟁을 낳고, 논쟁이 예술을 탄생시킨다는 것이었다.

위대한 스승은 스스로 결정하게 한다

다시 금요일, 메트로조이드 필드에 어김없이 모습을 드러낸 커크는 아이들을 두 팀으로 나누며 "A팀은 공격을 하고 B팀은 수비를 한다."라고 말했다.

A팀의 한 아이가 투덜거렸다.

"하지만 쟤네들은 우리가 뭘 하려는지 알고 있잖아요."

"맞는 말이다. 하지만 상대팀은 너희가 뭘 하려는지 거의 언제나 알고 있지. 그걸 너희 성향이라 하는 거다. 문제는 어떻게든 그걸 해내야 한다는 거다."

"하지만 그들이 알면…."

"그래, 상대팀은 너희가 어떻게 공격하는지 거의 언제나 알고 있다. 너희는 그걸 알면서도 공격을 정확히 해내야 하기 때문에 어려운 거다."

공격팀 아이들이 공을 안고 돌진하지 않고 패스로 공격을 시도했고, 수비팀 아이들을 공격을 막으려고 사방으로 뛰어다녔다. 사이드라인에 서 있던 나는 수비팀 아이들이 공격 수법을 뻔히 알면서도 공격을 제대로 막아내지 못하는 걸 보고 깜짝 놀랐다. 수비팀 아이들은 우왕좌왕 뛰어다녔고, 엉뚱한 리시버에게 몰려들었다. 또 패스되는 공을 막으려고 막무가내로 손을 흔들어댔다. 공격팀 아이들이 의기양양해 할 만했다. 커크가 아이들을 불러모았다.

"너희는 공격팀이 어떻게 공격할지 알았는데 왜 막지 못했을까?"

B팀 아이들은 숨을 헐떡이며 어깨를 으쓱해 보일 뿐이었다.

"공격팀이 어떻게 공격해야 하는지 알았기 때문에 너희는 공격을 막지 못했다. 하지만 너희는 공격을 어떻게 막아야 하는지 모른다. 상대팀은 계획이 있는데 너희 팀은 아무런 계획도 없다. 상대팀은 뭘 해야 하는지 알고, 너희도 상대팀이 어떻게 공격할 건지 안다. 하지만 너희는 어떻게 수비해야 하는지 모른다. 자, 너희가 뭘 해야 하는지 생각해보자."

커크가 아이들에게 수비를 가르치기 시작했다. 상대팀에서 가장 빠른 아이가 누구니? 좋아, 우리 팀에서 가장 빠른 아이가 그 아이를 맡는 거다. 그런데 모두가 운동장에서 각자의 부분을 맡고 있다가, 자기한테 공이 가까이 날아올 때 공을 낚아채면 어떻겠니? 지금은 움직이지 마라. 그 자리에 있다가 공이 가까이에 오면 달려들어라. 아이들은 맨투맨 방어법과 지역방어법, 두 방법을 모두 연습했고, 두 방법이 모두 효과가 있다는 걸 깨달았다. 이번에는 공격팀이 빛을 잃었다. B팀 아이들이 승리의 환호성을 올렸고, A팀 아이들은 패배의 쓴잔을 마셔야 했다.

커크는 A팀 아이들에게 "다른 작전이 필요하겠다. 이런 작전을 써보자!" 라고 말했다.

누구든 메트로조이드 필드에 서 있는 그를 보았다면, 그가 까다로운 문제를 쉽게 풀어내는 훌륭한 선생이었던 이유를 어렵지 않게 짐작할 수 있었을 것이다. 미식축구가 작전들의 집합이라면, 미술은 행위들의 집합이었다. 현대미술이든 지역방어든 까다롭고 골치 아픈 것도 분석해놓고 보면 그다지 까다롭고 골치 아픈 게 아니었다. 봄 훈련이 끝나갈 무렵, 여덟 살배기 아이들은 본능적으로 맨투맨 수비에서 지역방어로 전환하고, 공격할 때도 스프레드 포메이션에서 하프백을 이용하는 방법으로 능수능란하게 전환했다. 또한 워싱턴의 어른들도 폴락의 드립 페인팅Drip painting과 톰블리의 낙서에서 차이점과 유사점을 깨달아가고 있었다.

제이콥은 남달리 똑똑한 아이였지만 공을 겁냈다. 공이 날아오면 그 공을 잡기 위해 오만 가지 생각을 하는 듯했다. 공을 잡으러 두 손을 모으지 않고 두 팔을 활짝 펴고는 고개를 딴 곳으로 돌렸다. 커크는 제이콥의 바로 옆에 서서, 제이콥에게 언더스로로 공을 던졌다. 제이콥이 공을 제대로 받을 때까지 계속했다. 커크는 제이콥이 공을 제대로 받아도 크게 칭찬하지 않았고, 제이콥이 공을 떨어뜨려도 크게 나무라지 않았다. 커크는 제이콥에게 공을 받는 게 쉬운 거라고 말하지 않았다. 제이콥이 공을 받지 못해도 공을 받은 것처럼 생각하도록 내버려두지 않았다. 그저 제이콥에게 마음만 굳게 먹으면 어떤 일이든 해낼 수 있다는 걸 가르쳐주었다.

위대한 스승과 멘토, 현명한 사람과 지도자는 제자를 일종의 비밀스런 지식과 믿음으로 인도함으로써 목적을 이루고, 그들의 카리스마를 적극적으로 이용한다고 흔히 말한다. 그러나 이 말은 깊이 생각해볼수록 의심스럽기만 하다. 빌 월시 미식축구 감독, 존 우든 농구 감독 등처럼 오랫동안 한 팀을 이끌면서 우승을 차지한 뛰어난 스승들은 달랐던 것 같다. 그들은 자신의 일을 신비화하지 않고, 자신을 대단한 권위자로 미화시키지도 않는다. 진정한 스승과 코치는 자신에게 카리스마가 있다면 카리스마를 보일 수도 있지만, 그들이 진정으로 강조하는 것은 끈기있게 반복해서 연습해야 마법 같은 승리가 가능하다는 것이다. 위대한 예언자는 뭇 사람의 마음을 사로잡을 수 있겠지만, 진정으로 위대한 스승들은 신비주의를 깨고 모든 것을 쉽게 설명한다. 그들은 입자 물리학을 누구나 이해할 수 있는 도표로 바꿔놓고, 미식축구를 누구나 따라할 수 있는 작전으로 바꿔놓으며, 미술을 누구나 볼 수 있는 슬라이드로 바꿔놓는다. 권위자가 우리에게 자신을 과시한 후에 자신의 방법론을 가르친다면, 스승은 자신의 과제를 알려주고 스스로 결정하게 한다.

때 이른 죽음에 대한 얘기가 흔히 그렇듯이 이 얘기가 텔레비전용 영화였다면 우리는 메트로조이드와 다른 팀, 우리보다 더 강하고 빠르며 약간은 고약한 팀과 화끈한 경기를 마련했을 것이고, 메트로조이드는 코치의 활약 덕분에 승리를 거두었을 것이다. 하지만 그런 영화 같은 일은 없었다. 메트로조이드가 경기를 원하지 않았기 때문은 아니다. 오히려 아이들은 자신감에 넘쳐 그들의 실력을 검증해봐야겠다며, 여덟 살배기로 구성된 다른 팀을 찾아달라고 졸라댔다. 나는 아이들의 의견에 전적으로 찬성이었지만 커크는 그렇지 않은 듯했다. 아이들이 경기를 주선해달라고 조를 때마다 커크는 조용히 "가을까지 기다려라."고 말했다. 그러나 그는 그 가을을 맞지 못할 거라는 걸 알고 있었다.

나는 그가 메트로조이드에서 차지하는 영향력을 알고 있었다. 그러나 그가 망설이는 이유를 생각하면서야 메트로조이드가 그에게 적잖은 위치를 차지한다는 걸 깨닫게 됐다. 언젠가 나는 내일 일이야 어떻게 되든 오늘의 석양을 즐기자는 식으로 그에게 말했다. 지금 생각하면 어리석기 짝이 없는 말이었다. 그때 그는 "죽어간다는 걸 아는 사람은 이 순간을 즐기며 살 수 없다네."라고 대답했다. 우리가 아름다운 석양을 사랑하는 이유는 그 석양이 우리의 얘기와 세상의 얘기에 쉽게 뒤섞이기 때문이다. 우리가 사랑했던 석양들 중 하나가 될 가능성도 오늘의 석양을 즐기는 이유가 된다. 석양은 한결같이 좋지만 유난히 좋은 석양이 있고, 한두 번쯤은 완벽한 석양도 있을 것이며, 이런 가능성은 언제나 열려 있으니까. 그러나 오늘의 석양이 마지막 석양일 수 있다는 걸 아는 순간부터, 석양은 두려움의 대상이 된다. 화재로 쑥대밭이 될 것이 뻔한 미술관에서 그림을 수집하는 목적이 무엇이겠는가?

그러나 삶의 즐거움은 그 자체로 의미가 있었다. 삶의 즐거움은 줄곧 진행되다 끊어질 때가 된 얘기에서 차지하는 위치에 따라 달라지지 않았다. 삶의 즐거움은 '미학적' 설렘이 아니었다. 그때까지 한 번도 시도하지 않았던 행글라이딩이나, 그때까지 구경조차 못한 마우이 섬으로의 여행도 아니었다. 시간의 흐름과는 무관한 것, 무엇과도 비교할 수 없는 것이었다. 그는 메트로조이드 팀과 훈련하는 걸 좋아했다. 내 눈에는 분명히 그렇게 보였다. 그에게 메트로조이드 팀의 훈련은 정말로 훈련하는 게 아니었기 때문이다. 따라서 경기는 있을 수 없었다. 경기는 중요한 게 아니었다. 중요한 것은 하나씩 배워가는 것이었다.

방학을 앞둔 마지막 훈련에서 아이들은 공격대형을 취하고 스크럼을 짰다. 그리고 어른들의 미식축구에서 흔히 보던 모습들을 여덟 살배기 아이들이 마법처럼 실연해 보였다. 마침내 아이들이 커크에게 달려왔다. 커크는 그 자리에 서서 아이들과 손바닥을 맞추었다. 아이들이 "9월에 또 만나요!" 라고 소리치자 커크는 널찍한 손바닥으로 아이들의 고사리 같은 손바닥을 받아주며 빙그레 미소를 지었다. 그리고 "그래, 가을에 다시 만나자." 라고 말했다. 그러나 나는 그가 무슨 뜻으로 말하는지 알았다.

그 주 일요일, 그는 나를 깜짝 놀라게 했다. 그 날 마지막 멜런 특강이 있었고, 그는 죽음에 대해 언급했다. 그때까지 그가 공개석상에서 죽음을 언급하기는 처음이었다. 죽음이란 단어조차 언급하길 거부하며 죽음에 대처해왔던 그였다. 커크에게 죽음이란 단어는 최고의 욕이었다. 그런데 마지막 강연에서 그는 청중들을 돌아보며, 좋아하던 영화 〈블레이드 러너〉Blade Runner에서 복제인간의 리더를 인용하며 "죽을 시간이다."라고 말했다. 또 강연의 말미에는 그가 가장 좋아하던 작품 중 하나인 리처드 세라의 '회전하는 타원' Torqued Ellipse을 보여주며, 그 작품이 안팎에서 안전하면서도 불안하고 차가우면서도 따뜻하게 느껴지는 이유, 추상미술의 복잡함과 감성적인 즉흥성을 빚어내는 데 필요한 모든 것을 어떻게 만들어냈는지 설명했다. 그리고는 자신의 믿음에 대해 말하기 시작했다. "하지만 어떤 믿음일까요?"라고 물은 후에 "절대적인 것을 향한 믿음은 아닙니다. 종교적인 믿음도 아닙니다. 가능성에 대한 믿음일 뿐입니다. 우리가 절대 알아내지 못할 것에 대한 믿음이 아니라, 우리의 무지에 대한 믿음, 따라서 우리가 혼돈과 당혹에 빠지지만 의미있는 존재로 성장할 수 있는 가능성을 지닌다는 믿음입니다. 그런 가능성은 이루어질 수 있기 때문에 반드시 이루어질 겁니다. 이제 그리고 나는 그 끝이 보입니다."라고 말했다. 우레와 같은 박수가 쏟아졌다. 운동장의 박수처럼. 박수는 오랫동안 계속됐다.

커크의 죽음

7월, 의사들은 특별한 시도마저 포기하고 추측과 방사선의 세계에만

의존했다. 커크는 새롭게 개발된 방사선 치료에 대해 언급하며, "승부는 최후의 롱패스인 셈이지. 하지만 누가 알겠나? 방사선학계의 더그 플루티를 만날 수도 있잖나."라고 말했다. 그는 약간의 요통을 느꼈다. 그는 수상스키를 즐긴 때문에 생긴 디스크라 생각했지만, 척추까지 전이된 커다란 암덩어리로 밝혀졌다. 끝은 무섭도록 빠르게 다가왔다.

커크의 부인 엘린에게 뉴욕을 잠시 떠날 일이 생겼다. 그래서 내가 그의 삶에서 마지막 토요일을 함께 했다. 평소처럼 나는 그의 병실 부속실에서 뭔가를 쓰고 있었다. 커크가 텔레비전을 보겠다고 부속실로 걸어왔다. 그 손에는 사진 하나가 쥐어져 있었다. 메트로조이드 팀원들과 마지막 훈련을 끝내고 조그만 탁자에 둘러앉아 찍은 사진이었다. 그때쯤 그는 걷는 것도 힘들어했고 숨소리마저 거칠었다. 하지만 큰 소리로 말했다.

"자네, 이것 좀 보겠나."

"뭔데요?"

"믿어지지 않을 거야. 보스턴 칼리지 대 마이애미 대학교."

믿어지지 않지만 믿고 싶은 소식이었다. ESPN 클래식에서는 토요일마다 마지막 공격에서 승부가 결정된 최고의 경기들을 재방송해주고 있었다. 그런데 이번 주에는 20년 전에 있었던 그 경기를 처음부터 끝까지, 옛날의 그래픽과 아나운서의 목소리로 처음 중계했던 그대로 재방송해주기로 했다는 소식이었다.

그래서 우리는 마침내 그 경기를 볼 수 있게 됐다. 다시 1984년으로 거슬러 올라갔다. 결과를 이미 알고 있었던 그 과정까지 머릿속에 완전히 박혀 있었지만 경기는 여전히 박진감에 넘쳤다. 커크의 동생 샘도 병문안을 왔다가 텔레비전을 함께 보았다. 우리 셋은 그 멋진 경기를 함께 즐겼다. 그리고 마침내 그 유명한 기적 같은 장면이 눈앞에서 펼쳐졌다. 더그 플루티가 뒤로 물러나, 수비측의 골라인을 향해 공을 힘껏 던졌다.

커크가 소리쳤다.

"저걸 봐!"

공은 텔레비전 화면 위쪽으로 여전히 공중을 날아가고 있었다.

"뭘요?"

내가 그렇게 묻기 무섭게, 공은 반원을 그리고 제라드 펠란의 손에 떨어졌고, 아나운서의 목소리는 거의 광기로 변했다.

"저건 정확히 말해서 장거리 터치다운 패스가 아니야. 다시 잘 보면 자네 눈에도 보일 거네. 수비가 실수한 거야."

20년 전 관중들은 펄쩍펄쩍 뛰고 환호성을 내지르고 있었지만, 수비코치를 지낸 커크는 냉정하게 말했다.

"안전조치를 너무 일찍 취했어. 플루티가 달려오다가 그렇게 던질 줄은 생각조차 못했거든. 플루티가 앞으로 전진한 후에 던질 수도 있다는 걸, 또 그럴 만한 시간이 충분했다는 걸 마이애미 수비들은 생각하지 못했어. 그래서 플루티는 15야드를 전진해 던질 수 있었던 거야. 안전조치를 너무 성급하게 취했고, 펠란은 마이애미의 엔드존까지 달려갈 수 있었네. 그게 문제였어."

그리고 우리를 돌아보며 덧붙여 말했다.

“승부를 결정지은 건 장거리 터치다운 패스가 아니었네. 기적은 없었어. 자네들도 얼마든지 해낼 수 있는 거였네. 한쪽은 상황을 정확히 읽고 그 상황에 정확히 대처한 반면에 상대는 상황을 잘못 읽었었던 것 뿐이야.”

그 순간 그는 어느 때보다 행복하게 보였다. 지금까지 밝혀지지 않았던 미스터리의 하나를 해결해냈고, 전설적이고 신성하게 여겨지던 일을 인간의 창의력과 인간의 미약함을 고스란히 보여주는 행위, 요컨대 언제든지 일어날 수 있는 인간의 행위로 해석해냈다는 표정이었다. 우리는 그 기적을 보려고 20년을 보았지만, 우리가 보았던 것을 그는 또 하나의 예술작품으로 재해석해냈다. 시간이 준비된 사람에게 제시하는 기회를 살려낸 인간의 행위였다고. “기적은 없었어. 자네들도 얼마든지 해낼 수 있는 거였네.”

그는 나와 샘을 물끄러미 쳐다보았다. 오래 전에 있었던 비밀을 밝혀냈다는 흥분을 얼굴에서 읽을 수 있었다. 우리는 랠프 에머슨과 리처드 세라에 대해 얘기를 나누기 시작했다. 잠시 후, 커크가 힘겨운 표정을 지으며 “이 대화를 정말 계속하고 싶지만 좀 눕고 싶군.”이라고 말했다. 그리고 나흘 후, 그는 히치콕 감독의 영화와 18세기 병원 건물에 대한 얘기로 하루를 보냈고 밤늦게 세상을 떠났다.

엘린과 루크와 나는 몇몇 친구들과 함께 윌리엄스 칼리지의 미식축구 연습장을 찾아갔다. 그리고 그의 재를 엔드존의 골포스트 아래에 뿌렸다. 메트로폴리탄 미술관에서 열린 그의 추념일을 맞아 르네 플레밍Renee Fleming이 성가를 불렀고, 아널드 스타인하르트Arnold Steinhardt가 바이올린을 연주했다. 뉴욕의 예술계가 모두 모여 연주를 들으며 그를 추모했다.

엘린은 그날 저녁을 위해 슬라이드 쇼를 준비했다. 슬라이드 쇼는 서배너에서부터 프린스턴까지 그의 이력을 요약한 후에 꼬마들에게 둘러싸인 커크의 사진과 함께 '자이언트 메트로조이드'란 제목까지 붙여진 얘기로 끝을 맺었다. 많은 사람이 그 사진을 보고 어리둥절했겠지만, 커크는 저세상에서도 그 아이들을 보고 무척이나 기뻐했을 것이다. 메트로조이드는 다시 훈련을 시작했지만 새로 맞은 코치는 커크의 발끝에도 미치지 못했다. 나는 아이들에게 동기를 부여하는 연설을 해볼까도 생각했지만, 아무리 생각해도 그럴 필요가 없었다. 메트로조이드는 남자와 영웅을 구분하는 법을 배울 필요가 없었다. 그 아이들은 벌써 알고 있었으니까.

뉴욕은 언제나 신도시

사람 사는 곳은 세상 어디에서나 똑같다. 이 말을 실감할 수 있는 곳이 뉴욕이다. 그 이름에 '새로운' 이란 뜻이 담겼듯이 물리적으로나 분위기에서나 언제나 새롭다. 하루가 다르게 지도가 달라진다. 항상 새로운 사건이 터진다. 그런 의미에서 뉴욕은 항상 어린애다. 이 책의 원제인 '아이들의 문을 통하여' 와 딱 맞아떨어진다. 그 문을 통해 들어가면 센트럴 파크이고, 이 책의 얘기가 시작된다.

우리가 《파리에서 달까지》에서 만났던 가족이 마침내 고향인 뉴욕으로 돌아왔다. 집부터 구해야 한다. 만만찮은 일이다. 그리고 1년이 지나지 않아 911테러로 국제무역센터가 무너졌다. 그러나 뉴욕은 어린아이처럼 곧 정상을 되찾는다. 이런 뉴욕의 이야기가 주인공의 가족을 중심으로 전개된다. 이 책은 결코 뉴욕 여행기가 아니다. 뉴욕을 사랑하는 부부가 어린 아이를 뉴욕이란 대도시에서 키우면서 겪는 재밌는 얘기들의 모음이다. 모든 얘기가 양육으로 연결된다. 세상의 모든 부모들처럼!

따라서 뉴욕 사람들이 살아가는 얘기도 엿볼 수 있다. 세계의 수도라는 뉴욕에서 살아가는 사람들은 어떨까? 1807년 워싱턴 어빙은 뉴욕을 고담이라 부르며 뉴욕의 문화와 정치를 신랄하게 풍자했다. 그 고담은 배트맨의 무대, 고담으로 되살아나며 우리에게 타락한 도시라는 인식을 심어주었다. 하지만 이 책에서 뉴욕은 타락한 도시로 그려지지 않는다. 저자가 다시 찾은 뉴욕은 그야말로 '거듭 태어난' 도시로 변해 있었다. 그런 도시에서 사는 소시민들, 평범한 사람들의 모습이 그려질 뿐이다.

여행하면서는 결코 경험할 수 없는 뉴욕, 여행자의 눈에는 보이지 않는 뉴욕의 모습이 소개된다. 뉴욕에 엉덩이를 붙이고 사는 사람, 뉴욕에서 어린아이들을 키워본 사람만이 느낄 수 있는 뉴욕, 그러나 기자처럼 사소한 것까지 놓치지 않는 관찰자만이 볼 수 있는 뉴욕의 모습이 그려진다. 우리가 글에서만 보면서 상상하던 뉴욕이나 여행을 하면서 얼핏 보았던 뉴욕과는 사뭇 다른 모습이다. 그러나 마치 내가 서울에서 살던 때와 그렇게 다르지 않다는 느낌을 지울 수 없다. 신혼 시절 아파트를 구할 때의 마음, 아이들을 집에서도 마음껏 뛰놀 수 있게 일부러 1층을 택하던 때의 심정, 아이들이 좀 큰 후에 수족관을 채워갈 때의 갈등, 고약한 의사를 만나 집사람을 결핵환자로 만들 뻔했던 때의 기억 등등이 이 책의 꼭지들을 번역할 때마다 되살아났다. 부자인 사람들은 어떻게 사는지 모르지만, 보통 사람들은 뉴욕이나 서울이나, 심지어 시골 구석에서나 살아가는 모습은 똑같다는 걸 새삼스레 확인해주는 책이다. 그래, 사람 사는 곳은 세상 어디에서나 똑같다.

충주에서
강주헌